永不妥协

YONG BU TUO XIE

朱秀海 著

青海人民出版社

图书在版编目（CIP）数据

永不妥协 / 朱秀海著 . -- 西宁 : 青海人民出版社，2023.9
ISBN 978-7-225-06559-5

Ⅰ.①永… Ⅱ.①朱… Ⅲ.①中篇小说—小说集—中国—当代②短篇小说—小说集—中国—当代 Ⅳ.① I247.7

中国国家版本馆 CIP 数据核字 (2023) 第 129495 号

永不妥协

朱秀海　著

出　版　人	樊原成
出版发行	青海人民出版社有限责任公司
	西宁市五四西路 71 号　邮政编码：810023　电话：（0971）6143426（总编室）
发行热线	（0971）6143516/6137730
网　　　址	http://www.qhrmcbs.com
印　　　刷	西安五星印刷有限公司
经　　　销	新华书店
开　　　本	890mm×1240mm　1/32
印　　　张	13.625
字　　　数	300 千
版　　　次	2023 年 9 月第 1 版　2023 年 9 月第 1 次印刷
书　　　号	ISBN 978-7-225-06559-5
定　　　价	69.00 元

版权所有　侵权必究

事实上,当第一代共产党人开始抱定主义牺牲自己感动人民的时候,特别是当人民开始成为共产党或共产党的人的时候,红色革命的胜利就已经确定无疑了。

序

即使到了新中国成立七十余年的今天，关于20世纪初中国为什么会开始出现一场一直延宕到今天的红色革命，关于中国共产党在进行这场过程艰难、牺牲惨重、胜利后又经历了长时期的曲折探索、最终还是深刻改变了中华民族命运的革命时的初心，尤其是这场红色革命得以成功的力量源泉何在，一无所有的共产党为什么会赢得中国，在思想界乃至于一般大众的讨论中仍是很先锋的话题。在中国共产党已经走过她一百年的光辉历程的今天，最早的一批革命者已经作古，就连革命的第二代也进入了渐次凋零的岁月，之所以仍会发生这样的争论，原因很简单：新的一代，更新的一代，刚刚开始认识这场革命。

在我四十余年的军旅生涯中，有幸先后在两支战功卓著的部队里服役，并在这里长期接受红色文化资源的熏陶。其中一支是我军战史上赫赫有名的"攻坚老虎"——东北野战军的六纵十七师，在决定中国向何处去的解放战争中，这支以攻坚能力强为标志的一等主力师先后在东北战场的四平战役、辽沈战役中的锦州攻坚战和平津战役中的天津攻坚战中被东野首长单独使用，每次都在决定胜负的关头杀入战场，付出最惨重的牺牲，啃下最硬的骨头，赢下最关键的战斗，完成最难以想象的任务。渡江南下后，她又一路高歌，最先杀入广州城，在广西大追击战中活捉国民党华中军政长官公署副长官兼第三兵团司令官张淦，在海南战役中首创"木船打军舰"的光辉战例，渡海登岛后，又在美亭一战中和兄弟部队一起以弱胜强，赢得了对岛上国民党军主力兵团的决定战役全局的一战，其后又最先以一天一百余里的速度南下，最先到达并解放了海南岛最南端的天涯海角。另一支部队更为著名，她的历史可以追溯到1924年成立的孙中山先生广州大元帅府铁甲车队，北伐战争中叶挺将军率领的曾在汀泗桥一场血战中立下头功的铁军，南昌起义失败后随朱德总司令上井冈山实现朱毛会师、以后参加了中央苏区五次反"围剿"中所有战斗的著名的红二师。长征途中这支部队又作为全军的先锋，一路突破乌江，飞夺泸定桥，攻克娄山关，首过雪山草地，夺占腊子口。抗日战争开始后她首战平型关，深入两淮，在新四军序列里创下了刘老庄八十二烈士全部战死的光辉战例。后来她又挺进东北，首战秀水河子，打破了全副美械的国民党军无法战胜的神话。后来她更是从东北一直打到海南岛，在最关键的美亭决战中扛住了数倍于我之敌的疯狂进攻，付出巨大牺牲，赢得了最关键最光荣的胜利。在这样的两支部队里，最不缺乏的就是红色人物、红色传说、红色故事，而在所有这一切背后，深蕴着的就是对于中国伟大红色革命原因和意义的解释。

记得新兵入伍后指导员给我们上的第一堂政治课。从头到尾，这位年轻的基层政工干部都没讲太多大道理，他一直给我们这些新兵讲我们师尤其是我们团的战斗英雄。他们中有1951年参加全国英模大会受到过毛主席和朱总司令接见的著名战斗英雄刘梅村，有在海南战役中首创"木船打兵舰"光辉战例的我团四连副排长鲁湘云。在这个过程中，自然而然地，他讲到了这些英雄所以会成为英雄的原因，为什么他们在那个艰苦卓绝的年代会置一己生死于不顾，把在全中国将革命进行到底当成自己的神圣使命。现在想起来，他当时讲的就是红色革命在中国发生和胜利的原因。这堂课整整讲了四个小时，直到午饭号音响起，讲述者没有一次休息，听者也没有一个人离开。这是当新兵后我的第一次感动，却也是终生的感动，永远的感动。没上这一堂课之前，我们这些刚穿上军装的老百姓对红色革命还一知半解，这堂课听下来，我们大家包括我自己不但知道自己加入了一支什么样的部队，还知道了英雄前辈创造的业绩，更重要的是，我开始理解这场改变了中国命运的红色革命。

　　对这场红色革命的文学书写早在新中国诞生前就开始了，并且在新中国成立之后的七十余年间被长期延续了下来。我必须在这里对进行这类红色书写的前辈表达自己的钦佩之情。他们的作品尽管有这样那样的不足——很多是时代造成的——但至少他们试图解读这场革命并回答文章开篇时提出的那些问题的心是真诚的。经历过革命胜利后的狂欢和以后数十年的冷静沉思，他们在不同时期写出的作品呈现出了不同的面貌，但有一点是一致的，那就是他们都承认红色革命在中国的发生和胜利是不可避免的，除了用一场这样的革命彻底改变中国，中国在这个星球上就永远不可能成为她今天应当成为的样子。简言之，没有这场革命，就不会有今天中华民族在中国这块古老土地上的伟大复兴。

中国共产党领导了这场波澜壮阔的红色革命，而将这场革命进行到今天的是亿万中国人民。有的朋友不承认"人民"的存在，他们说自己只能看到"人"和"民"，没有"人民"。但是只要我们回顾一下中国革命的历史进程，哪怕只是像我在本书的每一篇故事中那样回顾一下她的细部，也马上就能发现"人民"的存在是任何语言和臆断都抹杀不了的。当然你在日常的生活中是看不到"人民"的，你只能看到他们中一个个的"人"或者"民"，但是也像在这些短小的故事中一样，一旦他们觉悟了，在中国共产党的领导下被组织成了一支队伍，扛起枪，走上战场，"人民"就出现了，"人民的力量"就开始以一种磅礴的气势在历史舞台上清晰地呈现并且蔚为大观。作为每一名革命与战争的参与者，他们和她们作为个体的"人"或"民"都有只属于自己的故事和命运，或幸福或不幸，有他们自己的"一个人的遭遇"——像肖洛霍夫一篇小说的题目一样——但一旦成了一个整体，一支大军，一支历史的力量，他们也就汇成了一道足以扫荡旧中国的一切污泥浊水的洪流，在解放全中国的同时解放了自己。新中国称自己为"人民共和国"不只是一个名词，而是有着真真切切实实在在的历史内容和含义。人民的觉醒，人民的战斗，人民的牺牲，包括胜利后对信仰的坚守和奋斗，终于使我们拥有了今天的共和国，这不是虚言，而是客观的历史。

中国共产党在这个历史进程中做了什么？这涉及中国共产党的初心、她的宗旨和她从一开始就赋予自己的使命。第一代中国共产党人在他们成为这个党的党员后做的第一件事就是脱下长衫，走向人民。简而言之，在整个红色革命的历史进程中，如果不考虑这些共产党人个人的遭遇和命运，他们作为一个整体做的就只有一件事：牺牲自己，感动人民这个上帝。然后也就只发生了一件事：人民受到感动，让自己变成了共产党或者共产党的人，于是星星之火开始有了燎原之势。事实上，当第一代共产党人开始抱定主义牺牲自己感动人民的时候，特别是当人民开始成为共产党或共产党的人的时候，红色革命的胜利就已经确定无疑了。

有一个时期，学界曾经对如何讲好中国故事产生过争论。我的回答是：对于鸦片战争以降渐次陷入国将不国境地的中国来说，一百多年来最伟大的事变就是发生了中国革命。如果我们今天讲不好中国革命，就永远讲不好近代以来的中国故事。

《永不妥协》是我近期发表的红色题材中短篇小说的一个结集。在我四十多年的写作生涯中，那些我进入其中的大块红色历史，我一定要写的部分，差不多都写了，也许不够，但我有过努力，没有留下遗憾。但是那场红色革命中的一些细部，容易被大的历史书写遗漏的细流与旁支，连同它们与今天的时代发生撞击后产生的回响，我以为写得还不足。好在这一类书写还是我这个年龄的人力所能及的，于是我就在最近几年间，断断续续地将它们中的一部分写出来了，作为对自己一生的红色书写的拾遗补阙。为什么要这样，上面说过了，只要公众仍然对中国红色革命的意义存在着各种各样的讨论和争议，这类书写就仍是有意义的。

希望有更多读者尤其是年轻读者喜欢这部红色故事集，并从这些故事里寻找到那些对自己理解中国革命有帮助的历史信息与思考。

作　者

2023 年 1 月 25 日

目录 CONTENTS

永不妥协
　　——《永不妥协》系列小说之一　　1
校　枪
　　——《永不妥协》系列小说之二　　24
篝火边的曾扩红　　57
一枝红玫瑰　　84
乌江往事　　128
两次邂逅　　174
背　叛　　203
花枝颤　　302

永不妥协

——《永不妥协》系列小说之一

病房里暖意融融。她一进来,仿佛冬日的阳光全照进来了,同时他也听到了院子里的风像刀子一样尖锐凌厉的啸叫。他挪了挪身子,将靠窗右侧一只半边被阳光照亮的单人沙发让给她,自己坐到茶几另一侧的沙发里去,半边脸庞亮着,另一半却隐藏在暗影里,用一种她习惯的嘲讽的表情望着她,说:

"你还是来了。"

"以为我会死在你前头吗?对不起又让你失望了。"

他咧咧嘴无声地一笑,这使他那张老得不再变化的脸再次现出干枯且瘦骨嶙峋的真相。

身边那个随她一起来的工作人员帮助她费力地在他让出的沙发上坐下,她立即就叫起来:

"阳光这么亮,害我。"

他回答她的却是另一句话:"我可是听说你去年到了三回太平间门口了。我都摆好姿态打算哭呢,你女婿又打电话说你活了。"

她把皱成两团褶陷的眼窝转向他,眼窝深处是两点幽亮的光,话语仍像刀子划在坚硬的岩石一样溅出了火花。"我逗你玩呢。我就知道你会上当。你怎么样呢?看样子新年的饺子吃不上了。"

他们中间隔着医院统一配发的虽然旧却擦得亮堂堂的红色硬木茶几。他们就是这样,重孙子重孙女都大了,表哥九十,表妹八十六,见了面还是冷嘲热讽。一辈子了,不让她这么说话,她都不知道该跟他怎么说话。

但他很高兴她来,她看出来了。没有那件事就好了。她住在京城,他却住在西部某省的省城,中间隔着两千公里,但到了每年的年头年尾她总会有个什么机会出京,他讽刺地称之为"南巡",于是就便"捎带着"来看他一次,也不会待多久,就这么坐上一小会儿,两个人刀子划过岩石般逗几句嘴,其实就是互相看一眼。她是有借口的,她是表妹,岁数比他小,当然是她来看他,不过她一来他也就看到她了。她坐上一会儿就会离开,两个人饭也不一块儿吃。他这几年常年住在医院里,知道她不缺人请饭。早几年她还能坐飞机,这几年孩子们不让,只能坐七个小时的高铁。他把每年的这个日子看成是个仪式,他们那一代的亲人,只剩下他和她还留在世上了。

他知道自己还是要站起来把地方让给她,一辈子了她在他跟前可从没有吃过亏。从她生下来他就开始让着她,早就惯出毛病来了。果然她已经颤巍巍地站了起来。

"起来起来,我坐你那边,这边阳光晃着我的眼了。"

这也是要矫情几句的。"为什么我一定要把好地方让给你?"他说。

"我让你起来。"

她把手里的拐棍都举起来了。他不马上站起来那棍子真会落到他没戴帽子的光脑壳上。小时候在延安,不管是好吃好喝好玩还是好事她看到了一定要抢走,不是她真觉得那东西好,只是为了占有,还有就是抢他东西都成了她的习惯,不抢白不抢。抢走了她也不会珍惜的,更不会感激你让着她,她只会因为自己又抢了你东西得意扬扬。可她今年看起来每次站起坐下真没有去年那么灵便了。

一直站在门外望着他们的那个姑娘,他的重孙女——已经是大姑娘了,都工作了,今天专门调了班来医院陪同和照顾这位不同寻常的客人——急忙走进来,笑着,扶太爷爷站起。他嘴里不清不楚地嘟哝着我不让给凭什么一边还是被姑娘搀扶起来,先挪开地界儿,转移到沙发旁一张专为医生问诊准备的高一点的靠背椅上喘口气儿,回头再去扶那位她应当叫老表姑奶奶却一直随父亲叫表姑奶奶的老人家在那个刚刚让出来的沙发上坐下。两个老家伙一时间都在喘气。工作人员端茶进来了,一起帮另一位老人在老表姑奶奶空出的沙发上重新坐好。他看到她摆摆手让她们走。姑娘和工作人员抿着嘴笑着离开,她们知道两个老人只想像每次一样自己坐在病房里聊天。

"去年脑门上头还有一撮毛,今年省了理发的钱了。最后一撮毛也掉光了。"她又开始恶毒地嘲笑他了。

"别光关心我,瞧瞧你,今年八十六了吧,这屋里挺暖和,戴什么假发呀。"

他的枪法一直都是神枪手级别,连那位名列三十六名军事家中的著名的舅舅都说:"你可没有打不准的时候。"他击中了十环。

她马上叫起来:"你胡说,我这不是假发。"

这是要我再补一枪。他想。"怎么不是?就是。还是地摊货。这东西不是这年头才有,当年谢鹏举的老娘就戴过你这样式的假发。还是上海货呢。"

"你想惹我生气吗?"她坐着,又把手中的拐杖举起来,但很快又放弃了。"不,你故意的,我才不上当呢。"

两个人就那么相互望着,哈哈大笑起来。说哈哈大笑有点过了,年轻人才会哈哈大笑呢,他们眼下都到了油尽灯枯之年,最多算得上哈哈小笑。两人就在这样的玩笑中眯细眼睛一次次相互打量着对方。她会以为主要是她在看他,但他也在关心她,从一些细枝末节看这一年过去她哪些地方又显出蛛丝马迹表明她又老了。节目都一样,今年也不会有很大变化。没有那件事就好了。那件事让她早来了一个月,而且让他们每年一次的见面不再像是碰巧了发生的。他尽可能不提它。

"还是想我了?所以我不能死。"他说,"你那闺女女婿自己儿孙都满堂了,不稀得搭理你。你活得够老了,今天是八十六周岁三个月零四天——"

"错了,三天。"

"四天。"

"我说三天就三天。"

"好,不跟你争。八十六周岁三个月零三天。这么老,丑得都没个人样儿了,有事儿没事儿还颠儿颠儿往我这里跑,年年都跑。你干什么?我又不稀得你来,净给孩子们添麻烦。"

"四儿,"她其实想叫他"四伢子"的,但一出口就变了,"你去年还没有呢今年怎么糊涂成这样了？我年年往你这儿跑？我在北京待得好好的天天有人去看我，陪我打麻将，我还老是赢钱呢。我是为别的事儿，四方面军离开鄂豫皖建立川陕苏区多少周年你都忘了吧？八十六周年——"

"不对，八十五周年三个月。"

"到了今年 10 月就是八十六周年整。"

她不该提这个，他想，一边回答："那又怎么样呢？"

"怎么样？"她里里外外都骄傲起来，"省里要搞周年纪念，请我先来几天帮他们策划策划，也就是顾问。怎么，他们没请你？哎哟哟，这是怎么搞的，你在这里不是也算个红军时代的人物了吗？"

他不能让她这么得意。

"你刚才说你天天在家打麻将赢钱。我都不稀得说你。你也可以了，退休金不少，自个儿又没开销，日常开销都是孩子们，你还故意设个局骗他们的钱，真是为老不尊。怪不得你女婿的公司破产了。"

"住嘴！"她真的有点火了，"哎我说你这锯了口的葫芦，老了老了怎么也长出嘴来了。什么我骗他们的钱，是我那闺女说老年人一定要常活动脑筋，不然像你一样成了老年痴呆不是更要给孩子们添麻烦——"

"打住！我不是老年痴呆！"他也有点火了。

"那就是我听岔劈了，你是那什么阿尔茨海默病！"

两个人就那么仇人似的相互盯着，不知道的以为要打起来了呢。只有他自己知道他成功了，挡住了她的嘴，没有让她长江大河地讲那些往事。

　　守在门外的两个女孩子推门进来,装成帮他们续茶水的样子,其实是听到了叫喊,进来看一眼,发现两人相安无事,笑一笑又走了出去。

　　"瞧你这个阿尔茨海默病,你那么大声把孩子们都吓住了!"她当然不能吃亏,看到门被重新从外面关上时及时补了一刀。

　　他什么也不说。不管到什么时候她在他眼里都是那个刚生下来舅舅舅妈就随着红二十五军撤出鄂豫皖苏区留下来的婴儿。他头一次看到她时她还被裹在一个小小的襁褓里。舅舅带队伍离开前给她留下一个洋奶嘴让她叼着,她瘦得像个小猫,舅妈临行前没忘记最后给她喂一次奶。她当时刚刚吃饱了眯着两条细细的肉泡一样的小眼睛嘴里叼着那个红十二师师长陈赓叔叔从上海带来的奶嘴被娘抱在怀里。他到了今天还在想那天她好乖呀,舅舅舅妈丢下她要走上长征路了她都没哭一声。

　　往往到了这里他就不再往下想了。那年他差几天才四岁,许多事情过了八十多年都变成了一些杂乱的影像,在记忆里重重叠叠积压在一起。但他记得那天娘眼泪汪汪地望着舅舅的队伍离开,回头就对她身后一干女人和孩子(全是本乡的红属)大声喊出了声:我们的亲人走了我们也得走,白军和谢鹏举的还乡团已经到了县城,最快今天就能回来。别的地方藏不了咱们,我们上红娘寨!就是这一天,娘让他和一起上山的红属们把爹和每一户家里死去的红军亲人的骨灰瓮也背上了红娘寨,在洞穴里安放好,回头让人撤去了架在洞外大山涧上通往山外的木桥。红娘寨坐落在大别山深处,是一座孤峰,据说当年李自成的兵马走投无路退到这里来,一个叫红娘子的女将率领她的一支娘子军坚守在孤峰顶上的洞穴里,直到最后一个人战死也不投降。八十多年过去了,他至今一闭眼仍能栩栩如生地忆起红娘寨上的那个洞穴,口很小里面很大。母亲将全寨子几十口子红属(全是女人)带进洞后立即在洞口设置了阵地。多年后他在一本记录鄂豫皖苏区革命史的书上看到母亲带上山的这支队伍被称为红二十八军女子特别支队,心想哪有这么个番号,又是后来的某个军史学家给编出来的。母亲那天没能带全寨子的红属上山,谢鹏举的还乡团比她预料得更快地带着国民党马鸿逵的讨逆第十五路军到近在咫尺的袁家寨,一次就用大石碾活活碾死了四名红属,后来觉得这样杀人太慢,改用烧红的铁锹烙死了三十多个女人,还到处扬言:"共产党来了,你们有红三天;共产党走了,我也要黑三天!"但他真正要复仇的地方是他的故乡谢家寨,第二天谢鹏举回到寨子里,所有没跑掉的人全被他抓起来,一条绳子拴到寨外一块只有不到半亩地大小的稻田里,三百余名老弱妇孺啊,统统用机枪干光,这块已经干涸的田里的血水都鼓出来顺着山下小河流了三十多里。马鸿逵的兵更狠,他们让抓到的老人女人孩子喝生石灰水,烧他们的胃,瘆人的惨叫声十里外的他们在山上都听得到。就是那一天,娘把一支枪塞进他手里,说:

"这个洞里来的人都得死。娘在,娘用枪跟他们拼,娘死了,你自己用枪跟他们拼!拼一个够本,拼两个赚一个!"

窗外的阳光现在全部照到他坐的沙发上了。他注意到了有直直的明亮的一线光凌厉地擦过窗帘的边缘反射在墙上。那是一支小小的蛇牌撸子——德国绍尔袖珍手枪——因手枪握把上有一个蛇形图案而得名。四姑那年十四，幺姑十二，看了娘一眼，都像被吓住了，四姑脸白白的半响才说出一句话：

"嫂子，他才四岁！"

"四岁他们就不杀他了吗？"娘说着，一边从身边的幺姑怀里接过细妹子。细妹子嘴里还叼着那个上海来的洋奶嘴。他嘴刁，四岁了还往娘怀里拱，细妹子来了，他的奶当天就断了。

娘坐下来，解开怀给她喂奶。他举起自己一生中第一支枪，大人似的朝洞外瞄去。四姑教他瞄准，什么三点一线，他听得耳边嗡嗡响，听不见她在说什么。那时就有一线阳光从洞外照进石壁反射到枪的准星上，他一眼就看到了准星上的那一点亮光，从那里目光顺着放到洞外就模模糊糊地看到一个人，又一个人，"嘭"地打响了第一枪，那个人影儿在他眼前摇晃，接着就倒了下去。四姑也看到了洞外的人，变色大叫："他们上来了！"

果然是谢鹏举的队伍，据说他不让马鸿逵的队伍上来，要自己带人亲手灭了谢家寨的这些仇人。他们分了他家的田，以鄂东北最大恶绅之名枪毙了他父亲，他要杀光谢家寨所有参与暴动的人和他们的女人孩子。蛇牌撸子的有效射程比其他撸子远些也不过60米，就是说那一刻谢鹏举的队伍已经到了洞口外不足百米之地，不是洞外的独木桥拆了，还有他那一枪，谢鹏举的人就冲进来了！

接着他就站在那里看到了四姑和停在洞口的那些女人的死。子弹刮风般打进来时他没听到枪响，仅仅看到四姑胸口突然炸开的那一朵碗口大的血花。他那一枪击中了谢鹏举外号谢大头的长子的脑袋，却也引来了谢鹏举全队对洞内的第一轮火力袭击。他注意到四姑和她身边的众多女人们倒下去时一眼瞥见娘像豹子一样跃起来抓住他将他按倒在地,同时他也看到了细妹子那一双仿佛第一次睁大的眼睛和那一束直接照到她肉泡似的小眼睛里的阳光。

有人敲门。他喊了一声"请进"接着就见门开了,那个他见过的故乡某市的副市长带着故乡某县的县长,一两个秘书模样的西服男人,四个人恭恭敬敬走进来。他趴在地下时听到娘喊了一声"打",洞里所有女人全都一下子扔掉了怀里正在奶的孩子抄起了枪,再回头娘已经回到了洞口的阵地上卧倒出枪,开枪射击。接着——

"谢老您好。余老您好。两位老人家好。我是——"

"不用介绍了。我们见过。请坐。"他对进来的人说,注意到她在另一张沙发上调整了一个坐姿,显得更正式一些。

看到那位副市长像犯了错的小学生一样和他的随员们在房间各自找地方坐下,他不觉笑起来。"谢老认识就好,那我们就不生分了。余老也是见过的,我有一年去北京开会,和省里的张书记去拜访过您老人家。"仍然有点发窘的年轻的副市长说。

"是吗?"她说。

他用眼角余光扫了她一眼,看出她认出了对方,现在脸上那种陌生的表情是装出来的。

第一天的战斗一直打到天黑。因为洞口外那一条深涧,虽然不宽,但谢鹏举的人过不来。他可能被谢大头的死刺激了,天黑前从哪里弄来了一门土炮,对着洞口轰击,虽然是铁砂,但还是打死了他的三姑和另外四个女人。这一天洞里死去的人有三分之二。但是他活着,她也活着。

"我们来的意思上次已经跟谢老汇报过了。对方没有太多的事打扰两位老人家,他不敢,实话说我们作为市县两级政府也不敢。你们都是老红军,是共和国的功臣……"副市长说。

"没什么事他来做什么?"他说,知道这话并不客气,语气尽可能显得缓和一点。这时他注意到她看了他一眼。她在想,都说你是块又老又硬的石头,不准确,你也是一把出手就攻势凌厉的刀子呢。

一直没说过话的县长突然开口说起来:"他就是来看看两位老人家。想当面替他的曾祖谢罪。"

他感觉到她要说话了。他的感觉是对的。

"谢罪嘛就说不上。都是历史了。当年他的曾祖谢鹏举杀了我们谢、余两家三百九十四口,当然红军也杀了他家的人,比如说他谢家的老太爷也就是他的高祖父谢镜湖,他的伯爷谢大头。啊,还有,红娘寨那一仗打完后,谢鹏举本可以杀了我们俩,但是他没有,这一点,不但我们,我父亲,他是我这位大表哥的亲舅舅,也一直没有忘记。新中国成立后人民政府根据谢鹏举当年犯下的大罪公审并枪决了他,是他罪有应得,不然死去的红军战士和他们的家属不会答应。他是后辈人,跟那段历史没有相干。我们也不会将他和他的曾祖父想到一起去。他若是真能为家乡的经济发展做些贡献,我们表示欣赏。"

她一口气说出这么一长串话,让他心情大振,小小年纪她就被舅舅称为余小刀,刀刃还是那样锋利。不过他跟着就想到了:

这番话恐怕早就想好了，一直都备着要对面前这些人说出来呢。

"啊……只是……只是……"县长的话有些犹豫，求援般看了一眼副市长，又回头望向两位老人。"他有一个请求……也不算是个请求，这么说吧，他想请两位老人帮他澄清一个事实。他根据他曾祖父留下的遗书认为，谢鹏举当年是悔罪自杀，并不是被人民政府执行枪决。"

这一次她没有看他，就抢先把话说出来了："这有什么区别吗？"

"当然有区别，"半天没开口的副市长重新开了口，他有些激动了，"悔罪自杀，加上留下了一封遗书，这就是说，早在新中国成立前他就为一生犯下的罪行忏悔了，最后用自杀向所有死去的人谢了罪。"

她回头看了他一眼。他明白这一眼的含意，望着面前这几位一直都显得战战兢兢的客人，说：

"他的意思，还有你们的意思，我们都明白了。你们可不可以暂时回避一会儿，让我们商量一下。"

"当然可以。"县长抢在副市长前面脱口而出，并且率先站起来，感动得眼睛都湿润了。他接着又补了一句，"太好了。"

……红娘寨的战斗坚持到第三天枪声才稀落下来。洞里的女人们坚持战斗到第二天就死得差不多了。娘死在第二天早上天刚放亮战斗骤然打响的时候，一发子弹直接从脑门正中打进去，当下就不行了。坚持到最后的居然是他和只有十二岁的幺姑红莲。他从第一天起就在幺姑身边投入了战斗。一天内不是娘而是这位最小的姑姑教他学会了使用老套筒、捷克式、伯克门式9毫米冲锋枪（俗称"花机关"）、毛瑟冲锋手枪（俗称"盒子炮"），包括瞄准、射击、装子弹的全套动作要领。使得最顺手的仍然是那把蛇牌撸子——德国绍尔袖珍手枪——子弹也多。

幺姑第三天也被一声冷枪打死在洞口。黎明时分她想趁着战斗没打响爬到洞口去接点雨水。一声突然的枪响过后他才迷迷糊糊地在洞口阵地众多亲人的尸体中间醒过来。幺姑已经趴在洞口外一动不动。但战斗没有结束，因为洞里还有他。

有过前面几天的教训，谢鹏举直到当天中午再没有听到洞内有任何声响后才派了一个团丁夅着胆子向洞口前爬来。这时他又醒了，在蛇牌撸子的准星上又看到了那一点从洞内石壁上反射到准星上的亮光。他开了一枪，那个团丁就趴下了。他那个年龄甚至还不会想到他是不是死了，他只觉得渴，并且能理解幺姑死了，藏在洞底的细妹子需要他到洞口弄点雨水喂进嘴里去，她早就饿得哭不出声了。他人小，从死去的娘和四姑五姑身边爬出去也没有人向他开枪。他用一个军用罐头盒子接到了雨水，回到洞底喂给细妹子喝。那些天她只会睡，只会睡。

晚上他又用那把蛇牌撸子开了一枪，又干掉了一个。这天就再没有谢鹏举的人上来了。第四天早上，洞口外突然出现了一群人，谢鹏举一定是以为洞里即使还有人也饿昏了，亲自带一群团丁猫着腰相互壮着胆子凑到洞口外距山涧那边不足二十米的地方。他又醒了，开了一枪，剩下的呼啦一声往回跑，他一枪一枪地朝他们打——不是为自己，是为了洞里有细妹子，大人们都不在了，他知道只有他能保护她了。

……两天后谢鹏举站到他面前时，他并不知道又过去了几天。他不知道自己是饿昏了，只是想睡，醒过来抬头只看见谢鹏举沾了血水的马靴。再往上才看见谢鹏举本人。他早先是见过他的。几个团丁早就进到洞里去，搜了一阵子出来看着谢，其中一个点点头。谢一把将他像老鹰抓小鸡一样提起来，左左右右盯着他看，"扑"一声丢下去，问身边一个狗腿子：

　　"他是谁？"

　　"像是谢大榜和余大脚最小的崽。"

　　谢鹏举那只提枪的手对着他就要搂火。后来却犹豫了，关上保险说："带回去！"

　　这时他看到一个团丁从洞底将细妹子抱出来。

　　"这又是谁？"谢鹏举问，阳光亮亮地照在他额头上，他看到那里有青筋一根根暴出。

　　"衣领上缝着个布条。是'余老虎'的闺女。爷，摔死了吧！"

　　他一点力气也没有，但这句话还是让他嘴里发出了愤怒的"呜呜"的声响。

　　"不。带回去。"谢鹏举想了想，说。

　　没有人想到他当夜就从关押着的红属里找了一个女人，让她连夜带着细妹子去找舅舅的队伍。三年后，他也被谢鹏举派人送到了延安，还带去了一封信。

　　那年他七岁。舅舅在延安的窑洞里看了那封信，回头斜着一双圆睁睁的虎眼看他，一点笑容也没有，问：

　　"谢鹏举说你打死了他四十七个人。我要是没记错，你那年才四岁。"

他怔住了，后来就摇头，站在那里。他不知道在幺姑牺牲后洞内只剩下他和细妹子的三天里他朝洞外打枪，到底打中了多少人。

夜里他和舅妈细妹子住在一起，做梦哭起来。醒来就不哭了，恨自己为什么要哭。第二天早上舅舅听说了，问他梦见了什么。他说：

"我没哭。"

谢鹏举将他带回谢家寨就关了起来，第二天带他和自己的家眷一起住进了县城。他在车马走过城门时一眼就瞥见了城头上挂的那些人头。娘和他的所有亲人的头颅都挂在那里，一支过不完的红军队伍有多长，那些一字排列的人头的队伍就有多长。

他在延安保育院长大到十岁，个子高，看上去像是大人了，跑去见舅舅，要上前线。舅舅给了他一把枪，说：

"朝天上看。能把那只鹰打下来吗？"

他举起手中枪，一刹那间又瞥见了阳光映在准星上的亮点，顺着亮点望出去就是那只鹰。他开枪。鹰落到下面深涧里去了。舅舅的脸黑下去，没有一句话转身就走。舅舅的部队到了河东，他又闹着上前线。舅舅身边的人问怎么办，舅舅说：

"让他去军械所校枪吧。——总得给他们老谢家留个种吧。"

从抗战到全国解放，他一直在不同的军械所校枪，修理武器，后来随部队到东北，他进了一家兵工厂，开始造枪。60年代建设"大三线"，他又随工厂迁到了西部的山沟里，做了一辈子枪械工程师。

"我让他们出去是要先跟你统一一下思想。"他站起来了，这一刻他显出一种令人意外的硬朗，"你是怎么想的？"

"这还用问吗？你是怎么想的，我就是怎么想的。"她说，也跟着站了起来。

会见被安排在医院顶楼的大会见厅里。他一出电梯，从门外就看见里面搞得十分隆重，摆了花，挂上了横幅：老红军战士谢振祥、余细女与某集团董事局主席谢先声先生会见仪式。进门时她和他对视一眼，暗中抓了一下他的手，低声嘟哝了一句什么，他虽然没听清但心里明白她一定说了一句像秋风一样凌厉的话。副市长、县长和他们的随员迎出，那个年轻人已经到了，这时很有风度地从他的座位上站起，鼓掌迎接他和她的到来。一时间会见厅每个角落都响起了掌声。这时他和她才注意到年轻人身后站着那么多衣冠楚楚的年轻人，不用说都是他那个如今在中国声誉日隆的集团的部属。当然了，还有摄像机和记者。

他们在年轻人对面摆着他们姓名牌的位置上坐下来。掌声仍在继续，每个人脸上都洋溢着一种似乎是发自内心的尊敬的微笑。他心里忽然生出一种感动：年轻真是好啊。他们——这一屋子的人——全都赶上了好时候。他发现她看了他一眼，这一眼不是一般的不客气，于是他也还击般看她一眼，那也是不客气的。他们之间的这一点小小的互动已被对面的年轻人和全屋子的人细致地观察到了，响起了小风般一阵笑声，当然是善意的，不失尊敬的，却也在不知不觉中缓和了会见厅内原有的一点莫名的紧张与尴尬的气氛。

"两位老人家好。我是晚辈谢先声。"不是主持这次会见的副市长或者县长，而是面前这位年轻人率先开口，他在他们坐下后没敢马上坐下,仍然一副恭敬的神情站着,"今天能一起见到两位老人家,晚辈非常开心。本来我还想着要一家一家去登门拜访呢,没想到这么巧。"

他知道他在这个时刻不用说什么。一辈子了,一到这种时刻,他身边坐着她,他完全可以以一种置身事外的心态把住拐杖,稳坐钓鱼台,看她和别人唇枪舌剑或者口蜜腹剑——这完全要看当时的局势。

"啊,年轻人,你也坐。"她果然还是那个见了战阵不等击鼓就率先匹马单枪杀出去的小女子。当年她小小年纪就瞒着舅舅偷偷过黄河上了战场,舅舅听说后就发愁地对舅妈说:就她这个样子将来谁敢娶她哟。舅舅甚至给自己的女儿取了个外号叫"机关枪"。后来是舅妈管住他,他才没敢叫出去。但是只有家人在一起时,他有时仍会偷偷地叫她一声"机关枪"。

"大家都坐。"她的脸上已经现出一种慈祥的光辉,这在他是新发现,就连她到了今天脸上也能由内而外溢出这样儿孙绕膝的老奶奶般的光辉吗?她只用一句话就让这偌大的一个空间变得安静下来,并且让自己成了空间内唯一的主宰者。"啊,年轻人,我得先说一下,首先我不是为了你们的这个什么会见来的,我每年都会来看一下我这位老表哥,他太老了,今年都九十了,身边又没有同辈的亲人,我不来谁来呢,这样我就来了。"他注意到对面那位年轻人脸上的变化。也许只是错觉?他那张酷肖他曾祖父的瘦长的刀条脸上笑容仍然在坚持,像一个假的壳,在灯光和窗口透射进来的阳光的映照下仍在闪亮,但壳后那种由内心向外发散出来的光——一定是方才坐在他身边的那两位父母官对他做了什么乐观的许诺——却在黯淡下去。"不过话又说过来了，我既然来了，既然知道了，就不能置之不理，所以我也就参与进来了。"她说完了，脸上一直挂着微笑，但是他为什么想笑了呢，他在她平静的声音中又听到了延河边秋风扫过时犀利的呼啸。

一直没有机会说话的副市长要插话："我说两句吧。"但他的话马上被对面的年轻人打断了，没能接续下去。"啊，欢迎欢迎。"对面的年轻人说，他明显地沉思起来。这是个机警的年轻人，像他的曾祖父——虽是敌人，但你不能不承认谢鹏举是他那一代男人中的狠角色，机警而又聪明。"您老人家说得对，您也是晚辈最敬重的两位当事人之一。"年轻人说出这些话时他就明白了，这个在今天的时代里做得如此成功的商人不是个回避自己必须面对的艰难的人，这倒让他有点刮目相看。"两位老人家一定知道我把所有的工作撇下，又请了在座的何副市长、马县长专程赶到这里，和两位老人家举行今天这样一场隆重的、具有纪念意义的会见，是为了什么。请两位前辈原谅晚辈的鲁直，我就开门见山地说吧，晚辈近些年在商界打拼，小有成就，真的想为我们的故乡——那里有我们的根，是我们祖辈生活的地方——做点事情。在两位老人家面前我就不用藏着掖着了，你们都是历史的见证者，不，还是参与者，我想为我的曾祖父那一代人、也许还有高祖父那一代人，在他们那个年代做的事，向家乡人民做一点补偿。不瞒两位老人家，我也快四十了，将来也想落叶归根，和谢家世世代代的先人埋在一起。何况我真的通过咱们当地的一些专家，他们都是研究那个时代历史的学者，从他们手里得到了那封遗书，里面写了他自己对他犯下的大错，不，大罪的忏悔，而且他也没有请求赦免。"说到这里年轻人的头抬起来,亮光重新从眼睛里溢出,"他知道随着中国的解放他没有未来,难逃一死,但不求宽恕,但他还是忏悔了,最后选择了自焚,用这样惨烈的方式为自己的过错赎了罪。"年轻人说到这里停顿了一下,"后来的事情两位老人家都清楚,我爷爷、我父亲在新中国成立后作为'黑五类'受的那些苦。我不责怪任何人,因为那是他们的时代,从某种意义上也可以说是代他赎罪。我生下来后好了,没有再受到歧视,赶上改革开放的好时机,有了今天的一点成就……总之我没有别的奢求,就是想请两位作为亲历者,能够回忆一下当时的事情。我相信那封遗书,相信我曾祖父临死时的忏悔是真实的,他不是被人民政府公审后执行了枪决而是选择了自杀是真实的。站在我这个后人的立场上,这也是我能够逐渐接受他的最后一条小路,这条小路一直在我心里,直通我回归故乡的大道。如果没有这条小路,我是回不到故乡去的,因为他在现有的一切历史记录里,都是那么大的一个恶棍。即便到了今天,如果他的形象不能得到改正,我仍然无颜回去见故乡的父老乡亲。"

现在是他一直盯着年轻人看了,年轻人却像是不无羞愧似的把目光投向了远方。他蓦然一惊,明白年轻人这番话也是早就准备好的,尽管有些商人式的夸张,但从情感上讲还是对方真实内心的表达。过去他没有想过,今天对方说出来的那个东西,心理上的,还真是这个年轻人回乡投资的主要障碍。他没有注意到坐在身边的她早就把目光转向了他,责备道:

"你怎么了?想什么呢?你是当事人,我不是。你是看热闹来了吗?"

他被她提醒，尽可能把身子坐得端正些——虽然老了，但不能在这样一位极聪明的年轻人面前显得失礼——用一种心平气和的语态开口道：

"年轻人，你叫谢先声。我也姓谢，算起来我们还是一家子呢，有着同一个老祖。首先我要说几句话，你这么年轻，这么有成就，愿意拿出钱来为老家的经济发展做贡献，给乡亲们造福，我非常钦佩。"——他忽然看出年轻人有拦住他客气一下的意思，马上举手止住对方——"不，我不是客套。你让我把话说完。"

年轻人终于没能把他到了喉咙口的话说出来。

"下面的话可能就没有刚才那么顺耳了。我想说的是，你是年轻人，无论和你高祖父、曾祖父，还是和你祖父和父亲，都不是一个时代的人。我甚至想说，你和他们不是生在同一个中国。我这么说别人可能不同意，更多会说听不懂。但是我懂，我身边这位一辈子都让我害怕的我的老表妹懂，我相信你也听得懂。

"过去的时代过去了。在那个时代里，我们姓谢的一家人分成两个阶级，从你的高祖父起，你们家在谢家寨也好，在我们老家的县里也好，仗着财大气粗，抢人田宅，霸人家产，欺男霸女，做的事情许多你都不知道，就是知道了你都不会相信……请不要打断我，但这些仍然不是最重要的，最重要的是，那是一个阶级斗争的年代，是活不下去的人和骑在他们头上拉屎拉尿的人不共戴天的年代。大别山里来了共产党，穷人头顶上忽然有了一片青天，只要能求得解放，让他们做什么他们就会做什么。我甚至想说，即便你的高祖父、曾祖父不是全县最大的土豪劣绅，只要他们身在那个阶级，也会被无产阶级求解放的滚滚浪潮淹没掉，不可能有例外。"

"然后呢？"谁都没有想到，一个一直站在年轻人身后的穿黑色制服的秘书模样的女孩子忽然激动地开了口，"那个年代你们杀了多少人？又有多少人被杀？有人认为，红色革命直接摧毁了传统中国社会的经济基础,让中国走向现代化的年代延迟了几十年。"

老人转向了她，脸上令人意外地露出了宽慰的笑容。

"你问然后,问得很好。然后就是今天。你们有了这样一个时代。再没有激烈的阶级之间的战争的时代。"

女孩子被他的回答惊住了。她可能根本想不到他会这样回答她，更重要的是她可能根本不会想到他会这样想那个时代和这个时代。

年轻人一直没有把目光从他身上移开。"您老人家接着说。我听得懂。"他说。

"我简短地说吧。你曾祖父谢鹏举当初带还乡团杀了我母亲和我们谢、余两家退到红娘寨的三十四名老老少少的女人，他总共杀了我们谢、余两家三百九十四口。他本来也可以杀了我和她，"——他指了指身边的她——"可是没有。她被从红娘寨的洞穴里救出来时只剩下一口气了，你的曾祖父让人救活她，辗转千里将她送还给我长征途中的舅舅。我被他抓到后他没有杀我，他圈养了我三年，后来把我也送到了延安，交给了我舅舅。你可能认为我应当感激他，事实上我们在这件事上对他真的存有一点感恩之心，但你要知道，这不是因为他对我们两个人特别地心存一线善念，而是因为我舅舅还活着，他的队伍还在。"

"这一点我可能和您老人家有不同的看法。"年轻人脱口而出，脸也涨红了。

"这无所谓。你可以保留。但你今天是来我这里寻求真相。这就是我要说的真相。刚才这句话是你的曾祖父当面对我说出来的。我相信这是他的真心，因为除了我们俩，谢家寨所有参加闹红的人家即便老人妇女孩子他一个也没有留下。"

年轻人的脸涨得更红了，但他说不出别的话来。

"至于你说的那封遗书，我非常不情愿地讲讲我的看法。它是伪造的。没有这封遗书。还有，你的曾祖父谢鹏举也不是因为知道自己罪孽深重没有将来选择忏悔后自焚而死。他确实是被当时的县人民政府公审后逃回谢家寨你们家的大院子里，要和你们家的老宅同归于尽。但他没有做到。人民政府不可能让他做到。他必须为他的罪恶付出代价。"

"你是说——"

一瞬间他似乎又望见了那支美式卡宾枪准星上一点明亮的阳光。

"那一年我作为土改工作团的成员回到了咱们老家。我亲自执行了对你曾祖父的判决。"

"我无法相信这是真的。"

"当时他点燃了你们谢家的大院子，站在院墙上，朝着赶来追捕他的人民政府的执法人员大喊大叫，坚持和人民政府对抗到底。人民法庭只能选择就地对他执行枪决。枪手就是我。"

年轻人脸上汗涔涔地流。"为什么是你？他还救过你们两个的命呢。"

"我枪法好。我一辈子都在各种军械所和兵工厂校枪、修枪、造枪。我说过了，那是历史。只有阶级的战争结束，才能开辟今天这样一个没有阶级战争的年代,你们今天的年代。今天大家如何讨论那个年代我们可以不管,每一个人都有发声的权利,但你要问到历史的真相,而且找来问我,我就只能告诉你真相。你曾祖父没有忏悔,也不可能忏悔。他因为罪大恶极和坚持不认罪被执行了死刑。"

没有人说话。他看她一眼,先站起来,说:"我说完了,要走了。你不走吗?"

她满意地看了他一眼,跟着费力地站起。

所有人都站起来了,最后那个年轻人也站了起来。老人回头看着他,说:

"小伙子,我再说一遍,我们都姓谢,是一家人。你曾祖父做了什么真的和你无关。现在你有力量帮助家乡人民过上好日子,是你的功德,更是我们谢家人的荣耀。还有,我们死了,别人怎么讲那段历史,就管不着了。但只要我们还活着,那些历史,那些真相,就会一直活着。"

说完,他非常温柔地——在她也非常意外——牵上她的手,一起走了出去。

晚上,他做了第二件让她意外的事,亲自到火车站送她上车。在候车室里,他说:

"明年你就不知道能不能来了。有件事我一直想问你……舅舅当初真是为了给我们谢家留个种,才不让我上前线吗?"

"你还真是傻呀。"她斜着眼看他,又恢复了那副嘲笑和看不起他的眼神儿,"哪是为你们谢家留种……总之你要仔细想想。想不明白明年我来了再告诉你。"

　　他已经明白了。这一瞬间,他又仿佛看到了那把蛇牌撸子,尤其是蛇牌撸子准星上那一点被反射的阳光映亮的光点。

　　瞄准其实很容易,准星一定要实,目标一定要虚,上了战场,一枪一个,没有敌人逃得掉的。

校　枪

——《永不妥协》系列小说之二

　　他挂断电话，静静坐回到靠窗的小沙发上去。啊我真的不生气，他想。哼，你那老姑奶奶，别跟我提她，那个什么四岁枪手的故事一定是她说出去的，可是没有这个四岁的枪手她当初就死在大别山红娘寨一个无名的山洞里了。怎么还下雨呀，他朝窗外望去。这个城市他住了几十年了还不习惯，一到夏天就大雨淋漓。这不眼下雨像是停了，瓦蓝的天穹高处乌云还在，但破成了团团片片，有两束明黄的光穿透一大块变得稀薄的絮状积雨云团直射下来，剑一般犀利。老伴去世后儿子媳妇花了多少心思骗他住回到这个家里来，后来又改为要搬回家来住，他坚决拒绝，想用照顾他的名义破坏他晚年的独处，老头子还没糊涂到那一步呢。但是这个孙女……他从小娇惯的就是她呀。小时候病恹恹的，猫崽子一样一年到头窝在爷爷怀里，不知怎么变戏法一般成了今天这么个让他大吃一惊的中年漂亮女士。她不当兵也还罢了，让他最难忍受的是辞了职跑到一家民营出版机构当了 CEO。哎哟喂，眼下又成了国内出版界炙手可热的人物了，打开电视就能看见她在电视屏幕上夸夸其谈。一想到这个活在世上他最心疼最牵挂的人成了这个样子，老人那残破不全的牙床也要痛起来。

他终于想起那个梦的开头了。十三岁那年，他从延安保育院瞒着院长叔叔和保育员阿姨一个人偷偷跑上百里到了黄河边上，扒上了一条即将开航的大船。河东就是大西北著名的五省通衢水旱大码头山西临县的碛口古镇，过碛口往东不远就是兴县，舅舅带着晋西北八路军的一支主力部队在那里独立支撑。他真正想去的是前线，舅舅回延安开会时他偷看过他的地图，知道兴县往东不远就是离石州，今天叫作吕梁市，日军在晋西北的最大据点。日本人为了过黄河进陕北拿下延安后闪击西安，从侧后攻击国民政府的陪都重庆，八次进攻碛口，舅舅和他的队伍在那里和日本人死扛，他人在延安也能天天听到从黄河东岸传来的模糊的枪炮声。长到十岁他就坚信自己已经长大，自从四岁时母亲和全家最后几名亲人牺牲在红娘寨的一个山洞里，他一个人为了保卫洞底的细女，舅舅舅妈踏上长征路时留给娘的小人儿，他一个人和谢鹏举的还乡团恶战三天，被抓到后谢就要杀但最终没有杀他反倒在自己的大院子里圈养了他三年，七七事变后国共合作时才将他送到延安，交给舅舅，还一并送给了舅舅那封害了他一辈子的信，说什么他一个四岁的枪手三天内一并击毙了包括他儿子谢大头在内的四十七名还乡团丁。然后……然后就没有然后了，他被送进延安保育院，和那些像他一样的烈士遗孤或者父母在前线的小鬼们一起度过了长达六年的马背摇篮的动荡岁月，因为保育院也时常在迁徙。可那都是些什么样的童年小伙伴呀，最小的还被一块块破布裹着，大一点的只会哭，他进去时就是大哥哥，被院长叔叔保育员阿姨当成半个大人使唤,好吃好喝的轮不着,一个大男子汉在逼迫下竟然要捏着鼻子给最小的小鬼换尿布。一生中最难堪最屈辱的日子。他平均一年跑一次,前六次都被逮了回去,这是第七次他却成功了!

到了这里他的记忆就鲜明起来。他爬上了立壁式耸立的黄河西岸的山崖,眼前就是那道由北向南切开黄土高原、在地理学和历史学上异常著名的秦晋大峡谷,峡谷里奔腾咆哮着黄河……他在延安的礼堂里听过冼星海的《黄河大合唱》,一眼望去,他觉得这黄河的气势就像那部伟大的交响曲的前奏部分,既庄严宏大,又激昂奔放。1944年夏天是个大西北少见的暴雨连绵的季节,黄河水暴涨,混浊的浪头一个接一个从上游滚滚涌来,顺着眼前那道深渊般的大山峡向下游奔涌而去,浩浩汤汤,波飞涛起,岸崩山塌……还有风,那带有雨后潮湿的黄土腥味儿的风,不,很快他就明白了,那天刮的是强劲的东风,那风中的气味来自东岸,雨气中带着被烧焦的枣树的气息,村庄废墟的气息,还有一种他在四岁时就已经熟悉到了这时却怎么也想不起来的与烧灼的气息混在一起难以分开的特别的气息,因为黄土高原难得的潮湿空气而越发令人作呕,不由得让他想哭……

他顺着大山峡西岸一道几乎竖在崖壁间的曲曲折折的小路跑下去。因为他已经透过峡谷间被阳光半照的雾气看到黄河东岸布满一面大山坡的镇子,他不知道那是不是碛口但他根据看到的镇子的大小相信那是一个大码头,并且透过崖下茂密的枣树丛——冬枣、骏枣、梨枣、狗头枣、团圆枣——看到了那个大部已被泡在水里的码头,连同停在一道窄窄的河汊子里就要启航的一条运货的大船。运气直到这里还和他在一起，他到了崖下借助草丛不费多大气力就偷偷从船尾摸上了这条运棉花的大船，但是船一旦开行向东岸从昨天离开延安时就一直在身边保佑着他的运气就离开了他。在这样洪水暴涨的日子里这条大船为什么要去东岸呢？是那条船足够大，事情格外急还是船老大自以为在这条大河上走船多年，再大的风浪他都能对付呢？不然……大船刚刚驶到中游，藏在船尾的他就看到了，一道像墙一样高的水头蓦然压过来，连眨一下眼的工夫都没有，它就将大船淹没在自己的浪头之下，推向了碛口古镇前面横在黄河中流的大碛上，整个船瞬间就在一声沉闷的轰鸣声中成了碎片，连同他和船老大船工们一起高高地飞上了雾气蒸腾中仍然有阳光透下来的天空，而在这一刻他居然猛地明白了方才在西岸崖顶嗅到的东岸的风中的特殊气味是战场上特有的广大无边的血腥气……

醒过来时他已经躺在兴县某个窑洞里的土炕上了。想到这一段他的记忆往往就模糊了……好像是舅舅一下子就进来了，只简单地骂了他一句为什么你这么不省心呢手里的一个物件就打下来了。舅舅在战场上曾用他手中那条马鞭子切去一个小鬼子的半边脑袋，可见他的力道有多大……后面的事情都是细女后来在自己的一生中不停地断断续续地用幸灾乐祸的语气告诉他的：哎呀我爸只要再给你一鞭子你小命就完了，说时迟那时快千钧一发之际我妈飞一样地闯进了窑洞，扑上去就和我爸死命撕扯起来，为夺下那根鞭子她在我爸脸上狠命挠出了两道大血口子……为了这一架我爸回延安开会时坚决要求和我妈离婚，他让朱德伯伯、贺龙伯伯、徐向前伯伯看他的脸，说这个女人把我的骨头都挠出来了，不让我跟她离婚下回我一定得让她挠死……舅舅1974年去世，他从正在进行三线建设的大西南坐三天四夜火车到北京见他最后一面。进入弥留之际的舅舅听说他到了居然一时回光返照精神起来，用一双虎眼仇人一样死死盯住他说你怎么又跑来了？我的马鞭子呢？拿我的马鞭子！你们把它藏起来了！给我拿回来这回我打死这个犟种！你们老谢家的人都是犟种！他到了这个时候仍然大喊大叫起来。这时他瞅了舅妈一眼。舅妈说振祥你出去，这都多少年了他还没忘呢。他委屈地走出舅舅病房，一边不想听舅妈在病房里又和舅舅吵起来一边离开，但他还是听到舅妈说你都什么时候了还要打死他，你还有这个能耐吗？你就是有这个能耐也别忘了脸上的两条疤，就是到了今天你快死了要是还敢拿马鞭子打他我还是会跟你拼命……他不转身跑过病房外长长的走廊下楼走到院子里去，没有等到参加舅舅的葬礼就上了西归的火车。火车在路上走了三天三夜，他是最后一夜在火车上伴着车轮"哐当""哐当"的撞击声听到中央人民广播电台播出舅舅的讣告才失声痛哭起来的。舅舅在他人生中占据的位置过于庞大，也好像直到此时他才真实地意识到失去了舅舅。但即便这个夜晚一边从火车喇叭里听着党和军队为舅舅去世发布的评价极高的讣告一边哭泣时，他心中深藏了那么久的一点对舅舅的隐隐的恨意仍然没有消除，这当然不只是为了当年那顿差点要了他命的鞭子，更多的还是因为……算了，不说也罢，不说也藏在他心里：舅舅直到去世都不喜欢他，所有人都说是因为谢鹏举当年将他送交给舅舅时附上的那封信，他一个四岁的孩子守在一个只剩下他一个人的洞口三天内干掉了对方四十七个人。他永远不能相信像舅舅这样一位身经百战的大将军怎么可能会因为这个不喜欢甚至隐隐地恨他,难道舅舅不知道他那些天不杀死谢的人自己和细女就要被杀死?他死不算什么,可他哪怕只有四岁凭什么就不能为死去的娘、姑姑和洞里所有被杀死的红属报仇。凭什么舅舅自己可以上战场杀敌无数,而他却因为被舅舅和所有人认为枪法过于精准不能上战场杀死更多的敌人?尤其是那个年月,一到河东鼻子里终日嗅到的就是和咆哮的黄河湿润的风浓郁地混杂在一起的血腥气,那些日本人真的算是人吗……

儿子为他新换的红色防盗门被打开了,他这才想起已是中午。但是进来的不是也已退休的儿子和儿媳中的一个。活到这个年纪一日三餐是不是要吃其实可以存疑了。过完八十五岁生日后他就开始嘲笑自己活得像个神仙基本不食人间烟火。活到一百零四岁高龄的舅妈曾对他说过一位时任国家领导人的晚餐,是她亲眼看到的:一小碗小米粥,一个一两重的小馒头,一碟拳头大小的盐水煮野菜。左边老伴右边医生看着他吃。那位老人家当时回头看了看舅妈,说了下面的话:

"大姐你瞧瞧,革命八十年,回到解放前。"

当然她回来了也不算什么不寻常,虽然这样的事情很少,但偶尔在家时也会自告奋勇来为爷爷送饭。相比儿子儿媳,这丫头回来他心中还有浮起某种莫名其妙的欢喜。爷爷和孙女的隔代亲情即便用上他革命生涯中许多根深蒂固的理念与之相争也不是每次都赢得了的。伙食没什么好期待,儿子儿媳现在一日三餐基本用喂兔子的食材养他……她进门换鞋时看也不看他一眼就说我回来了。接着就提饭盒径直向他走过来,撑开儿子特意为他买的单

人小饭桌,再将饭盒打开:一两白米饭,一碟虾米豆腐,一碟水煮青菜,半块麻辣腐乳。他哼了一声,道:

"还开恩了。今天多了荤腥。"

孙女的嘴咧都没有咧一下。这孩子小时候就不笑,眼下成了所谓的名人更不会笑了。但他心里已在窃喜。虾米也不错,他喜欢今天要开荤的感觉。五年前还能反抗这样的伙食,现在真老了,没力气跑出去买嘴吃,加上医生警告,接受吧。

"吃吧。"孙女把碗筷为他安顿好后说,边说边在他身边坐下,像小时候一样双手端着下巴从下往上瞅他。一定是从什么地方急匆匆赶回来的,身上还穿着一袭他心里异常反感的袒胸露臂的长裙,妆也化得重,香水味熏得他头晕。他常常故意当着她的那些客户嘲笑她穿的是"戏服"。还有一件他不痛快的事是她一个月前又离婚了。

"他是谁?"他故意不看在对面一张硬木靠背椅上畏畏葸葸坐下来的男子,也不主动招呼这位被孙女直接带进家的不速之客,一只手拿起筷子在小餐桌上蹾出声响,先尝了一点麻辣腐乳,让吃什么都没感觉的味蕾苏醒,听觉却在紧张捕捉来自孙女那一方的反应。

"一个朋友。你吃饭,不用管他。"

他就是没看那男人也知道后者正透过一副从鼻梁上不时滑下来的有超薄镜片的眼镜看他。走进这个家的第一时间男人身上的微动作里就显出了一系列的战战兢兢,现在藏在镜片后面的眼睛更是直接暴露了他在自己面前的深度不安和谦卑。另外一点是他自己都没想到的类似受宠若惊般的喜悦、激动和慌乱。他不喜欢这个，尤其是到了今天，他越发不能容忍任何客人把他当成一个老得不能再老的"红色活化石"——孙女对他态度恶劣时的称呼——看待。

他风卷残云般吞下了面前的食物。和进食的速度同样没有减弱的还有作为一名老兵的敏锐直觉。这个男人的意外出现，连同孙女一身"戏服"没脱下却强行——他猜想到一定是强行——取代儿子儿媳回来侍候他的午餐，事情后面一定藏有玄机，不过也好，"战争"是她挑起来的，既然要打，先发起攻击就能占据主动。

"怎么的，把人都带回来了？给谁看呢……别以为每回都能接受你先斩后奏……想先从我这里打开缺口，再对你爸妈展开迂回攻击，让他们以为自己只能举白旗投降，那他先得入了我的眼……可这一个，啊，还不如上一个呢。"

她几乎立即就要像炮弹一样爆炸开来。从小她就被称作"小炸弹"，就极易被引爆这一点像极了自己。但这次没有。她看了那男人一眼，才回头用孙女对付垂垂将死的爷爷常见的训诫口吻道：

"您犯什么主观主义呢？……他不是您想的那个人。我就是真有了也不会带回来让你们作主。您也太把您自个儿——"

是因为对面有客人她才没把最恶劣最有打击力的话说出来吗？他甚至看到她一边教训自己一边对客人传递了一个稍含抱歉意味的微笑。这最后一个微笑激怒了他。他把筷子放下，故意弄出声响，提高音量说：

"那他是谁……我这里什么时候成了市中心广场，谁想来溜达就来溜达？"

他仍然不看那个男子，但知道他那张过于白皙的脸骤然变红了,进门后他一直都处在一种莫名的紧张情绪中,现在的一系列动作显示出紧张情绪甚至加剧到让他生出了一种拔腿就跑的冲动。他一生都觉得自己和舅舅不同,可在憎爱分明、疾恶如仇、门无私交这一点上却极像舅舅。近年来他更有了一种本事,常常能用一句话就把那些慕名而来看这个"红色活化石"的不速之客送出家门。儿子儿媳知道这个,从不带朋友回这个家。但孙女不一样,很小时候起就自作主张把他的规矩给坏了,先是同学,然后是同事。尤其是现在,看爷爷老成这样,一天二十四小时想带什么人回来就带什么人回来,想什么时候带人回来就什么时候带人回来,简直……如入无人之境。视他这个真正的主人如同空气。无法容忍。但最后还是忍了,因为你能拿一个从小自己娇惯出来任性到连她的爸妈都不敢惹的小孙女怎么样呢?除了这个生下来直到长大一直让他无限怜爱的小孙女外难道还有别的亲人可以让他释放人性中的爱吗?他今天可以把她和她带来的人轰走,可万一她再也不回来了呢?那时候再去求她,从战术上讲会很被动。所以,还是得忍。

"我是——"那个男子突然开口了,要说下去时镜片后面一双不大却溜溜圆的小眼睛比语言更清晰地现出了更多的犹豫、不安和慌怯,深处却是忧惧,不知道说下去会出现什么结果的人才会有这样的神情,于是就下意识求救般地望了望此时已站回到他身边去的女士。女士马上回应他的目光,开口截断了他的话:

"你什么也不要说,我来告诉他——"

这已经不是朋友而是同盟者。是和一个陌生男人站到同一条战壕里对他举枪瞄准的语气。叛变……他脑海划过了这个词。但你爷爷是什么人啊，即便战壕里只剩下一个人也从没有胆怯过。四岁那年一个人面对数百人的还乡团没有，后来在晋西北边区后方基地所有的大峡谷里一人面对那一大队偷袭的日军也没有。开火吧，老兵永不害怕战斗，相反一身热血还会因为嗅到了火药味和战场上特殊的气味立马大火般燃烧起来。

"你要告诉我什么？"他说，听到自己的声音陡然变得又清亮又高亢。

男子没让身边的女士再替自己把话讲出，像是一下变得勇敢了，脱口道：

"尊敬的谢先生，晚辈瑞穗宏。日本瑞穗出版株式会社的总经理。今天非常荣幸见到您老人家。"

想起来了。从第一眼看到他微微上翘的薄嘴唇，看到他眼镜后面那两只不大却溜溜圆的小眼睛，连同眼睛里那一种躲躲闪闪的惊惧和与之混杂在一起惊喜、激动和渴望的光，他就蓦然想到了数十年间他偶尔也会想到的那个人！

"你是瑞穗六十的孙子！"

对面的男人猛地感动了，他从对方的身子猛地做出了一个要站起又没有的动作里看到了它。当年也有这样一双眼睛，同样惊惧而又混杂着生的渴望，让他相信了那个日本娃娃兵的话：他没有杀过中国人！他没有杀过日本人！而且像他一样刚满十三岁！战争打到今天，日本已经没有超过十五岁的适龄男子从军了。不要打死他！他不想死……

"是。"男子终究还是站了起来，用汉语回话，并且深鞠了一躬。

"你爷爷还活着？"

33

"是。"他仍旧恭恭敬敬地站着,因为老人没让他坐下。

"坐吧。既然是瑞穗六十的孙子,你可以不用这么客气。"他说。

男子听到了大赦令一样马上就坐了下去,一边从身上摸出纸巾来拭汗。

他居然还活着……就是说,他也像我一样,成了所谓人类长寿大军中的一员……他看了一眼弯腰动手收拾餐具的孙女,又有些不快了:她的表现像是对正在发生的事一点感觉也没有一般。

刚刚泛起一丝激动的心情就在这一瞬间彻底改变了。

"你……打住。我有话问你。"

"又怎么了?"她住手,语气强势,至少不打算示弱。

"你和他什么关系……你怎么敢把他……你不会……我不允许……"他说,觉得自己要喘不过气来了。

孙女绷着一张美丽的脸安静地看他。但只坚持两分钟就扑哧一声乐了,很快又恢复了安静,正色大声对他道:

"您想什么呢!以为我会嫁给一个日本人?哎呀喂!……再说我就是真想这样也与您无关,那是我自己的事!"

"我不允许……"

她没有让他把这句话说出来,就开口把它堵在他的喉咙里了。

"都告诉您好了。我和瑞穗先生是商业上的伙伴,我们正在合作翻译一本他爷爷写的书,内容是作者在侵华战争中的亲身经历。上午我们举行了签约仪式。我爸我妈今天有事,早上嘱咐我照顾您老人家吃午饭……他晚上要回日本,酒店房间已经退了,我没有地方安置他,就带到了您这里。不会打扰你太久的,把碗刷了我们就走。"

"等等。"他没想到自己口中会蹦出这句话但它自己就蹦了出来。"你叫什么？"

"爷爷，我叫瑞穗宏。"

"你的中国话跟你爷爷学的？"

"不，晚辈在北京生活过七年。"

"你这口京片子说得可不好。真心学汉语，别跟北京人学，要学普通话。"

他这些话说得仍然强硬，听起来却没有想象中那样强硬，这是他吗？可恶！他为什么对一个日本人这么客气？

男子面部马上又现出受宠若惊的神情，激动道：

"谢谢您老人家。我会继续学习中国话，啊，普通话。"

孙女迅速走进厨房刷了碗筷走出来。她做什么事都像风一样利索。看样子她还想说什么，但他用严厉的目光阻止了她。现在，是他自己有问题要问对面这个衣冠楚楚的日本年轻人。

"你爷爷是不是跟你说过我？不，这个我不关心……他写了自己在侵华战争中的经历？"

"是的爷爷。我爷爷一直记得您。这本书——"他边说边询问般看了身边的美丽女士一眼，"其实很多地方都谈到了您。"

"那就是说，他像我一样早就该死，又一直不死……他在书里关于我都胡说八道了什么？"

男子终于缓了一口气，笑了一下。他听出来了，面前这位虽然老得有点脱相但仍旧让他从第一眼看见就莫名其妙地心惊胆战的老人开始跟他开玩笑了。

"哪里会……我爷爷在书中一直夸您……实际上您是他书里

描述的主要人物之一。他认为是您让他重新认识了中国和中国人。您代表了中国人的宽容、善良和仁慈。他写这部书，是想用自己的经历告诉日本年轻的一代人，应当选择与宽容、善良、仁慈的中国人民成为好邻居、好朋友。"

"什么？他认为中国人仁慈、宽容、善良？"

"啊不，还有不屈的战斗精神，尤其是您精湛的枪法。就是从您身上，他比别人更早看到了中国不可能战败。当年不可能，今天更不可能，永远不可能。"

他觉得舒服一点了，但刚才那种像被蜂针猛刺了一下一样的剧烈的疼痛仍在。他必须继续问下去。"他在书里写到了他和我认识的经过？"

这次是孙女直接回答他：

"瑞穗六十先生在书里用很大篇幅写了是你当年俘虏了他。你们老兵关心的不就是这个吗？"

男人迅速纠正了她的话：

"对不起不是这样的。我爷爷说，是他主动向八路军战士谢振祥先生选择了投降。直到今天，他仍然为自己当年做出这种选择感到自豪。"

他静静地看着对面这两个年轻人，那一点被刺痛的感觉正越发变得强烈和宏大无边……他们也不年轻了，是成年人了，这些居然就是他们认知的抗日战争，或者叫日本侵华战争。什么叫作肤浅，什么叫作难以忍受，这就是。瑞穗六十这老鬼子胡说什么，他是主动投降的？如果不是他当时一边校枪一边一枪一个狠狠狙击了那队突然出现在晋西北边区后方修械所在的那条大裂谷里的日军，不是他边校枪边一枪一个把这老鬼子身边那些和他年龄相仿拼命冲锋的鬼子兵击毙，他怎么会突然在近在咫尺之地冒出来大喊大叫说他要投降，并且扑过来按住了他手中的枪，要他不要再打了！不要再打了！

"原来早上你打电话说要带一个人来见我。就是他……你不用回答。"他把目光重新转向对面的日本年轻人，"好吧，你今天来见我，是想对你爷爷当鬼子兵时侵略中国的真实经历知道得更多，是吗？"

"这个……如果您老人家不觉得晚辈冒昧和唐突——"

"恰恰相反，我今天非常愿意对你和她……别以为她是我孙女，好多事我并没对她讲过。"他又把目光转向她，"你怎么样？愿意听呢还是不愿意？不愿意可以离开。"

她直到此时仍保持着镇静，至少看上去是这样。其实她早已注意到他的脸色变了，担心地看了看他，想了想才说：

"我干吗离开，这儿不是我的家吗？"

他怎么回答她呢？当然是，但也可以不是。

"愿意听你就站着好好听。瑞穗六十的孙子来了。我要说的是，他在自己的书里隐瞒了历史真相。我现在就敢断定你们要出的是一本坏书，因为写它的人根本做不到或者不想做到真诚地面对历史。"

"先不要扣这么大的帽子，你连书稿都没看——"孙女说。

"别打断我。"他看了一眼她，又看对面的男子，目光和语气同样凌厉，"1944年我从延安逃到河东，第二天早上被人带去了晋西北边区设在吕梁山深处靠近黄河边的后方修械所，当时这个所就藏在黄河边一条大裂谷西侧山顶一个很大的山洞里。黄土高原有很多这样的大裂谷,山高崖陡,挖一个大洞可以藏下千军万马。可也因为是黄土,遇上暴雨就会大塌方,一下埋掉一个村子。"

"你跑题了。"孙女说,脸上的神情显示出她内心的紧张超过了对他的畏惧。可能已经预感到了什么,她不想让这场正在向着她没有想到的方向发展的谈话对他们已经签约的书造成破坏性影响。

爷爷不是这么容易被你激怒的。他并不知道自己已经被激怒了。面前就站着坐着中日两国的两个年轻人,瑞穗六十这老鬼子写的书居然能让他们对那场战争形成某种共识。只要我活着,你们就办不到。

男人脸上的热情和求知欲更猛烈了,急急道:

"爷爷,咱不着急。你尽量讲,越详细越好。有丰富的细节更好。"

"1944年8月,日本人发动太平洋战争后四面楚歌,兵力分散,驻守晋西北的日军不再有力量做渡过黄河占领延安的美梦……还有,老兵被调走,补进来的都是像你爷爷瑞穗六十一样的十几岁娃娃兵。从那时起我们就知道日本人离完蛋不远了。我们只是没想到一直盘踞在离石城中的日军会在灭亡前又大规模地对我晋西北根据地展开一轮大扫荡,直到今天我对你们日本人为什么会在明知要战败的情况下丧失理智地进行一轮自杀式的攻击仍然难以理解。任何精神正常的人类大概都难以理解。"

"爷爷,我知道您在讲什么。"男子激动了,说,像他爷爷一样,一旦激动起来一双小眼睛就紧张地眨巴个不停。"我们是这样一个民族,胜利了就狂妄,不可一世;发现将要失败,更要用最后的力量进行一次攻击,因为这样做可以更早地结束痛苦。"

"你爷爷在他书中写的?"

"不,晚辈自己的想法。"

"我不同意。因为这场大扫荡在整个晋西北制造了遍地惨案。你爷爷当年十三岁,也在这些疯狂扫荡的日军之中。我还没有到达舅舅打发我去的边区后方修械所,就在途中亲眼看见了日军的一场暴行。"

"暴行?"

"暴行和惨案。啊,对了,你爷爷对你讲过这些惨案和暴行吗?"

"这个……"

"他没有。我看出来了。那好,我现在就跟你讲我在河东时看到的这一场……"

孙女再次插进来打断了他:

"爷爷,那些惨案记载在各种书里,如果需要我们会去找。今天我和瑞穗宏先生只想从您这里知道他爷爷当时是怎么主动向您投降的。他认为,不,我现在也认为他当时的这个举动具有许多含义……据我所知,你当时之所以会被送到晋西北边区后方修械所,是因为你才十三岁,一天前刚从延安保育院偷跑到河东,挨了你舅舅我老姑奶奶的爸爸一顿鞭子,他当时是为了给我们老谢家留个种才要人把你送去那个后方修械所,还交代一定不能让你上前线。结果到了修械所头天夜里你就跑,为了煞你的性子你们所长就真把你拴起来,整整关了三天——"

她知道的真多啊。自己养大的亲人,小时候为了哄她,啥都跟她说,现在都成了她对付你的弹药。

"你知道得不少，可惜只知其一，不知其二。我舅舅在我跑到河东的当天晚上就决定了把我送进边区后方修械所，还把我交给了来旅部开会的修械所麻子所长，让他第二天天不亮就把我带走。我到了修械所头天晚上就跑了一回，他也真把我逮回来关了三天，但这之间发生过什么你知道吗？"

"发生了什么？"对面的男人强行插话进来说。

"惨案。我和麻子所长在路过一个村子边的河滩里，看到了一场直到今天都不能平静的暴行。"

"真的……发生了……暴行？"

"我简单说。那天拂晓时麻子所长就带我从旅部离开，还带走了一捆部队上缴的打坏了要修理的枪。天大亮时我们两人两马到了岚县五区的草寨子村，与正在这里扫荡的2000名日军遭遇。他们是夜里突然赶到的，天不亮就将全村200多名老百姓驱赶到河滩里，回头一把火将400余间房屋烧毁，没逃出来的人全被烧死，然后他们又架起了机枪，对河滩里的老百姓一通扫射，200多人瞬间倒在血泊里。大屠杀后，日军又在尸体中翻找，反复用刺刀捅，唯恐一人活着。"

"这个……难以置信……"对面那个男人脸色开始变白，下意识地嗫嚅道。

他在说什么？难以置信？……我还没有说出那让我一生都不能平静的一幕呢……后来一个鬼子兵发现了，在一具母亲的尸体上，有一个不满周岁的婴儿在爬，在哭叫，他居然用刺刀将孩子挑起来，抛向了空中，然后一边嬉笑一边再用刺刀尖将孩子接住，再抛出去。另外的鬼子兵赶过来，在一片嬉笑中，争相用刺刀尖去接住落下来的孩子，然后再抛出去，再去抢，看谁能接得住，一边哈哈大笑！

"爷爷，你过去从没有讲过——"

"我们因为被鬼子堵住了路，无法前行，被迫藏在河边不到200米远的草丛里，亲眼看到了这一幕。我从所长身上背的坏枪中抽出一支，记得是一支巩县造。所长红着眼睛对我说：'你不是神枪手吗？说你四岁就这个那个的，开枪呀！'"

"你开枪了？"孙女问，声音颤抖起来。

"连开了两枪，但那是支坏枪。我没有打中。"

房间里没有一个人说话。一片寂静。

"为什么没击中？你不是百发百中，四岁就一个人在一场战斗里击毙了四十七名还乡团丁吗？"孙女的声音不一样了，连其中的颤抖都变了味儿。

是的，这就是他永远的恨之所在……麻子所长当时就愤怒地骂他，对日本人能听到他的叫喊也不管不顾地骂他。他知道无论如何也不能再救活那个婴儿，但他永远不能原谅的是自己居然没有一枪击毙那些将可怜的孩子在刺刀尖上挑来挑去的鬼子兵，尤其是最先将孩子挑起来的那一个！

"可是……我明白了……你用的是一支坏枪。然后呢？"

哪里还有什么然后……枪声引来了鬼子兵，他们一直追击我们，但没有我们的马快。黄昏后我们回到了后方修械所，我放声大哭……我号啕大哭了一场。

"所以当天夜里你就要跑——"

"我是要跑，但跑之前所长已把我交给一位被称为'校枪王'

的军工师傅，我师傅只用半天就教会了我校枪的原理，虽然那一刻我一句也没有记住，因为当时我一点留在修械所里的心思都没有！"

"再后来你就被人家拴起来了！"孙女的声音又高亢起来，看样子她一点也不想止息战火，虽然这战火在她胸中燃烧起来的原因已不是方才那一个。

"为什么你不明白，为了上前线杀敌被拴起来关在山洞里爷爷并不丢人！"他展开了强势反击。

"爷爷，晚辈真的想从你这里听到我爷爷在战场上是怎么主动选择了向你投降，这对我很重要。至于草寨子村惨案，晚辈在中国出版的书里读到过。但是日本也有人写文章否认这桩惨案发生过……还有，即便真有这样的暴行，那也是在战争中，交战双方全都进入了一种无法理解的疯狂状态，他们做了什么是不能仅由个人负责的。"男子终于忍不住，长篇大套地说起来。

他真的只是想知道自己真正关心的问题吗，还是故意激怒我？

"错了！什么交战双方，侵略中国，在中国土地上制造了无数惨案的是日本人，陷入无法理解的疯狂状态肆意制造惨绝人寰的大屠杀的也是日本人！面对这样的侵略者中国人如果不能战斗到底，这个民族就不值得任何民族尊敬，没有任何理由继续在这块土地上繁衍生息下去！"

九里湾惨案。1938年2月22日下午5点左右，日军谷口旅团6000余人侵入九里湾，见房就烧，见人就杀。村民白有福及其妻、孙子以及白喜则等8人被熏死在山药窖内；刘兴一等21人被日军用指挥刀和刺刀砍死。一名老太太被十来个日本兵轮奸致死。八十岁的白万银老伴和白定英被吊在树上用刺刀捅死。白根弟老汉被日军按在地上掐死。一个四五岁的孩子被从母亲怀里抢走，用枪托砸，用皮鞋踢，孩子惨死，母亲又被日军用刺刀捅死，日本人杀人的手段极端凶残，有的枪杀，有的用铡刀铡，有的用火烧烟熏。一个叫王廷良的老百姓被日本人铡成三段，然后开始强奸并杀死女人。一天内九里湾村60户人家就有37名无辜村民被日军杀害。

白文镇惨案。1940年农历十月下旬，岚县日伪军1000余人攻入临县白文镇。鬼子抓去数名妇女在碉堡内奸淫，一名妇女被十几个日本鬼子轮奸致死。12月1日，敌人抓了200余名群众，杀死23人并将尸体填入水井，又在房屋上涂抹燃烧剂放火，大火烧了三天三夜，烧毁房屋2100多间，抢走耕牛300余头、骡马200多匹、羊500余只，镇里居民粮食、衣物、家具、农具全部烧毁，白文镇化为灰烬。

大武惨案。1938年初，日军纠集2000余兵力从离石出发，3月4日拂晓包围大武镇。在日军队长松井指挥下，凡来不及逃走的民众十之八九惨死于日军屠刀之下。其中绝门断后的七户。武洋人一家七口均被残杀；德和堂老中医张先生被杀害后，头颅被扔在房顶，滚下后日兵像踢足球似的你争我夺满院乱踢；日寇在强奸李老婆婆十四岁孙女时，李老婆婆跪下叩头劝阻，日寇开枪杀害了老人，将其孙女奸污后用刺刀挑死；盛地村侯愣狗被日军绑在柱子上，头部上夹板向后扭断颈骨死去；日军持枪闯入南垣任旗杆院内枪杀14人。这个千余人的村镇一次被日军残杀无辜村民340余人。连同武回庄、洞上、留子局、盛地、红罗沟等村被杀村民在600人以上。之后日军顺街由北向南浇上汽油放火焚烧民房铺面、庙宇楼阁,大火历时四天不熄。街道两旁铺面和民房大部倒塌,遍地焦土瓦砾。

……

沉默。但刚才对面的日本男人虽不是出于熄灭他们祖孙间的战火的目的说出的话,但已经改变了整个谈话的方向。

"啊,爷爷……我一点也不想冒犯您……我只是想说,我爷爷写这样一部书,只是为了在中日之间实现永远的谅解。谅解与和平。"男人说。

谅解?不!不!永远不!

他现在一点也不想说那件事了……啊,那黄河的湿润的带着黄土气息的强劲风,秦晋大峡谷中激荡的汹涌澎湃的混浊波流,冲岸崩崖的声浪和轰鸣……即使大船撞击在碛口古镇前河中的大碛上他随着破碎的船板高高飞出水面飞向万里晴空时仍旧扑面袭来充塞了所有感官的那一种弥漫在整个河东的和烧灼的气息混在一起难以分开令人呕吐的血腥的气息……黄河在咆哮,黄河在咆哮,河西山岗万丈高,河东河北高粱熟了,万山丛中抗日英雄真不少!青纱帐里游击健儿逞英豪!端起了土枪洋枪,挥动着大刀长矛,保卫家乡!保卫黄河!保卫华北!保卫全中国!……他永远记得那天黄昏时分被麻子所长带回修械所后的一场大哭,就是从这一天起他已经不再想找机会逃往前线,因为他这时已经明白反扫荡中的晋西北任何地方都是前线。他不想再说下去还因为麻子所长在他用那支坏掉的巩县造连开两枪都没有在草寨子村的河滩里击毙一个鬼子兵后一边痛哭一边用他一生中听到过的最不堪入耳的语言大声骂他是个假神枪手！四岁时一枪一个击毙四十七名还乡团丁的事是假的！麻子所长一边对他高声大骂一边号啕大哭，回到修械所仍然大哭大叫不止，这才是他当天夜里下决心要从修械所逃走的真正原因。受不了所有人看他的那种目光，仿佛因为这天的经历他和把他送到这里来的舅舅成了骗子，他四岁那年一个人坚守大别山的一个山洞里三天内弹无虚发击毙四十七名还乡团丁也是假的。不，他要跑到前线任何一支队伍里去，他需要的只是一支好枪，他要一枪一个崩了那些将中国孩子挑上刺刀尖抛来抛去的鬼子！不是为自己和将这件事告诉众人的舅舅洗清冤屈，而是为了那个孩子！仅仅为了那个只因为生在被侵略的中国就有了被侵略者一枪刺一枪刺挑上空中的遭遇的孩子！

"你被所长捆了三天，第四天就发生了那场你一个人狙击一支日军的战斗？"孙女的声音听起来已经镇静多了，但这声音仍然仿佛很远，又似乎非常近，近得让他衰老的心感到了暖意。

啊。其实只是关了三天，开始确实上了绳子。那天夜里他对白天发生的一切的激烈反应让所长有点害怕，他下定决心要跑，死也要跑，但还是刚出洞口就被抓回来。他接着大哭大闹，为了白天他亲眼看到的惨案，那个在鬼子枪尖上被抛来抛去的孩子，每一次被刺刀接住时幼小的身子里就会喷出一股血，但他还没有死，还在哭叫，但声音已渐渐哑了……他过去总以为自己四岁就失去了父母和除了舅舅一家外所有的亲人是最惨的，今天才知道这个婴儿才是最惨的。他被生下来，还不满周岁，什么都不知道，凭什么就应当有这样无法理解的死……今天他还是不能平静,一个人如果能在这样的暴行面前平静绝对不是一个人,只会是一个嗜血的野兽。

三天后麻子所长就带着全所去了前线。战局吃紧,修械所全体军工随时都会被拉上战场,修枪,也参加战斗。但他却被留下,是麻子所长忘了他,还是故意将他留在洞里,不让已经发疯了的他真的上了前线?他不知道,但这些都不重要了,重要的是到达修械所的第四天清晨他一觉醒来发现所有人都不见了,而一个放羊的孩子却最早在山下那道横贯南北几十里的大裂谷里发现了一大队日军,当即跑进修械所的山洞报警,发现除了他之外最后一个留守的瞎一只眼的老刘也去沟底村办事去了。是那个孩子帮他打开洞口的栅栏门,找到他后问他怎么办,八路军主力都不在了?他说的第一句话就是啥叫怎么办?有我在八路军就在。对方不相信他一个人就是一支八路,他当时就对他说你不要走,跟我来,看我是不是吹牛。可那小子还是跑了,他要跑去更高的山梁顶上扳倒消息树给整个大裂谷我方驻留单位和人员发出警报。啊,我应当告诉他们,虽然我刚到所里三天,还不了解边区主要的后方机关都藏在这条大裂谷两面的山洞和村子里,更不知道因为缺粮,连我刚刚逃出的延安保育院也过了黄河到河东就食,就连那位大名鼎鼎的陕甘宁边区政府副主席李鼎铭先生也带着大部分边区政府机关人员过了河,依托晋西北和碛口古镇熬过抗战末期最艰苦的岁月……虽然不知道这些事,但我知道一队鬼子来了,知道鬼子来了就够了,必须有人保卫我们的后方修械所。我七岁就学会了识图用图,凭我对舅舅地图的模糊记忆几乎立即断定这支日军就是三天前在岚县制造了草寨子村惨案并用刺刀将那个可怜的婴儿在空中抛来抛去的鬼子兵！三天前我被麻子所长带着走进了这条大裂谷，今天他们也顺着同一条路进了这条大裂谷。我满腔愤怒，不知为什么心中还大火一般燃烧起了一种快意:他们来了！他们来得太好了！而且所里没有别人，只有我一个！只有我一个！只有我一个！我寻找武器，洞里一支好枪也没有，但我找到了一堆从前线送回来修好了还没有校准的枪，那是所长三天前交代给我师傅的任务。还有几箱子弹，口径不同，校枪用的。那年八路队伍里可是什么枪都有啊，汉阳造，山西造，巩县造，"三八大盖"，德国造7.9毫米毛瑟二四式步枪，捷克毛瑟九八式步枪。我一趟趟地将这些待校的枪和子弹搬到洞口外的预设阵地上，本想瞅瞅里面能不能挑出一支能用的，但一把捞起第一支我就想到了，真有可用的枪就不会留下了。我必须一边校枪一边狙击正从大裂谷谷底涌过来的这一大队鬼子兵。

"你真愿意听我说下去？"

"当然。当然。"男子战战兢兢道，两腮已经大片地现出了病态的灰白。

他不愿听，但我一定要说！

"我从那一堆破枪中挑出一支汉阳造，就是那种提起来分量不是很重，只能单打一，虽然老掉了牙，但一旦校准，击中十环的概率并不低于德国造毛瑟步枪和日本'三八大盖'。缺点是它的稳定性不行，打几枪你就得校一下。我果断地换了一支德国造7.9毫米毛瑟步枪。德国枪优点是稳定，但校起来吃力，准星容易生锈，旋转准星圈时要用锤子敲。现在年轻人迷信德国造，其实当时德国工艺也算不上精致，真正精致好用的是我后来发现的一支

M1式步枪，20世纪20年代美国枪械师约翰·加兰德研制的半自动，因弹仓里能装八粒火，在中国被称为'大八粒'，又叫'八粒快'。这款枪是美军二战的制式装备，一直用到朝鲜战争，包括美国在内世界各国兵工厂居然一共生产出了近1000万支。"

没人说话。孙女的嘴唇动了动，像是想再次提醒他又跑了题，但最终没有说。但他还是又有些怒了。我说到这款枪是有原因的。等我将一堆待校的枪和子弹全部搬到洞口，往下看山下谷底鬼子大队已经兵分两路，一路往山上爬，试图攻击山顶上我们修械所的山洞，一路则继续沿谷底向前面的村庄推进。我的第一个念头就是要赶快打响，让大裂谷两边村子里的老百姓知道鬼子来了，快往山上跑，然后就是我的战斗了。我说过了，我先是捞起一支汉阳造，看了一眼就知道这枪不准，半边准星歪着，动手校已经来不及，立马丢掉拿起一支山西造，也差不多，接下来就抄到了那支M1式加兰德步枪，并且发现弹匣里装满了火。没有校过的枪弹匣里为什么满火，那是违反规定的，但我没时间细想，因为从山下"哇哇"叫着冲上来的鬼子离我已经很近了，我没有认真看枪的准星位置就开了第一枪。没有中。但这一枪还是阻止了冲在最前面的鬼子兵，把他震趴下了。我瞬间就蒙了，心都颤起来，怎么会呢！我四岁时就弹无虚发，一个人干掉四十七名还乡团丁，我又遇上了坏枪！也就是这一闪念间，我的心像是被一束阳光照亮了：为什么这支枪准星上没有那一点明亮的光斑！

"光斑！"已经听得入神的男子不觉大喊出声。

四岁时那场战斗，从始至终，我使用过的每一支枪的准星尖尖上都闪烁着一点明亮的光斑，那是阳光打到洞中石壁上反射上去的。正因为有了这一点光斑，我每一枪都能做到准星实、目标虚，一枪一个，一枪一个，谁也跑不掉的！可是那些天一直下暴雨，这天早晨雨虽停了，但天却阴得厉害。我都要哭了，因为空中没有阳光，没有阳光枪的准星尖尖就没有那一点跳跃的亮晶晶的光斑，准星就不能变实，近在两米开外的前方目标就不能变虚！

"但是转瞬间我就在M1式步枪准星圈上看到了那一点久违的明亮的光斑！原来天就在这时放晴了，旭日的光芒利剑一般透过乌云丛斜射下来，打在准星圈上！虽然枪还没有校过，但是准星圈的任何一个部位有了那一点光斑我也就有了可以看实的准星，那个几乎冲到我眼前的鬼子兵——我当天的第一个目标——一下就变虚了，我看不清他了！我开枪，打中了！鬼子兵就在我眼前倒下，顺着山坡滚下去！我欣喜若狂，我叫起来，啊……那一刻的快感，因为击毙了第一个日本兵，我的快感无以复加！泪水瞬间模糊了眼睛。我的快感同时还来自我坚信自己找到了办法，不用动一下坏掉的准星，只要准星圈上任何部位有那一点光斑，这枪就校好了！

"我的光斑校枪法就是这一天发明的，我运气好，借助那一道蓦然斜射下来的阳光给我的运气，一枪一枪打光了弹匣里所有的八粒火，拼命向山顶上爬的第一波鬼子兵被我全部撂倒。打得准算不上学问，我四岁就懂，找到了在战斗中随时校枪的办法也是最大的收获，这样在任何时候用任何一支枪你都能瞄准，做到准星实、目标虚，一枪一个，没有一个敌人逃得掉的！"

与此同时是那种像火苗一样越燃越高的快感！不管你们说什么，我都要说，杀死鬼子的快感！不要说是杀人，鬼子不是人！

这样像火焰一样越烧越高的快感只有在杀鬼子的战场上才会有!

"你真的那么准……一枪一个……仅仅是因为枪的准星部位有一点光斑?"他听出来了,男子提问的声音变得微弱而且在发抖。

"当然。然后我往弹匣里压子弹,跃起继续射击。我真走运,准星圈上那一点我喜欢的亮光一直与我同在。我看到在我的打击下又一波向上爬的日本兵大声哭号着连滚带爬地退到谷底去,这让我有机会瞄准顺谷底向前面村子推进的另一路日军。第一枪我打得不好,但我马上调整标尺,将二百米改为三百米,然后,一枪一个!"

房间里又寂静下来。一段时间没有任何人说话。

他不说话是因为他又回到夜间那个梦里去了……他每打一枪,都觉得打倒的是那第一个用刺刀在草寨子村河滩上挑起婴儿抛向空中的鬼子兵。可是枪口转向下一个时,又觉得这后一个才是!再后来,他觉得他们每一个人都是!他的怒火越燃越旺,悲愤无法遏制,泪水时时模糊了眼睛,让他看不见准星圈上的光斑。

"这个……爷爷……难道日本军……啊,他们有炮,有机枪?为什么不发起反击?"男子完全忘记了自己的客人身份,原有的拘谨和胆怯消失,用一种显得冒失和不知礼的声音蓦然喊道。

"没有反击?你们日本人会不反击?不过你们日本人的武器当年并不特别先进,不过是些 6.5 毫米'三八式'步枪,俗称'三八大盖';6.5 毫米'十一年式'轻机枪;7.7 毫米'九二式'重机枪。炮是'九二式'70 毫米步兵炮,一个步兵大队配两门。但关键是人,仗打到那个时候,日军里多是你爷爷那么大年龄的孩子,老兵不多了,枪法极烂,炮也打哪儿哪儿不中,不打哪儿倒中了。

还有一件事很重要,对我帮助极大。刚才说过了,那些天连降暴雨,把大裂谷两侧的黄土都浇酥了,打着打着阵地前的大山坡轰隆一声塌了,把大批正在往上爬的鬼子一起带下去,埋进土里,活着的滚到山下,再往上组织攻击就难了,大塌方让他们的脚下全是松土,一脚踏下去半天拔不出腿来,这也给我带来了更多洗雪仇恨的机会!他们成了固定目标和半固定目标,我一枪一个,一枪一个——"

他打住了,因为对面那张脸已经白得像一张透明的薄纸了。

可以了。虽然还有很多话可说。譬如那天他并不是只使用一支M1式加兰德步枪打完了整场战斗。毕竟能用来校M1式步枪的子弹不多。他后来是一边继续用他的光斑校枪法校枪一边战斗,反过来也可说是一边战斗一边用他的办法校枪。后来他的这种著名的"谢氏校枪法"被推广到了部队,在抗战末期和解放战争的岁月里极受部队欢迎。这种方法很简单,举枪瞄准时如果发现枪的准星尖尖上没有那一点明亮的光斑,这枪就是不准的,你需要做的只是把准星圈转到一定位置,让这一点光斑恰好落在准星尖尖上……那天他不知道自己一个人守在洞外的阵地里战斗了多久,等边区独立二团听到枪声紧急赶来围歼这一队伤亡惨重的鬼子,他已经用他的"谢氏校枪法"边战斗边校完了所有的枪——大致上发现了每一支枪需要旋转的刻度数(战斗结束后剩下的就是按这些刻度数将准星旋准固定)。当然,他也打光了所有用来校枪的子弹。

跟随独立二团紧急赶回来的还有麻子所长和他带的全所人员。一眼看到他一个人在战斗,又低头看一眼战壕里厚厚一层空弹壳,所长扑上去一把抱住他就往洞里拖。可他是不会让这个一脸麻子的所长再把他弄进洞里关起来的。他拼命挣扎，大声喊叫，歇斯底里：

"你这个麻子脸的所长放开我！快给我子弹，我还要打！我要为那个孩子报仇，让他们血债血偿，一个也不让他们跑掉！……"

"我爷爷呢？……我爷爷这时在什么地方？"那个脸白得能看到毛细血管的男子又让他猝不及防地开了口。

"他就在我身边。离我只有一两米的地方。"

"那他书里说的就是对的，他军中所有的伙伴都没有爬到山顶上，只有他一个人爬上来了。"

他静静地看着对方。他听出对方话里的意思了。他在为他的爷爷骄傲。

"你爷爷是爬上来了，他也不是唯一爬上山顶的鬼子兵，他只是唯一藏得比较好、没有被我发现的小鬼子。在他们向山顶发起冲锋的过程中，我一枪一个，一枪一个……最后两个鬼子几乎要爬进我的阵地了，接下来的又一次大塌方却再次将他们卷了下去……我一直没有发现瑞穗六十，是他自己被俘后告诉我的：他在被迫向山顶冲锋时丢了枪，虽然跟着别人爬了上来，但手里已经没有武器了。他命好，大塌方没把他卷下去活埋掉……除了投降，他没有别的活路！"

"可是……他在书中说……他首先发现了你，主动喊起来……"

"不错，是他主动喊起来的。先前我的确没有发现他，所长他们也没发现。他突然从近在咫尺的地方冒出来，大喊大叫，把所有人都吓了一跳。这时我才看清楚这个满脸都是黄土的小人儿是个鬼子兵……你爷爷一边大声哭喊一边疯子样扑上来抱住了我手中一直没有放下的枪,虽然枪里已经没有子弹……他大哭大叫,说了一大堆我听不懂的日本话!"

"我爷爷喊的是'不要再打了!''你的枪法太准了!''不要再杀死更多的人了!'"

"你确定他是这么喊的?"

"他亲口告诉我的。他在书里也是这么写的!"

"他不是这么喊的,八路军里也有懂日语的人,我师傅就是一个。他当时听到的是'不要开枪,不要打死我!我不想死!'其实这时他已经不需要再这样对我喊了,因为独立二团从两边山坡上杀下去后,不到半小时战斗就结束了。还有……我们所长一把抱住我朝洞里拖,还警告我说这件事绝对不能让我舅舅知道,舅舅要是知道了他让我一个人挡住了一支日军,他也是会吃鞭子的!"

"你舅舅也会用鞭子打他?"孙女无比震惊地喊起来。

"你以为麻子所长是谁?是我舅舅的亲表弟,也是我的表叔!"

"但我爷爷说,"男子坚持自己的谈话方向,"是他冲上去抱住您手中的枪,保住了至少上百个军中伙伴的性命。"

啊,他真能吹牛。不过是个老兵都吹牛,无论古今中外。

"你真想知道事实?"

"想。"

"事实是那一仗前来偷袭的鬼子兵除了你爷爷瑞穗六十,没有一个活下来!"

"为……什么?"

抗战期间，日本人在晋西北"创造"和"发明"了那么多的杀人方式:枪杀、砍头、刀劈、刺刀挑捅、活埋、剖腹、刀刺肛门、开膛破肚、火烧烟熏、割舌、剁手脚、活人做靶、军犬撕咬、割耳、挖眼，甚至喝人血，吃人心肝，吃人脑……侥幸躲过每一场大屠杀的百姓人人戴孝，那时的晋西北村村焦土，漫山遍野都是新坟……啊，他的愤怒无边无际，每活一天都难以遏制……

"爷爷，你怎么了？"孙女的叫喊把他从短暂的恍惚中唤回来。

我没怎么。他一把推开孙女的手，自己硬朗朗地站起来，一眼也不再看对面那张惊慌失措、汗如雨下的男人的脸，道：

"你爷爷书里还写了什么？……他是因为反复哭叫，说他加入日军是被逼的，他才十三岁……最重要的是，他坚持说他踏上中国土地后没杀过一个人！"

"不过……这次他在书中承认，他还是杀过一个，一个孩子……为自己犯下的战争罪行他一生都不能原谅自己。"男人说。

他慢慢地转过头来看他。和他对话的两个人都看到了，那双苍老的眼睛正一点点迅速充血……变得血红而且明亮。

"什么……他在中国杀过一个孩子？"

男子越发惊慌，机械地点一下头：

"只有一个……如果他不说，世上不会有一个人知道。"

原来是这样……他的声音颤抖起来：

"我知道。你回去告诉他，本来我还一直记得他，因为后来他加入了日本人反战同盟……看样子当年我的枪校得还是不准，居然让他骗过了我！"

"可是爷爷……"

"你住口！……你叫瑞穗宏是不是？回去告诉瑞穗六十，他当年用欺骗的手段，利用中国人的仁慈保住了自己的命，今天又写了这么一本坏书，继续欺骗中日两国年轻一代。他仍然是我的敌人！"

"爷爷……瑞穗六十老人写这本书的本意是在忏悔。一个为当年的罪行忏悔了一生的老人是不是应当被原谅？"孙女用他几乎听不清的小声说道。

他缓缓回头望她。活到四十岁，她是第一次看到爷爷用这样一种冰雪一般寒透骨髓的目光盯住她。她瞬间就理解了这目光的意义：这就是那个在已经远去的日子里一边校枪一边独自为一个被日本兵挑上枪刺的孩子复仇时的十三岁抗日战士的目光。

"我不原谅！"他用苍老的声音喊道。

一时间屋内所有的声音再次消失。只有他的声音在回响。

"您老人家坚持认为我爷爷写了一本坏书？"良久，男人颤抖的声音再次响起。

"当然是坏书。这类书坏就坏在会让中日两国读者认为中国人非常容易宽恕那些惨案和暴行的制造者。不……不但是我，还有你们，谁都没有资格替那个被日本兵挑上枪尖的孩子，替所有惨案中死去的人们原谅！知道为什么吗？"

没有人说话。

"因为惨死在刺刀尖上的孩子不会原谅，当年所有被日本人用最残暴的方式虐杀的中国人不会原谅，所有被侮辱被残害的中国人都不会原谅！"

他慢慢向孙女转过头来。

"听好了,日本人在国内出什么书我管不着,但是如果你敢助纣为虐,帮他在中国出版这本书,我就和你断绝关系,直到死,你都是我的敌人!"

天黑后,孙女回来了,换掉了那身"戏服",站住,看他。
"又怎么了?"
"爷爷,您是不是一生都在想,那个在鄂豫皖苏区杀了我们谢、余两家三百九十四口的还乡团头子谢鹏举为什么抓到您关了三年后,又在抗战初期把您送到了延安,交给你舅舅余老虎,还附上了那样的一封信?"
"你到底想说什么?"
"他杀光我们两家人后害怕了,怕你舅舅余老虎,又实在想杀你,所以——"
她的声音有点怯,到底没把后面的话说完。
"你说他这样做是要借日本人的刀杀我?"
"爷爷!"她马上又像小时候一样生气了,刚才的一点胆怯烟消云散,"你真是老了,这有什么难理解的?知道你是神枪手,到了延安一定会上前线,上了前线你枪打得那么准活得下去吗?谢鹏举用把你还给你舅舅余老虎的办法和谢余两家实现了和解,又借日本人的刀杀了你!他够贼的!可他没想到他的这点小心思你舅舅一眼就看穿了,所以他后来坚决不让你上抗日前线,还拿马鞭子抽你,就是为了这个!可他还是没有挡住我爷爷成为抗日战场上的大英雄!"

篝火边的曾扩红

公元2000年的夏天溽热蒸腾，中午北京地表的温度到了创纪录的57℃，院子里玫瑰花苞夜里绽开早晨萎谢，黎明时生发的林叶不到中午就枯干坠落，发出一阵阵铁砂触地的声响，被热晕的鸟直接从巢穴里掉落下来。就是这样的一个中午，已在长城脚下某干休所居住了二十六年的老红军战士曾扩红家的空调偏巧坏了，在等待修理人员挥汗如雨地赶过来时，她意外地收到了门卫小战士送来的一封没有寄信人地址和姓名的神秘邮件。邮件沉甸甸的，一个印有某市运输公司字样的公用牛皮纸信封被小战士的汗水打湿了一大片，捎带着装在里面的一张薄薄的小学生方格作业本纸也湿透了一半，那是一封手写的来信，被汗水洇透了主要的部分，用蓝色圆珠笔书写的字迹也看不太清楚了。但还是因为酷热的空气，那些被湮没的字迹很快又像隐身的小人小马一样一个个从他们隐身的地方显现了出来，可怜巴巴地偃伏在一大块边缘泛了黄的不规则的干涸的汗渍之上，仿佛梦中人刚刚醒过来又马上在酷暑中死去了一样，形象不雅，姿态丑陋，躯体还被伸胳膊蹬腿地漫漶成了各种稀奇古怪的模样。曾扩红老红军手持着一柄老旧的放大镜加上一副新配的老花镜一个一个辨认过去，这些小人小马形的字迹虽然死僵僵又缺胳膊断腿，但仍然显出了某种本来的面目，笨拙和潦草，让她第一时间内觉察到写信人是在某种冲动和慌乱的情绪下匆忙地完成了它，并没有经过我们称之为心之官则思的那个器官的深谋熟虑。结尾的署名位于汗渍最严重之处，她费了半天工夫才认出"一个关心您光荣历史的晚辈"这样几个残破不全的字。最后面不经意写下的阿拉伯数字是写信的日期。她想了想，这是两个月开外的某一天。

然后就是那本一看就知道不是正式出版物的书。纯白色封面上简单地印着"篝火边的曾扩红"几个特大号黑体字，就是书名了，下面稍小的四号宋体字印出一个叫曾小红的作者的名字。曾扩红老红军当时刚满七十九岁，同样出身于红四方面军的丈夫徐荣华比她年长十岁，六十五岁时从某单位正军职岗位上退下来，带着同年从国务院某部幼儿园园长位置上离休的妻子住进这家干休所，虽然已届八十九岁高龄，身板依旧硬朗，说话底气十足，走路遛弯儿不说健步如飞，但大体上还能独来独往，不用请保姆跟着，就连最近一次体检也只查出了右眼陈旧性白内障、老年性骨质疏松症等数种高寿的老人几乎无法避免的毛病。出于一些读者后面会知道的原因，曾扩红老红军趁着丈夫饭后到干休所后面旧长城上遛弯儿和修空调的师傅到前的不长时光，一目十行地读完了那封信，并且已经粗疏地明白发生了什么事：一个年纪已然不轻、名叫曾小红的女子，声称是一名也叫曾扩红的女红军的后代，几十年间一直在寻找当年逃离夫家参加红四方面军的母亲的下落，有一天终于在已撤编的一支老部队归入国家档案馆的旧战史中发现了一些似是而非的线索,便以极大的热情和意志力顺着它们寻觅开去,又经过了多年的努力,终于从众多真的假的"知情人"那里断断续续地听到了母亲早在四方面军第三次也是最后一次过草地时就牺牲在茫茫无边的松潘大草地里的消息。虽然没人知道这位也叫曾扩红的女红军牺牲的详细经过,但她的女儿——就是这位曾小红——却在顽强的寻觅中模糊地听到了一个故事,再后来她就将自己寻找母亲的过程和她听到的母亲在草地中牺牲的故事写成了一本书稿,自费印刷了几百册,分别寄给从中央到地方各级党史军史研究部门,以期引起人们对她的牺牲在长征途中的母亲的关注,以便能使这位早就在漫长的中国革命史中湮没无闻的英烈重新获得今人的尊敬和纪念。至于将这样一本非正规出版的书寄给自己并写了那样一封慌乱的信的人,曾扩红老红军相信一定对她的身世和革命经历有所了解,而且很大可能是一个女人,不知从哪里偶然得到了这样一本书,觉得它和真实的曾扩红老红军的革命经历大不相同,有鱼目混珠之嫌,担心它的扩散会对这位久负盛名的老红军的声誉造成不好的影响,又不想暴露自己的身份,于是就在一时的冲动之下用匿名的方式将书直接寄给了老红军,还写下了一封显得匆忙和措辞混乱的信。丈夫遛弯儿回来,修空调的师傅也到了,曾扩红老红军已经藏好了这封信和那本标明为"内部读物"的书,不等师傅修好空调,只告诉丈夫自己当年过草地时落下的老胃病又犯了,要去住院。丈夫只看了她一眼,一句多余的话也没说,马上打电话给干休所的领导。相关手续很快办好,当天黄昏曾扩红老红军便谢绝了丈夫留院陪同的想法,独自一人住进了离家二十里外的一所军队医院她应当享受的高干病房。

　　夜幕在曾扩红老人的感觉中虽然降临得太慢但还是落了下来。曾扩红老人早早打发了一直待在病房里陪她的值班医生和护士,告诉他们自己的病没什么大不了的,从1936年最后一次过草地到今天几十年都扛过去了,这病也没能要了她的命。她说你们都别担心,我就是最近有点馋嘴吃坏了肚子,想在这里自我隔离几天,吃点药,饮食再清淡一点,一切都会好的。再说她岁数如此之大,不好又怎么样,这病反正也治不好,她已经做好了带它一起进八宝山的准备。医生护士们也都是熟人,大家恭敬不如从命,哈哈一乐就听她的话散了,竟忘了老人每次来住院都要先给他们讲说一个红军时期的笑话,那可是在红色传统教育课上听不到的,为了这个他们常常打电话问老人家为什么还不来住院哪,等等。事实上就连老人自己的笑话他们也知道不少,比方说1937年红四方面军结束长征后编为西路军,打进了河西走廊,在那里和马家军血战多日,队伍都打散了,残余的女战士退入祁连山中,天天被马家军的骑兵追着跑,又没有吃的,终于跑不动了,几个女战士就聚在一起商议,怎么办,现在还有什么路可走,一条是继续坚持下去不动摇,一条是死了吧,集体自杀,实在坚持不下去了。让大家举手表决,结果代表革命立场动摇的集体自杀居然得到了最多人的赞成。这时就遇上了一群男红军,正在执行集体自杀决议的她们就有了第三条出路,嫁给这些男人,然后让他们拉着她们跑,即使在革命队伍里,同志加上老婆的关系还是更亲密些。她们再次举手表决,结果连最后一个过去坚决不嫁人的洋学生也哭着举了手。这一举手不打紧,后来和她讨厌的那个男人过了一辈子，生了八个孩子。他们就起哄，问老人你呢？当时举手了吗？一定要说的，不说不行。老人突然改变话题说我再说一个笑话吧，刚当红军那年我才十三岁，一个十四岁的红军小哥哥跑过来对我说，他要和我恋爱。那年夏天我也看到了有热晕的鸟像冰雹一样直接从树上掉下来。我就问他你知道恋爱是做什么？他说不就是亲嘴生孩子吗？我说这么热的天是亲嘴的时候吗？他说越是这样的天越是亲嘴的时候，冬天亲嘴才冷呢。所以你们结了婚的赶快回去跟你们的爱人亲嘴，没结婚的去和你们的没结婚的爱人亲嘴，连爱人也没有的就赶紧大街上找个可爱的男人亲嘴，就不要管我这个没人愿意跟我亲嘴的老太婆了。众人一走曾扩红老红军立即关严了病房门并上了锁（这是不允许的，但如果一个老红军要这样做，病情又没什么了不起，院方就只能由着她），将那本藏得严严实实的书从手提箱里取出，马上开始了通宵达旦的阅读。

  书挺厚，曙光初现时她只看了三分之一，一颗一直悬着的心却放下了。现在她知道书里讲的是另一个和她无关的也叫曾扩红的红军女战士的故事了。但是故事本身还是引起了她的兴趣。故事简单说起来是这样的：民国十年也即公元1921年，一个出生于川北大山深处连名字也没有的女娃，因为家贫，可能还因为当地的陋俗，年方八岁便被卖到县城一家米店做童养媳，丈夫只有两岁，婆家买她的原因就是让她像带弟弟一样把丈夫带大，但是公婆也早早对她的家人有过明言，等丈夫长大他们还是要娶门当户对人家的小姐做少奶奶的，到时候她只能做小。开米店的人家自然不缺米，但是这个没名字的童养媳直到十四岁从这个家里逃走前从没有吃过一顿饱饭，每天既要带丈夫又要干几乎所有家务，天天到后半夜还不得歇息。婆婆脾气出名的乖戾，据说是因为她自己的婆婆当年曾用尽一切病态的手段虐待她，此时她当然也要有样学样地在童养媳身上报仇雪恨。公公老不正经，居然在她十三岁时强暴了她，并让她有了身孕。婆婆发觉后自然不能再容她留在家里，逼她上吊，投河，还拿给她一把刀抹自个儿的脖子。童养媳在三种死法中选择了上吊，却因为婆婆不舍得给她用新买的粗麻绳，只扔给她一根扎捆米囤子的糟麻辫子，她把脖子套进绳圈，一脚蹬翻凳子，那麻辫子就断了，她把麻辫子打结再扔到房梁上，连试了三次麻辫子断了三次，最后一次摔得太重，瞬间感到腹痛难忍，把一个不足月的女婴产了下来，便在当天拂晓从米店的后门偷跑出去投了嘉陵江。老红军曾扩红看到这里眼圈早就红了，她已经明白这个叫曾小红的作者就是童养媳生下的孩子，她不知怎么还是活下来了并且活到了革命胜利，全国解放，活到了改革开放的今天，并且以一颗无比坚执的心寻觅母亲离家后的下落，直到含泪为她写下了这样一本足有五百页的大书。

再往下看就是作者从各种"知情人"口中听到的那个连她自己也认为"模糊不清、时时不能自圆其说"的故事了。话虽这么讲，但曾扩红老红军觉得，这个开始显得有些混乱的故事一旦落在纸上，却很清晰、肯定和不容置疑了：十三岁的童养媳从夫家老屋的后门跑出来跳进嘉陵江时天色还一片昏暗，林木茂密的江堤上还没有人走动，连岸边渔家小船上用于照虾子的星星灯火这时也都熄灭了。她料定自己这一跳必死无疑，也抱定了死的心，偏偏这时就有本城里一个大户人家的小姐，带着一个叫小翠的长随丫头，趁着拂晓的昏暗和雾气从自己家深宅大院的一个小小后角门里走出,越过江堤,无声地来到江边自家的小码头上,登上了一条平日用来贩运下江洋杂货的大船。这条前面雕着龙头船楼高檐上挂着一盏俗称"气死风"的时髦汽灯的大船立即解缆驶向下游,却发现有人跳了江。小姐——参加革命后童养媳一直这样称呼自己的恩人——一句话没说便翻身跃入江中,在小翠和一众船工的帮助下将投江者救上船去。大洋杂货船一刻也没有耽搁便急急顺流而下,消失在城外的山水和浓雾之间。童养媳被救上来时已经死了,小姐和小翠又是胸部按压又是人工呼吸生生将她从鬼门关上唤了回来。天亮后她在船的中舱睁开了眼睛,用虚弱且恼恨的声音问小姐是什么人,为何要救她。小姐让小翠问她是谁,为什么要投江赴死。童养媳开始只是哭,什么也不说,但是船行了一天一夜,第二天早上,童养媳一觉醒来,发现船已离开大江,在一条通往川东的支流上行驶。小姐装束也变了,她和小翠两人全都换上了一身灰布军装,八角帽子上缀着红布五角星,上衣领子也一左一右缀上了两片旗帜样的红布领章。此前童养媳在米店里听人说过鄂豫皖"赤匪"大举入川的消息,也在每天送到店里的报纸上看见过红军的照片,模糊地猜出是什么人救了她,当晚主动对一直守在她身边照顾她、怕她想不开再跳江的小翠开了口,不但说出了自己是谁,为什么投江,也从对方口中大致知道了小姐原来是夫家所在县城官府到处贴告示通缉捉拿的女共产党肖剑奇,在家做小姐时的名字叫肖令仪,是城内最大洋货商号瑞顺福老板的长女。有关小姐的事情童养媳以前听说过,很小就去上海和北平念书,后来一直念到了西洋外国,再后来不知怎的就成了女共产党和这个县城出的最大的"赤匪"要犯。第三天早上小姐来中舱看她，直接告诉她自己此次冒险潜回家乡是要打探当地白军兵力和驻防情况，现在沿这条水路向东走，则是为了迎接来自鄂豫皖苏区的红军主力西上，在自己的川北老家一带建立新根据地。小姐只用几句简单的话就让一天书没读过的童养媳明白了革命和红军都是让天下受苦最深重的妇女翻身解放，不用再受任何人压迫。童养媳一边听一边认定普天下受苦最深重的女人就是自己呀，过去也求过菩萨，没用，现在才是她的救星来了。两天前跳江死了也就算了，可现在她又活了，小姐不但救了她的命还用一团火一样炽烈明丽的光照彻了她的心，不管是为了让自己重新活一回还是像小姐和小翠一样帮助天下像她一样受苦的女人翻身解放，她都迫不及待地要加入红军。小姐问她的名字，她说没有，只知道娘家姓曾。小姐和小翠对视一眼再把目光转向她说就是为了这个我们才要革命，我这会儿就让你有个名字，你愿意吗？童养媳趴在地下磕头不起，说我不但愿意，还有一句话呢。小姐您是我的恩人，从今天起小姐走到哪儿我就跟到哪儿，我生是你的人死是你的鬼。小姐说错了，从今天起我们都是一样的红军战士，革命队伍里职务不同但人格平等，没有小姐和丫鬟，更没有老爷和下人，徐向前总指挥号令各军入川后大力扩红，你姓曾，就叫曾扩红吧，红军马上要打进川北建立根据地，队伍要大扩充，新的革命高潮眼看就要到来。以后革命胜利了，你这个名字能让人想起今天的斗争。有谁问你是哪一天参加红军的，你就说我是红四方面军打进川北扩红时参加的，那说起来又杠起（傲气）又是个纪念。小姐是她的救命恩人和革命引路人，出于这个原因她也愿意接受这个名字，但更大的原因是，短短几天的朝夕相处已经让她像男人爱女人一样爱上了小姐——穿着一身红军灰军装剪短发打绑腿的小姐在她眼中不但是天下最聪明最有学问的女人，还是世上最漂亮的女人。从这天起这个可怜的童养媳不但接受了曾扩红这个名字，接受了革命和做一名女红军战士的命运，还接受了自己心中萌发的对小姐的几近生命极限的爱戴和崇拜，直到死亡，这种爱戴和崇拜的感情都不曾改变。

曾扩红老红军读到这里，已经到了必须吃一片降压药才能不让自己血压升高的时候了。书中的主角不是自己，但这另一位名叫曾扩红的童养媳参加红军的经历几乎就是自己的经历，仅有的不同是夫家不是开米店而是开中药铺，自己逃出夫家时也并没有被公公玷污生下孩子。曾扩红老红军把书放下来，想到自己八岁被卖到通江县城中做童养媳挨打受气的遭遇，想到公公醉酒后动不动就拿她撒气，用大竹板子打她，连同那个一点小事儿没做完就用针扎她的婆婆，她当年从夫家逃出来跳江的原因是自己两岁的小男人偷吃了不干净的东西上吐下泻，眼看着活不了了，公公婆婆把她吊在房梁上打了三天，坚持要她承认看上了药铺里的一个小伙计，说她和这个听风就跑掉的野汉子合起伙来给男人下了毒，公公叫来了人要将她沉江，婆婆却叫来了牙子要把她卖到成都窑子里去。夜里她用牙咬断绳子跑到江边跳了下去，也是一位潜回通江县城搞情报的小姐带着一个扮成丫头的女战士救她上了一条大船，藏在船舱里偷偷过了卡子出城加入了红军。也是因为她没有名字，红军入川后大举扩红，小姐为她取了曾扩红这个名字。老红军战士曾扩红静静地躺在病床上默默流泪到天明，她又想到了当时她也像这书中的童养媳一样热烈地爱上了自己的救命恩人和革命引路人，甚至有了一种随时愿意替小姐——后来改成大姐——去死的心情。长征开始，扮成大姐长随丫头实际上是警卫员兼通信员的女战士牺牲在突破嘉陵江的第一场战斗中，以后也是她接替前者做了大姐的警卫员和勤务兵，直到大姐牺牲的前一天，她在每一场恶战中都有意识地冲在大姐前头，用自己的身体替冲锋中的大姐阻挡枪弹。她还在大姐牺牲前半年内夜夜守在宿营地帐篷窗后替大姐警惕地防备着每一个在她看来对大姐居心不良的男人，他们对大姐、大姐对他们的让她不习惯的热烈而奔放的感情让她嫉妒，仿佛她是个狂热地爱着自己主人的仆人，对自己之外的所有潜在的和公开的男性求爱者都充满了猜忌，但又无法阻止自己的女神和他们相见并发生爱情，她只能躲在帐篷外的黑暗中，一边让不满和恐惧啃啮着自己的心，一边注视着帐篷里发生的事情，随时准备哪怕用生命去保护自己的恩人不受伤害。大姐直到中了那致命的一枪前一直都认为她关于某个男人的想法是一种疯狂，并笑话童养媳出身的女战士不懂得革命也是对爱情的解放，革命队伍中的男女在恋爱和婚姻方面既是严肃的，又是自由的，严肃的是革命立场，自由的是不仅男人可以选择自己爱上的女人，女人也可以自由地选择爱或者不爱，或者是先爱上然后又不爱了，等等。但中了那最后的一枪一口口吐出血来最后瞑目前却说出了对她的最后托付：把你知道的事情如实向组织上报告。大姐还有更多的话，但是已经说不出来了。曾扩红却觉得自己明白了，那个男人一定在最后一次被大姐从自己的帐篷里赶出来前对大姐来说了些绝对不能容忍的话，而这些话一定和阴谋、危险、背叛相关。这就不只是向大姐打出最后那一枪那样单纯的事情了，虽然它非常有可能是引出他那一枪的原因，这已经涉及整个红军队伍的安危存亡，因为此人工作的单位正是将要三过草地的四方面军总部机关。想到这里曾扩红老红军也就想到了当年的一切，长征途中所有的艰苦卓绝，每一场惨烈的战斗，更多或壮烈或悲惨的牺牲。但想得最多的还是大姐牺牲前对她的最后一望：大姐像是知道自己会以这样的方式牺牲一样，无畏地望着自己，眼神坚定勇敢，但说出了那句话和没来得及说出的话却整整响彻了她的一生。

回忆和哭泣直到天亮时才止住，她的心重新安定下来，又一次想到现在她不用再担心这本书会扰乱她的生活了。接下来一整天她都没有再碰那本书，午饭后甚至动了出院的念头。既然书中的女红军不是自己，她也就不想再读下去了。她已被书中另一个曾扩红的故事勾起了永藏心底的伤痛往事，这些往事没有原因她自己也是轻易不会去触碰的。小姐牺牲在她的怀抱里，死不瞑目，却也没有仇恨，只有为信仰献身的骄傲——一种小姐似的骄傲，出身富家的女孩子也做了革命者，像男人一样做出了一番事业，夙愿得偿后的满足等等——虽然对于这些她不是很确定。但能确定的是这个她一生最为感恩、崇拜、敬仰的女人的牺牲，世上最美丽的女人的死，后者死前对她的那个严肃的托付，直到生命的最后一刻小姐关心的仍然不是自己的被杀而是红军的安危，曾扩红理解她最后的那个眼神：如果那个男人真的哪怕仅仅因为是向自己求爱不得而开了黑枪，他也是不再值得信任的，革命处于最黑暗的岁月，一个人仅仅因为自己某种卑劣的个人欲望没有得到满足就对自己的同志开枪，他的心灵一准是扭曲的、黑暗的，这种人往往会在觉得革命到了最低潮中以各种畸形的面目暴露自己的绝望与动摇的心，他们会为了感觉中的死亡抓紧生前的一切东西，包括马匹、衣物和女人，而一旦革命到了他认为的最后的关头，这种人就极有可能背叛，投降到敌人那边去，给红军的未来带来可怕的影响。夜暗如墨，子弹划出的暗红的弹道在她和小姐周边飞过，硝烟混在冰凉的夜气中，她抱着大姐，在心中暗暗对自己的恩人、革命引路人和世界上最美丽的女人发誓，她已经明白小姐的意思，只要她不死，一定要为小姐报仇，为红军消除那个可怕的危险。那个晚上她是那么恨他，当然不只是源于这个，更大的仇恨还来自他只用那一枪就杀死了她在红军队伍里和整个世界上最崇拜的人。世上没有了这位最美丽、最知性、最浪漫的女子，如同草地上没有了太阳，黑夜里没有了星辰，这个世界连同她的整个生命——这一点她从没有对任何人说过——都一下子黯淡下来。

午饭后她请求出院回家的念头又被自己止住了。昨天匆忙地要求住院，她已经隐约地感觉到了丈夫的猜疑，今天再急吼吼地出院回家，她担心会引起他内心更多的不安。当然他什么都不会说的，不过这终归不好，两人都到了风烛残年，任何容易引起心灵剧烈波动的事情最好都不要发生。天黑后她甚至想都没有再想那本书。送走查房的医生护士后坐回到小沙发上，她打开电视看一直在追的一部电视剧，因为昨天落下两集，今天接着看剧情就有点连缀不上。但过了一会儿还是看进去了，直到当天的两集戏份播完，她还在为女主角的悲剧性的命运流泪。她关了电视，一个人去洗手间洗漱，吃掉护士最后一次进门送来的药片，躺回床上仍没有想到它。她就要熄灯了，心中一动。这样不好，其实她真的不想再看它了，却仍然在想它。她用下面一句话嘲笑并原谅自己：人的好奇心是无法遏制的。但马上知道这是自欺欺人，一整天那本书都在她的惦念之中，忘也忘不了，不去想也做不到，假装忘掉了它也很配合，让你觉得它被忘掉了，其实它只是藏在某个地方，让你一静下来就想到它，发现它在那里安静地对着你笑，像个勾魂的小鬼儿，时不时对你招一下小手。一旦夜深人静病房里除了你不再有第二个人，白天被自己下意识强烈抑制的那一点死灰般的暗火便复燃，恍然惚然，骤然燃成熊熊大火。老红军战士曾扩红这个夜晚越是不想读那本书越是睡不着，越是睡不着就越是不去读它，连吃了两片阿普唑仑片想让自己睡过去。无济于事。草地上的篝火，篝火边的曾扩红，一个虚弱的女红军战士，告诉另一个曾扩红，小姐的故事，她的故事，那个临终庄严的托付，等等。那个黄昏大昴星早早出现在西天，主力早就走过去了，走过去的人老是说，后来还有收容队，会有人来把你们带出去的，但是无论是这一个还是那一个曾扩红，都知道她们有可能像许多战友一样，只能留在这片大草地上了。有没有伤悲呢？没有看到革命成功，全天下的童养媳都会像她们一样有个名字，但是革命总会有牺牲的，那些牺牲的人中间，前面有小翠，中间有大姐（或前一个曾扩红心中的小姐），现在是自己，没什么好遗憾的，没有她们的死就没有别人的生，即使这样死也比当年投嘉陵江死得值，因为有了名字，有了革命经历，会有活下来的人凭曾扩红这个名字记得自己，他们在革命胜利后有可能会回忆起这个或者那个牺牲的战友，这中间或许就会有谁记得自己吧。唯一的不能都死的理由就是那个男人,大姐最后的托付。这一次曾扩红告诉了另一个曾扩红,一定要挣扎着走出草地,将大姐的话传给四方面军总部某位首长。于是那另外一个曾扩红就有了勇气,主要是有了任务,不能死,活着往前走,实在走不出去,也一定要把话捎出草地。曾扩红老红军干脆爬了起来,开灯,重新取出书来接着往下读。这时候她浑身上下那一种发自灵魂深层的战栗让她明白,从白天到夜晚,她一直都在等着的就是这个时刻。

刚刚接着昨天中断的地方读下去,她并没有读出太多惊诧。当然书中让她惊诧的事情越来越多:这位也叫曾扩红的女红军当年被救后随着自己的恩人和革命引路人成了四方面军总部妇女独立营——后来是独立团——的一名战士,今天躺在长城脚下一座军队医院高干病房病床上的老红军战士曾扩红也是;参军后只有她和小姐两个人在一起时她坚持用"小姐"称呼自己的恩人和革命引路人,似乎不如此便不能表达自己内心对于恩人的感谢、崇敬和忠诚,书中的曾扩红也是;参军后书中的曾扩红和她的恩人一起打的第一仗是四方面军主力开辟通(江)南(江)巴(中)的巴中之战,自己也是;书中那位小姐的贴身警卫兼勤务兵在这场创立川陕根据地的战斗中牺牲后另一位曾扩红立即接替了她,这个有点不同,曾扩红老红军是在四方面军突破嘉陵江开始长征的第一仗之后接替了前者。今天躺在燕山脚下一间高干病房里的老红军曾扩红曾在一篇文章中回忆过自己的第一次战斗,她也是第一次目睹小姐作为妇女独立营——当时还没有扩编成团——的副营长在战场上的飒爽英姿。小姐一旦上了战场完全变成了另一个人,随时都冲杀在姐妹们前头,奋不顾身,无比骁勇,随时都可能被敌人的枪弹杀死，但她的身姿仍旧让她迷恋，因为她显得更加美丽——比不打仗时更美丽。那一仗小姐率领突击连冒着枪林弹雨第一波攻击就登上了巴中县的城头，然后是妇女独立营的战旗，小姐就立在战旗前面，硝烟四起，枪炮轰鸣，火光在她身前身后一丛丛升起又落下，小姐再也不是一位富商家的名门闺秀，小姐成了一位她想象中的所向披靡的硝烟女神、战争女神和胜利女神，任何枪弹、炮火和大刀片都不能伤害到她，就像任何敌人在任何一场战斗中都不能阻挡红军的胜利一样。现在她发觉书中另一个也叫曾扩红的女红军在第一场战斗中看到的她的革命引路人战场形象的描述居然连措辞都没有变化。这以后发生的事就不让她吃惊了：为了创造和保卫川陕根据地，她和她的小姐参加的每一场战斗——反田颂尧三路围攻、决战空山坝、反川军六路围攻——书中的曾扩红和她的小姐同样都参加了。曾扩红老红军的恩人在决战空山坝后由副营长成为营长，另一个曾扩红的小姐也是；1935年3月28日夜晚，四方面军主力突破嘉陵江踏上长征之路，和中央红军会师后又分道扬镳，二次过草地南下，她的小姐成了副团长，书中这位曾扩红的小姐也是；她的小姐牺牲在全军三过草地出发前的夜晚，书中曾扩红的恩人也是。最令她激动的时刻到了：这另一个曾扩红也在那个夜晚过后向组织报告说，她的恩人兼革命引路人的死与总部机关某个一直追求她的年轻男性有关，早在小姐对此人有所怀疑前，这名也叫曾扩红的女战士——小姐一天二十四小时的警卫和勤务兵——就看出此人居心不良，反对小姐和男人接触并发生热烈的恋情，原因是这名年轻英俊同小姐一同在国外喝过洋墨水的男人二过草地后一天夜里闯进小姐的帐篷被小姐坚决赶出后发现了藏在帐篷外暗处持枪警戒的自己，马上带着醉意改变目标对她说出一大堆女孩子特别愿听的甜言蜜语，同时还说了许多小姐在莫斯科时的风流韵事和他对此的不屑。并非没有一点人生经历的女红军战士曾扩红是那么爱自己的小姐，不能容忍任何人说小姐的坏话（再说她也坚信那不是事实），在黑暗中抬手就给了对方有力的一巴掌，让他有多远滚多远，不然她就开枪。也是在那个夜晚，一向不对小姐私事发言的她大胆破例，把事情如实告诉了小姐，提醒后者不要和此人再有接触。小姐哈哈大笑，不很入心也不大高兴她那样对待那个喝多了青稞酒开始胡言乱语的男人，反而回头为他辩解，承认他们在国外相识时她确实有过自己的恋人，但那并不算什么，因为解放了的女性是自由的女性，自由的女性当然拥有自己的身体，爱情来了女人就像是春天的树，想开花就开花了。小姐还说男人如何多才多艺，文武兼备，像他这样出身巨富懂几国外语又聪明能干的人本可以到敌人那边享受高官厚禄，却选择了红军和革命，而且他的革命经历和她一样无可挑剔，这一切都说明了他作为一名优秀男性的卓尔不群和作为一名革命者的人品的高贵，至于这个晚上他的失态，小姐的解释是他近来心情不好（小姐碍于保密原则没有讲这一时期发生在中央和张国焘的"第二中央"的矛盾和冲突），偶然一次买到了酒，喝多了，他的许多语言虽然是不对的，是一些对于革命前途的悲观估计，但也不过是人在心情低落时的牢骚罢了。最让曾扩红老红军目瞪口呆的是书中还记述了下面一个细节：当书中的曾扩红忍着内心的痛苦大胆地询问小姐对这个人是不是真有了爱情时，小姐立即就做出了让自己的警卫、勤务兼崇拜者心碎的回答：是的，眼下她不接受对方求爱的原因不是因为她不再深深地爱他了，革命正处在低潮，他们这支就要三过草地的红军时刻都有全军覆没的可能，战斗和牺牲正在前面等待着每一个人，在这样的时刻她和他公开恋爱并且像他要求的那样举行结婚仪式是不合适的。刚刚亲眼全过程地看到了小姐拒绝那个男人的曾扩红用难以置信的目光看着面前自己一生都无限崇拜的人，第一次觉得她没有那么高大和完美了，相反像天下所有女人一样有着女人难以避免的局限——小姐内心中几乎像热爱革命和红军一样对那个男人持有一种既隐蔽又炽烈的爱情。

　　再后来那件事就发生了。第三次过草地的命令下达，天黑前她被小姐派去临时给养站领二人的给养，那个一直被她怀疑和忌恨的男人又去了小姐的帐篷，领给养回来的她透过撩起的帐篷门看到小姐一边笑望着男人一边拿枪顶上他额头说，你如果不马上走我就开枪。这个男人和帐篷外的曾扩红都看出了这一刻小姐眼睛中的决绝，男人立即骂了一句什么，转身大步离去。独立团吹响军号集合，就要踏上征途，远处传来如雷的马蹄声，一股敌人赶来偷袭，匆忙之中小姐奉命率领一个连回头反击，她像过去每次战斗一样迅速率全连官兵迎着蜂拥而上的敌人发起了反冲锋，刚跑一步，第一枪还没有打出，一颗不知从何处飞来的子弹就从后心处击中了她。小姐向前倒下时已经冲到她前面的曾扩红不顾一切回头扑上去抱起她，发疯地喊小姐小姐你怎么了你不能……小姐在她怀里大口吐了血，努力用清晰的骄傲的满足的眼神望着她，说出最后一句话：把你知道的关于×××的事情和我的死报告给上级。下面的话已经说不出来，小姐死不瞑目，嘴角上现出了一丝带血的笑容。曾扩红回头望去,在战火四处燃烧的黑暗夜色中,她看到了一个男人纵马驰来停了一下又驰走的身影和一串沉重的击碎了她的心的激烈的马蹄声。

　　这天夜里曾扩红老红军还是没有看完这部书。仅仅读到小姐牺牲那一段她的眼泪就止不住地涌流,让她无法读下去。她将书放下,关了灯,任眼泪汪洋恣肆地流到了第二天黎明,回头想起来,这竟是她一生中第一次有机会也有心情为小姐的牺牲畅快地痛哭一场。一进入草地她就向上级举报了那个男人。当时的总部保卫局非常重视,将那人抓走一边随队行军一边严厉审查,最后还是放了回来,他成了挑夫队里的一名挑夫。接着四方面军和二方面军会师、三大主力红军会师,长征结束后编入西路军西渡黄河,进入河西走廊作战,这个过程中她仍然在不停地举报,直到总部机关下来人通知她,她的举报没有旁证,组织上不能仅凭她的一面之词就认定一个同志是杀死另一名同志的凶手,更不能凭一个人的想象就认定此人革命意志动摇,有可能危害整个红军,但组织上仍会将她的举报存档,以备将来查出旁证时重新审理。进入河西走廊后妇女独立团首战吴家山,坚守永昌城,与坚守高台的红五军将士并肩战斗,与攻上城头的敌人展开肉搏,三营女战士大部牺牲,临泽一战妇女团损失四百人,梨园口战斗中又有四十余人牺牲。后来她们接受了掩护总部向石窝山转移的任务,勇敢完成阻击任务后进入祁连山打游击,生死拼杀突围出来了两百人,却于牛毛山附近全数被捕,妇女独立团全军覆没,小姐牺牲后被编入二营五连八班的她和几个女红军却在祁连山打游击时和部队失散,与一群同样与大部队失散的男红军相遇,在坚持下去、集体自杀和嫁给这些男人之间选择了后者，她和自己选的男人又经过了今天自己也难以置信的逃亡过程，侥幸于1937年国共抗日民族统一战线形成后到了兰州八路军办事处，见到了自己人，她当即再次举报了那个男人。办事处党的负责人让她手写出一封举报信报送延安。几年间她在红军队伍里学了些字，有些会写，不会写的就问别人，没有任何犹豫就写下了一封正式的举报信并按下手印，在信被送走前她又被告知，自己要终生为这封信承担责任。

这个夜晚的痛哭直到天亮，连续两夜不眠的结果加上这场痛哭让曾扩红老红军真的病了，头晕脑涨，发起了低烧，这下连院长都被惊动了，她被紧急转到了重症室，一天二十四小时受到特别监护。过去她偶染微恙时丈夫总是每两天来医院看她一次，现在改为每天一次，来了就在病床前坐下，用他那直到老了仍旧炯炯有神的一双深目默默望着她，而当她回望他时这目光就会若无其事地移开。有好几次曾扩红老红军都觉得他已经猜到了点儿什么，譬如她真正的病因，至少会觉得和过去每次都大有不同。她甚至想到他可能已经猜出了她的秘密心事，不过她一点儿也不害怕。丈夫像过去一样一次也没有开口表示他有过这方面的怀疑，也不问她的病情住院期间为何竟加重了，又让她觉得丈夫也许没有她想的那样多疑或者干脆就是故作沉着。丈夫每天只在她的病床前坐上一会儿，有时一句话也不说，有时对她的病轻描淡写地取笑两句，然后就被她赶走，虽然走了却也给她留下了一个高大倔强的背影，连同许多浮想的余味和时空。当然也可以什么都不想，像他常说的那样，无论是家里还是医院里还是他们夫妇之间都天下太平，她的病情也在好转，进入重症室后第二天，她已经不发烧了。

回到普通病房后她对自己说的第一句话就是不能再看那本书。刘湘的六路围攻、马步芳的骑兵、日本鬼子的大扫荡和国民党新六军的军官敢死队没有要了她的命,这本书说不定做得到。但她知道她这是又在欺骗自己。无论如何,即便是死,她仍会读完那本来历不明的书。

一旦在某天夜晚熄灯时间过后再次拿起那本书读最后的三分之一,真正意外的时刻就到了。书中的曾扩红已经第三次踏进草地,却没有走出那片茫茫无际的沼泽。她的故事和77岁高龄躺在长城脚下高干病房里读这本书的另一个同名者的故事就在这里分了岔。书中的红军女战士曾扩红离开牺牲的小姐,成了总部卫生部收容队的一名队员,负责在全军后尾收容掉队的伤病员,因为草地连续走了三次,连能吃的草都被前面走过的队伍反复搜寻煮着吃掉了,全军最后尾的她们顺理成章地成了最缺少食物的人。但在她们身后已经没有另一支收容队了。一队女收容队员抬着一名伤病员走在沼泽里,转眼间一起陷进去,她们连同伤病员一起就再也走不出草地了。这名也叫曾扩红的女战士身边原来还有几个人,但最后就只剩下了她一个人了,病饿交加的她终于在茫茫大草原中的一个大草甸子上躺倒了,她挣扎着燃起了一丛篝火,白天可以让后来者看到青烟,晚上可以看到火光。作者——她的女儿曾小红——在书中大半靠揣测想象她的母亲已经知道她不可能再走出草地了,但她必须将小姐最后的托付讲出来,托付给可能跟上来的另一名红军战士。作者最终认为母亲的愿望还是实现了,不然她就不会在几十年之后听到母亲的全部故事。她甚至栩栩如生地用自己并不流畅的笔复原了当时的场景：另一名红军战士，她希望也是一名女战士，看到母亲燃起的篝火，走上了大草甸子，她一定也走不动了，只想死在这里，但是母亲将自己不能不说出的故事说给了她，鼓励她坚持走下去，至少能将它告诉另一个可能走得出去的人。这另一个女战士因为母亲的托付，不再能和母亲一起死，只能继续前行。或者她走出了草地，直接将母亲的托付报告了上级，为红军免除了危险，也为母亲的恩人报了仇，或者她没有，却像母亲嘱咐的一样将小姐的托付告诉了另外她遇到的人，那个人走出了草地，完成了小姐和母亲的遗愿。无论如何，作为女儿的她都认为母亲即使在牺牲之际，仍然为红军的安危做出了最后的贡献，并以一颗至死不变的赤诚之心报答了自己的恩人、革命引路人和一生最崇拜的英雄，她的小姐，没有让她的英雄事迹和莫名的死湮没无闻。

  作者曾小红就在这里结束了对母亲的寻觅和记述，让她最为欣慰的是她的母亲并不是一个人孤零零地牺牲在大草地里的，直到走完人生之路，陪伴着她的母亲都有她的信仰，还有那一丛一直燃烧的篝火，这丛篝火不但让她的母亲感受到了温暖，同时也永远地映亮了母亲留在大草地中的身影——母亲至死都不是孤独的，和数年前从夫家逃出跳进嘉陵江求死不同，母亲已经有了信仰之地作为自己的归宿。虽然牺牲不可避免，但母亲的归处有小姐和她相聚，她们会永远在一起，不会再有哪个男人夺走母亲对小姐的不容分割的爱和敬仰。而她自从在漫漫长途般的寻觅中知道了有过这样一丛篝火，母亲的身影就长久地映亮了中国和世界，永远地温暖了生下来就失去了母亲的女儿那一颗孤独凄伤的心。

三天后老红军战士曾扩红出了医院，没有回家就去了相关的档案馆查寻，发现牺牲在长征途中的名叫曾扩红的女红军战士共有132名，而赵钱孙李周吴郑王各种姓氏的扩红则有4832名，死在抗日战争和解放战争中的名叫扩红的女红军战士仍有124名，活到新中国成立后的曾扩红有21名，前20名已去世，剩下的1名就是自己。

另一个收获是，她还找到了自己当年从祁连山中逃到兰州后给延安手写的那封举报信。在这个档案夹里，还有她在每个历史时期写给组织要求复查小姐牺牲真相的举报材料共21份。

这天回到干休所的家里已经很晚了。她发现丈夫正在等她。

"怎么了？"她感觉到了一点异样，边换鞋边问他。

丈夫没有回答。她开灯，被丈夫关掉。两人隔着一缕从窗间射过来的皎洁的月光面对面坐下来。

"我今天去了医院，拿到了结果。胃癌晚期。还能活三个月。这么老了还得这种病真是不可思议。"他说。

她心痛了好一阵子，但也只是沉默。"为什么不早点告诉我？"她最后说。

他不回答，却望着她。两人就这样一直坐着，像没有任何人坐在这昏暗的房间里，这里只有一缕月光存在。

"你不想对我说点什么吗？"最后，她再次打破沉寂。

"我听说你今天又一次举报了我。你一直认为是我当年对你的小姐打了那一枪。"

她仍旧用沉默回答了他。

"为了这个你甚至选择了和我结婚。过去我认为你这么做是因为你相信自己的举报——"

"不，"她急急打断了他的话，"我嫁给你，是因为妇女独立团在祁连山被打散后你们救了我们，没有你们我们就死了，还因为……红军都那样了你仍然没有变节。"

"你嫁给我更多的还是因为她的那个托付。这样我就再也不会离开你的视野……另外你也可能对自己数十年如一日坚持举报我没有完全的信心。"

她不说话。

"可你仍在这样做，几十年间一直这样。你这么做只有一个原因……你让组织上一直忘不了调查你的小姐牺牲的真相。"

"我也不会活很久了……现在你可以告诉我了吗？"

男人沉默了一会儿，说：

"我今天无论怎么回答你，对你真有意义吗？"

"有意义。我活到这个岁数，等的就是它。"她说出了这句话，眼泪也要掉下来了。

"我和你以及所有的曾扩红都不同。我的出身不错，又在国外读过书，我和你们的小姐一样，在那个年代我可以选择另外的人生。可我还是选择了红军和革命。"

她望着他，不说话。这不是她用了一生时间等待的回答。

"我们换一个话题吧。你知道我什么时候开始相信中国革命真的会胜利？"

"什么时候？"

"你和我结婚的时候。还有，在兰州，你写下那封举报信的时候。"

"那时你愿意接受我做你的结婚对象,我也有点诧异的……直到今天我仍然像当初一样诧异。有多少次你都可以换一个,七七事变后国共合作那一阵子,抗战胜利后也有一段不打仗的日子。"

"我愿意和你结婚是我听说了另一个也叫曾扩红的女战士的故事,那时我在西路军挑夫队里……第三次过草地时她掉队了,在松潘大草地中部的大沼泽里看到一个大草甸子,上面燃烧着篝火,篝火边一个也叫曾扩红的女战士快不行了,于是她就向另一个曾扩红说出了自己的故事,并且让后者代自己一定要走出草地,向组织上转达一个庄重的托付。后面这个曾扩红走出了草地,马上向组织上完成了这个托付……再后来,我每到一个新单位,都会发现一个甚至几个曾扩红,不姓曾却叫扩红的女战士更多……刚听到那另一个曾扩红的故事,我就明白了,中国革命一定会胜利。"

"我有点懂了……但还是不大懂,为什么有那么多女战士叫曾扩红,你就相信中国革命会胜利。我和你结婚时中国革命连一点能胜利的影子还看不到呢。"

"……"

"你认为我就是那个被托付的曾扩红,或者……我是那个被衬托的曾扩红托付的又一个曾扩红?"

"你是哪一个曾扩红真有什么不同吗?"

"……"

"我也有一个问题一直想问你,那种时刻,中国革命一点能胜利的影子都看不到,你为什么还要革命到底?"

"这个我太容易回答你了。因为革命给了我名字。因为革命让我不死,死也只会死在松潘大草地上。为了让天下像我这样的人能有一个名字去死,我觉得只有这样的死才值得,别的都不值得。"

"我那时就相信中国革命一定能胜利,不是因为读了《资本论》和列宁的书,像你们一直嘲笑的那样'喝多了洋墨水',是我从你们这些都叫曾扩红的女孩子身上明白了一件事。"

"什么?"

"无论还要失败多少次,牺牲多少人,中国革命都要胜利。这个胜利不是因为有我们这种人在,有没有我这个人都无关大局。有你们在就够了。你们不会因为一次或多次失败离开革命。只要有革命,你们就没有失败……今天有多少人不懂得中国革命,就是因为他们不懂得,那时的中国有多少曾扩红需要一个名字。"

"你……真的没有对她打出那一枪?"

"我一死组织上就会知道我对这个问题的回答……事实是,那个夜晚无论我开不开那一枪,她只要活下去都会向组织举报我的动摇,因为革命处在黑暗中,任何人的动摇都是不能够被容忍的……而对我这种人来说,暂时的动摇,不,经常的动摇,是不可避免的。"

"……"

"我和你们不同,我有别的路可走,你们没有。我就要死了,今天我向组织写下了最后一封《自述》,我一死邮箱就会自动发出去。我承认我在革命处于最黑暗的年代动摇过……但我爱她,想带她一起走。她拿起枪顶上我额头的那一刻我知道了,她虽然是个女人,却比我坚强。还有,她能用枪逼我,不准我动摇,是她仍旧深爱着我。"

"但是……她牺牲了,有人对她开了那一枪。"

"是的。她牺牲了,却成了最幸福的人,她赢得了所有的曾扩红的心……而她留给我的却只有被猜疑的命运,连同痛苦和羞愧。以后的日子里,无论多么艰难,只要想到她,我的动摇就会受到羞愧的无情狙击。不就是一个死吗?我没脸动摇。还有,她在我身边留下了你。"

"你当初愿意和我结婚是因为她?"她几乎喊起来了。

"你也许不是那个篝火边的曾扩红,你也许连第二个曾扩红都不是,但你仍然是一个名叫曾扩红的红军女战士……我当初愿意和你结婚,与其说是为了她,不如说是为了自己。"

"你……你自己?"

"我每天看到你,也就看到了她,看到了那个篝火边的曾扩红,看到了中国革命一定会胜利这个原来只属于你们而现在也属于了我的信仰。只要你在我身边,她就在我身边,篝火边的曾扩红就在我身边。多艰难的时刻,你都可以代替她们,让我不再动摇。"

"你还是没有告诉我,为什么你从那时起就相信了,中国革命一定会胜利。"

"你的小姐……或者说,你们的小姐……发疯地爱上了我,但仍然会毫不犹豫地指控我。还有那个篝火边的曾扩红,她至死也没有忘记将她小姐的托付转达给另一个曾扩红……由此我明白了,我的动摇多么幼稚。红军会走出草地,革命会走出低潮……就因为有她、有篝火边的曾扩红,你们对中国革命的忠诚超越了对最爱的人的忠诚。"

"如果你真没有开那一枪……我是说如果……有没有想过,她当时怀疑你有可能因为动摇而变节,对你的一生都是一种残酷?"

"中国革命必须胜利。没有比让无数曾扩红拥有一个名字更重要的事。没有比中国革命不成功更残酷的事。"

"你一生都背负着组织上对那一枪的怀疑,但你一直都没有离开……你没有离开的不是我,而是那个怀疑。"

"当年四方面军保卫局没有处决我,是因为孤证不证,我距离被处决只需要一个旁证……我用了六十余年的时间和你做夫妻,也是为了等待你一直都在等的那个旁证……很抱歉直到今天,我和你都没有等到它。"

"你一点也不为这样的一生遗憾?"

"我没有什么好遗憾的……在一场大革命中,个人的命运算不了什么……有没有人,一边革命一边就被自己人杀掉了……最要紧的不是这个,最要紧的是,中国革命真的胜利了!"

一枝红玫瑰

采芹姑娘去上海,是民国二十三年的春天。头年夏天家乡遭水灾,建在山边的老屋被冲垮,娘当下就死了,爹为了救她和弟弟,在水里泡了十几天,划破了脚,得了坏疽,苦熬到年关也死了。好不容易挨到第二年打了春,看着无论怎么也没法儿养活弟弟,一个在外面念洋书、突然回来省亲的族兄对她道:

"把照弟送人吧。你跟我去上海纱厂做女工,好歹是条活路。"

弟弟离开姐姐时哭得撕心裂肺。采芹不舍得把他送人,只说将他送给远在大山里的舅舅家寄养。舅舅家也是穷极了的,舅妈要她去了上海大码头,每年寄十块大洋来养弟弟。采芹不管去了上海是不是挣得到这十块大洋,还是咬牙答应了,在契约上按了手印,她不敢不答应,还故意打了弟弟一顿,让他恨自己,不再想她,然后跟着族兄搭船去了上海,先去闸北的纱厂缫丝,但是拿摩温欺负她,克扣她的银钿,她长得又有几分好,总是半夜才下工,不敢一个人回女工搭伙住的席棚子,老有几个青皮在路上堵她。她怕得厉害,仗着胆子去带她出门的族兄家找,没说话就哭了。族兄的太太穿着漂亮的旗袍,烫着电影明星式的卷发,上

下瞄了她几眼,对丈夫道:

"老胡不是要找个人吗?采芹妹子不是挺好的嘛!"

族兄一拍脑门笑了,让采芹坐下,告诉她:

"妹子呀,哥这里要是能留下你就留下了,可是哥这里不成。哥知道你是个规矩孩子,老胡是我的朋友,没正经职业,五行八作的都干,但有一条可以保证,人是好的。他这会儿一个人住,没有太太,想找个人帮佣……你愿意受这个委屈吗?"

采芹不哭了,抬头,脸上现出惊喜,很快又黯淡下去,低头小声地问:

"他……哥,他家里没有太太,还有没有别的女人?"

族兄和太太相视一眼,道:

"没有。"

"那我不去。"采芹很坚决地说。

族兄叫了黄包车,一直把她送回纱厂,交代了几个男工和女工,帮她对付拿摩温和街头青皮。其中一个细长身材、人长得结实,还有一点帅气、脑门上顶着一个小肉窝窝的青年说:

"教授,你这妹子交给我了,放心!"

青年采芹认识,是纱厂检修机器的男工,先前有一次就在厂外某一条小巷子里帮她解过围。看族兄和他说话的语气,两人早就认识,采芹一直紧蹙的眉头舒展开了。

族兄看一眼她的表情,轻松下来,当胸捶了青年一拳,说:

"我这妹子规矩,从小吃苦,受不了惊吓,别欺负她。"

说完就坐上黄包车走了。青年快走几步送他,采芹慢了两步没赶上,心里却冒出了一丝甜蜜,想:

"族兄说什么呢，人家多大了，巴不得让像他这样的男人欺负呢！"

上工的铃就响了。青年走回来，见人都走了，只剩她一个人站着等，爽朗地笑着，露出一排洁白整齐的牙齿，道：

"好了，上工去吧，下了工我还在这儿等你，送你回去，不见不散。"

采芹胆子猛地大起来，抬起一双好看的毛毛眼瞅了他一眼，道："天天都送？"

"天天恐怕做不到，但是不怕，我有别的事，会交代工友送你。"

来上海后她也见过一些世面了，知道男人对你说好听的话一般是不能信的，但她对他存了心，故意想试试他和别的男人是不是不同，下了晚班磨磨蹭蹭，不跟女工友们一起走，回到白天见他的地方等。

下班时已是半夜，她怕得要死，又不甘心离开，因为他没来。还有，这时要走，就得她一个人回去，有一条一定要路过的巷子，最让她害怕，这时候一个人从那里走想都不敢想。

她一直独自待到天麻麻亮，路上有人了，她掉了几滴泪，敢走了。这时却看见他了，坐着黄包车赶过来，气喘吁吁，一眼瞅见她站在那里等，跳下车就朝她跟前跑，人没到跟前就连声道歉：

"对勿起对勿起，事体多，忘了！"

对勿起是上海话，就是对不起。事体多也是上海话，就是事儿多。

"扯谎！"采芹说着，一夜的委屈都涌上来，哭了。

"妹子勿哭，个么，哥带你去吃生煎包！恰恰阿拉也饿了！"

她开始对他有了惊奇,因为他的上海话也不标准,说明他也可能是乡下来的,像她一样。但是她并不傻,不会问的。还有,譬如刚刚,他一个纱厂机修工,挣不得几块银钿,怎么坐得起黄包车?再有,在生煎包摊子前坐下时,他从口袋里摸出来的不是铜板和银钞,居然是一块大洋!

生煎包太有味道了,采芹长这么大,到上海也有段日子了,还没舍得拿一点可怜的工钱来尝尝它。

吃完了生煎包,青年说:

"妹子,阿拉还有事体,又勿能让侬一个回去,阿拉拿侬该怎么办?"

采芹不觉抿嘴笑了,又觉得不该那样对一个男人笑,止住了,但心里仍在笑他,对他还有了一点女孩子要在一个自己信任的男人面前撒娇的意思,道:

"瞧侬格人多怪!侬答应阿拉族兄,要送阿拉回去的,昨晚上害得人家黑夜等到天光,这会子又问别人侬怎么办?"采芹也在学说上海话,但她知道,自己说的和他一样不好。

青年没有领会她的意思,他心里有别的事,说:

"阿拉要出去办事,还要回一趟家。为了省省辰光,阿拉带侬回吾那儿去吧。放心,家里没人,侬去了就困觉,要是到上工的辰光吾还没回,侬就自个走,要是吾回来了——"

采芹站起身就走。

"哎,哎,小姑娘,站住,你什么意思呀你?"他冲着她喊,交了钱追上去,已经不说上海话了。

采芹真生气了,又羞,脸上红一阵白一阵,心里又委屈,不停步,

也不说上海话了,道:

"我不会去你家。我自己走好了。"

天已经大亮,路上人多,她也敢绕一点路走回住处了。

青年看着她一步步走,摇摇头,没有再耽搁,转身打了个响指,一辆黄包车跑过来,他上了车就匆匆走了。

采芹回头看他越走越远,更生气了,但那种惊奇像涨潮的水一样涌上来,又把委屈淹没掉了。在厂门外刚见到他时天真的还不大亮,她竟没仔细看他,这时一回头才想起来:今天这个人穿着怎么不一样了,西装领带皮鞋,戴顶窄边的礼帽,哪像个纱厂机修工,倒像个霞飞路上的拆白党!

当天下了夜班,她硬着心肠逼自己站在昨天等他的地方。"多荒唐啊,真是疯了,他要真是个拆白党,会把你拐卖了呢!……"她一边在心里骂着自己,一边仍然抱着希望,留在了那里。

这次他没有让她失望,猛一回头,她看到从厂区一身机修工打扮的他走出来。

采芹故意装成没看见他的样子,一个人逃也似的往外走。

"小姑娘,站住!"

采芹还要走两步才站住呢,假装仍在生他的气,但两只脚不争气,听到他喊第一声就停下了,回过头来。

他走近过来,用那样一双仿佛能把她的心思全看透的点漆一般黑亮的眼睛笑看着她,低声道:

"还生气呢?假的吧,等我就是等我。对了,有件事跟你商量。"

她抬头看他一眼,发现心里的怨气全消散了,只剩下了欢喜和对他的惊奇。

"阿拉正要问侬呢。一会儿穿成这样，一会儿又——"

他想都没想，一把捂住了她的嘴，同时眼睛已经朝四处飞快地扫了一个圆周。

"你……"她挣扎着，但又不想拼命挣扎，第一次被一个和她没有亲属关系的男人捂住嘴，她居然——女人变坏都是这样开头的吧——有了一种又害怕又欢喜的战栗感。

"既然你都看到了，今晚就搬到我那儿去住。我就是老胡。"

她瞪大了眼睛看他，战栗感消失，现在只剩下了惊奇。

"你……就是……我不去，你家里没有别的女人……"采芹浑身发抖，但已经没有欢喜，只有恐惧，"放开我，你要干什么？"

他放开了她，后退一步，仿佛从很远的地方瞧着她——虽然是夜晚，但她以为他仍然把自己身上的每一处都看透了——笑道：

"小丫头片子，人不大戒心不小。连你族兄都不相信？我是他朋友，我相信他，才要请你到家里帮佣……"

"可是你……家里没有女人。"采芹说出了当初在族兄家里说出的理由，但是不知道怎么了，今天这个理由在她心里已经不像当初那么强有力了。

他从她眼睛里看出了犹豫不决，而不是坚决地拒绝。"你可以先去看一眼，要是觉得不合意，我再把侬送回来。"

她还想说出自己真正的担心……但是，早已在她心中存在的另一种潮水一样涨涨落落的情绪又漫上来，把前面的担心淹没了。她发现自己勇敢起来，道：

"说话算数。要不然……我就告诉我族兄！"

青年回头又打了一个响指，一辆黄包车飞快地出现。两人上车，车夫一句话也不说，拉起就走。半点钟后在一个闹市口停下，黄包车等他们下来，又像当初突然出现一样转眼就消失了。

虽是后半夜了，仍能看出是外滩后面闹市区的一座临街的四层小楼，在高高低低的小楼中并不显山露水。上楼时采芹留了心：一楼是家兼卖棒冰汽水的文具店，已经打烊了。二楼原来应当是一套大公寓，被房东隔成了三家小公寓，都住了人家。老胡打开其中一扇门，推开，对她道：

"进来，就这里。"

三楼吵吵嚷嚷，楼梯上人来人往。采芹抬头看了一眼。

"上面是麻将馆，赌博的，热闹！"

小公寓里面什么都有，但所有家具都是旧的，和夫妻俩都当教授的族兄家不能比，但比起纱织女工们住的席棚子已经好到了天上去。老胡一一对她指示公寓里的布局：小客厅兼小餐厅，一大一小两间卧室，厨房。最不可思议的是，这么小的公寓里竟然还有一间专门的麻将室。

"我什么生意都做，实在没饭辙了才去你们厂做机修工。客人来了，麻将也打，生意也谈。"老胡笑着对她说，"你要是答应来帮佣，事情不多，每天打扫屋子，买菜做饭。客人来了，你泡茶递烟，然后楼下面溜达，见警察和不三不四的人来了，就回来敲门，记住，一下是警察，两下是密探。"

采芹走到了那间要给自己住的小卧室前，猛然心惊，回过头来：

"侬……到底做什么个事体？要害怕警察和……密探？"

老胡笑了，道：

"好，继续学着说上海话……别害怕，我不过是和朋友做点违禁的生意，挣钱的生意谁不做呀，只要不被查到就没事儿。进去看看你的房间，衣橱里有些衣裳。你来了就不是纱厂女工了，穿戴要和你的名分相符。"

越是乡下女孩子，越是懂得"名分"这两个字有多要紧。采芹又不傻，立马回过头来，问他：

"名分……你要给我么子名分？"

"哦，妹子，你甭生气呀……是这样的。你来我这儿，当然是帮佣。我生意忙，有时候朋友多，一个人照应不来。可是，我一个没家室的男人，你一个女孩子，住在一起，不给你个名分，外人会说闲话！——你等等，让我说完，当然，不是真的。就是为了遮一遮外人的眼。"

她已经懂得他要给她的是什么"名分"了……心里是暖的，但并不十分高兴。如果他们——族兄夫妇，还有这个老胡——真的没有瞧不起她，为什么不直接给她提亲，让老胡娶了她呢？

"你们……"她想说出自己的不满，终于没有说出口。她是个乡下人，但还没有贱到主动对男人说：你娶了我吧！

衣橱里果然放进了不少衣服，都是为她准备的，绝大部分半新不旧，一两件九成新，上海女人出门时才穿的。采芹一眼就看出了它们的来历。还有几件首饰，但是老胡笑着告诉她：

"都是假货，不过戴出去没人知道真假。"

"这些衣服都是我族嫂的，我认得。也是你为了我……借的吧？"

"是的。"老胡笑着说，他是个不笑不说话的男人，这一点让她的心一直都是暖暖的，有时候想生气也生不起来。"你族嫂说，你的身材和她差不多，这些衣裳不用改你都能穿。"

"哪天你不要我帮你了，还是要还回去的吧。"

"对。"老胡说，一副没心没肺的样子。

她什么话也没有再说。离天亮只剩下三个点钟了。一个人躺在自己小房间的床上，听着隔壁房间老胡已经响起的震耳欲聋的鼾声，她的心静下来了。不想多余的了。总比在纱厂里做女工强，至少不用每天都担心外面那些老是在路上拦她的青皮了，她对自己说。

第二天天不亮老胡就被小公寓里的响动惊醒了，出了卧室的门，发现所有灯都开着，采芹半个身子趴在地下，在擦地板。

"你怎么了……这半夜三更的？"他问她。

"我睡不着，既然雇了我，这里就得像个家。"她喘着粗气，抹一把头上的汗，说，瞧了他一眼，"么子半夜三更，天就要亮了。"

公寓彻底变了个样子，不再是原来那个单身汉住的公寓，像个家了。天大亮后她穿上一件颜色稍显鲜亮、但又不十分扎眼的暗红色绢纱旗袍，学着上海女人的样子挎篮子出去买菜，回来时男人听到她已经在门外用上海话和隔壁家的太太唠起来了：

"侬是胡先生的太太？"

"啊，侬是——？"

"阿拉是隔壁王太太噢。那家胡先生老好啦，老热心肠啦，老给吾家小囡囡糖吃来，伊是做大生意的啦？"

"啊，小本买卖，小本买卖。"

"侬来了就好来，男人一个人单身住着，街面上赖三多的来，哎哟侬不是上海人，听勿懂上海话的来，赖三就是……不正经的女人，站街的女人，老讨厌的来。"

"啊啊。王太太，侬好年轻的来。"

"哎哟胡太太，侬才马像老好来，吾老来。"

"再会再会。"

……

老胡像居家男人一样吃上了热饭热菜，眼睛明亮，看着穿戴一新的采芹，半真半假地叫道：

"哎哟，没看出来，妹子还真是美人坯子。将来嫁给谁，他可是赚到了！"

采芹脸红了，半嗔半怪地乜斜了他一眼，道：

"嫁给你好伐？让你赚到好来。"

老胡低头吃饭，说：

"你这上海话可是长进大了，以后天天跟隔壁王太太唠一会儿，待上一年半载，人都听不出来你的外地口音了。"

采芹又生气了，觉得他骨子里还是嫌弃自己。

日子一天接一天地过，她开始习惯自己的新生活。只有一件事讨厌，隔壁王太太老是问她，怎么肚子不见动静，要不要介绍个大夫帮他们夫妇瞧一瞧。到了这时，采芹的脸总是自然地现出两抹害羞的红云，把几颗雀斑也突显出来，心里想：

"大夫要是能看好这病就好来。我巴不得是来。"——嘴里却说：

"谢谢侬。王太太侬人真是好来。我先生一整天忙得来，等闲得来，一定要请王太太帮帮忙得来。……"

老胡不允许她问他的生意，说是怕有一天出事，让警察和密探抓走了，让她受连累。"只要发现你真不知道我的事，他们关你几天就会放了你。"他瞪着一双圆圆的大黑眼睛认真地对她说。话里边有贴心的关怀,采芹又一次有了那种暖暖的潮水涌上来的感觉,就不再问了。

但他总是夜不归宿,让她一夜一夜睡不着。有时候也有客人来,但次数不多,一来人就进了那间麻将室,把她撵到楼下去望风。这时她的心就紧张得要跳出来似的。每一回来了这样的客人,直到离开之前,都能分分钟把下楼来望风的她吓个半死。

好在总是有惊无险。有时候这些客人又老不来。半夜里采芹听到风雨声,醒来爬起去看窗子关好了没有,会忽然想到:这是她有生以来过得最舒心的日子了。

要是能一直过下去就好了,要是……她不敢放纵自己的心往下想,但也止不住总往那儿开小差……一次她一夜没睡,天亮时下了狠心,就是会让他觉得自个儿"不要脸",也要把心里想好的话说出来,不然都觉得自己在这里再也待不下去了。

还有他的鼾声,开始时吵得她睡不着,后来听不到这鼾声,她又睡不着了!她真正害怕的是自己就这么一声声地听着,忽然就忍不住了,推开他的门,做出那种以后不敢再见人的事体……但是,天亮后起了床,一眼看到他收拾好了要出门,一脸正经的样子,那些疯狂的念头就不知不觉像小火苗一样熄灭了。

"今天要到哪里去?午间回来吗?"她问他,装成不看他的样子,实际上是不敢多瞅他一眼。

"午间回不来,晚间也不知道……要是我不回来,你不用等我。"他说,习惯性地冲她一笑,脑门里那个小肉窝窝又跳了一跳。

晚上他没有回来,半夜了他还是没回来……天快亮时她听见了一点响动，爬起来循着声音走进小卫生间，发现他一个人躲在这里，正自个儿给自个儿处理一个奇怪的伤口。

"你……这是怎么了？"她被他身上的血吓坏了，要喊起来，"这是怎么……弄的？"

"别声张。让生意上的对头打了黑枪。"他说，"幸好是皮肉伤，来，帮一下！"

这是她第一次看到子弹打的贯通伤，老胡嘴里咬住一个牙刷柄，让她用一把镊子生生地把一根浸过酒精的纱布条从伤口一端捅进去，从另一端扯出，反复消毒清创后，敷了药，用纱布层层包扎起来。

她还是头一次看到一个男人能够疼成这样，通体大汗淋漓，脑门上肉窝窝里全是水，但这个男人居然一次也没有叫出声，倒把一根牙刷柄咬成了碎末。过后居然还能对她强颜欢笑，道：

"小丫头片子好厉害，能干大事……就刚才这两下子，像是干过，还是老手！"

采芹不说话，父亲病死前那些日子，腿脚上的脓血都是她来清理、敷草药、包缠。

"谁打的黑枪？你的事一点也不能告诉我吗？"她还是担心，本能地觉得这一次和他过去每次历险不同，问道。

"都是生意上的事。这是上海滩，干不过对方就下黑手，常有的，我养几天就好了。"

事后回忆，以后的十三天，是她一生中和他一天到晚都待在一起的全部时间。后面也有和他待在一起的时候，但再没有像这十三天那样，一天二十四小时黏在一起。因为……

"采芹,有件事想跟你说一下。我向你族兄说了我们俩的事,还有……你的心愿……他们说,你没有近亲可以替你做主,他就替你做主了。他答应我们成亲。"

虽然是带着伤回来的,但他并没有忘了一件事——他一边说,一边从脱去的血衣下面找到了一个纸包的礼物。

一枝红色的玫瑰花!

"我现在是一个真正的无产阶级……自从背叛家庭来到上海,我就是个穷光蛋。不是你说过我可以向你求婚,我都不敢开口。采芹,这就是我求婚的信物。你可以拒绝的。"他说。

"我说过你可以向我求婚?"

"你说过的,"他说,"头一天你来,穿上那件绢纱的旗袍,我说妹子还真是美人坯子。将来嫁给谁,他可是赚到了。你说:'嫁给你好伐?让你赚到好来。'"

好赖皮的人也,就一句话,他就算拿住人家了,可是她喜欢,眼泪当下哗啦啦地溢出来,颤抖着双手接过了这枝血红的玫瑰花。她不敢相信求婚的事是真的,就像一个梦。他是无产阶级,她更是无产阶级,她不害怕嫁给他这个无产阶级,相反,她为能嫁给这样一个无产阶级心花都开了。

可是,对着这枝红色的玫瑰花,她说出的却仿佛是一句不相干的话:

"这是玫瑰,我知道。可我不知道它是哪一种玫瑰。它有名字伐?"

过去她只在外滩的马路上,在卖花的小姑娘手里,见到过这种花,它们一般被那些公子哥儿买走,献给达官贵人家的小姐或太太，从没有想到，自己这一辈子，也能从心上人手里，接过这样的一枝红色的玫瑰花！

"有哇。这种血色的玫瑰，代表着忠贞不渝的爱情。它有个名字就叫血玫瑰。只有见到血，也就是死亡，爱情才能终结。"

她两手紧紧地将红玫瑰捧在胸前，跪下来。

"你干什么？"

"可惜屋里没有菩萨。我要向菩萨祷告，求菩萨保佑我。"

"保佑你？为什么不是我们？"

"你什么时候想得到一枝玫瑰花儿，我说的是漂亮的女人，都能得到。你这样的男人，想要多少比我漂亮的女人都会有，像外滩的那些女人，电影上的，画片上的，可是我……只有你这一个傻瓜愿意娶我，一辈子只能得到这一枝玫瑰花，我知道。就因为这个，我要菩萨只保佑我自个儿。"

他没有纠正她的话。没有第三人参与，她一边陪他养伤，一边和他度过了自己只持续了十三天的蜜月。

本来应当请来族兄和族嫂为他们做个证婚人，他没说，她虽然想到了，但没有提起。为什么？她不知道，从那时起，她的心、她的身子、她的命，一切的一切，都是他的了，既然他没说请外人来，那就是说，他觉得这样好，何况他还刚刚挨了黑枪。

只有他们两个人知道他们在新婚中。这不像结婚，倒像偷情。

那是多么安谧、美满、甜蜜的十三天啊，像人间所有最幸福的日子一样，过得飞快……一生中最美好的十三天，飞快地过去了！

夜里，有时候她会在他怀里醒来。他还没醒。她大睁着眼睛看着眼前离自己这么近的一个英俊的青年男人,他额头上那个小肉窝窝,即使他人在梦中,它仍在不停地颤动一下,仿佛他在梦中仍然在行走,在想他的生意,他活在另一个她不知道的空间里!谁知道呢,这也许是他和她的一场梦,包括这样的夜晚,这个青年的怀抱,都不是真的……因为这怎么可能,她问自己,这么命苦的一个山里丫头,怎么会遇上他。遇上了也就罢了,怎么还会爱上他。爱上他也就罢了,怎么他也会爱上了她?他爱上她也罢了,男人嘛,见一个爱一个,常有的事体,可是,他为什么还会娶了她,而且,像对一个上海滩上珠光宝气的大小姐求婚一样,献给了她一枝红色的玫瑰花……如果说这不是梦,什么是梦!

她哭了,害怕天亮。但天亮了,她还在他怀里,梦还在,它不是个梦!

最早打破这个梦的是她自己。第十四天的早上,她照例起床去买菜,还要到一楼的文具店里替丈夫取一份当天的《浦江日报》。第一眼看到报纸的照片——不是文字,那时她还识不了几个字——她就觉得脑袋"轰"的一声炸裂了,要倒下去,幸好身边就有一棵树,她扶住它,再朝报上战战兢兢地瞥一眼。不错,是她的族兄和族嫂,双双倒在自己家里宽敞的客厅地板上。

她强压住剧烈的心跳,一个字一个字地看报上的黑色标题,一半靠蒙,居然看明白了:族兄和族嫂是官府缉拿的共产党,在官兵去家里捉他们时双双开枪自杀!

她不知道自己是怎么回到二楼的家里去的,将报纸交给老胡时她的脸色一定变得怕人极了……因为老胡看到她的神色自己的表情瞬间也改变了。她半天才从牙缝里挤出了几个字:

"他们……怎么会……是共产党!"

老胡只朝报纸匆匆扫了一眼就把它扔下,和以前任何一次在她面前站起来都不一样,这次她觉得他像一座山一样猛然在她面前立起来,用一种以前她不习惯的、完全不容她置疑或者反驳的强硬口吻道:

"快替我收拾一下,我要躲一躲!"

那一刻她的魂都没有了,紧紧抓住他胸前的衣服,叫道:

"快对我说,他们……不是共产党!"

"我和他们只是朋友,一起做过几单生意,我也不知道他们是共产党!"他说。

"他们……为什么……要当共产党?"

"我怎么会知道!我出去躲几天,风头过了就回来!"

"我跟你一起走,要死死一块儿!"她抓住他不放手。

"别怕,看见窗台上有个白纸条贴的十字架没有?我走了,你就把它撕下来扔掉,以后我生意上的朋友就不会来了!"

她突然觉得自己的头顶又开了窍一样,明亮的阳光照进来,心里瞬间都亮堂了。

"你的朋友,他们都是共产党?"

"怎么会!揭掉那个十字架纸条是怕他们惹上了麻烦。他们又不是共产党,连我也不是,我不想让他们被连累上,吃官司!"

她怎么能不相信他呢?这么大的上海,不,在这个世上,除了死去的族兄族嫂,她只有他一个亲人!还是最亲最亲的人!一个女人的男人,她的亲夫!

他走了,是从后窗顺雨水管爬下去的,其实他的伤口还没好。

不到一个时辰那帮警察和密探就来了，抄了她的家，把她也抓进了局子，审问她：

"你这个女共党，一五一十把你知道的事情都说出来，不然，拉出去枪毙！"

她全傻了，用无辜到绝望的声音大喊大叫：

"冤枉！我不是！我丈夫也不是！你们冤枉死我了！我……"

从被弄进局子后她就一直歇斯底里地喊，喊了又喊，因为她从生下来还没有受过这么大的冤枉。她怎么是共产党？听到共产党这三个字她都要被吓死了！

还有，她也根本不相信自己的丈夫是共产党！他都娶了她了，他就真是共产党，也不会瞒着她了，可见他不是！

一个穿皮衣戴皮礼帽的瘦高男人一直站在审讯室里，冷眼看着这场审讯，后来走出去，对审讯她的警察说：

"你们这帮混蛋，抓错人了，她不是！"

"可顾顺章最近想起来说，她家是他们不常用的一个秘密聚会地点！"

"我这会儿怀疑顾顺章这老小子在给我们捣乱，故意把水搅浑……你看看这个女人，一听说她犯了共党的案子，黑眼珠都吓没了，只剩下白眼珠，共产党我见多了，这个不是……放了她！"

但是没有马上放，关了一个月，才放她出来。

家里仍然保持着被查抄时的样子，但是，朝街那面窗子上白纸条贴的十字架没了。

这一发现让她欣喜若狂！

因为他走后她太慌乱，居然忘了揭掉白色十字架纸条这档子事儿！现在没有了，只有一种可能！他回来过！

这就是说，她的丈夫还活着。只要他活着，留在这个家里她就能等到他！

她以一种自己都不能相信的强大的心力留了下来，重新归置好了被打得粉碎的家，在一个顶秘密的地方——当初他在这里藏银钿时她还悄悄地怪他太多疑——找到了几十块大洋。她省着花，一天只吃一顿饭，因为她不知道他多久才会回来。也许明天，也许要一年半载呢。

她等了三个月，头两个月她天天看到楼下马路边上有两个密探替换着盯着她和她丈夫的家，再后来，连他们也不来了。

当手里的大洋只剩下一块时，她哭了，恍惚意识到丈夫早就离开了上海，不然就不会一次也没有回过这个家。还有，她这半年里一动不动地守着这个家，有可能不但帮了自己的丈夫，也帮了他的朋友，让警察相信这里可能真的不是那个叫顾顺章的人说的什么共产党的又一个秘密聚会地点。丈夫要真是共产党就好了，她这个对他的事一无所知的傻女人，让警察和密探怀疑起自己的怀疑来了。

但她也知道丈夫不会再回来了，一件她不愿意相信的事情在她心里一天天被确认：这个给了她一枝红玫瑰和一种梦一样的生活的老胡抛弃了她这个可怜的女人。这种事情在上海也是蛮多的，她在纱厂做工的同事中就有几个像她这样被男人骗婚又抛弃的，她还是好的，没有生下孩子，像她们就要自己拖着孩子回纱厂去做工，有的甚至做了站街女。她也可以再回纱厂做女工，但是经历过那一切后，她决心回故乡去，再也不想留在上海这座让她伤心到想死的城市了。

她拿这一块大洋做盘川,搭上一条船,到了九江,又用最后几个铜板让一条贩私盐的渔船把她捎回家乡。船主是个老汉,瞅了瞅她憔悴的样子,道:

"姑娘,你回得去吗?你们家乡成了苏区,闹红军,正打仗呢!"

"苏区是什么?"她吃惊了,问他。

老汉低声道:

"就是苏维埃,外国词儿,工人农民当家作主,拉起了队伍,把地主老财的地都分了,你看样子是穷人……"

她想起了一件事,急切地问:

"他们……是不是共产党?"

老汉看看左右,又看了看她,才道:

"你也知道共产党?……难怪,眼下不只在江西,天南海北是个地方还有谁不知道共产党啊。姑娘,你不是吧?"

她再一次受惊了,身子缩成了一团,发抖道:

"我自然不是。"

老汉不再说话,一直摇橹,过后又笑着说:

"是也不怕,我都差一点是了呢。他们的队伍走得太快,我没赶上。"

三天后采芹提前下船,因为船被赣江上守卡子的白军扣下了。她好歹凭一口家乡话脱了身,走八十里山路去舅舅家。现在回到家乡,家也没有了,她想先去见弟弟。

只走了三十里路她就被一队扛着梭镖的半大孩子给抓住了,蒙上眼睛带进村子。揭去眼上的黑布条,她大吃一惊地看到了一支穿着灰土布军衣、头戴红色五星布帽徽、衣领上缀着两块红色布块的队伍。在队伍里，她看到了他！

——老胡！

她想用尽力气叫一声，却发觉没有一点力气了，头晕晕的，身子一晃就要倒下。

老胡身边站着一个年轻、短发、像男兵一样穿着灰色土布军装、还扎着绑腿的女子。她和老胡一起闻声回头，看到了她。接着她像是在梦中一样听到老胡大叫一声，转身飞奔过来，一把将要倒下去的她紧紧抱起，脸紧贴着她的脸，一声声喊叫：

"采芹！采芹！采芹！……怎么是你？！"

"你……害得我……好苦。"她醒过来了，说，想着要放声大哭一场，但因为那个年轻女子在旁边，她没有让自己这么做。

"文洁，你过来，这就是我对你说过的采芹，我上海的老婆。"老胡仍旧紧紧抱着她，并没有放开，回头招呼还原地站立的女子，道。

采芹一瞬间什么都原谅了，从他的语气里她听出了他对她突然出现的真心诚意的高兴，对了，还有心，她再次回到了他的怀里，不但又近距离地感受到了他的呼吸，他的目光，更要紧的是他的心，那颗心跳得和她的心一样快，一样激动。

女子迈着轻快的步子走过来。老胡才将她稍稍放开。采芹有丈夫在身边，仿佛整个人重新有了力量，面对这个容貌姣好的女子站直了，看她。

"采芹同志好，"女人脚步没停就对她伸出了右手，"我来九局后一直听局长讲你，今天亲眼看到你，才知道他没有骗我，你真是个大美女。"

"你说什么，她还不是同志呢。"老胡说，又亲昵地把采芹揽在自己臂弯里，"采芹一直不知道我是谁，在上海做什么，这样反而保护了我和我们的同志。顾顺章叛变后，也保护了她自己。"

一颗戒备的心就这么放下来了。丈夫还是自己的，女子只是他的……同志。但她还是偏过脸去，低低地问他：

"你……真是共产党？人家抓你，一点儿也不冤枉？"

老胡哈哈大笑，眼泪都要笑出来了。女子也跟着笑，但没那么夸张。她看出来了，两个人的笑容都很纯洁。采芹一时间觉得幸福极了：她选择回家乡真是做对了，像得到了神佑一样找回了丈夫。还有——她看出来了——丈夫还像在上海时那样深爱着她。

但是他们连单独在一起待一会儿的时间都没有，队伍就出发了。从这天起，她跟着丈夫的队伍，半个月内连续打了八仗。用红军官兵的话说，他们正在进行的是第五次"反围剿"。

"采芹，要不你还是离开吧，这么跟着我，万一——"

她一把捂住他的嘴，拿眼睛瞪他，不让他说下去。

"就像在上海一样，有些事是我们党的秘密，不能告诉你。但是，听我的话回家乡，无论多难，咬着牙也要活着，等到革命胜利，我去把你找回来。"又有一次，前面仗打得很凶，子弹就在她头顶乱飞，他将她死命摁在地下，突然很严厉地说。

老胡说话从来就像玩笑，但这一次不是。

"你不是想不要我了吧。我知道我不识字，还缠过小脚，我没用。可是，除了你，我在世上没有亲人。我是没有法子了才从上海回来的。我也没有家，舅舅还好，舅妈容不下我的，离开你我会死的。"她哭着说。

老胡沉默着，半晌才道：

"那你加入红军吧。可你要明白，加入了红军你就是个红军战士了，别人怎么受苦，你就得怎么受苦。还有，很可能会牺牲。"

"你都能受得了，我怎么就不能。我本来就是苦出身。"采芹道。

"好吧，我今天报告上级，你明天就列名。但有件事我要先告诉你，成了红军战士我们就不能像现在这样待在一起了。红军是党的队伍，入了红军就成了党的人，得把命交给党，党把你分到哪里，你就得去哪里战斗！"老胡说。

"那不行，我入红军是为了跟你在一起！"采芹叫起来。

"要是这样你还是走吧。我也是党的人，今天在这里，明天一个命令，可能又回上海或者到别的地方去，照顾不了你。"

她感觉到了，他心里并没有白天她看到的那样高兴，有些担心想对她说出来，又不能。

"你要回上海好哇，我正好和你一起回去。你去哪里，我也去哪里。"她说。

这一次，她显出了性情的倔强，让他感觉到了，她的决心也是铁的。

第二天果然接到命令，让他去上海，做什么事他不能告诉她，她也知道不能问。但有一件事她是很高兴的：他的上级允许他带上她，扮成一对夫妻回上海。

"扮什么，我们本来就是夫妻。"她向丈夫抱怨了一句，但马上就眉开眼笑了。

本想夜里走，先走五十里山路，过白军的封锁线出苏区，去一个大码头登船，顺赣江北上，到九江换船，但是当天夜里红军驻地受到白军一个整师的突然袭击，队伍被打散，她随着丈夫仓皇出逃，天亮后两人找到了队伍的残部，慌不择路地走了一天才冲出包围圈，停下来喘口气，可是当天夜里，丈夫和她忽然被一群同样穿红军军装的人蒙上眼睛分别带走。

她在一座屋顶被烧掉一半的地主家的祠堂里受到了一生中第二次审讯。审讯她的人要她交代，她的丈夫是不是AB团。

"什么是AB团？"她仰起脸，吃惊地问。

远处传来地动山摇的枪炮声，很明显，红白两军正在激战，外面有大批队伍向战场方向奔跑前进，一队队担架将伤员和烈士遗体抬下来。领导这次对审讯她和她丈夫的人急躁起来，对手下的几名红军战士道：

"没时间了，不用审，上海来的，不管是不是AB团，杀了都没错！"

不知道为什么还是要把他和她分成两个地方处死。被推到村外时他和她还来得及相互看一眼，却没有机会最后说上一句话。接着他就听到黑暗中响了一枪，然后就见那两名押着她离开的红军战士跑回去。从没哭过的他哭了，对身后押着他去枪毙的红军战士说：

"我是从上海来的，他们要是只有杀了我才能放心，那就开枪吧。可她连个红军都不是，连个党员都不是！"

枪声要响的时候，几匹快马疾驰而来，拦住了死刑的执行。被带上马离开时，他泪流满面，大声喊：

"你们来迟了！谁救了我？为什么要救我？为什么来得这么迟！"

"中华苏维埃共和国政府主席毛泽东！毛主席救了你！红军要离开苏区了！"

他哭着跟来人过湘江，走上长征之途。中央红军到达陕北后第二年渡过黄河东征，回归陕北前他在河东一个叫军渡的渡口和当初自己在九局工作时的部下文洁相遇。两人沿着河滩走了一段路，聊到了采芹，也聊到了牺牲在娄山关的文洁的丈夫徐天勤烈士。又过了半年，西安事变发生，上级派两人扮成夫妻到北平做地下工作，文洁找到他住的窑洞里，商量完了行程，沉默了一会儿，毅然说：

"你失去了采芹，我丈夫也牺牲了。咱们别做假夫妻，做真夫妻吧，也方便配合。"

两人简单地成了亲。新婚之夜，他对文洁说：

"我对不起采芹，她不像我们是职业革命者，她就是个受苦的女子，一生只有一次婚姻，我连一个像样的婚礼都没给她。"

文洁道：

"徐天勤也欠着我一个婚礼。我们不是革命者嘛，也许明天我也牺牲了，你为了工作还会再找一个采芹这样的伴侣。这都没什么，革命嘛，要紧的是不管千山万水，死多少人，都要走下去，坚持斗争到胜利。"

后来有人计算过，老胡和文洁结婚这天，采芹也在舅舅家的老屋外面见到了当初下令把她和老胡弄出去枪毙的红军领导人。后者在主力红军长征后一直留在赣南山里打游击，这天实在饿坏了，偷偷下山，想给自己和队伍弄点吃的，到了孤零零住在大山窝窝里的这户人家，一眼就看到了端着一盆脏水出屋门要泼出去的采芹。

两个人隔着一道竹篱笆，都怔住了。采芹瞬间脸色大变。

"你……不是……"那红军领导人嗫嚅道，"老胡的……那什么……爱人吗？你还活着？"

采芹痛恨这个人，连带着痛恨爱人这个词。被推出去处决的夜晚，身后两名红军战士知道她的冤屈，一个一脚将她蹬下了山坡，另一个对空开了枪。

她用了半个月，昼伏夜行，好不容易爬回到舅舅家，才知道她离开的这年夏天，舅舅舅妈染上时疫死了，只有弟弟和一个小表妹还活着，快饿死了。她没想到自己要替死去的人当这个家，就成了这个家的当家人。

白军到山里也来过，她带着弟弟和表妹躲到山林里去，过了两年随时准备跑的日子，房子让那些兵烧掉过两回，但毕竟这里山深林密，白军来一趟也不容易，好歹还是熬过来了。可是这一刻，她看到的是她的仇人！采芹一刻都没停就转身回到屋里，拿出舅舅留下的一杆打野物的大抬枪，瞄准了那个仍站在篱笆外不走，实际上是饿得多一步也走不动了的男人。她说：

"对，是我。我不是你说的什么……老胡的爱人，我是他女人！你杀了我的男人，我和你有海一样深的仇……你没能杀得了我！这会儿我要报仇！"

"为谁报仇？"

"我男人！……这一年多，我找他的尸首，找遍了那块地方，都没有找到他……你害得我成了一个没有男人的女人！"

"他们居然没有对你……"

"连你派去杀我的人都知道,我不是你们的人,不是红军也不是白军,我大字都不识几个,怎么会是你说的么子团……可你把我男人杀了,我这就要为我、为我的亲人报仇!"

她当着他的面往大抬枪里装火药和铁砂,但是手总是抖……她装不进去,最终放弃了,坐下来哭道:

"你走……我下不去手……不!你等等,告诉我,你们把他弄到哪儿杀了,人死了也是我男人,我得把他找回来,埋到坟里,到了清明节我能去他坟上烧几张纸,供一碗冷饭……我也算嫁了一回人,我们夫妻一场,要不是我不能死,我也随他死了!……"

红军领导人并不知道老胡没死,但知道自己当初犯下了大错,诚恳地向她忏悔:

"采芹同志,你这会儿就是拿那杆大枪崩了我,我也没么子说的……可这会儿,你能不能给我一口吃的。还有,山上的同志,伤病员,好几十口子呢,再弄不来一口吃的,白军不来搜剿,他们也要饿死。"

采芹半天才像被水泼醒了一样,明白了他在说什么,挣扎着站起,恨恨看他,道:

"我不是你的同志!再说一遍,你杀了我男人,我这一辈子的日子都被你毁了!可是山上那些人不像你这么坏,他们是我男人的同志,我不能让他们饿死,你让人天黑透了来,我把家里有的,能吃的,都准备好,全给他们带回到山上去!"

晚上,一小队红军如约而至。采芹为他们拿出了家里最后一小袋糙米,两大口袋米糠,两担木薯,五担自己地里的青菜。她对领队的红军战士道:

"对不起同志了,家里就这么一点点米和米糠,全在这里了,多了就没有……不过菜长得快,半个月后你们再来,我把菜给你们都砍下来,也能充饥……"

直到1937年年底,国共两党达成结束内战共同抗日的协议,江南江北的红军游击队全部下山,整编为新四军,采芹前前后后为山上的游击队送去了上千斤米糠,它们全是她日夜不停织土布换回来的,另外还有几千斤木薯和自己家田里种的青菜。靠着这些接济,一支两百多人的游击队,好歹撑到了下山参加改编。

那位红军领导人的参与也没能帮她找到丈夫的遗骸。她绝望了,不知道有衣冠冢这回子事,但还是在后山上给他垒了一个空坟,坟里只埋了一顶红军军帽,逢到清明和丈夫的忌日,她穿上重孝,提着篮子去上坟。三乡五里都知道了她的事。也有人为她提亲,有户人家还让她动过心,但是认真想过一晚后,她对天亮后上门听回话的媒人说:

"我想啊想,还是不能嫁……这个人再好,也好不过我死去的男人……我不是觉得自己有多娇贵,我是怕我嫁过去,心里想的还是那个死鬼,对不起活着的这一个……人家好好的把我娶了去,又没有对不起我,我干吗要去祸害人家。身边一个,心里一个,这种事我做不来的……"

"这个人待你就那么好,值得让你一辈子就这么苦熬下去?……这样的日子啥时候是个头啊!"

"他待我就是好……没有人会比他待我更好了。"她说着,眼睛里浮现出一丝幸福的回忆。

"怎么个好法,让我这没出门见过世面的老婆子也开开眼。"

媒人说。

"他向我求婚,送给我的是一枝花。"

"一枝花?我还当是多少大洋呢!"

"一枝红玫瑰花……你不知道,多漂亮的玫瑰花!"她说着,眼睛越来越亮,但是眼窝里也湿润起来。听她讲的人已经起身往外走了。

她没有想到,那名红军领导人下了山,到南昌城打个转又回来了,告诉给她一个晴天霹雳般的消息:

"采芹同志,老胡还活着!这会儿到了南京,作为中共代表团的一员,正和蒋介石谈判团结抗日呢!"

她被这个消息吓住了,先是脸"唰"的一下白了,接着又被脚下一个什么东西绊倒,大声道:

"你说么子?他……还活着?!不可能的,你骗我!"

"我怎么会骗你?!"那人用无比诚恳的目光看着她,道,"这张报纸上面登着他的照片。你看一眼,是不是他?"

当然是他!还能是谁呢?只是身边多了一个女人——那个曾在红军队伍里见过的、穿军装剪短发、神采飞扬的青年女子。

"她怎么也在?"她失声叫道,一点儿也没有想到自己有多么失态。

"这是另一个我不知道该不该告诉你的……消息,"来人看她一眼,把头低下,躲开她大火一般熊熊燃烧起来的目光,"你丈夫当初一定是以为你牺牲了,所以……他才和文洁同志结婚了。"

"他们有孩子吗?"她喊叫道。在她乱成一团的心里,似乎觉得只要没孩子,一切都还可以挽救。

"有了。两个呢。一个一岁半,一个才几个月。"面前的男人说。

她什么话也说不出来了。可是第二天……第二天她就抬脚去了南京。连上海都去过的人,南京也是到得了的。但是到了南京,中共代表团已经回了延安。令人吃惊的是,她居然在几个月后又一个人千山万水地到了延安。

这次她是见到人了,可见得很艰难……到延安的第二天,她才在他的同志为她安排的窑洞式的招待所里见到了他。女人第一眼看到自个儿的男人,一身上下就凉了,她觉得他的心已经变了。

她要站起,可浑身发冷,打战,腿也软绵绵的……但她还是双手扶着炕沿儿,硬撑着站起来迎他。

他进门后只瞅了瞅她,就一眼也不再看她了,说:

"你来了……知道你还活着,这就好了。可是我们不能再做夫妻了。我已经有了新的革命家庭,有了孩子,这你都知道……还有,明天我们——"

他没有再往下说,但她已经听懂了:明天他们——他和他现在的女人——就要离开延安,去做他一直都在做的事了。

"可是……我怎么办?"她也不知道为什么会喊出这样一句没出息的话,好像这话是自个儿跑出来的!

这时他才又看了她一眼——最后的一眼——直到死,他都没有再这样看过她一眼。

"你一生一世都是我的妻子……但我是个职业革命者,她也是。我和她建立的是革命家庭,你和我不是,我们是另一种夫妻……啊,你住几天就回去吧,这里也没有你能做的事,再说我也不……"他没有把"想"字说出来,停了一下才接着一口气说下去,仿佛不这样他就不能把下面的话全说出来了：

"革命一定会成功，但是我……还有文洁，我们不一定能活到那一天。我从加入共产党那天就发了誓，要为革命贡献出一切，包括生命……可你不是我这样的人……在苏区的时候我就差一点死了，若不是毛主席救了我，我已经革命到底了。回去吧，以后你要是听到我牺牲的消息，不要奇怪，我，还有文洁，一直都在等待牺牲的一天……也许你会问为什么，我怎么说呢？为了让像你这样善良的女人好好活下去吧，在另一个中国活下去，新的中国，虽然那个中国我看不到了。"

他说完转身就走了。他这一番话说得她耳朵"嗡嗡"地响，这些话她不全懂，又恍惚觉得自己已经懂了，包括他在上海时为什么好多事都不告诉她……离开延安时她哭得伤心欲绝，但有一件事她是明白了的：

——他心里还有她！他不让她留下，是因为知道她不是他，自己当初没死，但牺牲是早晚的事，她一辈子都做不了像他那样的革命者，他不想让她像自己一样死！

打了八年，日本鬼子都没有打到赣南山里。最初回到家乡，她万念俱灰，想死的心都有，觉得那个一心革命到底的男人再也不会回来。但是后来，随着他的消息断断续续地传到她耳朵里，她知道他一直都活着，一直都在跟鬼子拼命。模模糊糊地，她又想活下去熬过这过不完的苦日子了，因为心里有了新的念想：

"万一他命大，活过来了呢？……万一直到革命成功，他都没让鬼子给打死呢！"

她心胸大开，因为——她愿意往那个光明的方向去想——他是个革命者,他和那个女人只是个革命家庭,这个家庭在她心目中和他和她在上海的那个家庭大概差不多吧?但革命成功了呢?他就不会再革命了,假若他心里真的有她,会不会回来接她走……比方说再回到上海,回到他们曾经有过的家里去?

再到后来,她一个深山里的农妇,不识几个大字,却订了一份《赣南日报》,成了当地的一桩奇闻。报纸虽不会天天送来,但一个月总会来一次,一次一堆。她不看上面的文章——太多的字识不得——只看照片,总归是没有他。但是,总有人识得字,告诉她报上的消息,只要他在的那个地方还在打仗,她就知道那儿还没让鬼子占去,一厢情愿地相信他还活着!

——只要鬼子还没有消灭那地方最后一个八路军,他就活着!他就是那个最后活着的八路!

抗战胜利的消息传来后的一段日子里,她每天都高兴得像过年一样,心里波澜大起,还将自己织的布染了一块,为自己做了一身新衣,过去这布织出来都是拿去卖的。但很快她又从报上知道了一个不好的消息,老胡所在的地方——后来人们都叫它解放区——让老蒋的军队给占了,当年在赣南打得死去活来的国民党和共产党,又打起来了!

弟弟长大了,表妹也长大了,她像个母亲一样帮前者娶了媳妇,建了新屋,打发后者出嫁,自己却守在老屋里。朦朦胧胧地,她觉得他一定知道这个地方,而且来过,虽然是在梦里——既然她都能时常在梦中到他在的地方见他,谁又能说他没有梦到过她住的这片山、这座老屋呢?如果他心里真的有她!

1949年,解放大军渡江,国民党残军望风而逃。一支部队从她的家乡路过，过五岭中的大庾岭直趋广州。她烧饭烧水，拿出最好的东西款待他们，见到一个首长模样的人，悄悄地请到里屋，问：

"你知道老胡吗？革命是不是要成功了，他活着吗？"

问这些话时她的心抖得那么厉害。她担心对方告诉她：革命就要成功，但是他不在了！

"啊，您老人家问的是他呀，他可不姓胡，他姓丁，"首长模样的人笑着说出了老胡现在的名字，"他这会儿可是大首长了，当然活着，不过没有随大军南下，留在北京了，中华人民共和国成立，他现在是新的中央人民政府的——"

首长说出了一个她听不懂的职务，随后号音嘹亮，部队出发。但她的心又大慌起来，从延安回来到这会子，十多年了都没有这么惊慌失措过。这不是没有理由的！革命成功了，新中国都建立了，他为什么没有回来！这么多年过去了，他真像她一直在思念他那样思念着自己吗？万一没有，那可怎么办呀！……

她病倒了，弟弟知道她的心事，大老远走到新成立的共产党区政府，说出了她的全部故事。一个穿旧解放军军装的区长接待了他，想了想，说：

"咱们这里是老区，像大姐这样的情况不少，真假也难辨……我建议要不你们先写封信去北京，要是这位首长认可了你讲的事情，让他给区里回个信，我们就知道怎么办了。"

区长虽是北方人，刚从部队转到区里工作，但通情达理，话说得也在理，要不又能怎么样呢？写信的人很快到了家里，就是区长本人，主意是他出的，他就要自己把事情担起来。可是怎么写呢？头一句称呼就不好写。按照老词儿应当是××我夫，可是区长说：

"大姐，你和丁一首长是夫妻，有什么物证吗？比方说男方给女方下的帖，别的什么也成。"

人家是区长，亲自来帮她写信，提个这样的要求不过分。采芹歪着脑袋想半天，真没有想出什么物证。当年在上海那个家里，她一心只想嫁他，什么都没有给他要，他也什么都没给，穿的衣裳还是从族嫂那儿借的……不，她想起来了，眼睛放光，叫道：

"有的！"

"太好了，是什么，在哪里？"区长也高兴地叫起来。

她忽然又不说话了，兴奋的神情黯淡下去，半晌才不好意思地看着区长，说：

"就是一枝红色的玫瑰花。"

"一枝玫瑰花？"在场的所有人都失望了。

"一枝顶顶好看的红玫瑰。我在上海待了一年多呢，就没见过那么漂亮的红玫瑰花儿！……让我想想，对了，你就这么写吧，当时他送了我一枝血玫瑰求婚，我就嫁给了他！"

信还是写了，但是区长又认真又谨慎，抬头用的是××首长同志，信里写上了玫瑰花的事儿，但写到最后，这封信还是变成了一份新政权最基层的区长写给一位在中央政府任职的大首长的情况报告。

按那个年代的邮递速度，算是很快，一个月后区里就接到了回信，还是首长亲笔写的。他在信中告诉年轻的区长，区采芹同志当年在上海是参加了一些革命工作，但她的身份不是革命者，他们做过一段时间夫妻，后来因为革命和战争的原因分离，再后来他和她在延安见过一面,两人之间已经说清楚了,现在他有自己的革命家庭,不便再和她恢复关系。在信的末尾,首长还特别请求区长帮忙,把几句话当面读给采芹听,大意是:革命尚未结束,他这一生,要为革命鞠躬尽瘁,死而后已。

"他说什么?革命不是成功了吗?"别人没听懂的话采芹却听懂了,"新中国不是建起来了吗?"

她听懂了区长也就懂了,跟她讲新中国的中央人民政府毛泽东主席在中共七届二中全会上的讲话。"毛主席在这次讲话中说:'夺取全国胜利,这只是万里长征走完了第一步,以后的路程更长,工作更伟大,更艰苦。'"

"更伟大?还更艰苦?"采芹不明白了,"比红军的时候、比他们在延安的时候还艰苦?"

不到一年就爆发了抗美援朝战争,采芹觉得自己有点理解老丁了——在自己心里,她仍然习惯称他为老胡。

赣南进行了土改,贫农分田分山,欢天喜地,家家过上从没有的好日子。采芹现在理解老胡他们当年为什么要抱定必死的决心加入共产党了,心中对他和他那一批革命者有了真正的景仰。但是,她也伤心,因为她明白,如果建立新中国才是"万里长征走完了第一步",那老胡会一直走下去的,那她可能就永远也等不到和他破镜重圆的一天了!

"姐呀,你就甭整天瞎琢磨姐夫了。"弟弟见她难过,劝慰她说,"人家现在有家有室,儿女满堂,再加上我听说……共产党对自己人管得严,正在查革命胜利后换老婆的事呢……你也老了,他为革命也吃了苦,咱就不去北京找他了。万一败坏了他的名誉,不也是败坏共产党的名誉嘛……你是我姐,在我眼里就像个娘,不怕的,以后我为你养老送终。"

她大哭了一场,想想也是啊,就不想了。

然后就是合作化,一言难尽,开初以为更好的日子要来了,结果却遇上了灾荒……好在他们人在南方,又是山区,靠上山挖木薯也熬过来了。但是县长——当年的区长——还是想到了她,亲自找到山里,对她说:

"大姐,不管怎么说,你毕竟和……你知道我说的是谁,你们毕竟有过那么一层关系,眼下全县都缺粮,他在中央,听说管粮食,我代表全县人民求你给他写封信,看能不能给我们县单独调拨一点儿——"

他没有说完她就明白了,心本来以为已经安顿好了,不再想他了,《赣南日报》也不订了,可是这一下又乱起来了。原来不想他是假的。她不知怎的一开头就觉得这事儿不成。可人家是县长,不能直接拒绝。她说:

"你可以试试……可是,就我知道的……不一定顶用。"

信还是写了,以她的名义,报告县里灾荒的规模,当然没那么严重,故意写得严重些,是为了让老胡——现在是老丁——重视。

直到最后一个春荒过去,无论是她,还是县里,不但没得到单独调拨的救济粮,甚至都没有收到过回信。县上、区上来见她的人就少了,再以后就根本没有人来了。她成了一个完全被遗忘的人。

山里人不记日子,只记大事。接下来就是那场席卷全国的"运动"了。采芹直到这年冬天,有串联的学生到了县城,才听到了老丁——老胡——被"打倒"的消息。县里也有学生到北京,参加批判他的大会，其中一条罪名就是当年县里闹饥荒，让他给老区人民单独调拨一点救济粮，他粮不调，信也不回。

据说正在台上"坐飞机"的老丁当时就抬起头，梗着脖子反驳道：

"给你们单独调拨，全国人民呢？我凭什么要这么做？！"

"凭我们是老区！"县里去的学生有点理屈词穷，把最后的底牌亮出来，"没有我们老区的牺牲，哪里有新中国！"

"这是我单独给你们调拨救济粮的理由吗？天下为公，古人都知道的道理，老区人民不懂吗？"

为了这几句话他一条腿给打瘸了。以后几年间，陆续来了一些外调人员，以各种名义找采芹调查老丁——老胡——在革命年代做了叛徒的证据。

她开始疑惑，后来就是震怒了：

"那时候在上海，他天天出生入死，怎么是叛徒！你们脑袋瓜有病吧！"

"你这个老太太，丁一是个大流氓，他在革命胜利后抛弃你，娶了小老婆，他是个大坏蛋！你应当揭发他，反戈一击，为自己被辜负的一生报仇！"

这话戳到了采芹的痛处。心叶子疼得都在抖……但是，她仍然对他们道：

"你们说到革命……你们知道什么叫革命？再说他也不是革命胜利后不要我的，他就是要革命才不要我了！他不是流氓，不是坏蛋，当初嫁给他我心甘情愿！"

1969年初冬的一个早上，她习惯性地早起，篱笆门打开，关着的鸡鸭放出去,一个穿一身旧棉军装的女孩子站在她的老屋门前。

"请问……这是区采芹的家吗?"

"我就是。丫头,你是谁?"

姑娘走进篱笆门,抱住她,冷得浑身发抖,但看样子更像是被吓坏了,心在抖。

采芹的心也抖起来……一种无法用语言表述的骨肉亲情般的感觉,像强大的电流一般击穿了她的身心。

"我是丁霞,丁一的女儿。我爸我妈都被关起来了,我们家散了,他们让我上山下乡,我想起了我爸交代的话,自己跑到你这儿插队来了。你收留我吗?对了,我爸说,见了您,不让我叫大妈、大娘,让我叫娘!"

丫头长得不像她妈,太像她爸了,还有那一种气味,是她丈夫身上的,至死都记得,孩子身上就是那个气味!

他没有忘了她!到了他落难的时候,他还是想起了她,是他让自己的女儿来找她的!到了这种时候,他还是把她这里当成了女儿能够投奔的最后一个避难所!一个最后的家!

"你叫呀!快叫呀!"她颤声大叫。

"娘!"

她以一种极为强悍的姿态留下了他的女儿,明白无误地告诉周围所有的人,她有一个女儿,失散了多年,现在回家了!无论是谁,都不准歧视她,更不能欺负她一个女孩子,他的亲夫——老胡——辜负了她一辈子,这丫头是他送给她还债的,她应得的,她不但要收留她,以后还要在这里给她找个女婿,结婚生子,给她养老送终呢!

她叫丫头"霞"，丫头叫她"娘"。她一直保护了这孩子五年，什么县里的区里的来找她，说霞的事，都被她用最难听的话直接给撵出去，有一次还把那杆已经生锈的大抬枪也顺了出来。霞一点点长高了，也长壮了，亲人们一起住，长着长着还像她了。她对邻居们说：

"哪里像我了？像她爹！我男人！不过年轻的时候，我也长得不丑，要不怎么能把她爹勾引了呢！"

众人就笑。她也笑。霞听惯了，也跟着笑。冬天冷，夜里娘俩钻一个被窝，互相暖和，霞让她讲当年和她爸在上海的事。她说：

"你知道你爹当初怎么一把就把我拿下的吗？"

"他怎么一把就把您拿下了？"霞问。

"不告诉你。这是我和他的秘密。"采芹说。

"说嘛说嘛。人家想知道。"霞扭股儿糖地缠着她。

但是她很坚决，别的都可以谈，就这个不成。

"这是我和他的秘密。我就是靠这个才有心气儿活到了今天。还是让它留在我一个人心里吧。"

五年后的一个夜晚，她和霞吃完了简单的晚饭，坐着说闲话，家里的小喇叭在响。她没有听，霞却猛地跳起来，大声喊：

"我爸！我爸！"

"霞，怎么了你，疯了吧！"

"我爸出席了国庆招待会！我听到了他的名字在里头！我爸'解放'了！"霞完全疯了，大哭大叫，天不亮就爬起来收拾东西，说是要回北京。

采芹知道发生了什么事，没有拦她。但是出门时，她紧紧抱

住霞,浑身发抖,低声道:

"霞呀,回到了北京,你还记得我这个娘吗?"

霞一心要走,要推开她,叫:

"娘,拖拉机等着我呢!"

她一狠心推开了她。霞什么也没有感觉到的样子,提起包就朝下面公路上拖拉机那儿跑。她转身回到老屋里去,关门——不,让她走吧,和她爹一样,说走就走,多一眼都不看她!真是他的种啊!

"砰砰!"有人敲门。

"谁?"

"娘,是我,霞!"

"你不是走了吗?"她不开门,"还回来干吗?"

"我回来问一句话,我要是回到北京,我爹问我,你有没有话,我怎么说?"

孩子这一句话把心里陡然堆起的冰雪全融化了。但她仍然没有开门,只道:

"问他好……要是他问起我,你就说,没有问起,连这句话也不用说。"

"娘,知道了,我走了!"

一串脚步声响亮,霞又走了,还是像她爹,没有再看她一眼——一眼都没有!

……又是十年过去,采芹已经七十岁了,早在1984年,县里就来了人,问她一些事情,譬如说,她什么时候入的党?

"入党?我没入过党。"她说。

"你没入过党,可是我们现在掌握的材料上说,你1934年就在上海参加了地下工作……这怎么可能？是不是记错了,对了,你的入党介绍人想得起来吗？"

"我真的没入过党,也没有入党介绍人。"

来人很年轻,完全不能理解她说的事。

"老人家,那你是怎么参加党在上海的地下工作的？"他们问。

"我在上海也没有参加地下工作。"她说,"我就是到一户人家帮佣,后来……后来,我男人娶了我。"

"我还是不能理解。也许是您老人家岁数大了,记不清了……下面一个问题,你是什么时候加入红军的？"

"我也没加入过红军。"她说。

"哎哟,这就不对了,"来人中那个领导模样的男人开口了,"有资料证明,你参加了红军第五次反'围剿'。你给伤员做过包扎,还差一点被当成AB团给杀掉。"

"差点给杀掉是真的,给伤员做过包扎也是真的,但我确实没有参加过红军也是真的。"

一群人带着一脸疑惑走了,但是到了年底,县里还是来人宣布,按照新政策区采芹老人算是1934年就参加了革命,以后按失散老红军的待遇每月给她发放养老金。她开始不接受,因为她觉得这不是自己该得的,她不能接受这样的钱。

"我真的不是革命者,我男人才是呢。我傻,当时要是一狠心参加了红军去革命,我就不会是今天这个下场,男人不要我,一个人过了一辈子。"她说到最后,还哭了。

后来县里改了主意,说这是当年还她给红军游击队送米粮和青菜的钱,这个她应当收。

"行,这个是真的,虽说那个姓什么的红军领导人差点杀了我和我男人,可我真是帮了他们,这个钱,要是符合政策,我就收。"

霞没有再回这个家,她有时候会想起这个女儿,但更多的时候仍是和老胡一起想。霞的消息她还是零星地知道的:她回到北京先是去上了大学,再后来去了国外又回国,中间也写过几封信,她不愿意回,想让这件事也渐渐地过去,霞好像明白她的意思一样,后来信就稀疏了,再后来就一封也没有了。有信时采芹怕她来了信扰乱了自己的心,没有信儿,她又恨起霞来,还是那句话:

"跟她爹一样心狠……真是没错了种!"

回头却把霞以前写的几封信珍藏起来,又把几张霞的旧照片装到镜框里,挂到墙上,想起来就瞅一眼。

弟弟的孙子都长大了,时常来照顾他,有时还要开个玩笑:

"姑奶奶,你闺女又给你写信了?"

"你这小子,不是好东西!"她骂他,还作势要打。后者哈哈地笑,做出害怕的样子逃掉了。

又是一个春天。一天黄昏,一辆小轿车在老屋门外停下。新来的县长带了人来,也不坐,急急地对她说:

"老人家,有个不好的消息,中央来通知,请你去北京。"

当晚她就在火车上的广播里听到了老丁的讣告。县里害怕出事,安排了一名副县长和一名医生陪她去北京。

霞到北京站的站台上接她,奇怪的是,娘儿俩多年不见,见了面倒像从没有分别过一般,一句多余的话都没有,女儿就用车直接拉她去了吊唁大厅。

"娘,我特意给你安排的,让你和我爸单独待一会儿……时间不长,只有半小时,过后中央首长就要来吊唁了。"

她在吊唁大厅里看到了仰卧在花丛中的他……眼睛已经闭上了,再也不能看她一眼。但是脑门上那个不大的肉窝窝还在,好像还一动一动的……她忽然觉得他还是年轻时候在上海时的他,总是开玩笑,这次也像是在开玩笑,要不然,那肉窝窝怎么会老动弹呢?

霞把所有人都打发出去,看她,低声道:

"娘,趁着这会儿没人,你有什么话,什么委屈,都对我爸说出来吧。我也出去。"

她也出去了。采芹望着花丛中的人,哭着道:

"你的心真狠……你倒是遂了愿了,革命到死……可是我呢,你真的想过我吗?我这一辈子,活得不值。早知道这样,当初就不该那么急着嫁给你了。"

那个小肉窝窝不动弹了,这一次,那么爱开玩笑的他也没有再笑起来。到了这一刻,她也相信他真的不在了。

蓦然之间,她觉得自己一世都不得安定的心也终于平静了。

"你走吧……我又要说这句话了,你这辈子值了,想干革命,就干了;想干到死,也心想事成了。我不像你,我心里没有天下,只有你一个人,可是你也不要我了,我这一辈子不值。要是有下一世,你就是再拿那么红的玫瑰花来骗我,我也……我也……我也不上当了。"

她参加了全部的吊唁活动,直到老胡的骨灰在八宝山下了葬。霞一直陪着她。这天下午,最后的活动也结束了之后,霞在送她

回宾馆的车上,偶然想起来似的,回头对她说:

"娘,你想不想到我爸生前最后住过的地方瞅一眼?你好歹也是来了一趟。"

采芹想起了另一件事,说:

"我不去。那是他和你妈的家。不是我和他的家。"

其实在吊唁活动中,她和文洁见过面。两个女人都老了,文洁还坐上了轮椅,因为这个女人,采芹的心痛了一辈子,现在看她的样子,突然间也不那么痛了。

霞像个地下工作者一样将声音压到最低,不让车里其他人听见,只对着她的耳朵眼说:

"我妈是我妈,我爸是我爸,你肯定知道我爸年轻时打鼾有多厉害,进了北京他们就不住一个房间。再说我妈一直住在医院里……你真的不想去我爸最后住的地方看一眼?"

她犹豫着,最后还是没答应,但是也没有明确地表示反对,霞就自作主张,将车开进了她爸爸最后的家。

霞让别人都留在外面,一个人扶她进了院子。

一股馥郁的花香扑鼻而来,让她不觉停下了。

"什么花儿这么香?"

霞没有回答,只看了她一眼。她却已经望见了,在这个不大的小院里,种着大片的红玫瑰花——不,血玫瑰。

她颤抖地走进了他最后的房间……已经有了预感,但还是没想到,一进门就看到了一张靠窗的半圆的台,上面有一只小小的青瓷花瓶,瓶里插着一枝血玫瑰!

她无力地坐下来,又慢慢站起,去抚摸他生前用过的家具。

进门前她什么都想到了，就是没想到他最后居所里的这些家具会如此简陋和陈旧。硬木板床、书桌和书架，怎么看都像在哪里见到过……还有，就是似乎刻意地靠窗放置的那个台，上面什么也没有，只有那只花瓶和瓶里的一枝血红色的花。

霞跟进来，等她像抚摩亲人的面颊一样抚摩完了每一件家具，才对她说：

"我爸一辈子都喜欢种玫瑰花，而且只种这个品种，他说这种花叫血玫瑰。这一院子里的玫瑰花儿都是他种的。我查过资料，说这种品种的红玫瑰花儿代表忠贞不渝的爱情，只有见到血和死亡，爱情才会终结。"

采芹慢慢转过头来，两眼是泪，说：

"霞呀，告诉娘，他真的……真的……每天都自己动手剪一枝玫瑰花，插在这个瓶子里？"

"也不是。先前当然是他，后来他住了院，是我妈帮他每天剪一枝来插瓶。他去世后我妈也住院了，这件事就由我们这些儿女来做。"

她望着墙上他的遗像，哭着道：

"你这个人哪……我都打定主意要恨你到死了，可你为什么又要用这样一枝花弄乱我的心呢？你这一辈子真的都没有忘了我……是没有忘了那一枝红玫瑰吧？你这是让我恨你……恨你……还是……不恨你呢？你这会儿告诉我，我该怎么办呢？！"

乌江往事

1934年8月,三个月前刚刚率领红三军建立了地跨黔川六县、纵横二百多里、人口十余万的黔东革命根据地的贺龙军长,突然对身后的警卫员说:

"去,把小铁头给我叫来。"

贺龙军长正在乌江边钓鱼,面前是一个大江汊子,长满了水草。他已经钓了一个时辰,一条鱼也没上钩。

那一年小铁头不满十五岁,因为生下来就挨饿,个头还像个十一二岁的孩子,但是身上有些地方已经长开了,浓眉大眼,粗胳膊粗腿,大脚板,浑身黝黑。听说军长叫他,顺着江边一溜烟跑过来,一把就爬上了江边的大石头,蹭到军长身边,先龇着两只小虎牙看身边的收获,再看水面上浮标,"嗤"地发出一声嘲笑,说:

"军长爹,你不行……瞧我的!"

整个红三军,谁不知道军长是钓鱼的好手,无论什么地方,只要有一小片水面,他就能说出有没有鱼,什么鱼,能不能钓到。敢说他钓鱼不行的,也就是小铁头了。

这也是有原因的，小铁头生在洪湖边上，可以说他就是靠吃鱼长大的。

一边笑话他的军长爹，一边已经一把将钓竿不客气地从军长手里拽过来，扯回钓钩，取掉上面的死饵的同时一出溜就下到了江滩上，从水草里一把捞出一条大蚯蚓后又蹿上了石头，眨眼工夫那蚯蚓就挂到了钩上抛了出去，瞬间河面上的水汹涌起来，一条凶猛的大跳鲢子噼里啪啦地上了钩。

"光顾得看，快帮我一把呀！"

贺军长嘴上叼着烟斗，用溺爱的目光瞧着眼前的黑孩子，动手和他一把把一条十六七斤重的大跳鲢子拉上来，然后取下大烟斗，高兴道：

"把这条鱼交给警卫排，今天的晚饭有着落了！"

又惊奇地问他：

"你怎么知道这里有大跳鲢子，还知道它要吃大活食？"

小铁头脖子一梗，哼了一声，傲声道：

"我是谁呀？昨天一驻扎下来我来过，一眼就看出来了，这片有水草的江汊子里有大跳鲢子，它喜欢吃这草。"

鱼让卫兵提走了，军长站着抽烟斗，盯着江面，不说话。

"哎，怎么啦？……钓鱼你是个行家，今天鱼不上钩，是你在想心事，对不对？"

贺军长第二次把嘴角上的烟斗取下来，用力扒拉了一下小铁头的黑脑袋，说：

"你小子成精了，我想心事你也看得出来？"

"有心事跟我说。"小铁头大包大揽地回答，"我帮你。"

"就你小子？"

"我一个人缴过白狗子十七条枪，你忘了？"

小铁头的父亲老铁头是一名铁匠，红三军在洪湖地区活动时参加了队伍，主要任务是给敢死队回炉肉搏战中砍得卷刃的大刀，有时候情况紧急，自己也当敢死队长，是贺军长手下的一员猛将。部队撤出湘鄂西时跟着走，小铁头没有娘，别的亲人不愿受牵连，送谁谁说养不起，爹干脆把他改姓，给了自己一个媳妇不能生育的师兄做儿子。小铁头不干，拖拉着一双老铁头穿破的大草鞋，踢踢踏踏地跟着队伍走。老铁头回头撵他就跑，不撵又跟上来。来来回回折腾了三天，贺军长知道了，让人把小家伙叫到跟前，道：

"铁头，你太小了，要干革命，长大了我和你爹来接你。"

"不。"

"你这小子，够犟的。打仗要死人的，不是你小孩子的事儿。你怕死不？"

"爹，你怕吗？"

"别叫我爹，我是军长！"

"你是长辈，咱们家乡长辈都是爹！"

"那也不行！叫军长！"

"行，军长……爹！"

"给我回去，红军还会打回来的！"

"不！"

"来几个人，把这小子裤子扒下来，头摁到裤裆里，捆上手扔这儿，让他替老头看瓜，我们走！"军长吓唬他。

"哎，哎，"小铁头给唬住了，一边倒退，拉出要跑的架势，

一边瞪圆了黑眼珠看军长,叫:

"你!你!你这就不对了!当初你带队伍到我们家乡扩大红军,自己说的,中国这么黑暗,不但穷人没活路,是个人都没活路,就连地主老财,杀人的军阀,其实也没活路,只有革命才是一条活路!你给了我爹活路,怎么不给我一条活路,这叫那啥子……不公平!"

军长笑看老铁头一眼,说:

"你看你这小子,记性够了,我说过的话他句句都记得!"

"这小子别的不行,就是记性好,不忘事!"老铁头说。

"那你让我跟着你走哇,"小铁头又冲着贺军长喊,"我帮你记事儿,怎么样?"

"铁头,我是说过只有革命才有活路,可是你把中间的一段给省了,只有革命,打烂这个黑暗的社会,世上人才有活路,但是打烂这个黑暗社会要死人的。再说这是大人的事,我的队伍不要小孩,你又不能打仗!"

军长说得斩钉截铁,一点通融的余地也没有。说完,队伍又出发了。

小铁头哭了一鼻子,看着队伍走,不哭了。咬一咬牙,继续拖着那双大而破的草鞋,踢踢踏踏不远不近地跟着走。

老铁头接着撵他,他接着跑,爷俩儿接着演你一撵我就跑不撵了又跟上来的把戏。

好走的路走完了,前面是一座山口。队伍停下来,军长朝前面看,有点担心,再次让老铁头把小铁头叫到队伍前头来。

小铁头来了,小心防备着老铁头和其他的红军战士,怕他们

真给他弄起来,脑袋塞到裤裆里给老头看瓜,见到军长在等他,心中一喜,学着大人的腔调说话:

"怎么着,军长爹,你要我了?"

军长从身上摸出一块银圆,递给他,说:

"你看前面那个山口子,我要是敌人,就在那里埋伏上……铁头,队伍过了这个山口,前面每走一步都要和白狗子交火,我喜欢你,可你真的太小了,队伍里现在还不能养吃闲饭的,拿上这块银圆,赶紧回家!"

小铁头不高兴了,背上了手躲开那块银圆,瞪着黑眼睛看贺军长,大声道:

"谁吃闲饭?你小瞧我是不是!我不要你的袁大头,我要跟着你革命!"

枪声就在这时响起来。埋伏在前面山口的敌人沉不住气,老远就开了火。前后左右都是追兵,队伍只能从这个山口冲出去。贺军长顾不上小铁头了,一声令下,敢死队站到了他面前。他说:

"同志们,冲出去就有活路!冲不出去就革命到底了!就是你们全部牺牲,也要为全军杀出一条血路!"

"杀——!"敢死队员人人亮出大刀,吼声震耳地向前冲去。

老铁头拔出大刀跟着冲上去,激战中他被砍断了一条腿。红军攻下山口后迅速前进,黄昏时他牺牲在担架上。贺军长让队伍停下,将他就地埋葬。他在老铁头坟头上放下一块石头,说:

"秦玉良同志,革命嘛,就是这样子。可是不革命,穷人千秋万代受压迫,最后还不是个生不如死?这样死总比不革命死得值,死得有卵子!记住我的话,生在这个岁月,无论他是谁,就只有两条路可走，要不革命，要不反革命，但是我们做不了反革命，我们虽然是穷出身，但是我们有一颗人心，我们只能走革命这一条路……秦玉良同志你安息吧，你的事儿了了，剩下的全是我们活着的人的事情了……我还要再说几句，不管我们还要死多少人，这个黑暗的社会都一定得打烂，打不烂中国什么时候有个出头之日呀。革命有一天一定会胜利，你没有活到那一天，我也不会活到那一天的，但是我们队伍里总会有人活到那一天，回头我就嘱咐同志们，将来不管谁活到那一天，一定回来找你，给你修墓立碑，顺便告诉你一声，黑暗的社会打烂了，你没有白死。"

队伍继续冒死前行，他忽然想起了小铁头，问身边的人：

"谁看见过小铁头？没让敌人也给砍死了吧？"

身边的人都说杀过了那座山口就没再看见他，一定是挡在山口那一边了。部队从早上起从这个山口突围，一边激战一边跑路，一天狂奔上百里，他就是没被枪子儿打死，趿拉着一双不跟脚的破草鞋也撑不上。

贺军长沉默下来，望着天边最后一抹晚霞，其实是心疼。

队伍又出发了。但大家都想错了。等红三军又经历了一夜的激战加狂奔，终于从敌人最后一道封锁线里突围出来，转入湘西的大山中，小铁头仍然在队伍后面跟着。一路上他不但亲眼看到了老铁头的牺牲和下葬的过程，还听到了贺军长在他爹坟前说出的那一番话。这小子记性是好，只听了一遍，他就又全记下了——在这里提醒一下读者诸君，这件事在这个故事的后半段很重要。

但他不愿让他的军长爹再看到他，现在爹也牺牲了，他更没亲人了，只能跟定红军队伍跑。破草鞋早就跑掉了。他一路上看清楚了,激战加狂奔中大多数红军战士的草鞋都跑掉了,后来都是赤脚跑路,参加战斗。他自小就赤脚,不怕山上的石头和荆棘,躲躲闪闪地跟在队伍后头跑了二百余里,居然跟上了。

第四天天亮他饿晕了,倒在队伍野营地外的山坡下,被去沟里打水的战士发现后弄回来,贺军长寸步不离地看着众人又是灌水又是灌米汤。小铁头活过来了,一睁开眼就看到了蹲在他面前不错眼珠盯着他看的贺军长,哭了一嗓子,叫:

"爹!"

"军长!"

"军长爹!"

"你这小子,还真行,跟上来了,跟上来就跟着走吧,但有一条,多大的苦都得咬牙扛住,还得不怕死,随时准备为革命牺牲!做得到吗?"

"做得到!我爹当初跟我说过!他就是不想让我跟着队伍牺牲才把我送人的,这一路上把我撵的,让我多跑了多少来回路。"

队伍出发。小铁头身子虚弱,军长在自己的马鞍子上放下了一个马袱,把他横着放上去,怕他掉下来,又用绑腿带子给他捆上,自己和大家一起步行。干粮袋空了,他让警卫兵把干粮袋洗了,用袋角里抖出来的米渣渣和洗袋水熬出能照见月亮的汤给小铁头喝。

"军长爹,你喝。"

"我不喝。你喝。"

小铁头犟起来,把个嘴抿得死死的。军长前几天那句话在他心里作了病。"我不要吃闲饭的。"军长说。现在军长的干粮袋洗出来的水煮的汤当然是军长喝，他在队伍里什么都没做，他不吃这样的"闲饭"。

"混账小子！这是你爹干粮袋洗出来的水煮的，喝不喝？"军长骗他，说。

老铁头已经牺牲了，爹的干粮袋洗出的水煮成的汤他喝，再说他也真饿急了。

可是后来他知道了，他喝的还是军长洗干粮袋的水煮的汤。

"骗人……还是军长呢！"小铁头生气死了，发誓再也不理军长。可是到了第二天一睁眼，又忘了，后来又想起来，恨自己没志气。

"我要干件大事，让军长爹知道我在队伍里不是只会吃闲饭。"他想。

几天后小铁头就干了一件大事。队伍在湘西七折八转，进入军长的家乡桑植县境，受到一队湘军突袭，猝不及防，队伍给打散了，小铁头也和别人失了联系。天快黑的时候，军长派了一个老战士漫山遍野地找他，好不容易找到了，他却对来人摆摆手，朝下面山沟边一队跑累了坐下喘气的湘军指了指，挤了挤眼睛，话也没说清楚，就出溜下去了。

湘军有一二十个的样子，马上看到了他。小铁头身上还穿着出门时的破衣烂衫，他们觉得他就是个出来打猪草顺便采草药的山里苦人家的伢子，没有人在意他。其中一个年轻的军官，一副大少爷模样，朝他招招手，道：

"过来！"

"干吗？"小伙子做畏缩和转身要跑状，道。

军官却对他有了兴趣，再次招手，道：

"过来,给你糖吃。"

小铁头磨磨蹭蹭地过去,向军官伸出一只黑手:

"糖呢?"

军官笑着看自己的兵,说:

"山里的伢子,胆子够肥,真敢来吃糖。"

他站起来,抬手给了小铁头一巴掌。

小铁头倒在地上。

"吃到糖了吧?"大少爷模样的军官说。

众白军士兵哈哈大笑。大少爷模样的军官也大笑。小铁头半天才爬起来,抹一把嘴角的血,要走。军官还在笑,小铁头突然转身,将一名白军放在地下的大枪拿起来,啪一声拉动枪栓,子弹上膛,同时后退一步,枪口指向军官和所有的白军。

"举起手来!不要动!谁动打死谁!红军优待俘虏!"

没有人敢动,就连那名军官,也立马现出了大少爷的本相,乖乖地把手举过头顶。

他们都是桑植本地人,知道上头要他们打的是贺龙。贺龙名满天下,在桑植更是家喻户晓,再说谁也不愿意为消灭贺龙的红军丢了自己的小命儿。那位红军老战士这时已经下来了,两人一起将总共十七名湘军的枪下了大栓,还让他们自己背着,连人带枪一同押到了贺军长面前。那大少爷模样的军官忽然高举着双手跪下,喊:

"表叔,我是向家的诚仁!我投降!别杀我!"

贺军长居然把他认出来了,道:

"是你呀。好小子,原来都是乡亲,既是这样,枪和子弹留下,天亮了就回去吧,只是——"

那军官很怕他最后说出的这两个字,又喊:

"表叔,我不愿意当兵的,都是我爹逼的,饶了我们吧!"

军长不说饶,也不说不饶,却问他:

"你爹现在怎么样啊?"

"好着呢……啊,不好。"

"还在做生意?"

"还在……去了黔东的逍遥镇贩盐,不常回来。"

"啊。你回去了告诉他,上次我的队伍垮了,现在又拉起来了,是队伍就得吃饭,有枪有弹。"

"这个晚辈明白,可是表叔,要我爹给你老人家准备多少,送哪里去?"军官急不可耐地把话先说出来。

贺军长叼着烟斗来回踱了一会儿,对军官说:

"诚仁,你明天回去,告诉你爹,还是那话,真到了那时候,我会让人去找他的。"

"这个……懂了表叔,晚辈一定把话传到,一定传到。"

第二天早上队伍出发,才把这一队湘军放了——留在一个山洞里等他们睡到自然醒,红军早就走了,但是带走了他们所有的武器。

小铁头因为这一仗在红三军成了名人,神气起来,走起路来都不一样了,脚底下石头子儿踢得乱滚。心里想的却是:

还敢说我是吃闲饭的吗?还敢说我是吃闲饭的吗?哼哼!哼!

……

现在他望着他的军长爹,军长也望着他。过了一会儿,军长又把目光移开了,小铁头可不笨,他看出来了,军长心里有事,本来要对他说,可是……又改主意了!

"哎,哎,怎么了你,有话就说,都到了嘴边又咽回去了……"小铁头说。

"我不咽回去你小子行吗?你太小了!"军长说。

"又小瞧我!"

小铁头生气了,边说边站起来要出溜到石头下面去,但是,他是愿意在军长面前做样子的。

"你这小子,我跟你说有用吗?知道吗,我们红军的力量要扩大了,红六军团要进入黔东根据地和我们会师!"

"哎哟太好了!"小铁头惊喜道,"胜利形势又要大发展了!"

"是要大发展了——"

"那你让我下战斗部队去当排长吧,当班长也行,我不能老是跟着你,马夫不是马夫,警卫不是警卫!"

"红六军团来了,是客人,我们是主人,可是我们拿什么欢迎他们?总得送点见面礼吧,再说了,队伍扩大,第一件大事就是吃饭,你不大了解黔东苏区目前的形势。"

这个小铁头真不知道,他只知道黔东苏区建立后,红军无日不战,还受到了密不透风的经济和物资封锁。

"军长爹,我就知道,你今天钓不到鱼,是心里真有事……"

"铁头,这么说吧,就是红六军团不来,我们也快撑不住了。"

小铁头大吃一惊,一直在下意识地摆弄钓竿的手也不动弹了,瞪圆了大黑眼睛看着他的军长,半天才回过神儿来,叫:

"不可能！"

忽然，他注意到了军长神情的变化——只有军长爹突然下定一个决心时他才会有这样的表情变化。

"还记得去年我们从湘鄂西苏区打出来，路过桑植，你俘虏的那个湘军排长吗？"

"记得呀。他怎么了？"

"他叫向诚仁，他爹叫向希龄，比我大一岁，是我表哥。"

"哎哟，你们真是亲戚！"小铁头的兴头给军长勾起来了，"当时那小子喊你表叔，我还当他跟你套近乎，怕你杀了他。"

"是套近乎，其实我们不是表亲。但你知道，在我们桑植县，不，整个湘西，我们贺家和他们向家，要说是亲戚，三绕五绕，不是表亲也是表亲了。"

"我明白，"小铁头又学大人说话，"我们洪湖也是。三姑六姨加一个外甥女婿，七勾八连，就都成了亲戚了。"

"我和向希龄原来不认识，十六岁时我和我姐夫一起出去赶马帮贩盐认识的。后来，民国五年吧，我带着一群人砍了我们桑植县的芭茅溪盐局子——"

"这个我知道！不就是'两把菜刀闹革命'吗？"小铁头嘴快，先说了出来。

"不是菜刀，是柴刀。后来以讹传讹，就成了菜刀了。不过这个不重要。"

"你拣要紧的说嘛！你自个儿把话说跑题了，还赖我！"小铁头埋怨道。

"行，我跟你小子拣要紧的说。可是——"

"军长爹,我知道你在想什么了,想找一个人去见这个向希龄,我记得你当初对他儿子,就是那个湘军排长说的话。你想把这件事交给我,又不放心。"

贺军长扭过脑袋定定地看着他。

"你这小子真成精了。你还甭说,我一直在犹豫,这是天大的事,你一个小孩子——"

"军长爹,你怎么了!"小铁头大叫道,"谁是小孩子?我是红军战士,你说过的,我和你在红军队伍里是平等的,你是革命者,我也是革命者!"

"瞧你这小子,我还真小瞧了你了!你让我说完……当时这些跟我去砍芭茅溪盐局子的人里头,有几个人后来牺牲了,有些离开了,诚仁的爹向希龄,还有另外一个,周敏成,一直跟着我。民国十五年,我成了国民革命军第九军第一师师长,他们两个成了我手下的两个团长。"

"后来呢?"小铁头听进去了,问。

"因为北伐有功,我又升官了,当上了国民革命军第二十军军长,由信仰三民主义转变为信仰共产党,要带队伍参加南昌起义,打响反对国民党反动派的第一枪,他们就跟不上了,和我和平分手。"

这话有点深,小铁头听得半懂不懂。他最不懂是:像军长爹这样的大英雄,有人说他是天龙下凡拯救穷人的,只要不离开水,再多的敌人都奈何他不得。姓向的和那个姓周的为什么不跟着他走下去?

"那时我还没有参加共产党,分手时我也想用共产党教给我的道理说服他们，可没成功，当然他们也说服不了我。不过分手时，我和他们分别有个约定。"

"什么是约定？"小铁头问。

"约定就是……"有一小会儿军长像是在想自己怎么措辞才能让小铁头听明白，"简单说吧，向希龄临走时对我说，表弟，你觉得跟共产党走是对的，一定要去走，我拦不住你，但我也不会再去跟蒋介石这样的新军阀走，我一回湘西军装就不穿了。我不革命，但我也绝对不会做反革命。我想回去做个商人，买卖公平，既造福桑梓，也为自己挣点钱，过我自己的日子。"

"这人糊涂。"这下小铁头听懂了，脱口而出。

"瞧，你一下就懂了，可那时我还真没有今天的觉悟，知道革命一定能成功，我只是觉得即便它不成功，我也不能和老蒋代表的新老军阀同流合污。我贺龙当年'两把柴刀闹革命'是想彻底打烂这个黑暗的社会，不是让自己也成为新军阀中的一员。我只能走革命的路，绝不走反革命的路，那样对不起我们贺家死去的几十口子，对不起多次拉队伍跟随我牺牲的兄弟和同志。"

"军长爹，又偏了，你刚才说你和他有个约定。"

"你小子还真明白。我现在就说这个约定。我对他说我有一笔钱，你带走，并没有多少，你做生意要本钱，就算我入股。不到万不得已，我不会派人找你。一旦我派人去了，就是真扛不住了，要枪你得给枪，要粮你得给粮。"

"军长爹，我们这会儿……真有你说的这么严重？"

"有哇。蒋介石亲自到了贵阳，布置了五省军阀总共八十四个团合围我们，贵州军阀王家烈倾尽全力要把我们赶出他的地盘，苏区现在四面受敌,还有沿河、印江几个县的民团,层层设卡子。"

"今年苏区又闹旱灾,收成不好。"小铁头说,大人似的叹口气。

"包围圈越来越小,更要紧的是他们封锁了大小所有山路,不让一枪一弹一两盐巴进入苏区……告诉我,你有多久没尝到盐巴的味道了?"

"军长爹,没有盐巴吃我就不吃。本来这地方除了地主老财,老百姓都吃不到盐巴。盐巴要从四川挑过来,一两盐巴一两金子,谁吃得起。"小铁头懂事地说。

"但现在不只是苏区困难,红六军团打过来也要吃盐巴。部队吃不到盐巴,哪有力气打仗?"

"军长爹,小铁头都明白了,你想让我去桑植找这个向希龄,要枪要弹要大洋,还要盐巴!"

"他不在桑植,就在黔东做生意。离苏区不远。逍遥镇你知道吗?"

"逍遥镇谁不知道?"

逍遥镇是黔东最大的盐埠。贵州不产盐,全靠从四川运进来,整个黔东的盐巴,都在这里集散。

"向希龄就在逍遥镇做贩盐的生意,这些年做得不小。"

"知道了,军长爹,我什么时候走?对了,你是不是还要给姓向的写信?"

"我还没有决定让不让你去呢。"

"军长……军长爹,说了半天,唾沫星子一大盆,你还是信不过我呀!"

"铁头啊,这些天我派了三次人,都没有成功,被拦在黔军的卡子上,全都牺牲了!"

"我是小孩子呀,我不用化装,就这个样子,把原来的衣裳穿上,跟着难民往外混……我还会凫水,像这乌江,别人过不去,我小菜一碟。我能行!"

"铁头,军长爹问你一句,万一你让他们抓住了,怎么办?"

"哭嘛,我一个没娘的孩子,又哭又闹,我身上又没有写着字——"

"这我知道,你小子机灵,对付着混过所有的卡子没问题。可是万一——"

"军长爹是不是担心我让向希龄给出卖了?"

"一般不会。他对我说过,就是不革命,也不做反革命。"

"他就是做反革命我也有办法。"

"你真有办法?我怕的是万一,事情做不成,还让你丢了小命儿。"

"我也不说我有什么办法……我怕一说就不灵了。总之我有办法就是了。"

"我还是要听听你的办法。"军长说。

"我的办法就是你。"小铁头说,认真了,黑眼睛又瞪圆了,"我就不信,不管是这个向希龄,还是什么别的人,就不怕你贺龙!"

军长沉吟起来,后来笑了,说:

"你小子心眼儿够数。说得不错,我也还就不信了,要是他们中有谁知道了你是谁派去的,真敢对你下手!"

"万一下手了,你打算怎么办?"

小铁头只是随便说了这一句,就看见军长爹的脸色陡然变了,变得严厉而可怕。

"我的人,所有的红三军的人,杀了他们就是惹了我贺龙,我血债血偿，一个也不放过！好了铁头，不说了，你小子反而帮助我下定了决心。不过我不能写信，路上层层是卡子，让敌人搜出来你和他都有麻烦。你的记性好，这一回用上了！"

"好了你不要啰唆了，你就说我见了他，该怎么说。"铁头也严肃起来，说。

"你真的到得了逍遥镇，见了向希龄，只对他说一句话就行了。你就说：我是贺文常的人，他让我来捎句话，他撑不住了。"

"谁是贺文常？"

"臭小子！我呀，我原名就叫贺文常。"

"什么事都不早说，早说你叫贺文常我不就明白了？我晚上就走！"小铁头说着，刺溜一声从大石头上滑下去，又回头往上看，"军长爹，在贵州做盐商的都是大财主，是革命的敌人，这个向希龄，你们当年那个什么约定，他不会不认账吧？"

"不知道。真不认账，你怎么办？"

小铁头想了想，又龇着小虎牙笑，道：

"军长爹，他真不认账，我也有办法。他真变了心我也拿他没辙，但他要是还把我抓起来送给白狗子，那他就倒霉了，我就把他一块儿出卖了，说他一直都是你的人。"

贺军长笑了，居高临下地看着他，说：

"行，我们的小铁头长大了，不但有胆量，还有计谋。现在我至少觉得有一半的把握。"

……十天后小铁头历尽艰险，一身花子服臭得谁见谁躲，到了逍遥镇，闯进恒昌盐号。伙计们要轰他走，他说：

"我要见向希龄。有大事。"

一个小花子说出这话,把伙计吓住了,一个姓向的掌柜走来,一个眼色,几个人不容分说,将他弄到后面马棚里关起来。

天黑后一个中年男人现身,一身纺绸衣裳,梳着油光的背头,戴金丝眼镜,上衣扣眼里挂着大金链子洋表,但身板一看就当过兵。进来后亲自把门关上,做出凶恶的样子,道:

"小子,你是谁?!"

小铁头不怕他,反问:

"你是谁呀?"

"就是你要找的人。"

小铁头认定了他就是向希龄,好记性用上了,一字一句把军长爹教给他的话说出来:

"我是贺文常的人,他让我来捎句话,他撑不住了。"

"谁是贺文常?"中年男人问。

这一句把小铁头给整蒙了,难道他不是向希龄?想好的话都忘了,脱口道:

"贺文常就是贺龙,你连贺龙都不知道?"

对方冷冷一笑,道:

"想讨口饭吃明说,犯不着胡说八道。来人,把这小子给埋了!"

马上就进来了几个人,其中一个他认识,虽然不再穿军装、身子骨也佝偻起来,一看就是个大烟鬼。

"是你?"一身白西装的向诚仁见到小铁头,像见到阎王一样跳脚叫道。

"他是——?"中年男人神情陡然严厉起来,盯着儿子,道。

"爹!"向诚仁冲父亲喊,没有再多说话,但活动的眼神里说出了很多。

"都下去！"向希龄说。

跟向诚仁进来的人退出去，只有向诚仁没走。

"说！"

"就是他，在我们老家桑植二道拐子沟底下缴了我们的枪，毁了我在湘军的前程！"

"出去！"他父亲说，语气中充满了憎恶和嫌弃，"门口守着，任何人不准过来！"

向诚仁不情愿地退出去，回手关门。

当天夜里，向希龄只带一名长随，纵马去了距逍遥镇五十里的拒马镇。围剿红三军的黔军主力第二十五军的一个团驻扎在附近。拒马镇就是团长周敏成的家乡。

"亲家，你怎么来了？"周敏成听说向希龄深夜驾到，大吃一惊，急忙从前线赶回来，一进门还向下人喊了一句，"快去，把大少爷和向小姐一并请出来见贵客！"

此刻轮到向希龄吃惊了：

"我的女婿回来了？兰儿也在府上？"

他的女婿就是周敏成的独子明德，黄埔军校武汉分校八期生，再有一年就毕业了。女儿蕙兰在上海读女子大学，两个年轻人既是下过定的未婚夫妻，又是青梅竹马的恋人，赶上暑假先结伴去庐山玩了一通，当天才回到家乡。蕙兰已经一日也离不开明德，到了家不回五十里外的逍遥镇，反而不声不响随明德到了周家。只是没想到，一个晚上没过，父亲就来了。

但这个夜晚向希龄已经顾不上女儿和女婿了，见过两个不好意思的年轻人后,他摆摆手让他们离开,将周敏成扯进周家的密室,关上门。

"怎么了？"周敏成亲自给他上茶,上烟泡,笑问,"你不知道我正在奉命进攻贺胡子,队伍还在攻击线上呢,大小卡子一百多个。"

"亲家,自从民国十六年解甲归田,到逍遥镇做生意,我在八山一水一分田的黔北置了些田产,还有生意。"路上向希龄已把该说的话想好了,"来前我写了一份契约,你瞅一眼。"

他从怀里掏出一张写满字画了押的纸,上面墨迹未干。周敏成看完了,抬头笑道：

"希龄兄,您这是干什么？我们两家什么关系？有事就说,用得着这个吗？"

"这上面写的田产数是我这些年置下的全部田产的一半,另外是生意的一半,本要等兰儿出嫁时做她的嫁妆,剩下一半给诚仁。我对诚仁这孩子已经不抱希望了,留一半家产给他,只要天下不大变,也够他吃喝一世的,太多了反会给他招祸,所以……"向希龄道。

"你就说事儿吧,要我做什么？"

"我要从你这里买枪,买子弹,另外,还要从你的防线上买一条缝儿。"

"给贺胡子办差？"

向希龄不说话,只是平静而专注地看他。

"要多少？"

"乡下人不爱财——越多越好。"

"多了没有。枪可以弄到五十支,子弹五万发。从我的地盘给你让条道儿,这个我安排好了就派人送信过去。"周敏成异常爽快,一口气说出来。

"太好了,我就知道……谢谢。"

"就这一回。你不说我什么都不问。但有件事必须提醒你老兄。你我都在贺胡子手下干过,回到贵州后王家烈一直不信任我,现在老蒋又派人督战,特别担心我这个团,派了个督察专员来,整天盯着我和我的人。"

"你是说,其实从你那儿走不安全?"

周敏成笑容敛去,想了想道:"没么子关系。我这里不安全,你走别处更不安全。"

向希龄轻轻呼出一口气,笑道:

"五十支枪少了点儿,但有五万发子弹,也大致说得过去。我再给他两千斤盐巴。顺便带给他一封信。"

"最好不要。白纸黑字,出事了我们一起完蛋。"周敏成笑道。

"那就不写,不过我得让他知道你刚才那句话,对我来说也就这一回。以后不行了,当年他是在我的生意里入了股,这次连本带利,我和他清账。"

周敏成仍旧笑着看他,摇头。

"你摇什么头?"

"不信。当年胡子待你不薄。当然了,待我也不薄。不是他栽培我们,眼下我们哥儿俩说不定还在哪个马帮里贩盐呢。"

"他是待你我不薄。可我这次要和他清账,不是薄不薄的事儿。"

"那是什么事儿?"周敏成仍然保持着一种轻松快乐的笑容看他,问。

"当初分手时,我就对他说过后半生的志向。我不革命,也不做反革命,我只做个老百姓,过自己的日子,两边都不掺和。这是我当时的意思,更是我今天的意思,一辈子的意思。我得让他明白。我们当然记得他当年待我们不薄,但我也想守住我的初心。"

"明白了。"周敏成道,立即结束了这个话题,"枪和子弹是我多年的私藏,就在家里。事不宜迟,我也不留你,你连夜走,我随后让明德派车将货直接送到府上。我也要马上回去,老蒋的督察专员一定没睡,在团部等着我哩。"

向希龄站起来,拱手,又道:

"来,我们抱一抱!我就知道——"

两人拥抱。都很用力。然后放开,对视,向希龄目光湿润。

周敏成笑道:

"瞧你!多大个事儿!对你说实话,我早想脱这身军装了。可你我不同,你有本钱做生意,我无田无产,得靠一份军饷养家。可我也干不长了,跟过贺胡子,无论多努力,都不会信任我,我打完这一仗,恐怕就得被换掉。"

"贺胡子得到这批枪弹盐巴,一定会突围,离开黔东,那时天下怎么样咱不管,贵州安定一来,你我一起贩盐。"向希龄道。

"一言为定!这张契约你拿回去,等蕙兰哪天嫁过来,给我装到孩子嫁妆盒子里。"周敏成一边说,一边笑着将向希龄带来的契约折起来塞回到前者手里。

一直在外面花厅里等着、不敢各自回房歇息的年轻人终于等到两位父亲携手走出。随后明德被父亲叫进密室,蕙兰过不了多久也坐上周家临时套好的马车,跟随父亲回五十里外的家。

天亮前,几辆装贵州土货桐油和蓝靛的马车进了向家。在后院,向希龄不出面,让儿子和女婿看着向掌柜带人把车上的货卸下来藏好。诚仁要明德尝个烟泡再走,明德拒绝了,上马车时随口问了一句:

"来人还在吗?"

诚仁虽然不走正道,脱了军装后吃喝嫖赌,但内心机警,看他一眼。

"算了,我这话多余。"明德笑道,欲赶车离开。

"这么大事儿,来一个毛都没长全的细伢子。我杀他的心都有。货到了也该走了,最好明天就走,不然给这个家招灾惹祸。"诚仁不说就不说,说就是一大篇儿。

明德的马车轰隆隆驶出。蕙兰从二楼窗户后面泪眼汪汪地看着。他也够绝情的,来了不见她就走,也不问她是不是让父亲给关起来了。

送走明德,诚仁回到马棚,对小铁头说:

"我这会儿要是一枪崩了你,然后扔进乌江里喂鱼,你觉得怎么样?"

"挺好。乌江里真有大鱼。哎,你钓鱼吗?"

诚仁给他松绑,扔给他一套脏兮兮的衣服,说:

"这个伙计前几天得痨病死了,衣裳也省下了。把你那一身脏皮脱掉,换上它。既然来了,就不能吃闲饭,明儿一大早,给我去江边饮马,回头在马棚里铡草。"

小铁头一边活动着被绑了大半天的胳膊腿,一边回嘴:

"你谁呀你,我只给贺文常一个人饮马!"

但是第二天早上,他还是牵着诚仁的马去了江边。置身险境,就是不跑,周边地形还是要熟悉的。

几个挑盐的脚夫走到江边来,一个人看他道:

"小子,认识我吗?"

小铁头回头,人没看清,兜头就被套上了麻袋,嘴也从外面被死命捂住,连人带麻袋被抬上岸,进了林子,捆成了一个粽子样,马也被拉上岸,几人又从身后林中牵出更多的马,向镇外雾蒙蒙的大山里疾驰而去。

一个时辰后向希龄才听到消息。诚仁想了想,悄悄在他耳边道:

"爹,儿子怀疑一个人。"

"谁?"

"昨夜里明德来送货,问过我一句话。"

父亲愤怒地看一眼儿子,心想要是你多少懂点儿世道险恶,一直把那个黑孩子锁在马棚里,不让他出门饮马,怎么会出这么大事儿!孩子是小,可他是贺龙派来的,丢了就是大事。但他对儿子那么失望,连骂他的心都没有了,只道:

"不要胡说!你周叔叔什么人?不可能!"

诚仁并不坚持,道:

"不是他,那就是过路的马贩子!看我的马养得好,临时起意,直接从江边下手!"

这种事最近常发生,镇上生意人家已经丢了好几匹马。但向希龄还是多了一个心眼,他把诚仁支使开,将向掌柜唤进来,刚低声说出一句话,对方就懂了。

"你到了什么也甭问,就说出了这件事,我正在找人,不放心,让你去告诉一声。另外,就说不管出什么幺蛾子,事情都还是要办。我只担心夜长梦多。"

然后他就一直坐着等,别的什么心思都没有了。中午向掌柜一身大汗赶回来,喘着气道:

"东家,周团长不在府上,据说在前线,一时半会儿回不来。我把事情告诉给了姑爷,让他转告。姑爷答应了,我走的时候,已经派人去了。"

一句话到了嘴边,向希龄又忍住,这句话是:

"你怎么不等派去的人回话就回来?"

话虽然没说出,向掌柜已经看出来了:

"东家没让我等,只让我告诉周团长出了这档子事。我要是等,就让姑爷看出马脚来了。"

"想得周到。下去歇着吧。"向希龄说。

看着向掌柜离去,他越发焦急起来。

转眼有人来报,周家姑爷来了。

向希龄这次破例没让诚仁去接,自己想都没想就迎了出去。好在明德已经进来了。

"见过岳父大人。家父说事情他知道了,明白岳父大人的心情,请岳父大人这边继续找人,他也会私下里留意,让人注意过路的马贩子,发现可疑立即抓起来。"

向希龄心里悄悄松一口气。无论如何,这和他想的一样,周敏成应当不会和小铁头失踪的事有牵连。

"明德你坐。上茶。把大小姐叫下来。"他一边同时张罗着几件事,一边望着面前这个很快就会成为自己女婿的青年,故意把心事显露了一点出来,"你知道,我不是心疼马。"

刚坐下的明德立马站起回话:"小婿知道。贺龙的人,哪怕是个孩子,真出了事,他也不会善罢甘休。"

蕙兰从楼上奔下来,见到明德,只想一下子扑进恋人怀里。向希龄坐不住,安排老妈子:

"给明德安排饭。啊,镇上新开了一家苏州馆子,我让他们送几个菜来你尝尝。"

"禀岳父大人,明德下次再来领您的赏。家父在战场上,家母昨天伤风,刚请了大夫看药,小婿得赶紧回去!"

"哎哟!我跟你一起回去吧!"蕙兰叫道,并不觉得自己无意识中说错了话,已把周家当成了自己家。

"不,不用。"明德的话脱口而出。

就是这一瞬间他意识到自己说错话了,敏感地看一眼向希龄,回头对蕙兰找补了一句:

"不是不请您过去,是怕传染。"

但他明白,岳父那么聪明的人,父亲交代他办的事已无可挽回地被他办坏了。他现在唯一能做的事情就是马上离开。

"岳父大人,小婿告辞。蕙兰,我走了。"

向希龄点一下头,看着自己的女婿走出。蕙兰转身跑出去送明德,二人刚刚在院子里转过影壁墙,他就低声叫道:

"来人!"

向掌柜马上现身。

"现在怎么办?"

"东家想怎么办?"

"第一，人要弄回来，而且要活着；第二，东西全部上车，带上所有人枪，两千斤盐巴，出镇子向北走，就说是去找马！"

"这一带都是周敏成的卡子，东家要硬闯？"

"老子不当兵太久了，被人逼到这个份儿上，只好重新披挂上阵，和他决一死战，杀开一条血路！"

"东家，鸿生这里倒有一个主意。"向掌柜说。鸿生就是他自己的名字。

"说！"

"事情真要是周家干的，东家想过没有，他为什么要这么干？图的是什么？"

"他在黔军里混到头了，这次灭了我，再一并灭了诚仁，让明德和兰儿成亲，那时我的所有田产买卖一丝一线全都成了他的，那就不是我打算给他的一半了！"

"鸿生多问一句，周团长的心思姑爷全都知道？"

向希龄皱了皱眉头，道：

"至少是知道。还不只是知道，抢人的事就是让他带人干的。但是周敏成的全套心思，明德是不是明白，我拿不准。"

"刚才我在后边偷看姑爷的举止神情，怕是不全知道，或者，就是知道，也不一定真想和周团长一起下那样的狠手。"

"这有区别吗？"

"我是说，其实周团长也有想不到的地方。一旦被我们反手——"

"把明德掳过来？你掳走我的人，我也掳走你的人，我们一命换一命！何况，他也就明德一个儿子——掌上明珠！"

"不过那就彻底撕破了脸，货还怎么送得出去？"

向希龄冷静了,坐回去,自语道:

"真没想到,好多年过去,还是他对了,错的是我。"

"东家说的是——"

"这么多年我咬紧牙关,像条开不走的船一样锚在逍遥镇开盐号,跟各色人等打交道,忍气吞声,就是想向他证明,我不革命,也不做反革命,只当个老百姓过我自己的日子,这条路走得通。今天才知道,走不通。"

"东家,你说的那个人这次不过派来了个孩子,连封信也没有,只捎了一句话。"

"你说的这个人是谁?他多么要强的人,现在对我能说出那一句话,那就是说……算了,现在停下来也晚了。再说了,我也不能让贺胡子这条龙真给他们困死在乌江滩上!没有贺胡子,我能有今天?能在这逍遥镇上做盐商?他们嘴里不说,心里谁不知道,贺胡子是我表弟!就因为他在,黔东所有盐局子对我们都客气三分,他们是怕我?他们怕的是他!……把你的主意说出来吧!"

"什么都不做,静观待变。"向掌柜说。

黄昏时明德回到拒马镇,一直以为接下来马上会发生一件大事。但是没有。天黑后他惴惴的一颗心放下了,提着一盏马灯走进已经空了的地下枪库。

小铁头早从麻袋里被放出来,但仍然捆着。马灯光刺痛了他的眼,他醒了,两眼眯成缝看这个带人把他掳到这里的年轻人——此人现在穿了一身崭新的蒋军军装——道:

"小子,开枪杀了你红军爷爷吧!"

明德劈脸一马鞭子抽下去。小铁头破了相,血顺着脸嘀嘀嗒嗒往下流。

"痛快！有种开枪，在你铁头爷爷脑门上钻个眼儿，让老子透透凉风！"小铁头又叫道。

明德扔下了马鞭子，掏出一支崭新、在灯光下映出了幽亮的烤蓝色光斑的美制柯尔特手枪，说：

"这支枪我爹刚帮我买的，还没试过，不过听说打不准，要打你脑门，有可能打你眼。"

"那你这小子也太不给你爹争气了，你多打几枪，多钻几个眼让你红军爷爷通风透气！"小铁头还是嘴硬。

明德顺手一枪砸下去。小铁头昏倒在血泊里。

"来人！凉水！"明德在叫。

一桶凉水泼到脸上，小铁头醒了。一只眼还能睁开，他就用这只眼眯着看明德。

"小子，再来一下？你红军爷爷不怕这个！"

明德让人搬了只藤椅进来，将自己坐得舒服。他累了，看小铁头，问：

"小子，要说革命，你不够格，贺龙也不行！我问你，《共产党宣言》读过吗？"

"什么宣言？"

"一听就没读过！可是老子读过！读完以后才发现，它根本不适合中国！所以，你小小年纪跟着贺龙造反，天一黑就要被活埋，不值！"

"你放屁！"

"你瞧，我现在不对你动粗，改成说道理，你就只会骂人了。

要不你也说点儿道理我听，你要是说服了我，我也跟你一样，投共产党去！"

小铁头一只眼打量着他，心里在想：这个地主军阀家的狗崽子，值得我对你做革命的宣传工作吗？

明德玩弄柯尔特手枪，把子弹装进去又卸下来，卸下来又装进来，一边笑道：

"离活埋你还有一段时间，闲着也是闲着，说说话可以解闷儿，说嘛。"

小铁头想想也是，不宣传白不宣传。他说：

"你刚才说你看过什么宣言？"

"《共产党宣言》。德国人马克思和恩格斯写的，你们共产党把它当成自己的《圣经》。你连这个都不知道，死得冤不冤！"

小铁头说：

"你说的那个宣言我不知道，可是我知道一个宣言，还会背呢！"

"什么宣言，背一个我听听？"明德来了精神，不玩枪了，上半身凑向前去，看着小铁头道。

小铁头一边想一边背，想到哪背到哪：

打倒军阀，打倒列强。
从前是牛马，现在要做人。
没有共产党，穷人怎翻身。
地主军阀，都是狼人。
贪官污吏，虎狼一群。
敲骨吸髓，压迫贫民。

红军不拿百姓一点东西！

红军不拉夫！

红军买卖公平！

打倒卖国的国民党！

打倒新军阀蒋介石！

工农团结起来反对区公所派兵拉夫！

打倒土豪劣绅分田地！

工农要做主人！

明德叫："等等！"

"怎么了？"小铁头问。

"你自己觉得，这些事你们做得成吗？"

"怎么做不成？做得成！"

"怎么做？"

"宣言里都有哇，打倒国民党，打倒蒋介石，打倒土豪劣绅分田地，建立苏维埃政权！这不难！"

"怎么不难，天下就是这样的天下，人不为刀俎即为鱼肉，谁能改变得了？"

"我们呀！我们就变得了！红军5月到黔北，把反动军阀的势力撵走，成立工农苏维埃政府，分田分地，穷人当家作主。不是蒋介石王家烈来围剿，宣言里说的事就做成了！"

明德心中一怔，还想说什么，但忽然发现，他被面前这个小孩子给说住了。

"可是你们赢不了，眼下老蒋集结了五省军阀打你们，你们扛得住吗？所以，还是成功不了！"

"错了！看样子你是读过书的，怎么比我这个文盲还没脑子？眼下的中国黑暗不黑暗？穷人活得下去吗？你自己刚才还说人不为什么不为什么，对了，让我顺着你的话想起了我们军长的话，他说，到了这种时候，中国人就剩下两条路能走！"

"哪两条路？贺龙说的？说来听听！"

——读者诸君要注意了，小铁头想起来的，就是前面提醒过的，小铁头记住的贺龙军长在他父亲老铁头坟前说过的那一番话，但小铁头把它简化了：

"说就说。一条，像你和你爹这样的，走反革命的路；还有一条，像我们贺龙军长，还有我，走革命的路，打烂这个黑暗的中国。"

"你这个小毛孩子，你怎么知道就两条路。世上的路有许多条，条条大路通罗马，譬如说——"

"说呀，我倒想听呢，除了这两条路，你说个第三条路我听听！"

明德忽然觉得自己又被这小子给难住了，真有第三条路吗？他的岳父，从小把自己当亲儿子看，一心要走不革命也不反革命的路，可是眼下，连自己的父亲都盯上了他。

虽然父亲没把所有的心思讲给他听，但明德的心比好多人都多了一窍，听到一就明白了十。他不懂的只有一件事：为什么？

岳父是父亲最好的朋友，世间唯一能托妻付子的知己，不是被逼到了悬崖边上，怎么会下这样的狠手，要置岳父于死地……可是，在整个黔北，谁不明白，不是因为表兄是贺龙，岳父真能在逍遥镇上开他的恒昌盐号吗？父亲就是真的成功霸占了岳父的全部产业和生意，脱下军装做盐商，第一贺龙答应吗？第二别人答应吗？

"有一件事……我这会儿想啊想啊才想明白，你带人把我弄来干吗？你要是真想等天黑了活埋我，你又和我没私仇，我又没把屎拉到你家盐罐子里去。你们一定是要拿我来证明，你爹和我们军长的表兄向先生不是一伙，可是仅仅为了这个也不至于。"小铁头像个大人一样帮明德分析起来，"那把我弄过来就只有一个用处，我是贺龙的人，你们是在向老板家里把我抢过来的，可以拿我去老蒋那儿邀功……不过这样你和你爹可就太无耻了，我听我们军长说，连你爹都是他带出来的，你们这么干也许能升官发财，可这太缺德了，这是背叛，不但背叛了我们军长的表兄，还背叛了我们军长。你爹和你能不能升官发财还不一定，可你们先得罪了一个不能得罪的人。我们军长敢派我一个人出来，那就是认为没人敢活埋他的人，你们家活埋了我，那就不是你和我的事了，就是他和你爹还有你的事。你觉得他会饶了你们吗？我觉得不会。"

这小孩子的话一句是一句，说得明德越来越心惊，越来越坐不住了。

但他仍然要做出一种不为所动的样子，道：

"照你这么说，我们还活埋不了你这小子了？我还就不信这个邪！天马上就黑，我这就埋了你！"

他最没有想到的是小铁头居然笑起来，道：

"你和你爹真要有这个胆儿，我倒佩服你们了。你们不会，多半是我刚才说的，把我弄到手，送给老蒋的人邀功请赏。也就是说，你们还是只能在革命和反革命中间挑一条路，你们挑了反革命的路走。既是这样，你们被红军消灭，也就是没几天的事儿了。"

明德让人把小铁头看住，出了枪库，拉马去见父亲，一抬头看见父亲刚在院门内下了马。

"爹，你回来了！"他快步迎上去，"儿子正要去见你。"

"眼下什么情况？"周敏成不说话，带儿子进了密室，劈头就问，"向希龄那边有动静吗？"

"什么动静都没有。"儿子说，"我是想——"

"这有点怪。他向来机警过人，这次怎么了？"

明德看到父亲沉默，走来走去，脸色越来越难看。显然，他用打草惊蛇这一招让向希龄上当没成功。

"爹，儿子有话说。"

周敏成不说话，也不听儿子说话，他在紧张思考。

"爹，要不算了，我觉得我们犯不着和我岳父，不，和贺龙结下不解的冤仇。"

这时他看到他父亲猛然把头抬了起来，恶狠狠地盯着他，几乎要喊了，道：

"我这样做不只是为了你！也是为我的子子孙孙！为了我们周家能趁着我手里还有点兵，又赶上了这个老天给的机会，赌上这一把！要是成了，我们周家一下就成了黔东巨商，以后就是世代大族！你以为你担心的事我不担心吗？我担心，但我想过了，贺龙当年说不走革命的路就只能走反革命的路。你怕的是谁？我怕的是谁？不就是贺胡子吗？他能派人到向希龄这儿来，说明他这次真的不行了，要完蛋了！只要我断了他的这一条路，这条龙也许就被困死了！他都革命了我还不用尽一切力气帮助老蒋灭了这条龙？"他喘起气来，声音小下去，又高昂起来，"我知道这一仗打完我也完了，不但升官无望，连这个团长也当不成，那时我们家在整个黔东、整个贵州就什么都不是了！这种乱世，为了不做任人宰割的鱼肉，我要和你岳父，不，和贺胡子赌了！你知道我押了什么？我的全部，包括你，包括我的后代子孙！整个周家，还有我自己！"

"爹，他当年真的对你和我岳父说过，在这种年月，中国人只有革命和反革命两条路？可是……走反革命这条路，我们家就能一直平安地过下去吗？！"

他发现父亲没有在听他的话，仍一个人在自言自语：

"他贺龙就永远要风有风，要雨有雨，他就没有个龙游浅滩的时候吗？多年来我一直盯着向希龄，只要他不来找姓向的，就还不到弹尽粮绝的时候，可是这一次，他派人来了！"

"爹，都说贺龙天龙下凡，有九条命，还有，他在江湖上到处有多少像我岳父那样可以为他去死的朋友，贺龙要是因为爹被蒋介石灭了，他的那些江湖上的朋友，还有红军，对付不了老蒋，但他们会让我们一家老老小小十八口活在世上吗？爹，这些你都想好了吗？"

周敏成的头抬起来，看儿子：

"你有什么主意？"

"爹，眼下中国这么黑暗，如果贺龙说得对，人只有革命和反革命两条路能走，我劝爹走革命这条路，哪怕就这一次。"

"让向希龄把他为贺胡子准备的东西送过乌江？让这条困死的龙再一次飞起来，逃出重围？"

"对！"

"绝对不行。天下没有不透风的墙。他向希龄做这件事从一开始就错了,已经没有回头路,我为了趁火打劫也掺和进去了,不反戈一击就真成了他的同伙。哼,革命的路我想走也走不了了,只能走反革命的路了。"

"儿子不这么想。儿子以为五省联军这么打下去,贺龙早晚还是要离开贵州。无论这件事传不传得出去,哪怕这一仗打完王家烈撤了父亲的团长,你去和我岳父一起做盐商,黔东这个地区,有贺龙这条龙罩着你,就没有人敢动爹和我们家,就像这些年一直没人敢动我岳父家一样。"

"你是说,以后事情传出去了,反而对爹和我们家有好处?"

"是有好处,但不能马上传出去,至少要等贺龙离开黔东,老蒋的人撤出贵州以后。那时爹和岳父一样成了盐商,让人透出一点风声去,说你当年帮过贺龙,不然他就走不出去……这时候,第三条路就走通了。"

"什么第三条路?你在哪儿听到的?我花钱送你上黄埔军校,可不是为了让你在外面接受共产党的蛊惑!"

"那……爹到底想怎么办?"

周敏成久久地盯着儿子,良久,下决心道:

"向希龄这半天以静制动。很好。照你说的办,给向希龄传话,我已经安排好了一条道,也不用等明天,今天夜里这件事就要办妥。"

"爹,枪库里那小子呢?"

"埋了。他知道得太多。等事情完了,再找人把他扒出来,就说是被马贩子埋的,他们抢了向家的马,不想留活口,尸首让我们找到了。"

明德想说什么,但是张张嘴,又闭上了。

"还有,我看你和蕙兰的亲事也别等你们都毕业以后了。这件事办完,趁着暑假,我马上让媒人去请期,把你的婚事办了。"

"爹,干吗这么急?"儿子叫道。

父亲站起来走,又回头盯着儿子,骂道:

"你傻吗?"

儿子听明白了,不说话了。

"啊,把交给你的事办完,有空多往你岳父家跑,多陪陪蕙兰。以后不管什么时候,哪怕是你们活了一辈子,白发苍苍,都不能让她知道今天这些事。"

儿子点头。周敏成往外走。

"爹!"儿子忽然又叫了一声。

周敏成站住,看儿子。

"爹,万一……你刚才说天下没有不透风的墙……"

"怎么学得吞吞吐吐?你到底要说么子?啊,不用说了,我明白你想说么子了!"

儿子看他,等待他的回答。

"么子事都不会发生。因为他知道,这次说到底,我帮了他。"

儿子想了想,还是把那句话说了出来:

"那就是说,不管以后爹和我岳父之间……是不是能和好,爹都仍会让我和兰兰成亲?"

"你媳妇又没有错。你们是又一代人,我巴不得你们恩爱一辈子,我为什么要反对?"

"儿子谢谢爹。"明德有点被感动了,道。

但是周敏成又回过头来了,在另一件事情上改了主意:

"算了,那小子我来处理,不用弄脏你的手。"

儿子心中大惊,但尽可能不让自己失声叫起来:

"爹,你对儿子就这么不放心?儿子要是连这点事儿都扛不住,将来能干什么大事?"

周敏成不说话了,久久看着儿子。儿子最后的话打动了他的心。毕竟这是他的独子,而且,从小就聪明,有神童之誉。

"好吧。事情要做得干净,不能留下任何把柄在别人手里。"他说。

儿子点头,要离开。父亲又道:

"既是这样,这件事做完,去你岳父家送信的事也由你去做。以后他一辈子都会认为你对他有恩。"

"信在哪里?"儿子问。

父亲迟疑一下,才将一个小竹筒从内衣里掏出来,交给儿子。

"小心!这个比命还要紧!"

明德点头,离开父亲,再次一个人走进枪库,对小铁头说:

"小子,跟我走,你在阳世的日子到头了。"

"是吗?"小铁头盯着他的眼睛看,一边说道,"我怎么觉得不像呢。"

明德不经意地对他使一个眼色,低声道:

"装得像一点儿。为了你,今天我疯了,也革命一次。"

小铁头瞬间什么都明白了,麻利地爬起,跟着明德走。门外几个人一哄而上,又堵上了他的嘴,用麻袋将他捆成一个粽子,

绑到马上。出院门时,明德对他们道:

"我一个人够了。"

众人留下,看着他上马驰出大门。

那匹马驰出十五里才停下,明德下马,并没有马上动手挖坑。小铁头在麻袋里挣扎,把嘴上的东西吐出来,道:

"你还真想埋我呀。"

"埋不埋你我说了不算,你说了算。"

小铁头明白了:

"放心,我到了向家,什么都不说。"

"什么都不说怎么能行啊,你要说。"

"我说什么?"

"说你让马贩子掳走了,自个儿逃回来的。到了拒马镇,我爹和我救了你。现在把你送还给我岳父。"

"论起说瞎话,我就算一个了,没想到你这读书学字的家伙比我还厉害。"

"想好没有?说不好只能埋了你。总不能到了我岳父家,让你当着我的面对他说,掳走你的人就是我。"

"好吧。这回就是说瞎话我也帮你,毕竟你没埋我,还要革命,哪怕就这一回。"

两人胡乱挖了一个坑,又把土填回去。明德说:

"以后我岳父查问起来,我就说我爹的人是在这里把你找到的,我岳父为人精细,会亲自到这里来查证。你得认账。"

"有一句什么话,'君子一言——'"

"'驷马难追!'"

"快走!"

两人上马,赶到逍遥镇向家时,已是凌晨两点。

向希龄由向掌柜陪着,看了周敏成送给他的那张手绘路线图,对明德道:

"货已经上船,你爹让我们先下乌江,过黎芝峡,前面有个江汉子,他在那里安排人开个口子。现在就走。"

他对小铁头的归来并不很在意,心思仿佛都在那批货和两千斤盐巴上——这时才瞅了小铁头一眼,道:

"你呢?是留在我这儿学生意呢,还是跟我一起走?"

"当然一起走。"小铁头道,"我要是不回去,我们军长以后怎么办?到了这会子他一时半会儿都离不开我的。"

众人居然都笑了。向希龄道:

"果然吹牛不论大小。"

他看明德,道:

"你的信送到了,把人也帮我找回来了,不是大功一件,是两件。有这一件事,我们以后就不是一般的翁婿了,你是我的恩人,像你爹一样。"

"岳父大人别这么说。我来了就没打算回去。"明德边说边看了小铁头一眼,又回看自己的岳父,"我在路上跟这小子说,如果世间只有革命和反革命两条路,今天我也革命一回。"

向希龄马上就明白了明德的深意。二人对视一眼,向希龄道:

"好吧。有明德在,我们真就什么都不用担心了。"

他看了一眼怀表,对向掌柜道:

"启航!"

向掌柜低低叫了一声：

"东家——！"

向希龄生气地看他一眼，道：

"什么都不用说了，马上走！"

向掌柜没有再说什么。很快，众人一起到了盐号后面的小码头，三条船很快离开，顺着乌江的支流向下游驶去。明德上了头一条船，向希龄带着小铁头和向掌柜在第二条船上。每条船上都安排了十名左右的伙计，除了划船，每人手边还放着一杆枪。

进入乌江口，一条黔军的巡查船驶来，船头的排长认得明德，叫：

"大少爷，是你？这是到哪儿去？"

"老赵，卡子是你在守啊？可看好了，贺龙的人神出鬼没，小心他们摸到你这儿来！"明德一边开着玩笑，一边将一包烟土扔到对面船上去。

巡查船上的排长高兴起来，大声道：

"贺龙？离得远呢，从这里到黎芝峡，有三十多道卡子呢。夜里走船，大少爷小心。"

船进了乌江，顺流而下，两岸都是绝壁，但两岸仍然设了不少卡子，但是因为头船上有明德，并没有真被拦下来盘查。

三条船入了黎芝峡，一直坐在第二条船中舱的向希龄站起来，走向船头。

他并没有看小铁头，小铁头机警，跟他走出来。

两人在船头黑暗中。向希龄仍不看他一眼，低声道：

"小子，有麻烦。你会凫水吗？"

"我洪湖边长大的，会凫水吗？这话问的！"

"等会儿我回舱里,你一个人留下,趁人不注意溜下船,找个地方游到对岸,爬上山,用最少时间知会他,派人去接货,不然货到不了!"

他一边说,一边将一个小竹筒顺给了小铁头。

小铁头等他转身回舱,二话没说,系好了小竹筒,出溜一下人就没影了。江水滔滔,一个使竿的船工听到了响声,对同伴道:

"江里真有大鱼,刚才我听到大鱼翻波了!"

向希龄听到了他们的对话,但什么也没说。

天麻麻亮时,船队进了那个叫乌江坪的江汊子。两岸之间空间变得逼仄。越往前走,船速越慢。

向希龄举首朝两岸崖头林草间望去,发现到处都是埋伏好的黔军官兵。

一片水杉林间,他看到了手持望远镜密切注意着江上这三条船的周敏成。

船上所有人的脸色都变得蜡白,回头看他。

"停船。明德在哪里?"他叫道,但并不显得惊慌失措。

明德在头一条船上,也看到了两岸上密密麻麻的黔军士兵和父亲,他的脸色先就白成了一张薄纸。

"姑爷,我们东家喊你呢!"有人在他耳边喊叫。

直喊到第三声,明德才听清了这句话,两腿发软,从船头走向船尾。这时两条船头尾已靠在一起。向希龄看着自己的女婿,道:

"明德呀,你知道这是怎么回事?"

"不知道。但是岳父大人,小婿想到过。"

"你跟着我来,就因为这个?"

"是的，不过我真没想过，事情还是成了这个样子。"

"虽然成了这个样子，我还是认你这个女婿，你昨晚上说的不是玩笑话，你这回在两条路中，真的选择了革命这一条。"

"岳父大人，明德真的很抱歉，我什么都告诉你吧，贺龙的人是我爹让我掳走的，后来他明着让我把他活埋了，心里知道我不会，我还是会把那孩子送回来，但这样就能麻痹你，让你以为他也要像你一样走一回革命的路。你看，他成功了。"

"孩子，别担心，他没成功。"

枪声就在这一刻响了，后来，虽然黔东独立师师长贺炳炎火速带一个独立团赶了过来，但还是迟了，船上的人，从向希龄开始，全部被打死。

周敏成从望远镜里第一眼看到明德也在船上，当即就晕了。他以为明德那么聪明，什么事都会想到，只要把路线图和小铁头送到逍遥镇就会回家，这话他根本不用对儿子讲明。他完全想不到儿子会以这种方式背叛自己，背叛自己的家，最后居然跟自己的岳父大人成了一伙。儿子这么做的意思一定是要拿自己的命试一试，父亲是不是真因为自己的一席话对岳父大人放下了屠刀。

父子两个隔着不到数十米的空间相互望着，周敏成眼睁睁地看着自己的独子、掌上明珠、他振兴周氏一族的全部希望，被他自己布排的士兵乱枪打死，虽然他一直声嘶力竭地喊叫着，阻止他的兵不要开枪，但站在身后的老蒋派来的督察专员邢士信，后者不允许停止射击。而且，有可能最致命的那一枪就是此人放的。周敏成甚至觉得自己看到了这一枪在儿子胸口炸起的有面盆那么大的一朵血花。

枪声停息后周敏成冲到船上，抱起儿子时发现他和向希龄都还没有断气，他疯了一样大哭大叫：

"明德，我的儿子，你为什么不懂我的心！"

"爹，是你为什么……不懂儿子的心，"明德断断续续地说出了最后的话，"儿子这么做……是为了救你，救我们周家。"

周敏成看着儿子咽下了最后一口气，一回头把枪口直杵向希龄脸上，哭出声来，叫喊：

"你要跟着贺龙一起死，你就去死，为什么要拉上我的儿子？！"

"害死明德的人是你！"向希龄用最后的气力和平静回答了他一生最好的朋友的话，"你背叛了贺胡子和我，明德才背叛了你！明德比你知道该走哪一条路……"

因为在船上没有找到枪、子弹和两千斤盐巴，周敏成转眼就被邢士信以通匪的罪名抓了起来。

正在贵州督战的蒋介石听到报告，回电黔军前线第四路总指挥李成章，将周敏成押赴贵阳，进行公开军法审判后枪毙，同时任命邢士信接任黔军这个团的团长。邢士信为了邀功，亲自带人押着周敏成上路，他怕水，选择了走旱路，只走了几个山头，周敏成就不走了，原地坐下，对邢士信说：

"我不去贵阳，你就在这里把我毙了吧，我不想活了。"

邢士信走到他面前，皮笑肉不笑地说道：

"周团长，不要那么悲观嘛。你到了贵阳，找人说说情，证明你和你儿子通匪的事没有相干，还能保住一条命呢。"

周敏成摇头道：

"我不是为了我儿子,我是自己想死。"

邢士信不明白,问:

"儿子是你的心头肉,你做的一切都是为了他,你想和他一起死我理解,但你说不是为了这个,我就不明白了。"

周敏成忽然站起来,疯子一样大喊:

"我不想跟着贺龙走革命的路,一心一意要做一个反革命,可是我笨到了连反革命都不会做,我还活着干么子?你行行好一枪崩了我,是成全了我!"

"成全了你?"

"至少以后人家会说,我是被你这个反革命枪毙的!我这个人,干过革命,又当过反革命,可是最后一刻,我幡然悔悟,知道自己错了,我应当一直跟着他走革命那条路的!"

至于那五十支枪、五万发子弹、两千斤盐,是怎么到了苏区的,民间有许多传说,但没有一种被当事人证实过。

因为所有的参与者,包括活下来的小铁头一个人,也在全面抗战打响后随一二九师贺龙师长东渡黄河后的一场战斗中牺牲了。

但是红军确实接收到了这批武器弹药和盐巴。

十五年后的1950年夏天,时任西南军区司令员的贺龙带着一位才华横溢的随员到了逍遥镇,查找向、周两家的后人和遗迹,当地人已经不太知道这两家人和他们做过的事情了。有些失望的贺龙告诉县里的领导,要为向希龄建个假坟,立块碑,还要在县志上写上他的事迹。至于周敏成,他对此人的评价是:

"他曾经革命过,后来成了反革命,但是他的儿子明德背叛了他,到了最后一刻,他又明白了,自己走错了路,还是应当革命。"

又过了三十三年,他的这位随员在武汉军区自己的宿舍里,将故事原原本本地讲给我听。

"为什么你一直记得这个故事?"少不更事的我问道。

"因为……正是这个故事让我懂得了中国革命胜利的原因。中国人不是没给那些所谓大人物,从晚清政府到蒋介石,不是没给过他们机会,但是他们都错过了,把一个好端端的中国弄得那么黑暗,所有的中国人都被逼到不革命就得做反革命的境地,没有第三条路可走。所以,大家只能选择革命。大家都选择了革命,革命就胜利了。"

又过了三十二年,我到达了黔东的沿河县,登上了黎芝峡的观景台。一位陪同浏览的地方领导指着乌江对岸万山丛中一道被郁郁苍苍的林木遮蔽着的山峡对我说:

"当年贺龙的红军就是从那里突围的。我们这里有一位英雄,是他的表兄,在红军最困难的时候通过这条江汉子给苏区送去了枪、子弹和盐巴。你不知道当时盐巴有多贵重,十块大洋才能买一两,旧式是十六两一斤,你想想这批盐巴能换来多少枪和子弹。就是靠这批盐巴,红军和围剿他们的白军交易,换到了更多的枪和子弹,从这条山峡里突围,和红六军团实现了会师,后来,又一起开始了长征。"

我目光湿润。元帅的那位随员没有写出这个故事就过世了。将这个故事写出来,让更多人知道那个年代中国人为什么要革命,就是我的事情了。

好了,今天我终于把它写出来了。

两次邂逅

虽然在西部游走了许多地方,但我敢说,再没有比眼前更凄凉的风景了。

省际大巴车停在下坡的国道上,因为方才的一个大颠,这辆老爷车不知哪里坏了,司机下车转了一圈,说车走不了了,只能打电话让公司另外派车来接我们,时间大约四小时。

说完他就到最近一个有邮局的地方打电话去。我跟随着身边一个个骂骂咧咧却只能下车等待的乘客,听天由命地走上了国道旁的小山顶,观看周围的景色,聊以打发无聊的时光。天已过午,因有一片幅员广大浅灰色调的薄云遮蔽了大半个天穹,使得阳光并不强烈,也使得眼前这片以赭黄色为主色调的荒原上的景物可以让人一览无余。

远处耸入云天的祁连山山脉不见了。天和地之间没有一棵树。小山南向的大缓坡的起伏处有一点绿色,但也很遥远,让人起不了去那里一走的兴趣。近处起伏不定的山坡上怪石嶙峋,常见的骆驼刺也没有几棵,且像是都枯死了,和戈壁滩上的沙碛一样的颜色,看了让人眼睛发疼。

没有绿色当然没有飞鸟，没有标志人烟存在的远方田庐。从我的立足之处，我第一瞥就瞅见了前方那条起伏同样不大的细细的天际线。

"连骆驼刺都活不下去，什么样的生命能在这里生存呢？"我心里发出喟叹。

"快瞧！那是什么？"身边一个和我同样无聊的胖子手指小山左侧下远处的一个小山坳，大声叫道。

我们这松散的一群人瞬间回头，齐刷刷地朝胖子手指的方向望去。果然，在那个像一块小小盆地的山坳里，我们看到了一处可疑的黑点。它的存在与周围所有非人间的凄凉色调都格格不入。

"不会是一户人家吧？可是……谁又会住这种地方呢？"我本来只是在心里想，却不幸说出了口。

"要不要去看看？反正时间还早，这么待着多没趣呀。"胖子是个中年人，腰粗，腿短，红脸膛，两只大眼罩着黑眼圈，他引诱我道。

一开始并不想去……在这样一处让人能想到火星地表的空旷无边的荒原上，任何看上去不太远的地方真走起来距离都不会近……但最后，我还是被可以想见的继续等下去一定会遭遇的烦闷以及眼前这可怕的、一成不变的风景吓住了，随着胖子和另外几名男乘客不情不愿地下了小山，向远方小山坳里那个军语中应当称作独立家屋的黑点踱过去。

路不好走，开始时脚下还只有戈壁荒原上常见的半风化的砾石，虽然一踩就碎，但仍让人走得磕磕绊绊。开头响应胖子号召的几名男人相继反悔，停下不走，很快我就发现了，最后坚持走下去的只剩下胖子和我。

似乎就是因为这个,一直走在前边的他又瞅我一眼道:"当过兵吧?"

"怎么看出来的?"我惊讶地回答。

"当没当过兵这种时候就原形毕露了。当过兵的人才走得了这种路。"胖子显得极有经验地说。

旅途不顺,再加上口渴,我的心情不好,没有跟他结识的愿望,用无言拒绝了他还算亲热的搭讪。另外,一条丈把宽的路——可以称之为村道——恰当其时地横斜在我们眼前,就像一个奇迹,一端连接着国道,一端伸向荒野,游蛇般曲曲弯弯地通往下方小山坳里的独立家屋。

"我就说嘛,只要有人,就会有路。"胖子高兴了,自顾自地大声说道。

令人惊讶的事情在继续发生:这条村道开初一定是条不起眼的砾石路,不久前却被整平了,变成了一条土渣路,还铺上了沥青,证据是路面上的一层沥青很新。踏上黑色沥青路面才发现,路边还立着一个简陋的木牌,上面很认真地写着一行笔画稚笨的墨字:

敕封大地藏王菩萨古寺　请往前走

这行字尽处还画着一个箭头,指向下方小山坳里黑点似的独立家屋。

虽然遇上了一条沥青路,但从我们站立的地方望去,目标倒仿佛变得更远了。

"原来是座小庙。我不去了。"胖子失望道。说完转身就走，一眼也没有看我。

我不是为考察大西北各地各历史时期残留的宗教遗存来的，但一路上出现的宗教遗存还是让我渐渐生出了一种简单的、纯粹个人的兴趣。有句话是这样说的：一个人，哪怕他活在隋唐年代的边塞小国吐谷浑，也需要精神力量的支撑。何况世事沧海桑田，人民的信仰也会随之变易不居。从残旧的宗教遗存中一窥历朝历代那些像我们一样的生存者心灵世界的构图与风情，其实是蛮有意思的一件事。

生活在今天的我们也有自己心灵世界的构图和风情。除了工具使用方面的不同，谁又敢说自己心灵世界的景象就比那时的人们更庄严、恢宏、壮丽、美好？

一辆旧东风牌皮卡车摇摇晃晃地从我身后驶来。驾驶室里的西部男子并不年轻了，头上戴有一顶标志自己宗教归属的小帽，女人般清瘦的面部和充满肌肉感的身上像大部分这一地区的男人一样蒙着一层肉眼可见的灰白色浮尘。我从目光里看出他在随意的一瞥中对我的关切。忽然间车停了，他降下驾驶室另一侧的玻璃，操着浓重的土音道：

"似（是）不似（是）想下怯（去）看看？上来，哦（我）带你怯（去）！"

我想也没想就爬上了车，坐到副驾驶的位置上。这次旅行颇不寻常，中途我已经有过很多次奇遇，看似荒凉得如同世界尽头的沙漠戈壁上，说不定就能遇上一处汉唐年代的烽燧，甚至是一座敦煌时期的古寺或洞窟遗址。它们虽然得不到莫高窟那样的保护,但仍然拥有着许多可让你骤然心热跳起来的宝藏,而且,在这样不被保护的历史宗教的遗存中没那么多限制,你可以恣意地观瞻和拍照。

皮卡车已经重新走动起来。司机本就没有熄火。这个与我素昧平生、长着一张女性的面孔的男人——这一点让我惊讶——帮了我,却一句话也没有了。很多西部人都是这么质朴,对别人只有好意,却连一句口边的亲热话也不大会说。

因为太盼望在这片我连归属地都不知道的荒凉之所再次意外地邂逅到一处微型的莫高窟,我差一点说出不合适的话来。"对不起,您这是……不过,下面真有一座地藏王菩萨古寺?"

"嗯。"男人简单道。

前面还有一段不短的路。我在想能用什么话套出他新的话来。"您……您是寺里的什么人?看上去您不像是——"

"哦(我)给哦(我)娘送吃的来,"男人说,"哦(我)不似(是)寺里的啥人,哦(我)娘也不似(是)。这似(是)座佛寺,哦(我)似(是)穆斯林。"

他的简短回答给我制造了更多疑惑。然而,我猛地意识到可以从别的话题突破。

"这座普贤菩萨……不,地藏王菩萨古寺……什么时候建的,年代很远吗?"

"说似(是)鸠摩罗似(什)被西凉国主吕光掳到武威的时候就建了,头一任方丈和尚就似(是)鸠摩罗似(什)大师。但真的假的哦(我)不知道。"

我哑然失笑。据我对佛教中国化历史的粗浅了解,"持地藏菩萨"一词最早出现在西秦僧人圣坚的《佛说罗摩伽经》里,那时这位菩萨还只是佛祖说法时众多的听众之一,地位并不优显。最早叙述地藏王功德的佛典是北凉时期问世的《大方广十轮经》。而那时鸠摩罗什大师已经被掳到前秦国都长安。如果下面山坳里真有一座大地藏王菩萨古寺遗址,应该和鸠摩罗什大师没有交集。

谈话又中断了。我还想到了可以问问别的,譬如他的母亲。如果他是穆斯林,他母亲也应当是。不过我最终没有开口。因为我知道,西北地区自古就是中华各民族在长期的战争与和平中遭遇和融合之区,乃至于到了今天,同一个家庭成员中存在着不同信仰也不罕见。

也没有时间再问什么了。木牌上写的古寺到了。下车才发现从远处看来小如黑点的那座独立家屋就是所谓古寺的大殿。说它是一座大殿太勉强了,就是三间普通的砖房里安放了大地藏王菩萨的神座和香案,外加一个功德箱和一个拜榻(我甫一下车就从敞开的殿门外将里面景观望了个一清二楚)。殿门前是一块百余平方米大小的、可让皮卡车驶进来停下并转弯驶离的空场地,夯土而成,表层没有水泥也没有沥青。空场地侧还有两间砖房,与大殿比显得更矮小也更简陋。所谓古寺既没有山门也没有围墙。

一个斜披着旧式草绿色军大衣的小个子老人站在院地当中,笑看着从皮卡车上跳下的儿子和我。尽管满脸沟壑一般深重的皱纹,但我仍从她脸型看到了身边那个带我来的西部男子为什么会有一张南方人才会有的骨骼清瘦的面孔的解释。像她的儿子一样,她的小小的身子上也蒙着一层肉眼可见的灰白色浮尘。老人像当地老年穆斯林妇女一样扎着一条深色头巾,但结束得随便,到处有白发从头巾里直戳戳地钻出。她的年龄应当超过七十岁了，但瘦小的身子骨很硬朗，腰挺腿直地立在那里，两只几乎完全陷进褶皱的小眼睛从一开始就向我这位不速之客透出了明亮、快乐和有力的光芒。

让我大吃一惊的还不是这些——在她随便披在肩上的一件旧式军大衣里面，我居然看到了一身自制的、衣领上缀着两片红色领章的土灰色红军军装！

我差一点要失声叫起来了——但止住了——一个意念闯上心头：这里是当年西路军战败后女红军战士失散最多的地区！天哪，我不会在这里遇上一位……

老人已经用土语和儿子打过招呼，现在她望向我的含笑且有力的目光里分明多了一种锋利的、审辨的意味，但它们是善意的。

"欢迎欢迎。欢迎你来到大地藏王菩萨古寺。这座古寺始建于西凉国王吕光执政时期。吕光是位对我国辽阔版图的形成做过贡献的历史人物。虽然他也搞过封建割据，但那时五胡乱华，中国四分五裂。不过这都不重要，最终西凉国还是归于一统了嘛……怎么这样盯着我看？很奇怪一个穿着当年红四方面军军装的老婆子会在这里为地藏王菩萨看寺，还要为重建古寺向每天来这里的香客募捐善款……你是军人，还是曾经当过兵？"

她好像还有很多话要一口气对我说出来。有一刹那间我在想，也难怪她，在这么个荒凉偏僻到了骆驼草都不生长的地方，为一座当年可能真的存在（大西北的许多宗教遗存一般都有迹可查，但这一座肯定和鸠摩罗什大师无干）、早已倾圮、遗址尚存的古寺看殿，还要为它的重建募捐，好不容易见到任何一个来随喜的旅人，她都应该是欢喜的,并且不会轻易放过他。尤其是——我又从她的眼神中看出了新的别样的欢喜了——终于有一个外乡人来到了这儿,她除了向他募捐善款说不定还可以和他聊一聊这片荒原之外的世界。

但是更让我惊喜的是,我听出老人家说的是一口地道的川北普通话,我在不久之前的一段时间内因为听到了太多的这种普通话而对它亲切起来,现在又是它,让我觉得自己距离接受她真是一名当年遗落在这一地区的女红军战士的目标越来越近了。

"娘,瞧您……人家刚到,话还一句没说,您开了头就收不住了!"他的儿子不无嗔爱地对母亲说,而且,他也有样学样地说起了并不标准的川北普通话——显然是幼时从他母亲那里就学会的。

"不要拦我的话头……我眼神儿还好着呢,一眼就能看出这年轻人是个军人……你是我们队伍上的人吧同志?我好不容易才碰上一位,怎么能不让我和他多唠唠呢?对不对小同志?"

我的激动无法抑止。一年前,我刚刚写完一本书,内容是红四方面军战史,其中也将西路军河西战败那一段无比惨烈悲凉的历史写了进去……我的心还在挣扎,仍然不敢相信我真的看到了我自己在书中写到的流散女红军中的一位……但她就这样活生生地站在我的面前……我的眼泪快要下来了。

不,我的感情也没有那么脆弱。这种意外得近乎令人绝望的邂逅,尤其是它带给我的奇遇,我仍然不是很情愿马上接受。毕竟我的书已经出版,我也不是为了继续采访这一方面的史料来到这里的。

"老人家,你的眼神儿真准,"我说,尽量不让自己显得那么激动,"不错,我是军人,现在还是。"

"你瞧瞧你瞧瞧,我刚才说啥子来着?我还不老,只要是咱们队伍上的人,还是一眼就能认出来……我们是红军的队伍啊,后来叫了八路、新四军,现在叫解放军,新中国成立后有段时间还叫国防军呢。叫啥子不要紧,要紧的是队伍还是当年的队伍,人的精气神儿还是红军的精气神儿。这些东西外人看不出来,我还看不出来吗?……小同志你说我讲得对不对?"

她的声音里附丽了一种自己人相见时——我想起了长征结束三大主力红军会师时的场景,马上觉得这种联想不大应景——的骄傲,而且,她说话的底气也很足,完全不像一位年过古稀的老人,倒像是一名刚刚从沙场凯旋的战士。

"老人家,我有点不明白。"我说。最初的震惊正在远去,眼下我置身其侧的所谓大地藏王菩萨古寺是真是假,以及它是不是和鸠摩罗什大师有些相干,已经不在我的注意中了,此时的我开了天眼一样地想起的是另外一件事,又不好直率地将它说出来——如果这位身穿当年红四方面军军服、将自己打扮成流落西部的女红军的老者,真是一位她此时装扮的人,眼下为什么会出现在这样一片没有任何生命迹象的荒原之上,只身守护着一处历史上可能存在过也可以子虚乌有的宗教遗址,还要为它的重建向所有来这里的人募捐……所有这一切,究竟意味着我今天邂逅到的是一个什么样的人和故事!

"今天我遇上您老人家,是不是天意?"我迅速调整了谈话的方向,并且努力让老人觉得这样一次意外的邂逅已经在我心中引起了很多的快乐,"其实我这次来大西北前就想过,要是我能在旅途中遇上一位像您这样的老红军战士该有多好。可见我心诚，竟然在这里真的以这样的方式和您老人家见面了！"

我也不是完全逢场作戏，出发前真的想象过这样的邂逅。但即便是在那时，我也觉得事件的发生太不可能。但是——

"既是这样，那就屋里坐。"她分明看出了我内心中藏得很深以为不会被她察觉的那一点最后小小的猜疑，并不说破，一边继续哈哈笑着，一边伸出一只手，将我很有仪式感地让进了身后的两间砖房。"啊，我还是要讲解一下。那边是大殿，菩萨住的地方。这两间小屋才是我住的地方。怎么样，还不错，是吧？"

我随她走了进去，两间砖房中间没有被一堵墙或者一块帘幕隔开，四面红砖墙上用一层泥灰很细致地找平，看得出匠人们做事时很下功。头顶是西北地区常见的屋顶：一排平平架起的木檩条上面棚着薄薄一层有凹凸形沟槽的水泥构件板，墙和屋顶的接缝处用水泥封得厚实，不会让一丝风钻进来。

屋角是一盘炕。另一个屋角里放置着一些简单、但勉强可以供人举火的灶具。第三个屋角里是一个水缸和一只不大的食品柜。另外，就是贴在迎门的墙上、一眼就能让来人看见的一面红色的斧头铲刀党旗和一面红四方面军的军旗。

好的邂逅总是这样，你要的是这个，给你的却是另一个。

"给我说说您老人家的故事，"被她安置在炕沿上坐下，并接过她递过来的一杯水，等不及必要的寒暄和客气话讲完，便急急说出了最想说的话，"还有，您现在……怎么到了这里，还做起了这个？"

"不，我得先让你看看我的证件。"她一边玩笑似的说着，一边变戏法一样摸出一个东西。"革命虽然胜利了，但是同志之间头次见面还是要互相确认一下，就像当年地下党接头时那样，你说对不对？"

那是一个大红塑胶封皮上印有烫金宋体字的证件——我再熟悉不过了这种证件。接过证据时我想老人真是睿智，明察秋毫，她根本没有放过我内心深处某个角落里仍旧隐藏的那一点对她老红军战士身份的不信任。

一点也不错，我确实在大西北这么个极为荒凉的所在，意外地邂逅了一位当年散落在这里的红四方面军妇女独立团的女战士！

"老人家，真没想到。"我双手把证件奉还给她。一时间全都想起来了：长征结束后西路军的悲怆出征，过黄河后与马家军的一场又一场血战，死守高台和临泽突围，以及最后气壮山河的倪家营子历时四十天的大血战。而在那每一场血战中，都有红四方面军妇女独立团——那时已经改称妇女抗日先锋团——的军旗高高飘扬，军旗下面，就是战火和把一条条战壕填平的英雄之躯。

"你在部队干什么工作？搞文艺宣传的吧，看你秀秀气气的，一定是个文化人。我在这个地方待着，能碰上咱们队伍上的人不容易。"她收好了证件，仍然哈哈笑着，回头眯细眼睛望我，仿佛不是她而是我这个意外的闯入者，才是我们两人中间那个最值得研究的谜语。"我问你一件事吧，"她继续道，"现在咱们的部队行军，沿途还在村子墙上刷大标语吗？啊，早就有了广播和报纸，又有了电视，要宣传群众扩大红军不会再用那些老办法……不过呢，我当年刚参加红军时干的可就是这个。"

"对对，就从这儿开头。"我一边催促她，一边也愉快地笑望着她。是老人的笑容和好心情驱散了我心中正在浮起的和那段历史相关的悲伤的乌云。不，奇怪的是这一刻我还鬼使神差地想起我的时间不多了，万一坏在国道上的大巴这会儿又修好了呢，或者不用四小时，大巴公司就派来了接我们继续前行的新车。

"你想听啥子？或者说……你想听哪一段？"老人并没有坐下，她在安置我坐下后一直在我面前站着，有时会来回走几步，眼睛里那种见到了自己人一般的真诚的欢喜，连同一种我一开始就感觉到的力量，甚至还有一层睿智与调皮的神情，一直都没有减弱。"反正我都习惯了。我在这里快成了一个展览品。有的人见了我，直奔主题，你是哪年加入的红军，革命引路人是谁，开头是啥子部队，后来啥子部队，在川陕根据地打了哪个著名的大仗，过草地时跟着哪支主力走……然后就到了西路军这一段儿，是一开始就在妇女独立团，还是后来被打散后加入独立团的。连长是谁，营长是谁，团长是王泉媛不用说天下人都知道……你是不是也要我这样对你讲说一遍？"

巨大的愧怍涌上了我的心，我相信此刻我的脸一定红了。她说的这部分历史，除了个人的部分，我不但在国家图书馆的资料里读到过，也在自己的书中写过。还有，我恍惚听到了国道上传来了招呼乘客返回的笛鸣。

"老人家，我时间不多。我希望今天只谈您自己。怎么失散的，后来又有了怎样的遭遇……直到今天。"我匆匆说道，意识到自己并没有把最后一句话说完，"为什么到了这里——"

她认真地看了我一忽儿，似乎想弄明白我的焦急来自何方，很快又放弃了，显然，她不愿意让这个她不明白的存在影响我们已经开始的谈话。

"还是从头讲吧，"她显得很老练地说，一边又看我一眼，传达出了一种在这种事上我比你更有经验的姿态（仍然有着一种调皮的心情掺杂在其中），"不然你等会儿还是要折回来问我。有人就这样，前面不问，听完了又不明白，回头问，把自己和我都搞乱了。我就照着刚才的顺序讲，你就照着这个顺序听。这样反而更容易明白，你也更容易记住。"

我什么也没说。但我的表情清楚地向她表明我认可了她的话。

"我加入红军是1933年12月20日，阴历十一月初四。为啥记得那么清楚哩，因为这是我十三岁的生日哩，还因为刘湘对我们川陕苏区的'六路围攻'开始了。这些事情你在党史资料里都能查到，我不用多讲。刘湘二十万人，我们八万人，结果被我们打得大败。当然了，这一仗我们也损失不小，最大的损失是川陕根据地被打烂了，弹尽粮绝，加上中央红军已经踏上长征之路，为了调动蒋介石的力量，减轻中央红军的压力，也为了解决粮弹和兵源问题，红四方面军最后放弃了川陕根据地，全军突破嘉陵江，进入川西，就此也开始了长征。"

"是的，这一部分我都掌握。您还是说您个人的情况。"我及时地将她的话头从宏大叙事转向了一个人的遭遇。

"我的情况简单。红军1932年12月战略转移到川陕地区，建立苏维埃，我父母都是地下党，很快就加入了红军。第二年我父亲在宣汉战役中牺牲，母亲在我刚才说的反刘湘六路围攻战役一开始就牺牲在给红三十军送粮秣的路上，是被炮弹炸死的——"

"就是说,您在四方面军开始长征前就成了孤儿。"我不适宜地插话道。

"不,我不是孤儿。你怎么能这么说呢?我父母牺牲后,徐向前总指挥,还有别的叔叔就成了我的亲人……我简单地说吧,红军撤出川陕根据地那天,我就算是参了军,因为叔叔们不愿意丢下我。

"开始我在总部机关的宣传鼓动队打杂,就是刚才我说的,红军每到一个地方,叔叔阿姨刷标语,我就帮帮他们提石灰桶。那时我已经是大人了,十三岁了嘛。再后来和中央红军会师,长征的路越走越苦,净是些荒无人烟的地界,宣传鼓动队的工作越来越少,妇女独立团需要补充,我就自己要求去了那里,先当战士,1936年到了陕北,西征前我是三营九连六班的副班长。那年我十六岁。

"西路军过黄河后的情况不用讲了吧,资料也很多。简单说吧,我们失败了……几乎全军覆没。妇女独立团在倪家营子战到最后一刻,真正是弹尽粮绝,最后有一部分人成了俘虏,我就是其中一个。

"这里我要多说几句我个人的事。我是在最后一场肉搏战中被一个马匪兵砍了一刀,受重伤得不到救治,被扔在死人堆里昏迷不醒但又没死才落到他们手里的。那个马匪兵——就是砍了我一刀的那个人——在死人堆里发现我还有一口气,又没人管,就悄悄地把我给藏了起来,还给我的伤口做了包扎。这样我才活下来。

"对于西路军失败这么一个大的历史事件,党史上有正式的说法,关于我们妇女独立团也有,但具体到每个人,遭遇又不同。

譬如我的遭遇，就和很多战友不同。

"后来有些被俘的姐妹被马步芳赏给他的兵做老婆，许多人自杀，有的宁愿吞缝衣针死掉也不受辱。她们没有牺牲在战场上，就这样牺牲了。别以为那个马匪救我是他发了善心，不是的，他家里穷，娶不上媳妇，见我没死，就起了心，救下我以后又把我藏起来，天黑后又堵上我的嘴把我偷偷送回他家的地窖里——他家的村子离这里不远——但还是被他的同伙揭发了，又把我弄回去关起来。我后来的男人——就是这个马匪，砍了我一马刀的是他，救了我的也是他——花了他家仅有的十块大洋把我买回去，用米汤把我灌醒，逼我嫁给他。

"我怎么会嫁给我的敌人呢？可我个子小，又受了伤，怎么反抗都没成功。可我是个红军宣传鼓动队员哪，在这段日子中我也对他宣传红军是啥子队伍，让他开始了解我，知道我当红军是铁了心的，即便事实上我们已经成了夫妻，我还是要走。

"我这个男人虽然当过马匪的兵，但后来居然被我说反水了，毕竟他也是穷人嘛，受压迫的阶级。他说那好吧，既然你一定要走，就等春暖花开了我去送你，可走前你要答应我一件事。就是假装和我成亲，改信我们的教义。为了离开我啥子都答应了他，当然要我改变信仰做不到。再后来禁不住我天天地宣传，这个男人反倒信了我的共产党信仰。

"春天来了，花儿开了，我和他成亲，穿教衫，守教规。他也一直在准备，对外人说要带我一起去朝拜啥子圣地，但这时我发现自己怀孕了。啊，就是刚才送你来这里的那个东西，我儿子。就是他耽搁了我回队伍的路。"

他儿子正在一趟趟往屋里搬水和日用的东西，听到了我们的谈话，冲我一笑，又走出去。

"怀了这个东西后我大病了一场，腿软得走不了路。身子本来就弱，加上又怀了他。当时我男人和他们全家，我公公婆婆，都来求我，说你一定要走，我们不拦你，但你回到红军里要行军打仗，不能带着孩子。你把孩子生完再走吧。我没办法，真走不了，加上他们看得紧，不答应也答应了。

"等到十月怀胎孩子生下，又赶上我婆婆过世。我丈夫说你走了孩子没奶水吃还是个死。你再等等，等他一岁，能和大人一起吃荞面糊糊再走。看到孩子我的心软了，想我的信仰反正还在，晚一年就晚一年。这样我又在他家待了一年。转过年去他再怎么说我也不答应，他没办法，怕路上不好走，亲自送我到兰州。那时国共已经合作抗日了，兰州城里有八路军办事处。

"见到我们的同志，我大哭了一场。可那里的负责同志告诉我，对于失散在我们那一带的红军战士有政策，一年内回来的收，两年才回来就不收。我是两年才回来，还和我男人有了孩子，不收。我没地方去，又大哭一场，只能跟着他又回到这地方来。

"以后十多年，我要说我的信仰一直没变，相信革命一定会胜利，一直都在和我男人一起等待胜利，好多人都不信。这件事我丈夫清楚。1949年革命果然成功了，我们的队伍打到西北，解放了我们这地方，消灭了马家军，给当年牺牲的战友报了仇。然后土改、合作化，我们俩都是积极分子，还都要求过入党，我是重新，他是第一次。可是你明白，每次都因为我的和他的'历史问题'被拒绝，他还因为当过马匪军成了'历史反革命'。我脱离红军嫁给他,也成了背叛革命的'历史反革命家属',在后来的'十年浩劫'中受了很多罪。可是我坚决不承认自己叛变过革命。他们批斗我,急眼了我就大声唱:'抬头望见北斗星,心中想念毛泽东。'我是宣传鼓动员,我会唱的红军歌曲太多了。他们拿我没办法,加上都知道我是老红军,就不斗我了。只斗我男人。他受不了,有一天说要不我们死吧。我一听就火了,说要死你死,我要是就这样死了才真是对我的信仰的背叛呢。我的信仰告诉我,不会老这样下去。只要我的信仰从没有动摇过,我也就从没有背叛过革命。

"后来'浩劫'结束。为了我的党籍、军籍,我四处上访,拖了一些年,我丈夫死了,但死时他说他相信我信仰得对。1986年我和同我一样遭遇的这批人的问题终于得到解决,不但恢复了党籍,还恢复了老红军战士的身份。在北京开会宣布这件大事时我见到了老团长王泉媛同志。大家都在哭,王团长就说哭什么,就当长征我们多走了几十年。别人1936年就结束了,我们是1986年结束的!我不同意,我说团长凭什么不能哭?党是我们的娘,孩子终于见了娘,还能不让哭一场嘛。

"哭完那一场,组织上一个个征求我们的意见,也问我想安置在哪里。因为我是1933年入伍的老红军,可以把我安置在北京的老红军干休所。我想啊想啊,一夜都没睡着。西路军失败后,虽然是那种情况造成的结果,我不情愿,——坦率地说直到今天我还是不喜欢这个地方——,但到底是当年这里的群众让我活下来了,几十年过去这里也成了我的家乡。眼下这里还穷得很,我是恢复了党籍的老红军,马克思说无产阶级只有解放全人类才能解放自己,我倒好,明知这里的亲人还在受苦,我不和他们一起同甘苦共患难，一个人进城去享福，那算什么事儿。不，我要回家。

"这样我就回来了。当然回来了还是享受到了党和政府给予我们这批失散老红军的待遇。再就是亲眼看到国家改革开放，就连我们这里，群众的日子也好过些了。接着是民族政策落实，信仰自由政策落实。我老了，但我多年不工作，不行，我向组织要求工作。县里书记说您年龄大了，别的事有我们年轻人，您就到政协来吧，给我们讲讲老红军传统，激励后人艰苦奋斗。这样，我就到了政协。

"到了那里才发觉就是把我当菩萨供起来。除了每年一次政协会，我常年闲着。他们的心情我理解，嫌我岁数大，好心，认为不工作能让我安安静静地养老。可我是那种人吗？我是老红军，老共产党员，已经好多年没有机会为党做事，要再不工作我就没有时间了呀！我就趁着每年开政协会的时候问大家，有什么话不敢说的，告诉我，我替你们出头，能做的事就替你们去做。大家就笑，往别处扯，一年一年的，没人要我帮他们说啥子做啥子。我很生气。真的，好像我不是一名老红军、老党员一样。我一生气，还真有人愿意对我讲真话了。

"就是这个古寺。县佛教协会一位领导晚上悄悄来见我，怕别人看见，进屋就关门，说我来对您老人家诉诉我们的苦恼。您知道这里的主体宗教人口是穆斯林，但也有佛教徒。现在政府落实宗教政策，可你跑遍全县，一个像样的佛教寺庙都没有。我们也求过县上，县上也不说不行，就说没钱，眼下百废待举，要钱的地方多，我们这地方又穷，让我们等。我们也不是光等，县境里毕竟有一座敕封大地藏王菩萨古寺，清朝人写的县志上都说鸠摩罗什大师是首任方丈，就在国道旁边，早废了，只剩下一座后人修的小庙，不像个佛寺，倒像个灰头土脸的灶王爷庙。我们在那里花了点钱，为菩萨重装金身，设了功德箱，想靠鸠摩罗什大师的名气募捐到一笔钱，让古寺华光重现，给佛教徒一个拜经礼佛的庄严清静之地。可是本地人都穷，募不到钱。有人指点我们，说可以靠国道上南来北往的旅客，万一遇上个笃信佛祖的亿万富翁，一张支票就能让你办成大事。你还甭说，这么做还真有点儿收获，每天从国道上经过的天南海北的游客听说在这里有座鸠摩罗什大师做过住持的古寺，真有人下车去观瞻随喜。可麻烦跟着来了。庙里的功德箱老是有人偷，闹到后来庙里的住持不得不天天从早到晚坐在功德箱边守着，夜里关了庙门，还要把它搬回家。就这还看不住。住持是个小年轻，本就不想干，后来干脆撂了挑子。

"他说到这里就打住了。我知道这位会长的意思，他还是想求我向县上或者更上面的领导要钱，帮他们实现重建大地藏王寺的宏愿。我让他先回去，说第一这件事是为信教群众办实事，我一定管；第二给我点儿时间，让我想想该如何管。我想了一夜。当然不能伸手向县上要钱，再说也要不到，重建大地藏王菩萨古寺不是一般的工程，得要很大很大一笔钱。我估摸着不但县上要不到，市里也要不到，省里都难说。可这确实又是件应当为信教群众办的大事。我十三岁当红军，虽然当的是宣传鼓动员，但我们队长说，任何时候都不要忘了我们的职责是宣传群众，但宣传群众不能光刷标语，更要紧的是要帮助群众，要干实事、好事，让更多的群众相信共产党，跟共产党走，这才是最好的宣传群众。我现在认为，这也是一名红军战士终生的任务。你想想，大地藏王寺真的重建起来，成了大西北少见的汉传佛教圣地，一能方便佛教群众诵经礼佛表达信仰；二能为本县、本市打造一个新的历史文化旅游点，让古寺周围的群众通过多种经营得到更多收入；三还能通过这件事可以宣传我国的宗教政策，教育人民，打击敌人的诬蔑和造谣。国内外的敌人老诋毁我国宗教信仰不自由，这件事办好了，他们就张不开嘴了。无论信教不信教，群众都会明白政府的宗教政策是真的。这样的好事别人不能干，可是我能干啊。

"天亮后我去见那位会长。我说想好了，你把你那大地藏王寺的功德箱给我，大殿的钥匙给我，我去那里给你守着。他听到这话人都傻了，说你又不是佛教徒。意思是你一个老红军、老共产党员，怎么能去做那样的事！我不跟他废话，说你信不信得过我吧。我虽说是一个无神论者，但并不是没有信仰。我的信仰你知道，就是共产主义。共产主义在我心里就是我们共产党的主义。战争年代有战争年代的主义，改革开放时期有改革开放时期的主义，现在的主义就是让群众脱贫致富，过上好日子。这好日子里头就有尊重你的宗教信仰这一条。我一个老红军替你去守寺庙，搞募捐，一点都不违背我的主义和我的信仰。会长听到这里眼圈都湿了，回家就亲自把功德箱和大殿的钥匙一起送到了我家。

"这两间土房子是儿子帮我盖的。我回家对他说了我要做的事，还说我去了就得住在那里，答应人家的事办不成我就不回来了。我这个傻儿子一句反对的话没说，先来这里看了看，回头就带人把这两间房给建上了。照我的嘱咐，他接着就把我们的党旗，四方面军的军旗，给我挂在屋里最显眼的地方，让南来北往的人到了这里一眼就能看到。我还特意做了一身当年四方面军的土布军装,八角帽,灰军服,一颗红星头上戴,革命红旗挂两边,让来到这里的人一眼就知道我是谁。我后来问儿子,为啥子一句不问就帮我成了事,我这个整天闷葫芦般说不出一句整话的儿子这次却回了我一大篇话。他说:'你老人家是共产党嘛。你有你的信仰,你想做的事一定是对的,也一定是你觉得能做成功的。'

"你一定会问,我这么做,有没有人前来干涉。当然有。我头天搬到这里住下,第二天县长就来了,问我一个老红军战士,为什么要这么做。县长太年轻了。我想起了我们的领袖在长征结束时说过的一段话,对他说:'我们共产党人就像种子,人民就像土地,无论我们到了哪里,都要在那里生根、开花、结果。'至于他听没听懂,我不知道。"

我还想听下去,但从国道上,我这次是真的清晰地听到了大巴车焦急召唤乘客的一声声长且久的笛鸣。老人的儿子——那个一身浮尘的西北男子——一闪身从门外跑进来,对自己的母亲喊道:

"娘,娘,你甭谝个木(没)完了,大巴车叫人哩!都叫了三回了!恐怕似(是)最后一回了!"

"那你开车,赶紧把他送过去呀!"老人大声冲儿子吼,看上去比他还要着急。

"可是,"我大叫一声道,"老人家,您的故事还没讲完呢!"

"讲完了!快走!"老人一迭声地喊着,一边用力地摆手让我走,"这地方的司机很任性的,说走就走!不然他会让你误了车的!"

我想了想,可不是讲完了。肯定有过争论,但那位县长显然没能说服她离开,如果是那样我今天就不会在这里邂逅到她了。

国道上的大巴的笛鸣在继续，一声比一声焦躁，我只来得及匆匆向老人道一声别，便转身奔出门，跳上已经轰鸣起来的皮卡车。才刚刚坐下，它就以一个一百八十度急转弯驶出了空场地。几分钟后我已经被送上了因等得不耐烦就要关门启行的大巴车。

长途大巴重新颠簸着前行时，车窗外皮卡车上老人儿子的影子一闪就不见了。我缓了口气，却蓦然一惊，站起身来。只是回头一眼，我便在散去了薄云的广大的天幕间看到了远处耸入云霄的祁连山山脉，而在大山的辽阔背景之下，我又一次看到了那个小小的山坳，山坳里看上去又化成了一粒黑点的大地藏王寺。连同寺前站立着的那个比黑点还要小的人儿。我的感情复杂起来。

回到北京后我没有及时将一笔可以拿得出的微薄捐款寄给老人，原因是走得太匆忙，既不记得她的名字（尽管看过她的证件），甚至连当时我经过的那个地方属于祁连山中的哪个县都忘了打听。为此我上了网，搜索一座在传说中和鸠摩罗什大师相干的大地藏王菩萨古寺位于何处。没有任何有价值的信息。

二十多年过去了，世事芜杂，就连这次邂逅本身，在我的记忆里都模糊了。

五年前的夏天，我受西部某市之邀，又一次走进祁连山采风。行前我淡淡地想起了当年的西部之行，甚至还模糊地想起了当年和一位老红军战士的邂逅。但是，像经常会发生的一样，再次进入祁连山区，开始了我的旅程之后，它们反而再一次地被遗忘了。

所以会这样，后来我想有两个原因可以解释。一是即便在和那位老红军战士邂逅的当时，我也不真心不认为她的事情就能够成功；二是此次到达的这块土地，好像完全和我当年经过的那个如同火星地表的荒凉所在毫不相干。随着采访行程的开始，西部的这块土地，每天像画卷般展开在我面前的都是一望无际的绿色，针叶林、阔叶林、果木、灌木丛、草滩……一种说不出名字的粉白的小花又在这片连绵不尽的原野上开放出一片片美丽的花海，一阵阵疾风又在这些花的海洋上荡起波涛，一忽儿这边的波涛荡过去，一忽儿那边的波涛荡过来。而在这花的波涛之间，你时不时就会发现有一道瀑布或者翻滚着雪白浪花的山溪水流泻下来。

"等等。能不能停一会儿，太美了！"一天午后，行车途中，我对陪同我采访的市志办的张主任叫道。

这片山野太漂亮了，不但有白色的花海，还有红色的花海，甚至，在这些红的和白的花海之上，我还看到了祁连山被积雪覆盖的白皑皑的山峰。

车子驶出高速路，进入了一处观景平台。我们下车。

我贪婪地享受着面前的景色，虽然今天我望见的景色在大西北已不再罕见，但这一处真的太美了，让人目不暇接，心醉神迷，一生一世都不想离开了。

"……往前走不远，有一座甘、青两省最大的汉传佛教寺院，也是我们要去采风的地方之一。有史料记载，鸠摩罗什大师曾是古寺的开山住持。"路上一直不大讲话的张主任正在对我说话。

我回过头来。此行的目的就是写一部和鸠摩罗什大师一生事迹相关的电视剧。听了他的话，我连眼前的美景都忘了，一颗心立马全部转向了他口中的这座古寺院。我说：

"咱们快走。"

半小时后我们已经置身于一座气势宏阔、金碧辉煌的佛教寺院里了。张主任说得不错,即便在佛寺林立的大西北,这座近年刚刚重建完成的寺院也应当属于最大的寺庙之列。

就要进入大雄宝殿观瞻时,张主任又想起了什么似的,停下脚步看我,急急道:

"这座寺院也被人称作'红军庙'。寺里供奉着一位'红军菩萨',香火很盛的,方圆几百里的善男信女都来瞻拜……我想我就当先跟你讲一声。"

"红军……菩萨?"我大吃了一惊,这太意外了。我甚至又想起了那句话:好的邂逅总是这样,你要的是这个,给你的却是另一个。

"怎么会——"我用不解的语气问他,同时肯定还投去了每当听到不可理解的事物时总会现出的难以抑止的惊奇目光。

我还想说什么,但在我和这位新朋友之间,气氛已经变了。我完全没想到自己刚才的语气和神态居然会激怒他。这位肤色黝黑的西北汉子脸上的笑容瞬间凝固,神情变得凝重而严厉……不,我清楚地看出了某种难以抑止的思绪乱云翻滚般在他的表情中显现出来。

"是这样的,"他努力让自己显出耐心,说道,"我们这里是当年西路军老战士的失散之地……有一位女红军流散到这里,嫁给了一个马匪军,后来她不但让丈夫改变了信仰,还……再以后她的身份得到承认……再后来,为了重建这座大地藏王菩萨古寺,她搬到这里来,为菩萨守殿,向南来北往的客人募集善款……"

脑海中如同一道闪电亮起,我想起了那次此刻已经显得极为遥远的邂逅,并且激动了。

"等等！"我像他刚才一样大叫一声，也开始变得语无伦次。"你……是说……不，现在就告诉我……她去到那里以后，功德箱怎么样了……不，难道说……"即使是这时我仍然难以想象当年那么荒凉的所在和眼前这座大地藏王寺是同一个地方，"我是说……真会有人去捐款？！"

这一刻张主任的眼睛瞪得比我还大。

"你也听说过她的事？……当然了，这一点都不难理解！……一个老红军战士，在自己的晚年，一个人，到了一个开始时几乎无人知晓的地方，在那里修行一样守了十年，为本地佛教群众重建古寺募集善款，目的仅仅为了让那些和她的信仰毫不相干的信教群众有一个地方可以礼佛诵经。

"这件事一开头就感动了许多人，首先是佛教徒，然后是我们这些普普通通的人……我们这个地方是穷，但是为了圆她老人家的梦，不，功德，家家户户，哪怕是乞丐，到了每年的农历七月三十，大地藏王菩萨诞辰日，都会来这里祭拜和贡献，多少不拘……像我，一个共产党员，国家干部，到了日子也会来，往功德箱里放进一份功德……我不是佛教徒，过去不是，今天不是，永远都不是，我那样做，是被一名老共产党员、老红军的发心所感动，在她的作为里，我看到的不是佛家的教诲，而是红色的教诲！"

"红色的教诲？"现在是我在大叫了。"你说下去！"我催促他，迫不及待地想知道下面的一切！

"是的，是红色的教诲！过去我也受了党那么多年教诲，以为自己什么都懂了，可正因为听到了她的故事，我发觉我和她相比，真是差得太远了！我们共产党人的宗旨是什么？是为人民服务啊！怎么服务？像她老人家那样，一生服务，已经到了风烛残年，仍然在服务，而且，不会因为你不信共产党而信佛祖就不为人民服务了！

"还有一件事也震撼了我的心。就从那个时候开始，我们甘、青两省，很大一片地区，人们开始传说这位女红军就是转世的大地藏王菩萨，虽然她信仰的是共产党的主义，那不重要，重要的是她发的大愿，她宣传的共产党的主义，和大地藏王菩萨发过的大愿，行的功德，有什么不同吗？因为这个，后来人们就干脆说她就是大地藏王菩萨本尊，化身来到了人间。"

"听到这些话，这位老红军战士自己是什么反应？"我喘不过气来了，语气却愈加急切了！

"直到她去世，仍对那些把她当成大地藏王菩萨化身前来瞻拜的佛教群众说：'我不是菩萨，我连佛教徒都不是，我只是一名共产党员，一名老红军战士，永生永世只信仰我们共产党的主义。我这么做，如果说是要行大愿，也是要行我们共产党的大愿，红军的大愿。'"

"共产党的大愿？红军的大愿……不，你继续说下去！"我再次催促我的朋友。

"她还告诉他们，共产党的大愿，就是共产党的主义，过去是让全中国的百姓都摆脱三座大山的压迫，求得自由和解放，今天，共产党的主义，就是让所有的人都过上好日子……无论你信仰什么，也无论你是不信服我的信仰，我都要无怨无悔地为你造福，让你的心愿得偿……她说，我真的不是理论家，但就是这样想的……这就是我心目中的共产党的大愿，红军的大愿。"

"这就是你说的红色的教诲？"

"对！对我这个共产党员来说，这就是红色的教诲呀！难道这样的教诲还不是红色的教诲吗？"我的朋友大声叫道，"接着，又发生了另一件事！让我彻底明白了，一个像她这样的共产党员，能为我们党赢得群众拥护做出什么样的成果！"

"什么事？你快说呀！"

"等她大愿得偿，这里的佛教信众为她塑了等身像，把她供在大雄宝殿里，和释迦牟尼佛、大地藏王菩萨本尊一起，享受香火和供奉。当然，他们尊重她的信仰，所以就给了她一个佛教史上从没有过的圣名，'红军菩萨'！"

我不再说话了。因为，这时的我需要冷静下来思考。

"……在佛教的四大菩萨中，只有地藏王菩萨发出过大愿，不度尽众生，决不成佛。但是广大佛教信众过去从他那里听到的只是言辞，可是从这个共产党员、老红军这里，他们看到的却是行动！她以一人之力帮助他们重建了面前这座辉煌灿烂的古寺，让他们能够通过它，信仰他们的信仰，幸福他们的幸福……最后，我还想说一句：他们幸福了，她也就幸福了。到了这个时刻，他们怎么能忘记她，不，怎么能忘记共产党的功德！"

"有过争论吗？"我想起了一件事，并且想马上知道它的答案。

"怎么会没有呢？……记得有一次，有一个级别很高的领导干部来劝她离开，她忍无可忍，大声对他说道：'你以为我们共产党人只是为了信仰我们的主义的人在奋斗和牺牲吗？从来不是！从我成为红军战士、从我入党的那一刻就不是！我们一直是在为天下的劳苦大众的幸福在奋斗和牺牲！'……既然你承认这个，就不能认为我做错了！……不，我知道我没有错，就像当年牺牲在这块土地上的战友们没错一样！……"

"我明白了，今天来这里礼佛的人们，也是在向她这位共产党员、老红军顶礼膜拜。她要重建的是一座佛教古寺，现在却成了一座礼赞共产党、礼赞红军的圣殿！"

"我想告诉你的就是这个意思。今天无论你是谁，有什么信仰，只要来到了这里，你就一定会受到她的教诲，理解什么是共产党，她的宗旨是什么。所以，西北五省区的人们都说，这是一座'红军庙'！"

随着熙熙攘攘的信众，我走进了大雄宝殿。我看到了她，一位无论在世界上任何寺院里都看不到的"红军菩萨"……不，在这新的一次的邂逅中，她比当年的她精神多了：头戴着崭新的八角帽，身穿崭新的深灰色红四方面军军装，鲜红的领章和帽徽……除此之外，他们还在她的腰间扎束上了漂亮的军用皮带，腿上打着漂亮的绑腿，脚下则是一双带红色布条的草鞋。而在她的头顶上方，不出所料仍然浮雕着两面红旗——中国共产党党旗和红四方面军军旗。

大量的信众正潮水般涌来，口中念诵着"红军菩萨"的佛号，在她像前瞻拜观礼，将各种贡献供奉在她面前，或者在她面前的功德箱里放进大张大张的钱币。

已经有人为我们请来了住持和尚，很年轻，据说曾去朝拜过印度的那烂陀寺。我想请他再给我讲一讲"红军菩萨"的故事。这位释家高僧眼睛居然一下就红了。他说：

"我就是那个当年守不住功德箱的年轻僧人……这些年我一直

在想，'红军菩萨'的信仰和佛祖、和大地藏王菩萨的信仰有什么不同……现在我明白了，没有不同。不管你是谁，信仰什么，她都要让你有愿得偿。她的大愿就是你的大愿，又不只是你的大愿，是天下众生的大愿……四大菩萨中，只有大地藏王菩萨被称为'大愿菩萨'，而我们的'红军菩萨'也是一位'大愿菩萨'……我这么说话你不要生气，共产党就是大愿菩萨！"

我把目光移向了灯烛、香火和鲜花丛中的"红军菩萨"。在我和她的第二次邂逅中，成了"红军菩萨"的她正在向我望过来，仍然像当年那样瘦小、精神、慈祥、睿智、勇敢，对了，还有坚贞，最后是一点点少女似的顽皮。老人在向我微笑。我泪如泉涌。

"'我们共产党人就像种子，人民就像土地，无论我们到了哪里，都要在那里生根、开花、结果。'……许多人没有做到，但是您做到了……人民就是这样被感动的，而他们一旦被您感动，您就不再是你自己，您成了他们心目中永远的'大愿菩萨'。

"重要的是，人民一旦认可了你，就会开始理解你的信仰……时光会流逝，人世会更替，但只要这座'红军庙'在，共产党的传说、红军的传说就会永世流传……千秋万代的人都会像今天我在这里看到您一样看到共产党和红军的初心，理解她的宗旨。

"有了这个，您老人家还会担心什么呢？……我们这个生存了五千年的民族一定能够继续在这块土地上繁衍生息下去，您的信仰会永远地被人记得，成为天下众人的信仰，而您的大愿也会成为天下众生的大愿。"

我擦干泪水，不再为以这样的方式和老人第二次邂逅难过了。

背　叛

干燥的风猛烈地吹拂着大地。小风打着旋儿将热得滚烫的空气与尘土卷起，一缕接一缕，如同无数死去又活过来的鬼魂在这近乎莽荒旷无人迹的湘西的山野间追逐、嬉戏。

山路两边是放眼望去不见尽头的奇山险谷，奇特的喀斯特地貌造成了高高低低的石柱之林。火辣辣的日头直射下来，空中没有一丝云条，密密匝匝的林草葛藤在八月的瓦蓝的天穹下全都垂下了叶梢。一点焦煳味儿已经弥漫开来，仿佛它们和大地本身随时都可能燃烧起来。

每年这个季节，湘西这片被沅江、沱江、澧水、酉水河、洗车河滋润的土地从来都是水量丰沛，今年见了鬼了，从五月初三到这会儿，三个月零三天不见一滴雨，田干泉枯，往日汪洋恣肆、经常会闹一点灾的江河溪流都只剩下一线细流。下游的洞庭湖干脆裸露出了大片大片苇草疯长的湖底。

午后一点钟左右，一天里最热的时刻，一辆装饰华丽的北洋时代中国官场风格的豪华马车在常德通往桑植县的山路上疯狂奔驰，碾过路面上一簇接一簇的鬼旋风，将能烫伤人的浮土卷起，在车后形成一道龙卷风样的浊黄色尾尘。好在风大，瞬间就被一直在肆虐的南风刮到一边的山上去，并不会影响紧随在高速滚动的车轮后纵马前行的骑兵卫队。马车前方也有一支同样服饰荷枪实弹的骑兵卫队在策马奔驰，为马车开道。

一前一后两支骑兵都穿着北洋时期湖南总督府骑兵卫队的老式军服，帽子是法国龙骑兵的，袖口有英国王室卫兵的金线刺绣和特殊的军阶标识，加上身上披挂的家伙，这样一支衣饰鲜明形象独特的骑兵卫队有助于他们护卫的豪华马车不受任何阻碍地驰过三湘大地任何一条道路——远远近近的人看到它马上就知道，至少在湖南境内，这辆马车里坐的是一位谁也惹不起的强人。

马车前后左右一圈踏板上也站着卫兵，和一前一后奔驰的两支骑兵卫队持有骑步枪和马刀不同，这帮紧贴车厢近身侍卫的小伙子个个精干，个个手中持有一支大帅新近从德国走私进口的一款最新型的冲锋手枪，后者被它的发明者正式命名为1932式7.63毫米毛瑟手枪还不足三个月。尽管车轮一直在剧烈颠簸，眼下这位大帅在车厢中被下人们戏称为"帅座"的软榻上正襟危坐。就是这个乍看上去貌不惊人的刀条脸男人，一个月前不惜血本从国外偷偷搞回来了这些家伙什，装备自己的贴身卫队，他连海关都不让通过，直接买通上海的青帮从远海外轮的底舱里卸货到一条扮成渔船的小划子上，然后全副武装押送上岸，秘密转运到湖南。就火力之凶猛而言，如果他说这种冲锋手枪在国内排第二，没有谁敢说还有第一。

这还没说到车顶呢。那里也架有一挺德国制MG34通用机枪，用德国军火掮客伯尔的话说，而今眼目下这种机枪就是全世界机枪家族中最先进最恐怖的异类，不架三脚架是轻机枪，装上三脚架就是这颗星球上威力最大的重机枪，它轻重两用，弹链供弹，加入枪管套提高射速，每分钟发射子弹八百至九百发。发明它的还是德国人，但这种机枪在德军中也是刚刚装备。现在那个笨重的枪管就被架在车顶正中一个有三条腿的铸铁枪架上，又用钢箍和螺栓固定在马车的墨西哥皇家黑檀框架上，如同焊上去了一般。两名机枪手用皮带绑死，平趴在机枪后面，一个瞄准，一个供弹。由于马车实在颠得厉害，每跑一个时辰就由侍卫中的另外两名机枪手和他们进行一次轮换。饶是如此，在最近几次对贺龙红三军的作战行动中，这辆快如闪电的马车遭受到突然袭击调头狂逃时还是颠死过人。

还是前几天，他的一名侍卫在他酒酣耳热之际正对他新宠的都正街一个叫小桃枝的雏妓夸下海口时不小心闯了进去，听到了他正在讲出下面的一段话：眼下就连窃夺了北伐战争果实、将大半个中国收入囊中的老蒋，也没有这样一辆火力如此凶猛的豪华马车。在外国的地面上就不论了，只要还是在中国的地面上，一旦真打，马车四围任何一名侍卫手中的一支冲锋手枪的火力都顶得上任何一支军阀队伍的半个连。尤其是在今天，他正在去往的湘西腹地——这年头此地的每一条山道都是真正的鬼门关——不说前后的骑兵卫队，仅仅是马车四围的侍卫和车顶的轻重两用机枪射手一起开火，无论是"湘西王"陈渠珍的杂牌武装，还是出没无常的贺龙的红三军，哪怕对方有一个团，他都不会放在心上！

说到这辆马车，眼下全湖南人人皆知它是大帅的心爱之物，其中一个人所共知的原因，一个令他一直为之骄傲的理由，是它来自北伐战场,是当年初出茅庐的他缴获的战利品,出自英国皇家马车制造厂,同样的马车在全世界只生产了七辆。这辆在汽车时代来临后已显得过气儿的豪华马车的最大优势是车厢宽大敞亮,窗上还镶有玻璃,拉开绣花丝窗帘就是一辆旅行观光马车。

当然这不是大帅今天在这趟距离说长不长说短也不短的旅行中选择乘坐它而不是各种牌子的英美防弹轿车或者更抗颠簸的美制军用吉普的原因。真正的原因他不说也不让别人乱猜。曾经有一个自作聪明的幕僚在类似的情况下大致猜中过一回,转眼就在自家门口脑门上中了黑枪。今天大帅乘这辆豪华马车从长沙那么远的地方奔袭湘西,说得出口的原因,是眼下车中长而柔软的"帅座"上还和他并肩坐有一位风姿绰约腰肢婀娜顾盼生情的小姐,一位来自《中央日报》、芳名胡莉娜的记者,据说后者是听到相关消息后,第一位也是唯一的不惜冒着生命危险,不顾三湘大地上到处战火纷飞,专程从南京坐火车换轮船日夜兼程赶到长沙来的,意图简单而明确,就是要对这位近年来在"剿共"战场上屡建奇功的湖南省省长兼赣、粤、闽、湘、鄂五省"剿匪"联军西路军总司令——刚刚又被老蒋重新委任为"剿匪"军第一路司令——进行一次面对面的专访,并写出文章来在国内各大报纸连同《时代》之类的国际名刊上发表。专访的起因则一是由于他近年来在湘西的"艰苦奋战",贺龙的红三军已大致上离开湘西,向黔东北地区"流窜",湘西一地"剿共"及"治安绥靖"事业接近完成(这当然又是大功一件,值得大肆宣扬);二是大帅在湘西的线人历经数年潜伏,终于查获并秘密逮捕了贺龙打入湖南省府及湘军高层的一名奸细。由于后人被捕获,过去若干年内贺龙率领的红军在湘、鄂、川、黔、滇五省屡仆屡起怎么都消灭不了的秘辛将大白于天下。目前这一事件还处在保密阶段，但它所具有的一般爆炸性新闻应当具有的一切特点，仅就这一点论，作为新闻人她认为自己就应当不远千山万水来湖南走这一趟。

女记者貌美如花，一到长沙市的帅府，听说犯人还在当地，由于担心将他押解到长沙的途中出岔子，主要是半路上被留在湘西的贺龙的红军游击队劫走，大帅决定自己前往湘西审理这个奸细。女记者和大帅第一次见面，寒暄过后马上就熟人似的向大帅提出请求，要和他一起走一趟神秘美丽的湘西，实地感受一下她其实早就十分仰慕的大帅本人对付共匪奸细的手段，近距离地品睹这位在近年的"剿共"战争中一时风头无量的湘中名将、一位今天已在南京和上海的要人沙龙中成了传奇的当代伟人的风采。和各路并非出身黄埔系的军阀将领不同，这位大帅不但在和在南方多地各路红军的作战中表现得无比凶悍，且对在湖南境内抓获的大批共党首领尤其是家属毫不手软，他做出的最令全体国人瞠目结舌的一件事，就是不等蒋委员长下令，自己率先出手，悍然逮捕杀害了毛泽东的妻子杨开慧女士。毛泽东的妻子当然是共属，也许应该被抓进大牢里关押起来，但她毕竟是一个手无寸铁、又有三个幼小的孩子要哺育、完全没有参与到丈夫队伍里去做什么的女人，一位年轻的母亲，大帅不但抓了她而且毫无怜悯之心就那样让人杀了她，据说开了两枪还没打死，行刑者已经走了又回来，再开一枪，才把人打死，这让女记者自己也觉得他是不是有点过分，人们传说世上是有那种心狠手辣的变态男人，此人也就是一个，不过眼下是乱世，没有这样的男人为党国做些这类过分的事情似乎也不大行。但是这个家伙到底还是成了她心中的一个谜和一个怪物，这次她就是奔着参观一个怪物的心态来的。大帅听到女记者的请求后嘴角只是轻轻翘起一笑，心中却满是轻蔑。哼哼，他和女记者两人在他的省府也叫帅府的花厅里初见的过程只有几分钟，但阅世已经很深的他第一眼就觉得自己看穿了对方。这位据说是某南京政府要人太太姨表妹的胡小姐尚值妙龄，长相不孬，虽不是电影明星那样的一等货色，但年轻到底是个优势，粉嫩白皙的皮肤也加分不少，扬州瘦马样的面容，小巧精致的五官，水蛇腰身，都让她显出了一种和职业女记者不一样的乖巧可人，更有一点难得的是，这类长期出没上海大码头的女子无形中被浸润出的、在任何大人物面前都会本能地表现出的一种从容不迫，落落大方，连同不期然就能让你感觉到风情万种，何况还有留学英国的经历，谈吐中时或杂出一个英文单词，身上不经意却显现出的不多的一点隐约的风尘意韵，这些乱七八糟的印象叠加到一起，在她自己生命中最好的年龄段，会让他这样的风尘老手兼一方大吏觉得她也称得上是一位秀色可餐又上得台面的尤物了。当然不足也是明显的，背景不够，真有背景是不会做记者的，像她这样做记者的女孩子仅就姿色而言尽管也是女人中的上品，但要嫁给今日中国最上等货色的男人想都甭想，次一等的就是他这一类，封疆大吏，一方诸侯，到了他这个年龄、地位的人岂是无家室的，因此像这一位，将来最好的结局，就是给他这样在中国大致也能算上二流大人物的男人做二房或三房姨太太，不用下得了厨房，但一定要上得了厅堂。多年和女人打交道，她们心中的许多秘密他早就看透了，名分这个东西，说要紧也要紧，说不要紧也不要紧，那就看女人自己怎么想了。他早年出身乡下，一文不名，稍长大一点父母就给娶了大房，人自然愚笨，面前这样的女子是当今时代中国女人堆中的异类，污泥中妖艳的花，既能做他这种地方大员的摩登太太，又能陪伴甚至代表自己去南京和上海十里洋场和各类中外强人周旋。可惜她福小命薄，真要收房连三姨太也做不了。于是他便烦恼地想起民国初年自己舍得一身剐出门吃粮当兵，乱世中纵横捭阖，战场上装傻充愣，多少出生入死的时刻，才一路团长、旅长、师长干到军长，中间当然要顺带着纳小，一个女中学生，十五岁就做了他的二房，几乎是被他强掳进洞房里去的，至今都不给他一个笑脸。三房是他当军长参与北伐打到河南娶的一个唱坠子的女人，十七岁，蜂腰莺声，一身风尘味儿，可当初就那么在他眼前三扭两扭，被她馋得流了口水，头脑一昏纳成了三房，几年过去，如今腰粗如瓮，声嘶如虎，他几乎都不愿见她。眼下这个自己送上门的女人——其实他明白她就是自己送上门来的，也许还是她那位南京政府大员的姨表姐夫帮她精心筹划的呢！胡莉娜，最初他一听到这个名字就笑了——狐狸哪！可是没关系的，他腰里有枪，手下有兵，脚下有地盘，有地盘就能盘剥千家万户，有地盘就有收税权，油水要多少就刮它多少，那就有了军饷，就是长久的就地取饷，老蒋一个大洋不给他照样可以养活自己的军马，所以他才不怕呢！上不畏天下不畏地，中间不畏人，就连贺龙贺文常这样一个两把菜刀搅动天下的强悍角色，连毛泽东那样打起仗来几乎是孔明再世的共产党要角，他一个都没怕过，生在乱世，怕有个鸟用啊！所以他打仗越打胆子越大，越打心就越硬，杀人的事情天下人都在做，老子杀几个女人，杀了也就杀了！有本事你来取了我的脑袋！他心中其实连老蒋也不尿！这几年所以要听后者之命,连年率兵对赣南共产党的中央苏区展开大"围剿",逼得从莫斯科回国后不知天高地厚取毛泽东而代之的那帮四六不懂的书生,不得不带着十万红军仓皇逃离江西,接着马不停蹄回师湘西,又兵出鄂、川、黔、滇四省,当然主要是在湘西,这里也是贺龙的老家,"围剿"贺龙的红军,说到原因只有一个,人算不如天算,他可以对老蒋不屑一顾,但老天爷眷顾老蒋,让老蒋他坐了天下,可以挟中央而令诸侯,时势所然,人在房檐下不得不低头。尽管战事并不顺利,他却一点都不放在心上,贺龙不灭,"围剿"不止！其实心里明镜似的,目前整个中国能要他的命只有老蒋,他要保住自己的命,保住湖南这块地盘,像阎锡山在山西一样做湖南王,只能这么干。就他的性情,干都干了,那就不妨破釜沉舟,剑走偏锋,至少表现得比任何非黄埔系的地方军阀加黄埔系的那些军阀更狠,让并不相信他这个杂牌军阀的老蒋想干掉他也找不到他的碴儿！——你要把共产党赶尽杀绝,我比你赶得还尽,杀得还绝！绝对的"枉杀三千,不漏一人",杀毛泽东的女人算什么。如果老蒋对他干的这件事都引为不耻,那他屁股下面湖南王这个位子就算坐稳了！——这几年连在老蒋那里他都能应付裕如,各种各样的胡莉娜,不,狐狸哪,镇得住的！

起程前只有一件事让他悄然烦躁。接触了两天,他怎么开始猜疑这个女人可能有更深的背景了呢？他当然可以认为自己多年"剿共"为老蒋建树了有功,并因为悍然杀死毛泽东的女人震惊中外,从而使她这个终究涉世未深的女子对他心生仰慕,加上贪慕他的实力地位和大洋,从而由她的姨表姐甚至姨表姐夫亲自出面,为了她的终身大事，设计了这一出名为客串记者——他现在有点怀疑她这个记者有可能是客串的了——深入战场访问"剿共"名将的美人计，但万一是老蒋自己对他设计实施了这样一场"美人计"，他就要小心一点了。在今天的中国他可以夸口说他谁都不怕，谁都不尿，但要说真心话，对老蒋这个出身上海滩的中国最大流氓和强权人物他还是满怀忌惮的。明枪易躲，暗箭难防，任何人——哪怕像他这样一个天不怕地不怕神不怕鬼不怕且叱咤一方的人物——被干掉也都是一粒子弹的事。

当然，最烦躁的还是那个人……那个小个子教书先生，这一辈子，直到昨天之前，他还把他视为一生中最信得过的人，可是，情报和证据显示，他确实就是那个一直在向他的最大对手——他一生的敌人——不停地输送情报的奸细！

背叛！……背叛！……无耻小人！一路上，他脑瓜里旋风般地回荡的全是这些愤怒且给他带来巨大羞辱的话语。

"天儿也太热了！……哎哟大帅，湘西不是个风景怡人四季如春的好地方吗？阿拉出国读书前在北京燕京大学念过书的，认识沈从文先生。前几天阿拉在南京读过他刚发表的小说《边城》，那里面可是把湘西写得老好来，童话世界似的。怎么到了地方，不是书中的样子来？"车里，坐在他身边的记者小姐一边用丝巾小心拭去脑门上大粒大粒的汗珠，提防着不时因为车身大颠撞到他身上来，一边媚眼娇声地用不正宗的上海话抱怨道。

山越来越深，山道逼仄到两旁崖壁触手可及似的。风仍然在，一股越来越浓烈的气味随风刮进车厢。面对大帅坐在前面硬榻上的是一位穿长衫的白胡子老者，大帅的军师，在帅府里的官称是省府兼行辕幕僚长，本名麻石三，当年是湖北鹤峰县的一个私塾先生，显然为这种气味越来越重不安，悄悄瞟他一眼，想说什么，又把话咽了下去。

"怎么了老麻，有话说嘛，为什么不说？"大帅一向不喜欢一旦有了客人他在自己面前说话时就吞吞吐吐起来，用他标准的旧军人的大嗓门道。

"这个……大帅，我们不进桑植县城。我已经安排了，前面渡口就下车，但是马车和卫队要继续进城。"

"为么子？"

"……"老者又瞥了一眼女记者。

他明白了，也就是生气了。

"你就那么怕他？"没等军师再说出什么，他就粗暴地、不满意地瞅了这个快六十的老头子一眼，捎带着也把记者小姐的问题，连同被风一阵阵刮进车厢的难闻的气味可能引出的话题一并遮蔽了过去。"今天我偏要进桑植县城。桑植是他贺文常的老家，但老子是省长，桑植什么时候不是我湖南的地盘了？"

"当然……可是……"幕僚长看他一眼，又一次没有讲完他要讲的话。

车子一个大跳，四轮腾空，重重落下，发出轰然一声巨响。记者小姐这次不像是有意，却极重地撞到了他身上，让这个看上去仍然年轻、剽悍、相貌凶恶的男人心中已经生出的一点恼怒顿时化成火苗燃烧起来，"王赐贵，让车夫慢一点！"他冲右边车窗外踏板上站立的卫兵队长不耐烦地喊了一嗓子。

马车果然慢了不少，但仍是颠簸，尤其是急转弯，偌大的车体一左一右起落摇震，让他自己也不由自主地在座位上颠来倒去，撞到身边的女人身上，不知道为什么，这让他胸中的怒火更盛了。

记者小姐喉咙里忽然起了一声，一口什么东西呕出，虽然她机敏地用丝帕捂住了樱口，并试图将它们全部吐在丝帕里面，但一点余沫还是飞出来溅到身边这个怒火中烧的男人出行前刚刚刮得只剩下短髭须的脸腮上。

"对勿起。"记者小姐意识到了，红了脸，用上海话说抱歉，一边迅速处理手中秽污了的丝帕和嘴角的涎余。

"停车。不进桑植县城了。——老麻，你说人在什么地方？"大帅不理她，黑着脸大声问老者。

"奉大帅令，我让向旅长一连布了十几道迷阵，关人的地方换了八处。他耳目再多，也不会打听到人在哪里。——眼下人在盘龙洞。"老者这次的回答显得利索多了。

"你们说他……他是谁？"女记者话刚出唇，就后悔了——她已经知道答案了。

车厢里没有人回答她。马车已经停下。几乎是一忽儿的工夫，前后两支骑兵卫队和车厢四周踏板上的贴身卫队马上以一种训练有素的机警与敏捷，在前后山路和四周围山坡上布了岗。

车厢中的大帅仍在"帅座"中央坐着，不说话，也没有开车门下车的意思。这时的他正在努力忍受那股顺着山下一道溪谷刮过来更加浓烈的气味，车一停这股难闻对他来说而又十分熟悉的气味立即像山洪暴发般涌进来，灌满整个车厢，浓得化不开似的，车里的每个人都像是被它淹到了喉咙口，止不住要呛出点什么来。身边有着那样的一位女客，他努力保持着标准的军人坐姿，目视着前方仍旧卷着一簇簇鬼旋风的山路——车子停在这里，至少有一半的概率，对面山头上有可能会响起枪声，或者有贺龙的队伍冲下来，他不能不防，于是就没有偏过头去，——但也还是用眼角余光扫了一下身边的小女子，发现她开始伏下身子大吐。

厌恶一下就泉水一样涌满了心腔，什么指尖儿弹得破的粉脸儿，法国香水的气味，十里洋场的美国乡村客厅，全他娘的败给了那股气味。——什么老蒋，什么美人计！都去他娘的吧！

"接着走。盘龙洞那里有条河，是个风口。到那里死人的气味就闻不见了。"

卫队迅速收拢。马车又大幅度颠跳着，在更逼仄的山道上左冲右突奔驰起来。至于身边的女子，他已经不愿意想她了。随她去吐吧，这些个个说起来都像是在上海外滩亿万富豪家中长大的洋派小姐，说不定小时候也和他在澧陵乡下的家里一样穷得天天饿饭呢。她自己要不远千里跑到湖南来，在他面前卖弄色相，钓他上钩，却一点点这样的山道颠簸都受不了，那就……也许这也是她或她的姨表姐夫姨表姐乃至于老蒋本人为她设计好拿来表演的节目，为的是引爆他的怜香惜玉之心，给他一个伏高就低地照顾她的机会！哈哈！他一生都是军人，即使喜欢女人，也是那种生性强悍多少有点像他的小娘们儿，而且从来都是她们对他伏高就低地侍候，而不是反着来！何况是今天，在湘西的大山里，贺龙的队伍随时可能打过来，让他这样一位军人、一位陆军上将，去安慰一个什么来路还不清楚的小娘们儿，不，老子没这样的心情！

好在盘龙洞转眼就到了。他在多年和贺龙的红军作战乃至于和湘西王陈渠珍火并时多次来过这里。前不着村,后不着店。一条水量不大的河——地图上标的名字是盘龙河——从酷热蒸腾的远方大山野里曲曲折折流来,将乱山劈成两半。路在河的右边。他自己动手,一下就推开车门跳下了车,四处警觉地一望,目光落到遍布着嶙峋怪石的右侧的大山坡上——依旧长满一人高的野竹草,一棵千年古藤长成了大树,在这样旷古未有的大旱年月只有它仍旧枝繁叶茂,整体地罩住了半面山坡和山坡上鱼嘴式敞开的洞口——是的是这里,一切都还是没有变!

他一眼也没有回看那个挣扎着随他下车的女人。两队骑兵卫队再次于四周围的山坡上部署好了警戒。年轻的贴身侍卫队长则让自己的人就地占领了右侧大山坡和坡下的山路以及盘龙河两岸。他已经及时判明了大帅下车后的心意,立即提前赶到前面去,为主子拨开山坡上茂密的草丛,并在前面往上走,为后者开路。这时所有跟随大帅上山的人发现还是有一条细若游丝的小路隐藏在乱石和一人高的草丛间。白了胡子的军师也跟在大帅身后走,更多的贴身侍卫提着枪跟在后面,不走小路,在草丛和石头中乱踩,走成了一种团团将大帅保卫在垓心的阵形。大帅什么人也看不见似的,低着头一直走,一直走。小路极陡,但他的两条腿仍旧矫健有力,一步步都踏得扎实,晃都不晃一下,脚下的皮靴将干裂的石块踩得粉碎,发出咯咯吱吱的响声。毕竟他才四十八岁,少小当兵,一直在战场上拼命,这样一点坡度的山路根本不在眼里。

——啊,如果她真是老蒋对他使的"美人计",那就让她看一看他,回去告诉某人,他这个一直被那人算计、年年都要赶他上战场和红军厮杀的地方军阀,实力派,身子骨仍然强壮,离走不动的日子还早着呢!

可怜的女记者被留在山下路边,紧靠着那辆通身浮尘的马车。一路上她被颠簸苦了,最后一场大吐怕是连胆汁都呕尽了。穿的还是在南京借的姨表姐的一双高跟鞋,鞋面上倒是没有太多尘垢,可是瞧一眼身上的白西服,已经有了一点两点污渍,再朝车窗外看一眼,大山坡足有百米高,显得那么陡,似乎完全没有路,只有乱石大树和蒿草,令她眩晕。她不想跟上去了。

"胡小姐,要不你回车里坐着等。时间不会很长,大帅一转眼就会审完下来的。"跟他说话的居然是方才她亲眼看到随大帅上山并为大帅开路的年轻的侍卫队长,几乎是一转眼工夫他又从大山坡上的洞中走下来,回到马车边,从车箱上将一个竹篾子编的筐子取出,——筐子里是一个不小的黑陶坛,坛口用一个裹着红布的木塞子塞紧了,坛腹上隐约可见一个菱形红纸的标贴,因为位置的关系,看不清上面的黑字——,他抱在怀里,要带它回到坡上山洞里去的样子,见她狼狈,关心地说道。

"嗨……谢谢侬。可阿拉是来采访的。"女人忽然想起了自己的责任,心中起了一点勇气,回答这个有几分讨她喜欢的年轻男人。但一转眼又像是被什么突然发现的东西吓住了,脸色发白,瞳孔放大,一只手不觉抬起,抖了一下,一个染红的指尖指向前面不太远的山根凹处。那里有一道沟,凹处积满了风裹进去的枯草败叶,但是也有一具模糊的、黑乎乎的东西躺在里面。"快看!那是什么?好可怕哟!"女人用很小的战栗的声音说道,然后两手捂住了眼,指缝却还是叉开,透过它们可以更清楚地看到那具蜷缩成一团的存在。这一刻她还有了另一种恍然大悟的认知:刚才那股所有令她把肚肠里的秽物都吐出来的气味,就是从她现在看到的东西那里被风强烈地刮过来的!

侍卫队长只朝那方向草草地瞥一眼,回头对她哑然一笑,见惯不怪道:

"你……往远处看,岸边,河里……看那水上漂的,被石头、芦苇挡住的……看到了吗?"

她抬起眉眼,顺他指示的方向望,手也忘了放下。什么都看到了,那种黑乎乎的东西,在九月湘西干燥的、几乎能烫伤人的风景中,到处都在。

"他们……都是被你们大帅消灭的……'共匪'?"

"怎么可能……有我们的人,也有贺龙的人,更多的……是大湘西的老百姓,湘、鄂、川、黔四省交界,几十个县呢……今年的大旱灾,别说是人,草都活不了。你看这盘龙河,往年水大得可以行船,眼下只剩下小小一线细流,连饿死的战死的人都冲不到下游的澧水里去……啊,你真要一个人留在下面吗?"

远处模糊地响起一声枪响……也许没有,枪声只是她的幻觉,但她还是骤然想起了一件事,浑身骤然打了个哆嗦。

"贺龙的红军真的那么……神出鬼没?他们会不会打到这里来?"她问,脸上更加没有血色了。

侍卫队长环视四面八方的乱山,回头瞅她——这一眼让她明白她已经迷住了这个年轻的男人——低下声音道:

"我知道的事情不多,就是知道也不能多说……贺龙往年打回湘西,总是一呼百应,上回……民国十六年,他在南昌跟了共产党反蒋,一万多人的队伍说散就散,可是过了半年,他带着两个人从上海回来，说拉队伍，'呼啦'一声，一个月不到又带出了一支一万多人的红军……不知道是怎么回事，这一两年听说他不成了……"

"为什么？贺龙不是一条天龙下凡，怎么会——"女人没把后面的说出来，但意思年轻人懂了。

"这个……总之怎么回事我这种嘴脸的小人物怎么会知道。不过你放心，大帅到了这里，贺龙的人马就打不到这里了。方圆几十里都有我们的兵设的保卫线，幕僚长早安排好了！"

女人闭上好看的眼睛——她就是闭上眼睛长长吐出一口气时模样儿也是那么耐看，真是绝色美人哪，侍卫队长想——再睁开时，女人的心已经安定了不少，但口中仍在用很小的声音喘，忽然又猛地惊恐地睁大了眼，叫道：

"不，我不留在这里，我受不了这个味儿……我来第一天你们大帅就跟我说，湘西让他治理成了'防共模范区'，可是……我要是留在下面，还要吐！"

"你……那好，我扶记者小姐上去。刚才我进洞里待了一会儿，洞很深，里面的气味好受些。"年轻的侍卫队长又冲她多看了一眼，巴不得一样道。

下面发生的事情都是琐屑的，不值一提的：与其说是他搀扶着女人走上了大山坡，不如说他是背她上去的。直到进了那个像一只大张的鲶鱼嘴、空气也突然阴凉下来的洞口，女人喉咙下面某个地方始终存在的、一撞一撞要再吐出些什么来的冲动才慢慢消失掉。

"进去吗？都在里面呢。"侍卫队长又看她一眼——她发觉他总是忍不住看她，都快把她看腻了——怀里仍然抱着那个用竹篾筐盛着的黑陶坛，问道。

"不，阿拉待在这里等着好了，我怕……怕见到血。"女人说，觉得一颗心又在战栗。"对了，你抱的是什么？"

问出这话时，她已经看清那是酒了。

"这个……啊，酒。他们毕竟是多少年的老朋友了。"年轻人语音含混地、不情愿地说。

离开她时他又舍不得似的乜斜了她一眼，一种失望在他脸上出现了又马上消失……他对她心里想的是什么她都想到了，但她不想声张，也不想让他知道自己知道他模糊地爱上了她。何况这时他也不再管她了，一个人抱着怀里的东西径直走进洞的深处。

……洞里一处像小广场一样大小的空地上，大帅已经在那个他熟悉的男人对面坐了下来。对方个头本来就小，一直没有长大过，据说是从小念那些没用的书，光长脑袋，不长个头，不过眼下这颗鬓发斑白的脑袋也不像年轻时那么大了，岁月和衰老多么无情地改造了一个人，让他面前这个也曾经年轻过的男人变得既瘦又小，几乎可以说得上干瘪，只有那双不大的读书人的小眼睛里射出的目光，仍然明亮。

没必要搞一个真正的刑讯室。都是熟得不能再熟的人，再说在这种连蝙蝠都不见一只的荒野的大山洞里，也没有设置一个像样的刑讯室的条件。白胡子幕僚长早就知道他的心似的，在两人之间的空地上摆上了一张四方形的可折叠的行军桌，还泡上了今年的新茶，摆上了烟卷，甚至还备了烟枪、烟灯和烟膏子，然后就要退下去。

"你不用走，"他及时止住了这个狡猾的老狐狸，"留下来做个见证。再说也要有人把口供录下来。蒋委员长在南京等着它呢。对了，那个记者……来人，把她也带进来！她跟着来不就是想亲眼见到人，听听案情是怎么回事吗？"

刚走进来的侍卫队长将手里抱的竹篾筐连同里面的黑陶坛找个石台放下，答应一声"是"，巴不得一样急急跑出去。

两人沉默地对视着，小个子男人一侧嘴角似乎还带着一丝微笑……就是这个男人，这个背叛者，这个无耻的奸细，藏在他身边的毒蛇，三年来通过他的路子将自己率领的"围剿"红军的湘军的情报和他能够知晓的参加"围剿"的川、黔、鄂军及中央军的情报送给那个当年他曾经并肩战斗在北伐战场上、如今却成了老蒋悬赏十万大洋的"赤匪"要角的贺龙，让他的一次次"围剿"功败垂成。

可他是从什么时候开始像信任自己的大哥一样信任他的哟！是这个小个子男子，不是废除科举就会成为晚清的秀才，就是这么个据说能把四书五经全部背诵下来的人，比他还长十几岁呢，今天大约五十四了，要不五十三岁，当年竟然也上了北伐战场，救过他的命。民国十五年，他率领的国民革命军第八军第一师和贺龙的国民革命军第七十五师同时奉命攻打武汉。打到岳阳城外，他坐着洞外那辆当初在战场上缴获的吴佩孚的豪华马车直接上前线，结果让城中守军发现目标，大举炮击的同时又派大兵出城反击，对面这个小个子男人像人们传说的那样，冒着枪林弹雨将他从死人堆里扒出来，又冒着随时被打死的危险趁着夜色将他背下战场。没有这个小个子男人世上早就没他了！

后来他们成了把兄弟，开玩笑说，当时他能把他救下来，还是因为这个男人个头小，目标也小，背着他在死人堆里爬来爬去，北洋兵的子弹打不到他们。

后来因为北伐军攻克了武汉三镇，使得战争形势开始有利于国民革命军一方，他和贺龙都升了官，他的一师扩编成了国民革命军第三十五军，他升任军长。贺龙的七十五师扩编为国民革命军第二十军，同样升任军长。北伐军进了汉口城，他当天就在有名的万国饭店设宴，感谢他的救命恩人，当年此前他们也彼此知道对方的名字，一个是湘军中正在冉冉升起的名将之花，一个是湘西最有名的秀才。两个男人喝多了抱在一起涕泗交流，当下就拜了把子，歃血为盟，一辈子做弟兄，生死不弃。可是今天——

这么想着大帅的脑海里已经像下面的盘龙河一线细流中浮动着众多尸体一样，有太多往昔岁月的碎片浮出来。当年他的三十五军和贺龙的二十军一同奉命北伐，进入河南，老蒋突然在上海搞起了四一二反革命政变，屠杀共产党，接着蒋、桂两系勾结，定都南京。他是唐生智的人，而唐拥护的是汪精卫的武汉国民政府，他和贺龙一起奉后者之命回师鄂东，两军一个江南一个江北，顺江东下，去讨伐背叛革命的蒋、桂两系。蒋系和桂系的兵马则由南京顺江而上，反攻武汉。战局未开，双方的说客已到，各自拉拢对方的主将，主要是他和贺龙，武汉的汪精卫任命他兼任了安徽省主席，可以就地取饷，这是什么意思，遍观二十四史，允许大军就地取饷就是等于对他说，你可以随便在安徽全省抢劫，徽商多有钱哪，他们的财富全给你了；蒋、桂两系许给贺龙的条件是他只要通电全国，率二十军战场倒戈，拥护南京，一旦大军回师武汉，南京政府当天就会发布委任他为武汉卫戍司令兼二十军军长的命令，并许诺他可以当天就对武汉实施军事管制。什么军事管制，这和就地取饷有什么不同，为了打垮汪系，他们居然丧心病狂不惜用九省通衢武汉三镇的全部财富贿赂贺龙。唐生智是他的恩人，没有唐就没有他的今天，但是因为蒋、桂两系对贺的慷慨，听到密报后他还是乱了方寸。世事真是难料啊，北伐尚未成功，蒋介石就反了水，老蒋固然可恶，但汪精卫和唐生智就一准靠得住？倒是贺龙，光明磊落，愤慨于老蒋为一己之私背叛革命，拒不受其诱惑，通电全国，将继续率二十军东下，对南京伪政府犁庭扫穴。听到这个消息后他已经大乱的心又不乱了，反而觉得机会到了，凌晨两点钟直接把面前这个小个子男人从被窝里提溜到自己的司令部里，关上门两个人密谈，直接问他自己该怎么办？该不该相信贺龙？另一件大事也要讨论：无论贺龙反蒋是真是假，他下一步该怎么走？一天天过去他都看明白了，老蒋敢冒天下之大不韪，同时和共产党和武汉方面决裂，是因为他外有洋人撑腰，内有江浙财团支持，更有桂系同流合污，汪精卫和唐生智早晚不是这个流氓的对手，当初他和唐生智、贺龙联名通电反蒋，并且说干就干，迅速将讨蒋声明付诸行动，老蒋一旦摆平了武汉那帮人尤其是色厉内荏的汪精卫，唐生智和自己将死无葬身之地。想来想去，要迅速扭转这个极为不利的局面，就要暗中为老蒋立一次大功。小个子男人已经听懂了他的心思，说他和贺龙当年也有过八拜之交，贺两把菜刀砍了湘西桑植县的芭茅溪盐局后，曾在大庸县城他家老宅的地窖里躲了几天，若是大帅让他现在就去投奔贺龙，就贺胡子那个侠肝义胆的脾气，会立马将他收留下来并委以心腹重任,什么要紧的事都会跟他商量的,那时贺是真反蒋假反蒋他就一清二楚了。听了小个子男人的话当时他的眼泪都快出来了,说贺龙反蒋有可能是铁了心,你要真能帮我这一把,我就有了天大的机会,在他真动手时给老蒋透个风,只要有了这一次,我在老蒋那边的案底就能翻过来,至少能算我一个将功折罪,以后我再对他暗中输诚,找些老关系保一保,我的军长职位连同队伍说不定还能平安撤回湖南,重新站稳脚跟,我没有力量也没有后台能像老蒋和汪精卫一样跟人争天下,但至少可以像阎锡山在山西那样守土封疆,做湖南的土皇帝!啊对了还有一件事你也帮我查一查,都说贺龙队伍里有共产党,我现在担心他本人也是共产党。如果这个猜疑是真,在我手里就多了一个对付贺龙讨好老蒋的筹码。对面小个子男人二话没说就和他击掌,第二天一大早乘小火轮去九江见贺龙。很快他就得到情报,果然贺龙反蒋是铁了心的,但另一个消息却让他大感意外:贺龙队伍里确定有共产党,但贺龙本人不是。不是贺不愿意加入,是人家认为他也是新军阀,不要他,这让贺非常憋气。虽然后一条消息让他将信将疑,但总的来说这些情报对他还真是雪中送炭,让他明白自己眼下该做些什么。贺早晚都要跟共产党走这件事他比老蒋知道得都早,但他眼下还不会讲出去,他也要为贺龙保密,为的不是贺的安危,是他自己要利用这一点制造事端,在老蒋那里证明他和贺是完全不同的两类人。很快他就让他留守湖南的部属许克祥在长沙制造了马日事变,大肆捕杀共产党,这一行动只比老蒋在上海搞四一二反革命政变晚一个月,比汪精卫在武汉搞七一五反革命政变实行宁汉合流还要早,这同时他派去打进贺龙身边的奸细——就是今天坐在自己面前的这一位——已经随贺的二十军开到南昌,准备参加共产党领导的八一南昌起义。虽然后者确实没能在八一南昌起义前及时向他传递这一秘密情报,但好在起义准时发生,又很快被老蒋联合各路军阀所击垮,贺龙一万多人的队伍稀里哗啦地散掉,再后来经过密查,他才知道所以会没有情报,是起义之前这个已在贺龙身边充任高级参议的奸细受到了怀疑并被软禁,没有条件再把情报送出。后来这个小个子男人对他解释了自己被裹挟着离开南昌城南下粤东的路上逃走的过程,为了避嫌他没有马上回到他身边去,他一个人跑回湘西老家藏起来,就像凭空消失了一般。而这时大帅自己已趁着七一五政变后蒋汪合流,带着自己的三十五军撤踞湖南,通电向蒋求和,加上请出他的一些老长官出面说和,他的部队经过老蒋的改编不但保留下来了,时任湖南省主席的谭延闿还求老蒋让他兼任了湖南清乡督办署会办,他因为马日事变杀共产党已经恶名昭彰,这时老蒋又让他回头在湖南对共产党赶尽杀绝。如果过去他说老蒋是个流氓还只是人云亦云,可接到这一纸任命时他才仰首长叹,说此人真是个货真价实的流氓啊,就老蒋这样的流氓,全中国都找不到第二个!

原来他以为除了他自己,没有人真正猜出了老蒋独独对参与反蒋的他网开一面的原因,更没有人看得懂为了获得蒋的欢心,他在事后若干年内为何会越发变本加厉丧心病狂地在湖南对共产党人执行"宁可错杀三千,不可放走一人"的政策。那些年间他真是对所有带一点红颜色的人士大开杀戒呀,包括老弱妇孺,包括最著名的人物,比方说毛泽东的妻子杨开慧,比方说对贺龙的家族,毛家的祖坟和彭德怀家的祖坟,他一个都没有放过。枪声震耳,日夜不绝,说尸骨遍野血流成河一点都不是夸张,他也毫不在意。直到他在湖南重新做了省长,一切都在掌握之中,才派人从大庸家里将小个子男人秘密抓到长沙,问他当年发生的一切,为何偏偏在八一南昌起义这样的惊天大事变之前自己没能再接到他的情报,虽然他已经秘密调查过了,你有自己的说辞,但我仍然有理由怀疑你在那场大事变之前选择了背叛我,也背叛了你自己的初衷。小个子男人就这样一直坐在对面看着他,一句为自己辩解的话都没讲,甚至也没有提起义前他在贺龙那里已经失去自由的旧话,却说出了另一句令他的心情连续几天为之大震的话:

"如果我传递出了情报,毁了共产党的这场起义,你认为对谁有利,对今天的你还是贺文常?"

他把小个子男人放了,不再追究这件事,还设了大筵慰劳他,重申世间只有他们俩才是真正的生死兄弟。小个子男人又喝多了,对他说:

"虽然你我是一辈子的生死兄弟,但贺胡子待我同样不薄。要是有一天他再杀回湘西扯队伍,我还会去投他。那时你不要惊奇。"

他大吃一惊,酒都醒了,吼道:

"你说他还会死灰复燃……再回湘西扯起一支队伍?"

"是。再说一遍,事情真让我不幸言中,我真的还会去追随贺文常,而不是你。"

"你混蛋!"他大怒不已,酒看来是白喝了——不,也没白喝,酒壮尿人胆,酒后吐真言,让这个过去一般被他认为不是有点书生气而是很书生气的男人说了实话,"为么子事?贺龙眼下是民国通缉的要犯,老蒋悬赏十万大洋买他的人头……他要是回湘西你还要去追随他?!"

"对。"小个子男人梗着脖子说,"为什么不?!"

他当时对着对方喝红了的眼睛往里瞅,想看出眼睛后面是不是还有一双眼睛,那双眼睛闪电般透射出的疯狂到底是被烈酒烧出来的,还是真的出于他被烈酒点燃的心。

今天坐在他对面的这个小个子那天根本不愿躲开他的死亡注视。他也真有一个念头闪电般在脑袋里亮起:如果这个男人真存了这个心思,为了不让贺龙和老蒋知道自己在风云激荡的民国十六年——1927年——想了什么和做了什么,他真会当即亲手毙了他。

对面这个小个子男人可不傻,看出了他眼中的杀气,咧开嘴无声地大笑了好一阵子,然后正色,无所畏惧地对他道:

"想知道为么子吗?可以告诉你。民国十六年——1927年——我为了你去追随他,做奸细,你是知道他这个人的,明知道我是你派去的,追随他也是假的,可他侠肝义胆,光明磊落,心无芥蒂地就把他一心反蒋要革命到底的决心全部讲给了我听!"

"贺文常……他为什么如此信任你?"他喊出了这句话,立即就后悔了。

"你真想知道?"

"不,不想了!"

"道理再简单不过。他心地光明,就总往光明处想别人。那时他仍然愿意相信你是忠于中山先生和国民革命的。你不是新军阀!他还想通过我这个你派去的奸细捎一番他以为的道理给你——"

"什么道理?"

"他相信，不管革命阵营发生多少次分裂，革命最终都仍然会胜利！因为革命的过程，就是打扫中国这块土地的过程！旧社会留下的脏东西太多了，蒋介石汪精卫这样的新军阀也是，他们总是要暴露的！他还说，无论这些污泥浊水今天看上去有多么强大，但他们仍然是污泥浊水，早晚都会被中国大革命的洪流扫荡得干干净净！"

"他当时就没想过让我和他一起继续东征，打败蒋、桂，拿下南京？"

"想过。这也是我赢得了他信任的原因。他以为我会把他的话传给你，可是我没有。你不是和他一样的人。他能做出的那种石破天惊的大事，你做不出来！"

"就冲你这话，我就想毙了你！"他拔出了手枪瞄向他，说，"你在他身边的日子虽不多，可还是受了他的蛊惑，到这会儿了还在我面前替他做赤化宣传！"

尽管他又现出了杀心，面对着黑洞洞的枪口，坐在他对面的小个子男人仍然勇敢地看他，冷笑，给自己斟酒，一盅盅饮下去。

第二天他想了一天，夜里又秘密把他的小个子把兄弟拉进帅府后园的花厅，设了家宴，菜没那么多，但都是对方喜欢的。酒过三巡，他对小个子说：

"我今天夜里就安排船，秘密送你回湘西。贺文常不回最好，要是他真像你说的，又回来扯队伍，你就随了你的心愿，去追随他！"

"然后向你提供情报，直到有一天你取了他的人头！"

他看对方，承认说：

"我也不想那样。可眼下我和他已经入了不共戴天的阵营。我也不瞒你。我要的是湖南这块地盘,他不回湘西我可以暗中答应对他网开一面,但他不可能不入湘西,那就没办法了,二虎相争,必有一伤,不是他死,就是我活!……你已经为我做过一回奸细了,贺龙回来了你不想为我再干一回我也不答应了……怎么样?湖南在我手里,就是在你手里,什么国民革命,三民主义,扯他娘的臊,当新军阀我也不是第一个!他老蒋才是,而且是最大的一个!和他比我只是二等角色!可就连这个二等角色,我也要做下去,哪怕为此和贺文常杀红眼,成千上万地死人,尸骨成山,血流成河,老子都不在乎!……"

他以为对面那个小个子男人会拒绝他,但是……过了一天,第二天晚上,他回答道:

"今天夜里把我送回去。你许给我的,当初怎么秘密地抓来,今晚上怎么秘密地送回去。就连船夫,你都不能安排你自己的人。"

"那……我说的事……"

他不点头,但也不摇头,只是平静地望着他。

"呸!我该打自个儿的嘴,"大帅笑了,说,"只要你没说不干,我就认为你应了。回去后继续把自己藏起来,一直藏到他回来扯队伍那一天。"

"不行。贺文常当澧州镇守使时,还让我做过一个县知事呢,就是县长,虽说时间不长。你现在是省长,为么子不能给我一个官儿做,比方说,把我这个当过县长的贬为我们大庸县下面一所偏远乡下小学的督学,让人觉得你在故意羞辱我,但这样我也就不用藏着了,就能名正言顺地在家乡出头露面。"

"你当什么小学的督学，你直接当大庸县省立第八中学的校长。也显得我这个省长对你这样有名望的读书人很大度，不计较你追随过贺文常。对了，你的诗写得那么好，再写一首登在报上，表示你对我感恩不尽。"

夜里他换了装束，一直将后者送到长沙城外湘江边的一个小货栈码头上。小个子男人登船前，他盯着对方的眼睛，低声道：

"将来真有那一天，我要你身在曹营心在汉……你要是身在曹营心也在曹营，咱们俩的交情就废了，我会亲手枪毙你！"

小个子男人望着他，也用很低的声音玩笑般地问：

"为么子你要亲手干，随便让个人毙了我都行！"

"你以为那是念你我的交情？……我是怕万一事情让人知道，我太丢脸，会成为别人的笑柄。——打了一辈子鹰，让鹰抓花了眼！"

小个子男人不再说什么，上船，扬帆远去。

……

"谁都能想到，没想到背叛我的人居然是你！说吧，这么做为了么子？"现在，瞅着面前的他，大帅尽力压抑着一路上早在内心中熊熊燃烧起的怒火，尽可能用还算平静的声调问。

不久前还在长沙见过。今天再见，虽然对方脸颊上有几块擦伤，容貌仍没有大变。这就是说，抓他的人知道他们的交情，下手时留了情。

变化还是有的。抓到他这才几天，原来半白的头发差不多全白了。

"这茶不错。"小个子男人没有正面回他的话，笑了一下，说，用的仍是过去和他谈笑时的声调。"今年的新茶。为什么不尝一口？啊，告诉那个生炉子烧水的兵换个地界，风把烟都吹过来了，你知道受了烟熏，就坏了这么好的茶的香气。"

心中被压抑的火焰"腾"的一声蹿到了……蹿到了洞顶吧，要真是火，那会燎得洞顶一层干掉的苔藓吱啦啦响。他忍不住，也不想再忍，一跳站起，失声大叫：

"我一路上都在想……想当初我们分手时说的话！你要是背叛了我，身在曹营心也在曹营，我就亲手枪毙你！还说什么喝茶！——茶是好茶，可我的好茶你喝到头了！"

"坐下。干吗呢你。"头发全白的小个子男人没有被他激怒，反倒笑了一笑，又怕喝不到似的抓紧时间饮尽了盅里的茶，见他没有下一步的动作，又舒畅地呼出一口气，自己拿起壶来再斟，再饮——再就是一边做这些事一边拿眼睛望着他，微笑。

他重新坐下来，一是因为对方语气里一直饱含的老友间才会有的真情，二是年轻的侍卫队长把那个女人——现在他心情不好，她也经过了一路颠簸，再看一眼时发现她也算不得什么娇花嫩柳了，一副残花败柳的模样——带进洞里来了。

"好了，既然来了，就一起听听。"他不再看她，也不看任何人，用超过需要的很高的音量和一向粗鲁的腔调，仿佛对着洞中的空气说道。

女人在距他七八米远的地方停下，不知道再往哪儿去，朝洞内左左右右看了一溜遍，没找到可以坐的地方——主要是没有可以让她坐的坐具——没有椅子、凳子、马扎，甚至一块干净得可以让她坐下的石头。

年轻的侍卫队长看出了她的困惑，但对此他也没有办法。

"我不坐。我站着好了。"她看了他一眼，自己为自己解了围，说。

这个女子还是见过一些世面的。这么尴尬的场面也应付得来。大帅脑海里闪过这样一个念头，但马上翻篇，毕竟今天要面对的最大对手，也是最大难题，是行军桌对面那个曾与他有过八拜之交的小个子。一个从没有想过的可怕意念闪电般地在脑海时亮起又熄灭了！

——万一今天他给自己的嘴巴上了锁，徐庶进曹营，一言不发，那他该怎么办？！

"好吧。先前我以为你不会来，说你要大驾亲临也就是他们的一说，但你真来了，我就说吧。我简单点儿，免得你的手下过于辛苦。"小个子很爽快、仿佛也很乐意地开了口，将这场大戏的帷幕悄悄地打开了一道缝，舞台什么的开始一点点显现。

"第一，你们抓对了，我确实是文常的人，是文常打进湖南省府，打进你身边，乃至整个湘军和大湘西各路军阀内部的最大卧底，你用奸细称呼我也成；第二，近三年——从民国二十一年到二十四年——你指挥的四省联军兵力超过文常的队伍几十倍，有时能达到八十四倍，——这我都算过的——，好几次你们都里三层外三层地把他围死了，眼看着面对你的天罗地网，他这条龙就要完蛋，可是没有，他还是像一条天上下来的神龙一样，在大湘西的江河里游来游去跑掉，回头再对着你的屁股眼儿喷上一团火。不错，其中至少有两次是我提供的情报帮他脱了险，让你一举灭掉他的计划落了空，自己吃了大亏，还让老蒋一次次怀疑你不是真心帮他消灭文常和他的红军，而是要有意留着他和他的队伍，'玩寇自保'。上面这两条你都猜对了，但第三条没猜对。"

"果然……哪一条我没有猜对？"他几乎说不出话来了，嘴唇颤动着，喊出来的只有令人难堪的咆哮。

"我不是贺龙派回来打进你身边的奸细。他也没有给我像你当年派我到他身边那样的做奸细的任务。"小个子仍然平静地说出了这些话，还长长地吐出了一口气，似乎这两句话才是他今天见他这位大帅真正要说出来的。

"那你……我不相信！你仍在骗我！"大帅听到自己仍在咆哮。

"信不信由你。"小个子男人仍旧保持着他一直以来的平静，他的表情只有一点变化——后者似乎只是在向大帅表明，他才不会理他是不是愤怒呢，他只是在陈述事实。

接着，他又不管对面的大帅了，继续自斟自饮，一股好闻的新茶的清香继续向着洞内所有的人飘散过来。

年轻的侍卫队长敏感地看一眼女记者——事实上将她引进洞里后他仍然一直在悄悄地看她——连他也像是嗅到了茶香之外的另一种味道，觉得洞里的气氛正在发生改变。这一点女记者是没有感觉到的，她仍旧一脸茫然地靠近一侧的洞壁站着，完全听不懂洞内两个男人间的唇枪舌剑似的。她的眼里只有那位刚刚在路上还被她口口声声尊称为大帅的男人，他还是一直不回头瞅她一眼，更不用说在这个荒凉的洞里给她安排一个坐的地方了。而这个正在她心目中一点点掉价的"剿共"名将，却已用眼角余光注意到了女记者什么也没做，她既不像一般新闻记者到了这种时候至少会拿出纸笔来做速记，也没有将她原本带上车的照相机带进洞里，将眼前的场面拍下来。

——这个傻女人,此前以为她是老蒋对他使的"美人计",看来抬举她了。

他不再顾忌这个女人,将全副心神转向对面的小个子,道:

"这个我不信。民国十六年腊月,年关没过,贺文常只带着两个人从上海潜回湘西,刚到监利县的观音洲,就从团防局里重新夺枪开始起事,那时你就听说了,随后第一批带一团人加入他的队伍。还是因为你带了这个头,呼啦一声响,不到三个月,共产党南昌起义失败后成了孤家寡人的他又拉起了一支一万多人的队伍!"

"这没错,我认账。"小个子男人又给自己斟了一盏茶,一点点品咂着饮下去,很享受地发出了一声愉快的叹息,才抬头看了大帅一眼,"哈,好茶就是不同!……不过芸樵,可这是你当初让我做的!你不会忘了吧,民国十七年你把我从湘西老家秘密抓到长沙又放回湘西,等的不就是这个吗?何况——"说到这里小个子男人第一次瞅了瞅女记者,有了忌讳似的看了大帅一眼,"这里有外人,我都能说嘛!"

大帅心中的火苗子又腾腾地蹿起来。至少眼下,在湘西,在整个湖南,还是老子说了算!"么子能说不能说?怎么不能说?"但不知道为什么,他还是话里有话地找补了一句,同时第一次将目光扫过了洞内所有的人,当然也包括那个成了残花败柳的女子。"这里有外人吗?没有!"

"那我可真说了!"小个子男人用他那有了一点狡黠和嘲讽的目光盯了他一眼,话语里既有了更多的坦率、无畏,更添加了一番挑衅的意味,仿佛都老了仍是一副书生模样的他早就看懂了今天的戏码:这个后来才被人带进洞里、大帅连个座位也没有赏给她、只让她站在一边旁观的女人,对自己的把兄弟而言,仍然是一个多少有所忌惮和防备的外人。

"说呀!"到了这时大帅倒被他惹火了。就算这个女人在场,就算她没有看上去那么蠢,或者这蠢相是装的,他也不怕!还是那句话,作为军人他打了多年的仗,早该死了,至于老蒋……这几年为了讨这个老王八蛋的欢心,他对共产党和鄂川黔三省的新军阀做了多少缺德带冒烟儿的事儿,别人不明白他自己还不明白?他下了多少血本,做奴才都做成了这样,要是他还不愿意放过他,那……他就只能听天由命了!

"说!你也是个男人,反正是个死,来点痛快的!小胡同赶猪,直来直去!竹筒里倒黄豆,稀里哗啦!"不是为了壮自己的声威,更不是为了将这场谈话的主动权牢牢抓在自己手里,这些他才不会在意呢,眼下在湖南的地盘上,他在哪里出现就是哪里的主宰,他要杀谁就杀谁!真正的原因在自己的心里,到了这会儿他才察觉到,从谈话开始主动权和态度上强势的一方居然不是自己,而是对面这个今天一定要死的人!

"话说来有点长。我是一五一十地讲,还是三言两语,说个大概!"小个子男人今天像是早就拿定主意,要故意戏弄他一样,又眯细眼睛专注地盯住他看,慢慢地说出了自己的话。

大帅坐下了,他不能总是这样——为这个南京来的奸细女人他犯不着这样——他也学着他的腔调,道:

"大概就行!拣要紧的谈!东拉西扯,鸡毛蒜皮,不用多说!"

"那好,大概说就是,当初我确实是听你的话,为了重新打进贺文常身边，才带了我的一团人投奔了他。说是一个团，其实也就四五百人，但那个时节，四五百人也不少了！但是，有一件事你想不到，我也没想到，文常并没有马上答应收编我的团，他让我坐下来，——也是在这样的一个山洞里，也是像今天这样不多的几个人在，也有茶，茶叶没这么好，就是些粗茶——"

"我说过不要扯鸡毛蒜皮！"大帅粗暴地打断了他。

小个子男人沉默了一会儿，看他一眼，道：

"这不是鸡毛蒜皮！"

大帅不说话了。都交往一辈子了，他知道对面这个男人的性情，对方也知道他。他要是被惹恼，真给他来一个徐庶进曹营，一言不发，他还真拿不出办法来对付！

小个子男人——今天应当称他为背叛者、奸细、罪犯、乱党，大帅想——看出了他的退让，又干脆利索地饮下了满满一盅酒，用和刚才不同的更快的语速道：

"文常还是那个慷慨侠义的贺文常，对我仍然像先前那样热情、坦率。他说：'奏章，你看啊，是这样的，我这次回湘西是要扯队伍，但我这次扯的队伍已经不是过去我当澧州镇守使时扯的队伍，也不是我当国民革命军二十军军长时扯的队伍，这个必须跟你讲清楚，我这次扯的队伍是红军，和过去的队伍完全不同了，想升官发财的就一个也别来。原因嘛只有一个，共产党终于让我加入进去了！'"

大帅不说话，他仍然坐着，不看对面的男人，目光只朝向着一边洞顶那个窟窿透射下的一缕明亮的天光……洞里静得一丁点儿的声响都听得见，每个人都屏住了呼吸似的，因为他们听到了真正的秘密。

小个子男人已经陷入了深深的回忆之中,又像是他自己在沉思,话也是说给他自己的心听的。

"'……我现在是共产党的人,要扯的是共产党的队伍,一举一动都要听党的号令,打的也是为天下穷人求解放的仗。十年前你来追随我,我还可以给你一个县知事干干,这回不成了。人说人不为己天诛地灭,没有好处谁干呀。这回我扯的队伍,确实是人不为己,确实对我们个人没有丁点儿好处。坏处一大堆,包括受苦,甚至是死。这你得想清楚了,你的弟兄也得想清楚。'"

"这话可不像贺胡子自个儿讲的!他当年么子出身,哼,从小跟着他姐夫赶马帮贩盐,鞋都没穿过,大字识不了几个,北伐战场上一起共事,我也没看见他会像你刚才这样说话!哼哼!这才跟了共产党几天,竟然也能长篇大套地跟你这个前清落榜的秀才讲起红腿子造反的道理来了!你以为我会信吗?"大帅又有点坐不住,回头大声质问对方,"啊,说下去呀,你是怎么答的?"

"你都不信,还问我怎么答的!"小个子男人不为所动,却用讥讽的口吻回了他一句,听起来像是回头捅了他一刀。

大帅又说不出话来了……但还是很快还了一刀:

"你这个鬼……一定忘了,今天是我在审你,不是你在审我!"

男人没有计较,也许他觉得双方你一刀我一刀,大家扯平,当年做把兄弟也时常是这么说话。他说:

"我能怎么答?我记着你给我的差事儿呢,你要我在他重回湘西扯队伍时打进他身边做卧底。……对了,我记得到了那里头一天就给你传回过情报。"

这就有点讨厌了。大帅想，不觉皱了一下眉头。收到对方的情报后他还想过，要不要让对面这个男人贴近了打贺龙的黑枪，但他毕竟不是别人，他想了又想，最后还是决定为自己留个后手。那时他正挖空心思地琢磨，怎么干才能成为老蒋在湖南必须倚重、不倚重完全不行的实力派军阀，不把他搞掉。现在贺胡子回来了，太好了！老蒋悬赏十万大洋要那人的人头，就是他能让眼前这个男人一枪打死贺龙，拿到贺的人头，可是他能得到么子？老蒋在湖南尤其是整个大湘西不得不倚重他剿灭共产党红军的大好机会就失去了！老蒋是个么子鬼，上次他就和对面这个熟读史书开口就是三十六计的小个子男人详论过，当然主要是对方说，自己听，但这个男人的话不是没有道理。老蒋要的是一统中国，任何地方新老军阀对他只要不再有用，他立马会以国民政府政令的名义——当然背后仍然是枪把子——派出自己的心腹换掉他，抢走地盘，整编队伍，让他失去多年浴血疆场才得到的一切，像所有的失势军阀一样跑到天津租界里当寓公。寓公别人能做，他不行，他戎马半生，公敌不少，私仇更多，一旦丢了湖南和枪把子，分分钟会在某个巷子口让一个不明身份的人干掉。所以，后来他没有回密信给对面这个男人，令他打贺文常的黑枪。

　　他不回信，对方自然就会理解成贺龙的黑枪不能打！

　　但这一条当着女记者的面他是不能承认的……他又有点后悔让侍卫队长把这个女人弄进洞里来了……这会儿反倒不好找借口把她弄出去，那反倒会让她起疑，回到南京万一……算了，让她听下去好了！

　　"但我也没有说你就绝对不能打他的黑枪。不过，没打我也可以理解，因为你就是个胆小鬼，担心打了自己逃不脱。这种时候，你这种人想的当然是先保住你自个儿的小命！"他恶声恶气地说，并且站起走近了行军桌，盯住对方男人的眼睛，——这样几句话明显是为对方也为自己找个不那样做的借口，接着他便迅速转换了谈话方向——"往下讲啊，怎么不讲了！讲！"

对面的男人没有理他。连白胡子的幕僚长，连跟上了大帅也迅速聪明起来的侍卫队长都看出来了，没有理他不是因为别的，是这个男人仍然沉浸在一种深思般的回忆里，而且到了这一会儿，他那一双细长的眼睛里明显地浮现出一种新的温润、亲切的色彩。

"别以为听了文常的话我会想到马上把队伍拉走……本来嘛，这年月扯队伍不能升官发财谁去卖命啊，枪林弹雨的，他说得没错……我是给你写了密信，讲了文常不愿意留我，连同他说出的原因。你也回了密信，要我千方百计也要留下，好继续做你的卧底。今天我可以告诉你了，"男人说到这里抬起头来，将那双已经有了湿润的光泽的眼睛望向大帅，"我其实不是因为你那封密信才留下来的，我之所以没带着我的一团人离开，真正的原因是我自己不想走。"

"你……不想走？"

"原因你根本猜不到，我是为了他……啊，那一年他还年轻得很哪，才三十一岁，可已经走了那么长那么长的世路，经历了北洋军阀、孙中山、蒋介石、北伐战争、讨蒋、参加共产党的八一南昌起义，连同失败后的逃亡，从香港到上海，再回湘西，大手一挥，呼啦一声，要人有人，要枪有枪，转眼又是一支大军……他这么年轻就做成了这么多的大事，那时我就想啊，将来这些大事变，都会名垂青史的，而这个人也会上书，会名垂青史！我现在跟上的是一支会名垂青史的队伍，一个会名垂青史的人！"

"你从那一刻就背叛了我！"大帅脸色铁青，又咆哮起来。

"比那还早，这事以后再说，先说这一段。"小个子男人脸上已经浮现出了一种急不可耐的神情，"不要再打断我！……我没有带我的团走，反而接受了共产党的整编，你听清楚了不是贺文常的整编，是文常队伍里的共产党人，先是周逸群，后是关向应，还有别的人，是这些共产党人来到我的团里进行整编，政治建军，支部建在连上，三不知我自己带去的人也成了共产党，我这个团长反倒不是，他们不发展我进去。一天夜里我看见周逸群——共产党最高领导层给文常的队伍派来的党代表——在我的团里举行新党员入党仪式，我手下的兵好几个都在宣誓，我这个团长却连门都进不去，我就去见文常，说：'你这会儿也是共产党了，我在你手下当团长，我的兵都能进你们共产党的门，你们就不能将门缝开大一点儿，让我也进去？'"

"么子……你要加入共产党？"大帅大叫，他简直惊呆了。

"不要吵，好好听我说。你今天来不就是听我说的吗？……胡子这个家伙，一听我这话，就咧开他的大嘴笑了，说：'奏章啊，你今天说的这话，跟我在南昌起义前对周逸群说的话一个字都不差呀。当时我已经铁了心跟共产党走了，也提出了要入党，连提了十几次，只差写血书了，一天夜里也是看到他们在举行入党仪式，我也对周逸群说了你刚才对我说的话，我说逸群先生——直到他牺牲我一直不喊他逸群同志，一直喊他先生，因为他是大学生，共产党里面的大学问家，是我贺龙真正的革命引路人之一，我在他跟前一直像个小学生一样——你们那门缝也开得大一点嘛，让别人也进得去嘛！'逸群先生回头就专门找了个空儿，跟我单独谈了话。他把我带到南昌大旅馆后面院子里的一棵老大的榕树下——当时那个旅馆是我的军部所在地——对我说：'贺龙同志，眼下我们不让你入党，不是你不够党员资格，经过这么久的考察，我们认为你已经完全符合一名共产党员的标准，够条件入党了，但是你现在留在党外，比加入党内来，对革命更有利啊！'奏章啊，我和逸群同志讨论过你的入党请求，眼下也是这么想的，你先不用进来，暂时留在党外，不但今天对革命、对巩固我们这支红军有利，而且在以后相当长的时间里，对革命、对红军都有利。我当时听不懂他的话，就问他为么子。文常说：'奏章啊，您虽然只在湘西一个县短时间做过县长，后来也只当过你们大庸县的中学校长，可您是前清的落榜秀才呀，您在整个大湘西是知名人士，我一回来你就拉一个团来参加革命，您知道您影响了多少人吗？好多本来还在观望的人看见您扯队伍加入进来，就不观望了，还要犹豫一下的人也不犹豫了，说是您帮我在短短三个月里扯起了这一万多人的红军队伍都不算夸张！'"

说到这里小个子男人停顿了一下，将感动的、温暖的目光投向了对面的大帅，仿佛对方不是他的审判者，而是他一生最要好的朋友似的，"文常接下来又说：'另外我们还有一种考虑，因为你在湘西的名气大，谁当政都会给你一点面子，就连坐在省府里的你的那位把兄弟，遇上事情不也要给你一点面子吗？还有一个湘西王陈渠珍，据说也对你仰慕已久，巴不得和你结识，为他笼络大湘西的民心，所以……'"

"打住！！"坐在男人对面的大帅又站起来，仿佛要挡住女记者从他的侧后投向男人的目光，怕她更多地看到这个男人似的，大吼。

"怎么了？"小个子男人问他。

"这档子事你说得够多了。往下讲更要紧的！"大帅吼道。

"么子事更要紧？"男人陡然变色，像是从一个温暖的彩霞满天的梦中醒了过来一样，目光中的湿润消失，变得冷峻、锋利，直视着大帅，开始反诘，一种无所畏惧的精神的光芒也透过脸上的皮肤，由内向外亮出，"要是连这个也不要紧，我就没么子要紧的要说了！"

必须把绳套系得更紧，控制住这场谈话——不，审讯！不能任对面这个到了今天仍然一脸书生气的男人信口开河下去。都到了眼下这种地步，大帅完全不能相信面前这个书生气的男人怎么还会不明白，随着自己今天亲自到来，他一定得死，对方怎么还会有如此的好心情，对他这个要杀死他的人侃侃而谈，如同那是他人生中最美好最幸福的时光。作为一介书生，尽管他不像大帅曾经亲审的某些共党要人，死到临头仍旧十分嚣张，但他的心态和那些人一样，要死了仍然是一副赢家的心态，就连看向审讯者的眼神也是赢家的眼神！他最受不了的就是这个！

而且——还有更让他冒火的呢！——如果继续让这个人在身后来历不明的女子面前长江大河地讲下去，尽管他自己知道小个子讲的都是真实的内幕，但这个女人会不会歧义横生，胡思乱想，回去加上自己的臆断向某人告密，那样可就坏了菜了！——老蒋会怎么想他和这个男人的真实关系？又会怎么想他和那个他悬赏十万大洋要抓捕的共党要犯的真实关系？！

他站起来了——不能不做点什么，一定得做点什么——看身后的幕僚长一眼："把人给我吊起来！"

白胡子的幕僚长受惊一样浑身打了一个寒战，用无辜又无助的眼神左顾右盼了一圈，仿佛在告诉洞里所有的人，大帅怎么能这样做，奸细一没有拒绝招供，二听起来也一点都不是在撒谎，但是——

"大帅……不好吊起来的，洞里石头很硬的，找不到吊起他的地方。"

只说这么一句话幕僚长就看到大帅的眼睛红了，这是他要炸裂前的习惯性生理表现。

"吊不起来就给我捆！——捆起来也不能吗？谁让你们这么优待一个奸细的？还有这茶、这烟——"他大声吼起来，只有深夜的山野里觅食不着的豹子才会有这样的声音，紧接着他一脚踢翻了行军桌，桌面上的茶壶、茶盏和搁着没人动的烟枪、烟灯和别的各种零碎儿"哗啦"一声全飞了出去，撞到一边的石壁上，有些发出了清脆的破碎的声响，有些只发出了一点钝闷的声音，再落到地下，发出第二轮各种不同的声音。

对面折叠椅上的男人已经被惊起，脸上原有的所有神情都不见了，只剩下了平静。他看着对面那个发了狂的人，沉默了一会儿，才愤懑地道：

"你要是因为洞里有外人，想封我的口，不让我把这一切都说出来，留给后世想了解的人，不如现在就拉出去毙了我！我本来不想说，是你要我说的，我也是看在过去多年交情的份上才答应了……今天站在我面前的如果不是你,而是任何一个别的混蛋,我一句也不会讲!"

说到最后,已经是他,而不是刚才突然被激怒的大帅,在亢声大叫。

但人还是很快被捆了。一直没有开口说过话的女子这时挪开了蒙在眼睛上的手,不用再透过指缝看那个被捆成一团扔到地下的男人。男人的形态虽然失去了起码的体面,但一张脸是没法儿捆绑的,那种刚刚在一场巨大的赌局中赢了对手的得胜的表情,连同另一种对失败者的愚蠢保持的轻蔑和嘲讽的目光——刚才正是它彻底激怒了大帅——都继续顽强地、一览无余地在那张书生气的脸上保持着。

又是白胡子的幕僚长出场。这个人总是知道自己应当什么时候出场——

"大帅,老朽愚见……还是别这样。多年的朋友,尽管……"他用一种委婉的、如同对什么珍贵的器皿被打碎深感可惜的声调喃喃说道,如同自语,见大帅没有反应——没有反应就是不反对,急忙回看一眼周围的侍卫,"还愣着!快给覃先生松绑!还有桌子,椅子,这些家伙什……茶嘛就别喝了。"

侍卫们很快重新支好行军桌,但是摔碎的茶壶和茶盏,没摔碎却摔破了的烟具,连同一大块烟膏子,有的没有收,有的收起归拢到一边去。

女记者心中一片晚秋落叶纷飞一样的零乱——从进洞来到这会儿一直这么零乱着——眼巴巴地看着那两张被重新放好的军用折叠椅,先是被松绑的男人坐回了原来自己的那一张,这边的一张空着。大帅——现在他在她心中除了是一个粗鲁野蛮不知礼数的地方军阀,已没有别的标签了。称他为军阀都脏了这两个字,在南京和上海,无论是旧式的、北洋时代的军阀还是蒋、桂两系的新军阀,她都是见过的,没有人会让一个像她这样漂亮娇嫩的小姐——还是他的客人——进洞后像个马弁一样边儿上站着,站得两条腿一阵阵发麻颤抖,都快要撑不住了。

她真想听到他开口,说一句话就行,让人把那张空着的折叠椅移过来,让她坐上一小会儿。——她在心中发誓,要是那样,她对这位两天来一直被她视为当世大英雄的他的多少好感,立马会全部恢复。

"往下说。"大帅说出了另一句话,他仍然不看今天被自己审讯的人,声音依旧是亢厉的,但已经没有方才那样激烈,主要是不再满腔怒火,暴跳如雷,这里面有些许和解的意思,洞里的所有人包括女记者都听出来了。

重新坐下的背叛者看了当年的把兄弟一眼,似乎还想了一想,才用不容讨论、镇静而又坚决的语气道:

"说也可以,但你不能再随便打断我。我对你也没有多少心情了,我体力有限,他们早上弄的饭不合我胃口,刚才的茶你也没有让我喝好。"

"你——!"站在他对面的二级国军上将又要怒了,但忽然又改作了一种恶毒的嘲讽的口吻,"你在'赤匪'那边,他们的饭就那么合你的胃口,天天让你坐着舒舒坦坦地把上好的茶喝足?"

他立即得到了反击,速度之快如同电光一闪,声音之高如同暴雨将至前的滚滚雷鸣:

"不会！但只要能跟他们走，吃野菜喝凉水我心里舒坦！你忘了一句俗话，有钱难买我愿意！"

他的话——尤其是最后一句，每个字都加了重音，几乎是一字一顿说出来的，仿佛像一颗颗子弹，全部击中了对方，让大帅的眉间一点点加重现出了一条深而暗的川字形的沟谷，还让他的细脖子拉长，脑袋深深地伸向前去，直对着说出方才那些话的人，这使他的腰身也随着脑袋加上细长的脖颈整体地向对方伸直过去。

"为么子？我就是不明白这个！打死我也不明白！"他又开始大声咆哮，嘴角喷出白沫，有一点留在嘴角，却像是一点儿也没有注意到自己的歇斯底里。

女记者就站在这个男人的侧后方，从她的位置看去，这个暴跳如雷的人像极了一只直立的、因受到惊吓和攻击拼尽全力弓起脊背的河虾，同时又给了她一种他随时可以像一支箭一样向对方射出去的感觉。这整个一幅加入了想象的画面成了眼下他给予她的真实印象，让她忽然不生气了，只觉得他整个人显得可笑，可笑而又丑陋。她想笑一下，但是洞里的气氛明显越来越不利于这个审讯者，周围的人也被吓得一动不动，她也就没能笑得出来。

随着时间的推移，被审讯的男人越来越像个宁折不弯的书生了，一开始显示出的湘西人特有的一点狡黠也不见了，大帅的凶狠、暴躁、全部摆在脸上和全身每一个动作中的死亡威胁一点都影响不到他，相反倒激起了他心中对这个人更多的轻蔑与嘲讽。越来越现出书生本相的小个子男人开始用一种更像他自己的、足以盖过对手的歇斯底里的平静与坚决的口吻回敬对手。

"想知道？那我告诉你。"他说，"因为贺文常的队伍，共产党的红军队伍是有前途的，最终的胜利者是他们，不是蒋介石代表的中国新军阀，更不是你这样的二等地方军阀！从我明白这一天开始，我就铁了心，不走了！"

"你胡说！又是赤化宣传！"

"再打断我一次我就不说了！"

"……"

"当初有一回我们喝酒，你对我说，谁都不会活一万年，这话对。比方说你今天把我毙了，以后你可以再活十年，二十年，五十年，那时你还是要死。虽然我知道你活不了这么些年！可是呢，我会比你活得更久！像他那么久！"

"你怎么就知道我活不了这么些年？"对面虾一样弓着脊背的男人不知道自己入了圈套，他忌讳对方这句话，于是也只听进去了这句话，大声反问。

"我知道你活不了这么些年，是因为共产党革命不可能经过这么久还没有胜利！共产党领导中国革命取得胜利那一年，就是你的死期！"

"你个王八蛋在咒我！可这没个鸟用！老子还是老子，至少眼下还是老子带着自己的队伍撵得他满山沟乱窜。没有你做他的内应，老子早就把他这条龙给吃了龙肉了——还要烤着吃！"

"你看到的是眼面前这一小段黑夜。"被审讯者的声音也不觉亢厉起来，却仍然不失书生式的文雅。"文常参加共产党八一南昌起义后回湘西，历经三起三落，头两回是因为投奔他的队伍虽然不少，但敌人的力量更强大，队伍中想跟他升官发财的人太多，一看风头不对，跑的跑，躲的躲，投敌的投敌，背叛的背叛！——"

"是呀，就像你今天对我做的事情一样，背叛！哼哼！你今天总算说了一句实话，他的队伍里也有跑的，也有叛徒！"国军二级上将忽然醒悟过来一样，插话进去打断了对方。

对面的男人沉静地盯着他看，良久才激愤道：

"你破坏了我们之间约定，我不说了！——你枪毙我吧！"

大帅不说话了。他不说话就是说了话。

两个男人就这么斗气地对峙着，一个不再说，一个保持原先的姿势站立着，望着别的方向，也不说。

白胡子幕僚长又现身了，仿佛他会一种法术，需要隐身的时候就隐身，需要现身的时候就从他的隐身处现身。

"当然……还是……说吧。"他友好地对书生模样的男人说，有点劝和甚至请求的意思。

越来越像个旧式书生的被审讯者仍不开口。

对面的大帅慢慢回头，道：

"说吧，我不会打断你了。"

他突然和意外的妥协不但让洞内所有的部下吃了一惊，还尤其让他侧后的女人很不适应。

"既然你道歉，我接受。我接着说，"被审判者恢复了镇静，并且严厉地盯了大帅一眼，有一种老师在课堂责备调皮捣蛋的学生的意味。"今天我觉得该对自己的一生有个交代了。只是交代的对象不是别个，竟是你。这也是我想不到的。"

大帅回头看他一眼，要说什么，忍住了。

"我是背叛者，我承认。我背叛了你，但不是从文常第一次重回湘西扯队伍起始。早在民国十六年你让我去投奔他的队伍，给你做卧底，我就背叛了！我从那时就成了他的人！"

对面的男人当即就忍不住了，迅速变换了一张气急败坏的脸孔，大声吼叫：

"那时……你就背叛了我？！你这个鬼！——"

看到自己的话在对方心中引起的反应，被审讯者又不说话了。

"行，你接着说。"大帅大喘起来，让自己平静，道。

"我说过，早年我和文常也有八拜之交。你当时派我去干么子，他那么聪明的人见到我，问了一句我从哪儿来，当下就明白了，然后，文常没有责备我，更没有将我逮起来枪毙，他还是像过去那样待我，打开窗户对我说亮话……对了，第二年在长沙见你时，我就对你说了！"

"可你没说那时就背叛了我！"大帅怒吼不止，眼珠子里还新添了一丝丝的血色。

"不但这个，别的好多话我也没说。其实我是想说的，但我犹豫了。不，其实我现在说也不晚！"

"你……你……说！"大帅大喘起来，他又忍无可忍了，可是继续像方才那样咆哮，却连不成句子。

"你要是一直像眼下这么跟我说话，就是不想让我说！"对面的男人才不吃他这一套呢，再次用老师教训学生的口吻强硬地警告了他。

"——拉出去，马上毙了！"大帅道。

话一出口他知道自己彻底把对方激怒了。被审讯者浑身明显地打了一个冷战，但随即就慢慢地站起来，两只手扶着桌面让自

己站稳了,眼睛里起了大火,说出的话声音仍然不高,却字字如同钢刀划破岩石,迸溅出了一道道火花:

"你要不马上把我毙了,你就不是我认识的那个混蛋!——来人哪,快把本奸细毙了!"

"别别别!奏章先生,你和大帅当年是生死兄弟,还是坐下说,坐下说。都不要生气嘛。"白胡子幕僚长又从他隐身的地方适时地现身,走过来,像对贵客一样硬将被审判者重新按回军用折叠椅里坐下去。

女记者目不转睛地看着洞内正在发生的一切,现在她已经感觉不到腿部的酸麻和一阵阵的哆嗦了,面前的场景一次次惊到了她,让她忽然有了一种在剧场看新派戏的感觉——真的像一场话剧!人真是个贱东西,女人尤其是,刚才还觉得自个儿马上要晕倒了,可是这才过了不到半点钟,她就把今天自己遭遇的所有的腿部的疲乏和内心的委屈全忘了,一点也不为自个儿担心了!还有一种自豪在心里升起:即便是到了这么荒凉野蛮的地方,遭遇到了面前这个土军阀如此荒唐无礼的对待,她还是扛住了。而他面前那只仍然一动不动伸着头颈弓着腰身像一支不存在的箭一样随时可能射出去的虾——出发时还是她心目中的大英雄——却让她看出了他如同一只被对手惊吓到的虾的本相。

这次受到对面那个被审讯的人的强力反击,这位大帅——表面看来威风八面,其实色厉内荏——又是什么话也没说,用上海话说是"吃了瘪",虽然从侧后看去他的嘴唇一直都在抖,像是要说出些什么来。

"我要喝茶。老这么说,我口渴!"被审讯者虽然重新坐了回去，却大大地摆起了谱，很硬气地说道。

她又注意地盯着大帅看了一眼——后者还是没说话，薄薄的女人式的嘴唇仍然在抖。但频率在下降，不像方才抖得那么厉害了。

人到了这种地方真的会无师自通吗？看到这时她心里反倒大颤了一下，悟出来了：方才一直在抖的不是大帅的嘴唇，而是他的杀心！杀对面那个倔强的、宁死不屈的男人的心！

……茶很快又泡上了。泡茶费的功夫不小，生炉子什么的，柴火也是湿的，但洞内原来大火燃烧般的气氛却没有冷下来。女记者失望地发现，就连大帅自己，在等待的过程中也坐回到那张空着的军用折叠椅里。他仍然没有想到洞里还有一个想坐那张折叠椅的娇弱女人！

"……民国十六年，仅仅跟随文常走了一个月，从九江到南昌，我就成了他的人。我把你我之间的秘密全告诉了他。他并没逼我，是我心甘情愿。起因是文常的一番话。"

对面的大帅已经很久不看对手了，他侧着身子坐着，眼睛有点呆滞地望着别处。但是女记者与其说看到不如说感觉到了，这个男人两只耳朵支棱着，身子一动不动，那是他在机警地倾听对方口中吐出的每一个细节——这个标准的地方野生军阀粗鲁是粗鲁，但你要说他傻，不，他的精明程度超过了你在世间认识的绝大多数人，其中甚至可能包括你认为世上最最精明的那些大人物！

"……我刚才说了，其实我一到他就看穿了我是你派去的卧底，但么子也没做，对我还是像过去一样，行走坐卧都在一处，白天一桌吃饭，晚上一床睡，就是遇上一泡好茶，我一时不在他身边，去了茅房，他也要等，让人去找我，来了才一起喝。但他倒是闲唠般地跟我说过一些话。那还是他带着他的队伍从九江到南昌的当天晚上。我们一起吃完饭,从房里走出,一边散步他一边就问我:'奏章啊,你以为中国怎样才能有救?'你看,我一直战战兢兢地等着他问你派我去那里做卧底的事,但他没问,问的却是这样一句话。我当时看着他,有点蒙,还以为他在考我,当代中国军政两界谁是大英雄,谁能救得了因为新旧军阀四起、国民革命遭遇巨大挫折、加上外敌环伺,看上去一点希望也没有了的中国。他接下来见我没回答,自己就把答案说了出来。他说:'原先我也认为中国是有希望的,国共合作,一起奋战,北伐战争打下去,统一中国,实现民族独立,平均地权,发展经济,实现工业化,中国就有希望,可是……帝国主义,还有新旧军阀不要这样的中国,叛变开始了……最先背叛中山先生的是老蒋,然后桂系附逆,再就是汪精卫,至于唐生智张发奎之流,二等角色,不足道……中国还有一批人,就是北洋军阀一批人,可他们已经在中国这个大舞台上一个一个走马灯似的全表演过了,不但无能,而且坏。民国结束了晚清,中国人以为会好一点,可现在放眼一望,比晚清时更坏。晚清再坏也只有一个皇上,现在民国了,却有了无数的皇上,谁手里有几杆枪就成了皇上,千千万万大大小小的军阀全成了皇上,要粮要枪,抓丁派款,把老百姓逼上绝路。晚清时天下老百姓养一个皇上都养不起,现在要养这么多的皇上,你觉得百姓还有丁点儿活路吗?我们这些人手里也有枪,我们怎么办?是跟着蒋、汪这样的新军阀祸国殃民,还是自己山呼万岁做一方——比方说我们的家乡湘西——的土皇上,把中国害得万劫不复?我自个儿就是穷人,不是盐局子把我们赶马帮的人逼得活不下去，我也不会两把柴刀起事造反。为了这个，我父亲被枪杀了，兄弟被人家用蒸笼蒸死，一家人快被杀绝了……我现在是一军之长，想做新军阀，当土皇上，扯队伍回湘西就成，可我要是那样做，就成了那些杀死我父亲、蒸死我兄弟的人一样的狗东西，那还不如现在就把自个儿吊死！那样我别说对不起天下人，我连我们家那些死去的亲人都对不起！我那叫么子？背叛！我背叛了死去的先人，死去的亲人，背叛了所有跟着我贺龙扯旗造反的穷弟兄们，背叛了当初我一心要救的天下受苦人！奏章啊，我不能这样做，哪怕老蒋把大武汉给我，据说光那里的票号，都藏有全中国三分之一的现银，差不多三分之一个中国的财富。且不说事成后老蒋会不会真把大武汉和大武汉的财富都给我，即便他言而有信，那时我成了么子人？我成了一个贼！拿着手中的枪杆子一把抢走中国三分之一财富的巨贼！我比当年在芭茅溪盐局砍翻的那些人坏一万倍！所以呢，我一听老蒋那话，就知道他是要给我挖个大坑啊，这个人不是一般的坏，他不只是要我的命，还要置我贺龙于万劫不复之地，千秋万代坐实了我贺龙是个大土匪的恶名啊！你说我不是，谁会信哪，他有证据呀，证据就是你抢走了全中国三分之一的财富！你想一想，我要是拿走了这笔大财，全武汉的老百姓、三分之一的中国老百姓还怎么活呀！他们不能活，就会像我当年那样造反，中国就要大乱，我贺龙该死，因为我背叛的不只是我死去的亲人、沙场上随我战死的弟兄，我背叛的是整个中国！中国大乱，外国人不就有了机会，我一个人的错就有可能导致中国走向亡国灭种！奏章我能这么做吗？不能。这还是第一。第二，我已经得到了情报，宁汉就要合流，汪精卫一边下令要我跟老蒋打仗,一边私下里和老蒋勾结,就凭刚才说的那一件事,你觉得老蒋这个人是一般的坏吗?汪精卫要是个汉子,真是中山先生的信徒,那就带着我们跟老蒋干,为了国家大义,成败都可以不计!可是他做了么子事儿?他一边让我们上战场,一边自己在老蒋之后背叛了中山先生!这个人严格地说比老蒋更不是东西!那我怎么办?一不能背叛亲人和自己的初心,二更不能背叛中国,那我就要去找寻另外的道儿,不是个人求荣华得富贵的道儿,是一条打倒新老军阀,打翻旧中国,为亿万活不下去的百姓求生路的道儿,是把我们中国从我憎恨的这帮家伙——新老军阀和帝国主义——手里夺回来,建立一个能让九州四海的百姓畅快地吐一口气的新中国!以往我不知道去哪里找这样的道儿,但现在我知道了,就是跟共产党走!跟共产党走就能找到这样一条道儿!但这条道儿很难走,你想想你要打倒的不是一个老蒋,也不是一省一地的新旧军阀,是天下所有的老蒋,千千万万的老蒋和新旧军阀,赶跑支持他们的帝国主义和封建老财。我们的人又都是穷人,赤手空拳,做成这样的事比登天都难,那是盘古开天地一样的事业!可是不让我这么去做,我面前又没道儿可走!所以我就铁了心,跟共产党走,横下一条心走到底,人生自古谁无死,死就死呗,死也不能成了我的仇人那样的东西!……奏章啊,还有一句话我要告诉你,我自愿投诚共产党也不是没得到一点好处,我的好处就是我的心像被点了一盏灯一样亮了,像周逸群这样的共产党人,让我明白了他们为么子会认为自己能赢。这些天我越看越明白,道理在哪里?道理就在这个党里头,这个党里头也不是没有斗争,一群年轻人,怎么能不斗呢?但是不管他们内部有多少讨论,多少斗争，参加这个党的人却没有一个是来求个人的荣华富贵的，除了那些意志不坚定的叛徒，他们中是个人都明白他们是为么子参加进来的，铁了心要为实现他们这个党的目标去奋斗，去死！奏章啊，在我们中国，上下五千年，三皇五帝到如今，世上有过这样的党，这样的人吗？没有吧！而且，他们把自己的使命定为动员天下所有的穷苦百姓，不管你是哪里的，只要活不下去，你就跟我革命去，当然是为自己打天下，为活下去打天下，但也是为所有的中国人打天下，为包括老蒋、汪精卫这样的王八蛋打天下，让他们也不要再活在眼下这个乱七八糟的旧中国里边了！奏章，就是这样一种信仰感动了我，坚定了我对共产党革命一定会在中国胜利的信心！为么子？因为那些大大小小的军阀，他们把中国祸害得太不成样子了，他们自己也活得太不成样子了，想一想天底下活不下去的人有多少啊！俗话说星星之火都可以燎原，共产党现在是还没有多少人，不算强大，她是么子，她就是那星星之火呀，我贺龙不想做新军阀，我这一生也不能只为自己活着，那好，我这一辈子就做那点燃燎原大火的星星之火！'……

"从那天起我的心就被他的话像一只拳头一样攥紧了。当时我么子话都没说，回到住处却像个小孩子一样偷偷哭了一场……文常说得对呀，中国上下五千年，三皇五帝到如今，有过共产党这样的人吗？当年有过的，尧舜禹汤，尧也是皇帝，可是他住的地方'茅檐不剪，土阶不修'；大禹治水，胼手胝足，三过家门而不入；神农尝百草，中毒而死。我也是读书人，我比文常大十几岁呢，不是科举废除了我差一点就中了晚清的秀才，我从小读圣贤书，别的没记住，可是孟子的一句话还是记得的！孟子说：'舜，人也；

我，亦人也。'圣贤也是人，我也是人，为么子圣贤能做到的事情我就做不到，人不是都只能活一生吗？——"

"你扯到哪里去了！"那个一直不看他的男人突然回头，怒不可遏道，眼睛里鲜红的血丝更稠密了。"说要紧的！"

被打断的被审讯者停下，看他一眼，道：

"这就是最要紧的！我原先以为当今中国没圣贤，圣贤都是古人，可从那天起我不这么想了。我眼前就有圣贤，它就是贺文常，文常铁了心丢下荣华富贵跟共产党走，救天下，救中国，这是不是有仁？生死不惧，一条道儿走到黑，是不是有勇？明白了天下大道，就将它作为自己一生的信仰去坚守，去实现，这就是心学大师王阳明讲的知行合一，是不是有智？夫子讲圣贤之道，不就是智、仁、勇三个字吗？我成不了孔孟那样的古代大贤，也成不了文常这样的当世大贤，我还成不了和他一样的人吗？不然，我从小读那么多圣贤书，又有么子益处？我这辈子明明看到了光明大道，却不去走，还要像过去一样活在黑夜里，在污泥浊水里打滚，不去行大善，却去为你这样的人行大恶，转眼年华老去，呜呼哀哉，我他妈不要这样的人生！"

这个虽然面临死亡，但从开始到这会儿，说话一直都很风雅的老人突然冒出了一句粗话，把所有人包括女记者都惊住了。也让他对面那个一直看着别处的审讯者无声地转过头来，讥讽道：

"我还以为你这人一辈子都不会骂一句娘呢！今天你让老子开眼了！我忍了你这么久，听你这个倒霉秀才一直对我进行赤化宣传……就凭你上面这些话，我就敢说你连共产党的门儿在哪儿都没找到！哼哼，说你是个真共产党连我都不信，可是你还是背叛了我这个朋友，从那个时候起就成了贺龙埋伏在湘西、湖南，埋伏在我身边的奸细！"

被审讯者嘴角现出一丝冷笑。"你还真说对了，到今天我也没读过《共产党宣言》。不是不想读，是弄不到。我知道你收缴的一定有不少，别急着杀我，给我留点时间，弄一本给我瞧瞧，让我找着了共产党的门在哪儿，再枪毙我！"

"往下说吧！"大帅这会儿已经不想咆哮了。和这种自以为学富五车的老东西谈话真累人啊，他想。还有，这一会儿他们之间谈话气氛挺好的，他不想打破它。

男人端起茶盏一口饮空，咂了咂味儿，说道："到底是好茶，大湘西最好的明前。不过有酒就更好了。"一边说一边放下茶盏，向大帅笑了笑，"你这个人吧，都说你是个活阎王，杀人如麻，而且心狠手辣，连女人孩子都不放过，可是今儿个，在我这儿，除了刚才捆了我一把，大体上还行。怎么样，弄点酒吧，又不用你破费。"说完了他还抬头看了看退隐在暗处的幕僚长。"老麻，有酒吧？"

"这个……"幕僚长看一眼他的主人。后者还是不说话。他想起了什么，飞快地瞟了一眼侍卫队长。年轻人一直在偷看女记者，这时像从梦中猛醒过来一样，朝洞内一个方向望去。女记者也想到了什么，跟随他的目光去看方才被他抱进洞来的那个盛在竹篾筐里的陶酒坛。年轻的侍卫队长道：

"带进来了。那里呢。"

一瞬间两个男人加上洞里所有人都朝那个放酒坛的石台望去。被审讯者嘴角上翘笑起来，满意道："还真准备了酒。多谢！"他看上去想再跟对面的大帅开个玩笑，让气氛更活跃一点，于是目光很顺溜地滑向大帅，"哎，不会是毒酒吧，送我上路的？"

"猜对了，就是毒酒。"大帅说，有点赌气的意味，但你当成一句心平气和的话来听也没错。

周围的人不觉一怔。前头两个人之间一直剑拔弩张，你死我活一般，后来听他们说话，又像两个吵了架的朋友和好了一样。但这会儿大帅又来这么一句——

"毒酒我也喜欢。是酒就行。"被审讯者不在意，相反满心欢喜道，身子跟着往上耸了耸，不觉打了一个酒激灵，要站起来。这是真正的酒徒才会有的反应，一听有酒立马兴奋，但很快又想起自己的身份似的，重新坐好，但目光里还是现出了只有朋友间才会有试探的或者询问的笑意。"还是你想得周到。毒酒就毒酒，不会破相。啊，最好有点小菜。大菜一道就够，土家三下锅。你要是大方就再加一个泥鳅钻豆腐，汤嘛来一个乌鸡天麻汤就行，我对断头饭要求不高。"

"去！给他整！"大帅并不看任何人，坐在折叠椅上的身子也不动一下，却炸雷般喊了一嗓子。

在他，这么对属下讲话已经成了习惯，幕僚长却像被捅了一刀似的，吃一惊，看一眼他，见没有了别的话，知道是真的，这才回头指示一般看了一眼身边的侍卫队长。侍卫队长刚才也吃一惊的样子，离开时不知为什么目光一滑又到了女记者身上，想看一眼她的反应似的。"大帅一定把还有她这个外人的事给忘了，"年轻人边往洞口走边想道，"不然就不会这么客气地对待他的朋友了。又是酒又是菜。"

"谢谢。"被审讯者很快就对今天见面后大帅尚未表示过的这份温情做出了反应,而且第一次有了心情似的,朝女记者站立的方向瞅一眼,目光马上像在丝绸上滑动一般回到了大帅身上。"这个……啊,新弄到的?"

女人不知道是不是听到了他这句话,喉咙下面有东西往上撞,她又想吐了——原来还是那种刚才在山下令她大吐过一场的气味,被热风从洞顶那个窟窿旋裹了进来——她忙不迭地捂住嘴,跑了出去。

这让犯人聊起这个话题来更方便了。

"这样的女人你对付不了的,"他咧了一下嘴,冲着他曾经的把兄弟笑了笑道,声音不高,但洞里所有人还是全都听到了。"你是个鸡巴粗人,可这一个,太细,我一眼瞅上去就知道她来路不明。你跟她弄到一起,死无葬身之地。"

这已经不像审讯了,这是知己的朋友——仅限于男人——之间完全无私的警告,说瞎聊和提醒也行。

"往下说正题,话还长着呢!——我是个粗人,贺胡子也不细,跟他当了几天红军,别的没学会,你这个看不起我们的读书人倒是学会像我们丘八一样说粗话了!以前不觉得,今天你鸡巴都惊到我了!"

女人的离开先是让大帅一惊,刚才他真把洞内还站着这么个外人忘了——都是对面这个鬼男人气的——现在她自己跑出去,太好了,这样话可以敞开说,骂人、说粗话都可以百无忌讳。

"从民国十六年贺匪参加共产党八一南昌起义,你就背叛了我!对吧?"

对面的男人不置可否，只是淡淡地望着他。

"他的队伍离开南昌后让老蒋给打散，这时你一个人回来。以前我以为你是从乱军中跑回来的，今天你让我明白了，你是他早早派回湘西来的，你从那时就知道他还要回来扯队伍，你先回来，是要给他做内应，做奸细！"

男人仍然望着他，不说是，也不说不。

"那年年底他就回来了，你立马就拉起一个团投奔他……不，这里面有件事我想不明白。他既要你回来做卧底，就不该暴露，你却直接带一个团加入他的队伍。还有，既是铁了心跟他一起干，为么子他三起三落，你每次都要逃回来？等他的势又起来了你再跑回去。我这么说吧，就是干共产党，你也是三心二意。"

他说不下去了。对面这个男人一次次逃回来又回到红军里去他居然没有一次怀疑过他可能早就背叛了他。现在一想才明白：当年长沙那会儿，他将他送回湘西，就此一直认为他做的一切事情都是为了给自己当奸细。

"我真是……应当早多一个心眼儿！"大帅叫道。

"你这会到底想知道么子？"小个子男人问道。

"你为我到他那里做奸细是假的，你为他回到我这里做奸细是真的！……我最恨的是，只要他一不行了，你就逃回来，每次回来还都有理由，要不是腿上挨了枪，贺龙打发你回来养伤，就是有别的理由……其实每一次都是他派你回来搞情报、做卧底！"

"有时候确实是搞情报，但有时候是给文常的队伍办货，譬如买药。老蒋和你都太狠了，战场上干不过红军，就封锁，弄得队伍上缺医少药，不少伤员没有死在战场上，却死在了伤兵医院里……对了，其实每次回来，这些事情我都老老实实给你学说过，还让你帮我买了不少药呢！另有一回确实是腿上挨了枪，回家来养伤。"

"我——！"大帅又要发火，却说不出来。每次他回来，他都会秘密将他接走，有时在长沙，有时就在湘西的一个地方，让他将贺胡子那边的事情对他讲一讲。根据他从其他方面得到的情报，他讲的那些事情都是红军里真实的情景，包括缺少枪弹，缺粮少布，缺医少药，甚至包括贺龙的主力现在活动的范围，大约有多少人，下一步会干什么，在他听来全都是真的。但即便是真的，他也会给自己留上一手——当然这个鬼就提醒过他，红军一定要打，但你把贺胡子赶出湘西就行，干吗真要消灭他呀，消灭了贺龙本人，有他什么好吗？另外，真信了这个鬼的情报，万一中了贺龙的埋伏——

可是现在，对方承认了自己的身份，那些曾经让他无比兴奋的情报，他连一句都不会再相信了！

"你这个鬼……叛徒，奸细，坏蛋……你这些年对我做的事，桩桩件件都记在我心里呢！你每次回来，带给我的情报，一定都是在给我挖坑，让我往里跳，好让贺匪一仗打败湘军，打败我，好在我不上这个当，让他和你的诡计都落了空……可是，因为你这个鬼，我还是吃了大亏，他一到吃不住的时候就派你回来做奸细，为他搞情报，搞药，每一次你都真的搞到了我的情报，别人的情报，帮他渡过了生死关口！"

对面的男人皱一下眉头，虽然不经意，但还是被他发觉了。显然，他点到对方穴道上，让后者感觉到了疼痛。

"好吧，让我从头捋捋……民国十六年年关，文常奉共产党中央指示，由上海回到大湘西，领导发动年关暴动和湘西起义，和周逸群、段德昌创建红二军团和湘鄂西根据地。一开始还真不错，不到三个月，'呼啦'一声又是一万多人，和他在南昌起义后散掉的队伍一样多！……我这么说你听得懂对吗？"

大帅忽然觉得自己被小觑了。用大半是强硬、小半是讥讽的口吻道：

"我听不听得懂你这个鬼不要管，你说你的就是了，万一我听懂了呢？"

男人这回认真看了他一眼，道：

"你这个鬼一辈子就吃这个亏，不管么子时候，即使是两个人说话，你都要拉硬屎，不是硬屎根本不拉。"

"……"大帅皱了一下眉头，什么也没说。

"好吧。其实我想对你说的另外一件事，你不会想到的，实话说一开始我也没想到。"

"……"

"其实民国十六年冬天我扯队伍加入湘鄂西红军的头一天，就想跑回来不干了！"

大帅大吃一惊：

"胡说！——又骗我！"

"……原因是我一到那里就发觉，这支队伍不是贺文常的队伍了！跟我以前参加的他的那支北伐的队伍完全不同了。"

"……"

"北伐的时候多痛快呀，队伍是他一个人的，他说么子就是么子。这时候不是了,有了共产党的组织,各级都有,军师团营到连都有党代表,队伍怎么扯,甚至仗怎么打,都不再是他一个人说了算,有时他说了完全不算,党组织开会把他的决定否了,集体研究做出决议,违心他都要执行。"

"胡扯——!"大帅终于开口了,但马上止住。对面这个男人的话匣子打开了,不要打断他。可他心里仍然在叫喊:这算么子啊。帮老蒋"剿共"时候已经不短,仗打了好几年,也审讯过不少被俘获的和自己"投诚"的红军指挥员,这样的事情听说过,发生在别的战场他能接受,但是发生在贺龙的队伍里,发生在贺龙这个人身上,太难以置信了。"这要是真的,贺胡子也能忍?"

"不是忍,是诚恳地接受。我的另一个发现是他自己也不是原先的那个人,贺文常不再是原先当军长的贺文常,虽然他还是这支新的红军的总指挥,但在共产党内,他成了一名普通党员,什么事都要听管他的那一级组织的。"

"难以想象!"大帅脱口叫了出来。

"你说这样的变化对我这样的人震撼有多大呀。过去我也跟着他扯过队伍,扯队伍嘛就是扯队伍,无非是大家吃粮当兵,谁发饷给谁到战场上卖命。可红军不一样,因为有了共产党的各级组织,她不是光打仗,还要打土豪分田地,建立根据地和苏维埃政权,完全就是从头建设一个个小的新的中国。这些事情,我觉得开头时文常也不懂,但是他在学习,很努力地学习,并且还很快就学会了!"

"你又在为共产党做赤化宣传了!"大帅厌恶地提醒他的朋友。

"你可能以为文常会对他失去在红军里一呼百应的权威很失

望,但你错了,我一开始也错了。恰恰相反,文常自从成了共产党,性情大变,对像周逸群那样被他视为革命引路人的人,以及红军中每一个比他入党更早的人——这些人里头最著名的你都知道名字,我也不需要对你隐瞒谁,譬如关向应和段德昌——他总是满怀敬意,私下里对我说,'奏章啊,我过去是军阀,在共产党里头是新党员,组织上我入了党,但要在思想上入党,脱胎换骨,完全成为一名真共产党,还差得远哪。'所以,在他的队伍里,他是最坚决最忠诚服从共产党各级组织——从远在上海和江西的中央到湘鄂西苏区中央分局,到他自己所在的党小组——决议和领导的人。"

"今天我可是听到新闻了!自己扯起了队伍,拱手让给别人,还要回头给他们当牛做马!"大帅的愤怒形诸以色,"不过,这和你背叛我,死心塌地跟他干有么子相干?——不要对我说是被他们逼的!"

"你说对了!"他的朋友竟为他的这一番话兴奋了,眼睛里又有湿润的明亮的光在闪烁跳跃。"你刚才说到当牛做马。对,文常也是这么说的,是当牛做马,不过是为党当牛做马,为解救全国劳苦大众当牛做马。他愿意当这个牛做这个马!所以,我就从那时起,开始慢慢地觉得正在靠近这个人的心!"

"他能说出这话,还真是个贱骨头咧!"大帅不觉感慨起来,站起在洞中走来走去,他并没有听清对方后面的话。贺胡子当年是么子人他比谁都清楚,侠肝义胆,疾恶如仇,但要说到谁想搞他的鬼,夺走他的兵权……可眼下才当了几天共产党,就像是被人下了蛊,完全不是当年那个人了。"岂有此理!——往下说!"

"你知道,我比他岁数大,可是我很早就像个小学生一样崇拜他,他当澧州镇守使让我当县知事时我就崇拜他了,说句丢人的话,我一直像个女人爱男人一样爱着他……可是到了红军里头,尽管我天天听他对我说讲红军的道理,共产党的道理,但对他的变化还是不适应……但我没有像有些人,一看在他那里当官后,一不能升官二不能发财,还要受共产党员的领导,就跑的跑了,散的散的,我不会这样,我就是不适应,就是想离开,我也得弄明白贺文常怎么就成了现在这样一个贺文常,我得让我自个儿明白他身上发生这些变化这究竟为了什么,这里面有什么道理。"

"这我也想知道。"大帅说。

"你甭急。这以后好多人都跑了,队伍人是少了,但纯洁了,我呢仍然留在他那里,一边打仗,一边想弄明白为么子他要这样,为么子不能像当年那样扯队伍当红军……后来慢慢地明白了,当红军还真不是扯队伍,当红军扯队伍是为了建设苏维埃,也就是开始一点一点、一片一片建立新的中国。"

大帅警觉地站起来,目光又现出了愤怒……但他想了想,又坐下了,没有把涌上喉头的话吼出来。

"苏维埃是什么?虽然是个外国词儿,可是一旦开始参加建立苏维埃,一旦开始打土豪分田地,让所有的穷苦人有地种,有饭吃,有衣穿,还建立了小学,孩子们可以念书识字……我这个一本共产党的书都没读的读书人就哭了。你知道吗?什么叫天下大同,什么叫平均地权,什么叫耕者有其田,前面那一句是古代的圣人说的,后面两句是中山先生说的,这哪是什么传进来的呀,这是我们中国人几千年、中山先生几十年的理想啊,蒋介石自称是中山先生的信徒，他不去搞，却让一帮共产党搞起来了！这太让我吃惊了，太让我想不到了！中国是个农耕民族，农民没有土地就不能活，可是多少年的土地兼地，加上民国以后到处都是土皇上，无地的流民到处都是，你不让他造反怎么可能？人总是要活着吧？可是，红军来了，搞起了苏维埃，平均地权，所有的人都有了土地，他们还会造反吗？这是么子，这就是中山先生盼望的，也是我们自己盼望的新中国呀！我能不流泪吗？为了这个贺文常把自个儿的兵权都交出去，把自个儿整个地变成了另一个人，我懂得他的心了！他觉得自己值得！"

"你说就说，趁着这会儿没外人，你就说个痛快！想说么子说么子，没人拦你！可你哭个么子！"大帅用一种烦恼的声调说道。

"我哭么子……哭我们的湘鄂西苏区失败了。你这个鬼全都知道，从民国十九年冬天到二十一年春，蒋介石命令湘鄂川边'清乡'督办徐源泉指挥四个师又七个旅，以洪湖为中心'围剿'红军。中共湘鄂西特委的代理书记是周逸群，这个人实在了不起，利用洪湖的湖荡苇丛，带着一支新编的红六军，都是些泥腿子，为了保卫新生的苏维埃政权，和文常的红二军团相互配合，打得徐源泉落花流水！让姓徐的灰头土脸，一回回无功而返。"

"别替他们说大话了！么子无功而返，真是这样，'赤匪'的湘鄂西苏区怎么还会败了？"

"直到民国二十年春天，根据中央指示，文常的红二军团改编为红三军，军长还是文常，形势还是很好的，徐源泉打了一年，么子也没得到……但是你知道，洪湖那么点子地方，一直打一直打，人吃马嚼，还有……徐源泉的中央军见人就杀，见房子就点，见了条船就要烧掉……文常其实有个计划,打到外线去,打到更富庶的洞庭湖西岸去,留下周逸群的红六军守苏区,让徐源泉首尾不能相顾……这些都成了过去了,我现在说也不怕了……但是这个计划被否决了!"

大帅像是听到了什么惊人的事情,陡然吃了一惊的样子,猛地回过头来,直视着对方……但他最终还是没把涌到嘴边的话说出来……这几年总觉得贺胡子打仗,不像以前在北伐战场上那般犀利了,他现在的许多战法还是跟贺胡子学的呢,只要说一声打,不计后果,长驱直入,遇上硬骨头,死打硬拼,刺刀见红,直到拿下,逢城破城,逢关破关……

"被否决了?谁否决了?否决了什么?"喉头动了动,他喊出了另外的话。

"被湘鄂西分局党的会议否决了,更多的人认为文常率红三军直下洞庭湖太冒险,那儿固然富庶,但湘军的兵力也大,很容易被徐源泉和你两路夹击。红军是党的军队,苏区的保卫者,不能这么冒险,他们让文常带着红三军向湘西北发展,文常虽然不赞成这个决议,仍然坚决地执行了,红三军迅速进入了鄂西北。但是这个决议现在想想是错的。如果当时红三军听文常的,直下洞庭湖西,虽然敌情严重一点,但如果队伍打得快,走得快,不但能解决补给问题,而且还会让徐源泉有点忌惮,不敢大举进入洪湖苏区,只会回头对付红三军这个已经打到他侧后的心腹大患。可是红军没这么做,反而把白军最忌惮的红三军派往了鄂西北,去开辟新苏区!"

"哈哈!老子这才明白,徐源泉打来打去到了后来怎么突然会打了一样,三下五除二就占领了洪湖,原来他是乘虚而入!"大帅道,但他的兴奋很快又收敛了,"但是他很快就从鄂西北杀回来了,洪湖丢了,他直接杀回了湘西,杀回了他的老家桑植,一次又从那里带走了三千人……这是他在湘西第二次——"

"第二次再仆再起。"小个子男人目光炯炯地替他说了没说完的话。

"就算吧,可是后来呢……到了湘西剿灭他就是我的事情了,我还不是把他打得落花流水,过川东逃到了黔东去,在鸟都不拉屎的武陵山里头转圈圈……有一年听说他又不行了,队伍只剩下三千人,让川军、黔东联合打得连个落脚的地方都没有了,又回到了湘西,又带了几千人!对了,这里头没有你什么事儿吧?……你不说话,那就是有!"

"这是第三次,说他回到湘西后三仆三起,就包括这一次!"小个子男人肯定道。

"可是眼下,他在整个大湘区山里转悠,又搞得只剩下三千人……这又怪得了谁?"

"因为一个人。一个年轻人,我不能说他的名字,全因为他,在中共六届四中全会后被派到了湘鄂西!"

他失言了。只想在对面这个当年的把兄弟——目前的仇敌——面前说个痛快,替他心中最爱最尊敬的那个人的失败做出辩解,嘴一滑却把不该说的也说了出来!

这个错误马上被对手抓住了,后者是绝对不会放它过去的!

"这个人……谁?!"突起的兴奋让大帅再次坐下又再次从折叠椅上跳起,脸也大块大块地涨红。"快说呀!"他大叫道。

失言的小个子男人今天第一次低下了他一直高昂着的头，脸色也不如刚才好看了。

"既然都说秃噜嘴了，干吗不接着说完呢。贺胡子的队伍最近几年眼看着越来越不行，原先在你说的什么湘鄂西、鄂西北，什么川湘鄂，黔东，还都有个小地盘，你说的苏区，有个窝，可现在连这么个能落脚的窝都没有了，一天到晚就是流窜，这谁都知道的事儿。和他一伙的那些共党中坚分子，比如周逸群、段德昌，也老久听不见名字了。这倒是奇了怪，难道这些'赤匪'会自生自灭，或者干一阵子，睡到半夜一梦醒来，幡然悔悟，明白自己当初是昏了头，不干了，卷铺盖逃了？！……你爱说不说，不说我早晚也会知道的，但你都说到这会子了，贺匪又眼看要完，你三年前最后一次从他那里逃回来，心里就明镜似的！不然这回为么子不再回去了？别以为我没看出来，你不是不想跑回去，是你回不去了，也不敢回去了，你也觉得跟着他没明天了，什么苏维埃就好得了不得……所以……"

"周逸群是战死的。"对面的男人已经有一阵子不说话了，这时突然开口，断然道，"民国二十年四月初四一大早，在岳阳贾家凉亭附近遭到徐源泉的队伍伏击。多有才华的人啊，国家的栋梁，死了，才三十五岁。"他哭起来，却听不见哭声，只有眼泪扑簌簌从他那有擦伤的瘦骨嶙峋的脸颊上往下滚落。"至于段德昌，也牺牲了。至于怎么牺牲的，我不想说。"

"么子不能说！被那个共党中央派进你们的湘鄂西苏区的人害死的。说他是红军里的么子……'改组派'！"大帅心中越来越得意，嘴一秃噜，也把不愿说的话替他喊了出来。

说完大帅自己也马上后悔了，脸上现出不自然的表情。

"原来你都知道……你是怎么知道的？知道了还要故意卖关子！"对面那个流泪的男人怒了，叫道。

他为么子不吃惊？大帅想。难道……不过今天就是他的死期，让他知道就知道好了，反正他也走不出这个山洞了。最后这个念头让大帅一时间紧绷的心重新放松了下来。——既然都说到了这里，那就不如干脆把话挑明好了。

"这一局是我赢了他。我赢得漂亮。"他自吹自擂道，"我有样学样，他有初一我有十五，他贺文常能在我身边安插奸细，我就不能把我的人安插到他身边去？……'改组派'，一听你说的那个叫夏曦的年轻人在贺龙的队伍中用这样一个罪名杀人，我都蒙了！问了不少念洋书、有大学问的人，连他们开初也不明白！你在他们里面待过，一定知道，既然都秃噜嘴说出夏曦来了，就好好跟我诠释诠释。啊——！"他蓦然想起了什么似的，回头胡乱看一眼白胡子幕僚长，"叫他们去弄几个菜，怎么还没回来？办一点事儿就这么难！"

"快了！"幕僚长一边回答，一边脚步蹒跚地走出洞去瞧。

"你们也都出去！"大帅对剩余的侍卫说道。那个女人走了，幕僚长出去了，剩下这些个人也用不着眼多耳杂地在他身边戳着了。"留下这两个人烧水侍候就够了！"

众侍卫相互看一眼，匆匆往外走。

"现在没外人了。"大帅觉得自个儿的心完全放松下来，但又没有完全放松自己的警觉，看一眼对面的男人，又看不远处两个烧水的侍卫。"你们也滚远一点儿，喊你们再过来！"

两个侍卫答应一声,带着各种家伙什走向洞的更深处,重新生火挂吊子烧水。

大帅把脸完全转过来,定睛看着对面的男人。

"说吧。当然,不想说的仍然可以不说。"

"刚才我不该说那么多的,今天我说得太多了,因为……也有可能,直到今天我在心里仍然把你当成朋友。其实你早就是我们最凶恶的敌人,有时比老蒋还要凶恶……我对不起党,对不住文常。"

"党?你是共产党员?"

"目前还不是。"

"那你这话说得着吗?连个共产党员都不是,还我们。哼。"

"那我也想这么说,我想对我自己的心这么说。"过了好一会儿,书生模样的男人重新定下心一般,把眼睛抬起,说道。大帅惊奇地注意到原来在他身上一直保持的所有的勇敢和镇静也在迅速恢复。"文常当初说我够不上一个共产党员的标准,今天看来他还真说准了。我刚才还在说他不是过去的贺文常,没有说完。现在可以接着往下说了。好在我不是一名共产党员。"

"这就对了。说吧。"大帅道。不知不觉地,他的语气也温和下来。

"他和过去不同就在这一点——实话说也是最让我震惊的一点——共产党仿佛在一天之内彻底改变了文常这个人,让他不是原来那个人,他变成了另外一个人。但是……"

"另外一个人……我怎么没感觉到?我和他打的这几年,他还是那个顽固不化的'赤匪'头目,一点都没有改变!"大帅又要叫喊,却忍住了。

"但是这也成了一个问题,他成了他要求自己成为的那个共产党员。他说的不算了,在整个红军中他基本上成了一个执行党的决议的人,不是他在指挥红三军打仗,是党在指挥他,或者说,通过他来指挥红三军。"

"我明白了,你认为贺文常这几年仗打得越来越臭,是因为他不再是他了,他成了别人手里的一个家伙什。"

"你这个人,对他放尊敬点儿!"小个子男人又怒了,"他不是家伙什,他是自觉自愿的,自觉自愿成为党指挥枪的一个工具,为穷苦人民打天下……这些话我说了也白说,你听不懂的!"

"行,就算我混蛋,我说错了,不该用那样的语气说他……接着说!"

"再说一遍,今天我还是不该对你说这么多……和他一起在红军时,他总说我不够一个共产党员的标准,我还总生他的气,觉得自个儿委屈,现在想想,真幼稚。"

"么子幼稚!你这么说自个儿连我也……秦章,我今天没白来,第一件事我搞明白了你真的不是共产党!……这些年可是审过好多真共产党,那些家伙一见了刑具,腿都软了,当时瘫成一摊泥的都有,比你今天这个假共产党还不如呢!"

他开始说话时用的还是调笑的语气,但说到最后,反而真生气了,大声道。

小个子男人像是根本不在听他的话,他在思考,但很快就铁了心似的,要把自己心里的话全部讲出来。

"我知道,今天就是我的死期。无论如何我还是应当为你能亲自来审我高兴。人都只能活一次,我在这一生认识了两个人,一个是你,一个是他,可是……我想留话给你,假若……这有点儿……可谁知道呢,你们两个,万一将来还有机会见面,请把我最后的话捎给文常。"

大帅的脸一刹那间又变得铁青。

"都到这种日子头上了,你心里想的、敬的,还是他!"

"万一真有这样的日子,"男人不理他,继续说自己的话,头也抬起来,"你替我告诉文常,我为我在人生的暮年跟随他走了这么一段光明大道倍感自豪。这是一句;还有一句,可我死前发觉自己还是不够格入那个令我高山仰止的党。我真悲哀。我一生最大的不幸就是这个,而不是像今天这样死。"

"你一生最大的不幸是遇上了他,被他早早下了蛊,让你相信共产党有明天!"大帅跳起来了,火冒三丈如果是假的,至少火冒三尺,大声叫喊。"连他也是被人下了蛊,不然他当年就该接受老蒋的条件,回头对武汉国民政府反戈一击,搞掉汪精卫,做大武汉的卫戍司令。武汉么子地方?九省通衢,财货山积海聚。你刚才也说,那里有中国三分之一的银子!再找一个刘伯温那样的谋士,他就可以坐镇荆襄,出奇兵以迅雷不及掩耳之势东下宁沪杭,干掉老蒋和羽毛未丰的桂系,占据江浙富庶之地,南下湖广,北抗中原、和当今中国任何一个大强盗争夺天下!"

男人迅速用手撸掉一边脸颊上残留的泪滴,抬头不齿地望着他,道:

"是啊,要是你,一定这么做了!可是,文常当年跟我讨论过此事。可是他说,不是没有你说的一个刘伯温式的谋士给他出过你这样的主意,但他的回答也只有一个字,不!"

"为么子……我们不是么子龙子龙孙,老子没给我们留下万里江山,可是老子从小也念书,也念《史记》,都白念了?!我有的是榜样!当年陈涉说过,'王侯将相,宁有种乎!'项羽也说过,'彼可取而代之',刘邦也说过,'大丈夫当如是!'四海分崩,中原逐鹿,天下谁得就是谁的,凭么子——"

"这就是你和他的不同!"对面的男人严厉起来,用力打断了他的话,目光变得锋利,又藏着很深的一层痛苦。"你也是苦出身,可是你心里想要的是九州四海,文常要的是天下人都能活下去!你为的是自个儿当皇上,他为的是天下苍生都能活命!所以今天,你为了自个儿心甘情愿做老蒋的鹰犬,他做了共产党,做了替穷人打天下的红军!用中国古圣贤的话说,你这样的是窃天下的贼,而他,是救天下百姓于水火的义人!"

大帅脸上的表情有点模糊,他被面前这个看上去手无缚鸡之力的书生骂得有点挂不住了,并且因此显得越发怒不可遏,怒不可遏而又不敢和他的眼睛对视……他转过身去让自己的心平静一点儿……现在他终于明白了一件事:对面这个男人之所以会背叛自己,是这个鬼早就打心底瞧不上他这个人了,当年被他派往贺龙的队伍里当卧底后,被贺胡子在南昌的一番话下了蛊就瞧不起他这个人了,后来二次被他派往回湘西做奸细,不是瞧不起他,简直就是蓄意要耍他,而且成功了。

这么些年了,不是他被自己玩在手里,是自己被这个男人一直玩在手里,被贺胡子一直玩在手里!

"好……好……我不跟你理论这些……书归正传。刚才你说到贺匪民国十六年冬末回到湘西后三起三落,每次快不行的时候你就回来帮他搞粮搞药,搞情报,救他和他的队伍出难关……我就不说你为了骗我对我玩的那些把戏了……我这会儿只剩下一件事不明白。你最后一次跑回来,快三年整了,再没有回去,这又是为么子?还有,过去每次回来,你都承认了,是贺匪派你回来的,但是今天一见面你就对我说,这一次不是——为么子不是?你到了最后一天,还是扛不住了,自个儿逃回来的?……不,这还是不对,要是这样,你回来了为么子还要给他做卧底,搞情报,这三年来,你一回一回,坏了我多少大事!"

对面的男人举了举手,不再让他说下去,又低头想了一会儿的样子,才抬头道:

"我知道,就是我不说,这几年红三军的情况你也都知道,尤其是我刚才不小心就把那个秘密说出来了……我对你说实话好了,三年前我最后一次跑回来,也是因为他!"

"因为夏曦?"

"你的情报没错,他以'改组派'的罪名杀死了红军名将段德昌。"男人的眼泪又不知不觉地流下来,"就是因为这个认为只有自己最革命、用他的话说是'最彻底的布尔什维克'的人,年龄不满三十岁,看起来还是个大孩子,中央派他来到湘鄂西分局当书记,执意认为段德昌是么子'改组派',坚决要'肃反'……可是你知道吗?段德昌同志临死是怎么说的?"

"同志!好家伙,你连个党员……我怎么会知道他临死前怎么说的?……不,让我想想,哈哈,他一定会破口大骂,说老子参加你们共产党参加错了,下辈子做什么都不会再上共产党的当了!"

"我怎么会傻到问你这种人！"小个子男人眼里那种仇恨的目光瞬间又鼓胀起来，就要溢出眼窝了，不，是仇恨，但也是眼泪。"……段德昌师长被绑赴杀场时，文常和为数众多的红军官兵去为他送行，他喊出的话是：'同志们，红军一定会胜利！如果你们一定要杀我，就用刀砍，为红军省下一颗子弹，用它来消灭敌人！'"

眼泪终于再次无声地从他瘦骨嶙峋的脸颊上长江大河般流下来，他不停地去擦掉它，但泪水还是不可遏制地奔涌下来。

"哼，你还真要为这个共党要犯的死大哭一场呀……真想这样，你可以哭。"

男人没等他说完就发出了很大的哭声，如同山洪暴发，轰然之间整个山洞里都是他那惊天动地的哭声了。被这哭声吓住的白胡子幕僚长和众多侍卫马上全都跑进来。两个烧水的兵也从洞的深处跑出，望着大帅和那个蜷缩在军用折叠椅中旁若无人放声大哭的男人。

"行了！——打住！"大帅再次大怒，冲着悲声大放的男人喊，又看一眼幕僚长和他身后那些胡乱跑进来的侍卫，"你们进来干么子？让你们进来了吗？立马给我滚出去！——能滚多远滚多远！"

白胡子的幕僚长和众侍卫又全都跑走，两个烧水的侍卫比他们更麻溜，眨眼工夫也消失不见了，现场又只剩下了大帅和那个号啕大哭的男人。

"哼哼！可以了！哼哼！据我所知，这个夏曦也是湖南人……他的家也被我抄了，能逮住的但凡喘气的也都让我给灭了！这就是干共产党的下场！……可是他居然帮老子，不，也帮老蒋，干成了那么多大事。他可不止杀了一个段德昌，从民国二十年到今天，他已经在贺龙的队伍里进行了连续四年的'肃反',他杀的共党中坚分子少说也有上百名!"

男人不哭了,慢慢揩净眼泪,抬头看他:"酒呢?我要喝酒!"

大帅仔细地看他的脸,过了一会儿,道:

"不行,事还没完呢!"

"我不是自己喝,我要用你的酒,不,我们湖南人的酒,祭奠一下这些为救天下人死在自己人手里的英雄!"

"用我的酒去祭奠那些……'赤匪'?"

"他们是红军,不是'赤匪'!……好了,我没力气跟你争论这些……你那酒是给我准备的吧?断头酒也是酒,既是给我准备的,它就是我的,我领你的情,但我用我自个儿的酒祭奠谁,你还要管吗?你怎么称呼他们我不管,可在我心中,他们都是和文常一样的人,伟大的中国人,民族英雄,古人那样的圣贤,在他们身上,有中国五千年不死的精魂!"

大帅仍然站着,看他,不说给他酒,也不说不给。

"即便经历了过去的几年,今天的红三军仍是红三军,文常的队伍并没有被你消灭掉,也没有被那个从中央派来的年轻人搞垮掉!即便他在红军里'肃反'搞得最厉害、天天杀人、都杀红了眼的日子里,文常的队伍里也没有出现过一个逃兵。这一点你敢相信吗?就是明天有可能死,也没有一个人逃跑!这样的队伍你这种人想得到吗?眼下他手下的人马是不多了,听说不到八千,可是,你也不要小瞧了他,队伍还是那支队伍,而且队伍里剩下的都是身经百战的骨干,扑不灭的火种,一旦情势有变,仍然会成为燎原的大火。我这么说吧,有一天文常的队伍还会成为一支前不见头后不见尾的大军！"

"住口吧！到这会儿了还替他吹牛！他现在只剩下三千人！不好的消息也有，反正你也传不出这个山洞了，我就告诉你，最近我的情报是那个在他的队伍里杀人杀红了眼的夏曦失势了，共党中央已经把他撤了，来了另一个人，也是湖南人，任弼时，原名任培国，汨罗人。我真的搞不懂，凭么子我们湖南会出这么多的共产党，当共产党的是我们湖南人，杀共产党的也是我们湖南人，现在停止杀共产党的人还是湖南人！哼哼，奏章，奏章兄，我的卧底比你这个贺胡子的卧底干得不差吧！"

男人完全不哭了，揩净脸上的泪水，他看着大帅道：

"你的卧底那么能干，今天还逼我讲这些话做么子……直接把我拉出去崩了多好！"

"不不。还有好多事情不明白……譬如，夏曦在他的队伍里杀人，他不还是总指挥吗？为么子不去阻止？他看见那个人在他队伍里杀人，就站在一边干看着？……说实话，就是这个，我不懂！脑壳都想疼了，还是想不明白！"

"你能想明白才奇了怪呢！可我……只要说出一句话来你就开窍了！为么子他不去阻止，一开头我就对你讲了！文常不是原先那个人了，他变了！"

"你么子意思？"大帅这次是真的吃惊了，"莫非他让老蒋、让我给打糊涂了，脑瓜子不灵了，看着别人杀自己的人都不知道要拦一拦了？他的血性呢？他一向以侠肝义胆的形象对人，要是他连自己的兄弟都护不住，以后谁还愿意为他扛枪打仗？"

"我完全明白你想知道么子了。你听好了！……他是贺文常，是红三军的总指挥,可又不是原先的那个文常。从入党的第一天起,他就对党旗和介绍他入党的中共领导人发过誓,不管到了什么时候,在任何一种情势下,他都会是对党最忠诚最服从的那个党员,用他的话说就是'这一颗心跟定党了,连身家性命都是党的',只要是党中央派来的人,只要是党组织形成的决议,他有意见可以提,甚至可以坚持自己的反对意见,但不会阻止党的决议执行,更不能号令自己队伍里的人反对。为么子你想想就明白,在他的队伍里,谁会有他那么高的威望啊,他要想保护一个人,只要喊一嗓子,像夏曦这样的年轻人就会丢了命!可是你再想想,他要是这样做了,也就背叛了入党时对党发出的绝对忠诚绝对服从的誓言!还有,要是他喊出了那一嗓子,这支队伍还会是共产党的吗?这不是文常丢弃一切誓死也要追随共产党的目的,他要的不是这个!"

大帅眯细眼睛久久地盯着他,很用力地想了好久,才道:

"你把他说得好像没有一点私情似的,世上没有一点私情的人是没有的,那是神……可是你呢?夏曦杀人杀得最厉害的时候,他不还是让你跑回来了!……让我猜一下,难道是因为你不是共产党?他可以对你说:'快跑,留在这里我也不敢说就能保住你的命!'然后你就跑回来了……哈哈,是这样吗?"

让他大吃一惊的是,对面的男人默默地看他一会儿,道:

"原话不是这样,但意思是这个意思!"

大帅陡然变色。他不想大喊,但还是喊出了声:

"你说么子?接着骗我是不是?真是他要你赶快跑回来,别在他的队伍里干了?!"

"我得先说说那个人,夏曦……不管他犯了多少错误,对自己的同志，对红军，对中国革命犯了多大的罪，我都还是要为他讲句话。不能全归罪于他个人，他是按照当时共产党中央清除红军中的'改组派'的指示干的。不过，即使有过这样的指示，他做得也太过分了……一个年轻人，在莫斯科读书，把脑瓜子读糊涂了，有一次他连文常都怀疑上了，因为文常为段德昌说了好话，反对他杀掉段，他就直接让人下了文常的枪！"

"你以为么子话我都信吗？！"大帅再次惊诧地大叫。"贺龙是么子人，他是那种谁想下他的枪就下得了的人吗？！"

"人不能下他的枪，但是党能。"对面的男人道，并且再次流出眼泪，自己却一无所知似的。"夏曦杀害段德昌的当天夜里，文常把我喊去，说，'奏章啊，你走吧！今晚上就走，离开红三军！'"

"还真的让老子猜中了……你是怎么说的？"

"我怎么说的，我当然很吃惊，问他：'为么子？你不要我了？还是因为——？'文常摇头，我看出他有话讲不出来，但最后还是很坚定地说：'奏章啊，看眼下这个情势，只要你在旧军队里干过，像我这样的，就有反革命嫌疑，所以，我担心，你不走，马上就会轮到你。'"

"这有点像他这个人了……往下说！"

"我说么子呢？我虽然没有他对红军那么忠心耿耿，可我也是忠心耿耿的。我说：'我不走，你都不走我为么子要走？我不是打进红军内部的反革命，奸细！你就能给我做证明！'……可是他不说话，我看得出来，他是那么痛苦，却不愿让我看到……好久后才说：'奏章啊，我现在才知道，哪怕是一条光明大道，也不会是笔直的，就像这些山路，一条路你走啊走啊走不到头，从天这边可以走到天那边，可是你看看它，千曲百折，上坡下坡，又是沟又是坎……世上没有一条路是笔直的，也许正因为这样，它才能通向远方……这么说吧，我眼下给你做不了证明，证明了也没用，我给段德昌做证明他都不信，你还正经八百在我做澧州镇守使当过一任县知事，还当过大庸省立八中的校长，你不是潜藏的反革命谁是？'我没出息，当下就哭了，说：'我为么子要加入红军，你最知道，你最了解我，也说不清楚？'文常好久不说话，我看出那时他也在想，很痛苦地在想那个许多人当天晚上都在想的'为么子'……后来他猛然回头，铁了心似的对我说：'奏章，你要革命，我知道，可是别人不知道……这么说吧，革命也不是一条笔直的大道，革命的道儿一定也像我刚才说的天下所有的道儿一样曲曲折折，你见过世上有一条笔直不打弯的道儿吗？有，但那样的道儿都不长，只有曲曲折折的路才能到达远方。远方就是我们革命成功的那一天。……我想过了，眼下还不是你留下来革命的时候，等我们走过了这一段曲折的路，你再回来，我还留你。'

"那天夜里，说了半晌，与其说我是被他讲出来的话说服的，不如说是被他那些讲不出的话感动了，被这些他没有讲出来的话说服了。那些话归根结底就是：快走！我只有今天保住你的命，明天才能让你继续革命！我不想让你现在就像段德昌这样死！这是他心中的声音，我听到了！在这声音里，我还听到了眼泪！

"但我有个条件。我说：'文常，我是铁了心要跟你革命的，你现在要我走，我不走不行，但我不能就这样黑白不分地走，你得给我一个说得过去的理由。让我走后大家知道我不是当了逃兵。'文常想了想道：'你还甭说，我还真得给你找个走的理由……这样吧,我明天就去对他讲,我们现在的处境很恶劣,仅仅是在湘西,就有两个对头,一个一心追随蒋介石的何键,一个一心只想做湘西王的陈渠珍。我们还要对付川、黔、鄂各省的敌人,在湘西同时对付两个对手非常吃力,所以我想派你回湘西去,利用旧关系做何键和陈渠珍的工作,说服他们对红军网开一面。我们可以私下划分活动范围,表面上仍然要互相放几枪,但并不真打。湖南方面这两个对手,哪怕能说通一个,我军的压力也会大大减轻。我明天就以这个理由向夏曦报告,让他同意你离开。'"

"这你还说么子!……不,你又说漏嘴了,逃回来以前贺胡子还是给你派了差,让你回来做他的奸细!"

"你接着往下听!"小个子男人大声训斥他道,"不过到了第二天,文常回来告诉我说,夏曦不同意,夏曦连他的这个建议也不同意,说是不能和自己的阶级敌人握手言和!又过了一天,文常想了想,又去见夏曦,说我在湘西有很多旧关系,让我回去,可以给红军做卧底,还可以给红军搞些粮食,尤其是盐巴,盐巴当时太缺了,有时候一星期全军汤里没有一粒盐!没想到夏曦会因为这个同意了,让我离开红军。但送我上路时,文常低声道:'那个任务不是真的,我就是找个理由让你走,我就是不想让你像段德昌那样死!尤其是不想让你像他一样死在党走的这一段弯路里!'"

大帅沉默了。这一阵子他一直站着,盯着面前洞壁上的一块水渍,没有注意到女记者在外面透过气后早进来了,听到了他和被审讯者之间的全部对话。这一刻大帅想的是:就凭他对贺龙的了解,当年救过他命的这位把兄弟的话是真的!

"这话要是真的,你逃回来以后为么子还要为他……三年了,你还是做了他的卧底,给他搞了那么多情报,还有盐!——肯定还有我不知道的,比方说,大洋,药品,粮食和布匹!"

男人的脸上重新现出了一开始时显现过的骄傲和得胜的表情,道:

"因为我是红军的人,是文常的人……虽然我不是共产党员,但我总是一名革命者吧。我虽然人离开了红军,但我也不能么子也不做!"

"我现在想起来了,你回到湘西后第一次去长沙见我,真跟我讲过可以和他暗中达成协议,划分活动范围,互不侵扰,但我想都没想就拒绝了!"

"当时你拒绝的理由完全不能成立。真正的理由是你害怕老蒋,还一心想通过为老蒋立大功保住自己的官位……我走以后你不但没有减弱对红军的攻击,反而更加穷凶极恶了!"

"往下说,别岔开正题……我想知道,你是不是也去见了陈渠珍,他是不是答应了贺胡子?"

"我根本就没去见过这位'湘西王'。"

"扯谎!你去没去虽然我不知道,但就这几年我在大湘西'剿匪'的感觉,陈渠珍一直出兵不出力,贺胡子的队伍却也没怎么进入他的'小湘西'!要是你没有帮他和贺胡子暗中达成默契,怎么能这样?"

"这就不是我能知道的了。"男人看他一眼,不屑地道,"也许人家比你勇敢,还比你聪明,人家就敢于和贺文常秘密达成协议,而你不敢。你以为自己天下谁也不怕,可说真的,无论胆量还是心胸你比陈渠珍差远了!"

大帅回过头来看他,一张脸红一块白一块……他不是因为听不进这些话才这样,而是他听进去了,并且明白自己被对方点中了穴道。

"你……想死得快一点吗?!"

"再说一遍,红三军要是一直照文常的打法干,不至于是今天这个样子……但是话又说回来了,即使我去见过陈渠珍,只要夏曦在,红军和这位湘西王的协议也无法达成,他不会让它达成的!"

"这我也就明白了……为么子我的卧底向我传递情报说,贺胡子有可能和陈渠珍达成两不相扰的默契,陈还信了,但不久红军就狠狠地打进了他的地盘,让他的人马伤亡不少。"

"没有几句话了。最后两句话留给你。因为我到了这会儿还认你这个朋友。人之将死,其言也善。"

"到了这种时候,你还没忘了他的话,要我和他达成默契,互不相扰?"大帅用恶毒的嘲讽的腔调道,觉得这是自己对他刚才的羞辱的报复,痛快淋漓。

"不,你刚才说过了,夏曦已经不再是湘鄂西分局的最高领导了,文常的队伍里来了新的人,把夏曦的那一套给否定了,也就是说,你今天亲口告诉我,'肃反'的事,杀'改组派'的事情结束了,所以我知道,文常让我离开时讲的那一段党要走的弯路走完了,以后是你,是老蒋和各路'围剿'他的军阀吃苦头的日子了!"

"因为这个,你也不劝我和他握手言和了?"大帅嘴里说出的话还是硬的,但心已经开始痛了,后悔自己不该说出夏曦的事情。

"如果你能,我仍然会劝你和他握手言和。毕竟,你不是红军的主要敌人，红军的主要敌人是老蒋。"

"即便你的话是对的，我也不会听。还是那句话，谁让我和他一样都是湖南人呢，这一辈子，我和他势不两立，有他没我！"

"要是这样，我还真没话可以对你讲了。"

"那就不讲。"

"不，还是要讲。再讲两件事吧。以前一直没机会，今天最后一次见面，倒有了……第一句话，你不该杀毛泽东的堂客。这件事你真的做错了，虽然无法挽回，但我还是要说你一句。你以为你敢冒天下之大不韪，别人不敢对共产党家属做的事你都敢做，可你杀了一个自个儿并没有上井冈山当红军，在自己家里抚养三个孩子的女人，我觉得就连老蒋——他这个人坏，心里肯定会高兴——可他但凡还是个人，哪怕心如蛇蝎，也至少会明白你这个人太可怕了，你为了讨好他连这种事都做得出来，将来他一旦失势，你翻手为云覆手为雨的么子事还做不出来？你杀了毛泽东的妻子，要讨他的欢心，却让他看清了你有一颗吃人的豺狼之心。我要死了，没什么牵挂了，我牵挂的还是你，那些话我过去说过，今天还要再说一遍：有文常的红军在，他需要你帮他打红军，你可以不用担心么子，但只要有一天文常的红军离开了湘西，他就会让人像看守一头吃人的豹子一样用铁笼子把你圈起来，一直圈到你死，你都会在这个笼子里。

"第二句话。你现在立功心切，弄一辆吴佩孚的北洋马车，架上机枪和各种最强大的火力，在我们湘西的山沟里窜来窜去，别人只乱猜一句你就打黑枪把人家搞死，其实谁看不出来呀，你就是想用这种办法引诱文常出来和你单挑。你太幼稚了。我再提醒你一句吧,刚才都说过了,入了共产党他就不是原先那个人了,他现在也不是为某一个人在战斗,他是为天下穷苦大众战斗,怎么会再轻易地上你的当?这种街头混混用的招数不要再使了,以免贻笑大方。"

多么可怕的一天!本来他要审这个小个子的男人,结束了回头一想,却反过来像是他被这个小个子男人在审判……尤其是刚才,一回头发现女记者不知何时自己走了进来,想到她也许听到了他和被审讯者之间的全部谈话……巨大的羞辱、恐惧、气恼让大帅浑身都战栗了,失声大叫:

"来人!"

白胡子幕僚长以及众多的侍卫全都涌进来,团团围住了他和小个子男人。

"审讯结束。给他上酒!"

幕僚长已经明白他的意思,用惊恐和哀求的目光看他一眼,却被大帅一眼杠了回去。

"怎么,我的话已经没人听吗?"

"可是……大帅……他今天什么都招了,也算是确有悔过之心……人死不能复生……"

"滚!"大帅咆哮起来,又回头寻找侍卫队长,"人哪去了!"边说目光边急骤地投向一名小个子侍卫身上,"你,给他上酒!"

小个子侍卫飞快地跑向一侧石台,中间被绊了一跤,飞快将那坛酒从竹篾筐中取出,又飞快地抱到被审讯者面前,放到军用折叠桌上,并且飞快地打开了坛口红布包裹的木塞子。

"拿大碗!"小个子男人站直了,神情目光换了个人似的,庄重、肃穆、威严,喊道。

小个子侍卫变戏法一样在他面前的桌面上放下了一只粗瓷大碗。

女记者现在被淹没在众侍卫中间,倒让她能更专注地观察洞里正在发生的事情。首先是大帅,原本一直望着小个子男人和那坛酒,这时忽然背过脸,大步向洞外走去。

女记者想到了要跟着他向外走,但又站住,再次回望那个站在军用折叠桌后面的共党嫌犯——不,她明白,现在他已经成了个被判了死刑的罪人。

那个小个子罪人蓦然抬头,像是想起什么似的,冲大步往外走的大帅大叫道:

"你……给我站住!"

她以为那个男人不会听这个男人的,但是,那个男人还是站住了,并且慢慢回过头来——她又看到了那双血红的眼睛。

"你这个……从来没有人敢这样背叛我……可是你……我一直多信任你,我把你当成我——"

"你给我住嘴!我让你站住,就是要说这个!谁是背叛的那个人?你也参加过北伐,我也敬重过你,这才去战场上救下你的命,和你做了把兄弟……我要说的是,我不是背叛者,你才是!你可以杀我,但是……这件事得理论清楚!背叛中山先生,背叛国民革命,背叛天下人和中国的不是我,不是文常,是你这个利欲熏心、宁可我负天下人、不能让天下人负我的新军阀!"

大帅拔出了枪。

"你以为我……不会……不敢……一枪毙了你吗?"他激动地打开保险,拉枪机上膛,但话却说得零碎,如同被狂风吹散的枯叶。

那个将死的男人已经不理他了。仿佛说完了刚才的话，他和这个拔枪对着他的男人的话全讲完了。他在粗瓷大碗里倒满了酒，双手举酒过额，口中大声念颂：

"文常，各位同志，牺牲的弟兄们，我覃奏章不是共产党员，但我敬慕你们，由于有了你们，我这一生没有白活——你们干得漂亮，我干得也不赖！这一碗酒，敬先走的同志们！我，马上也要跟上来了！虽然至死还是没能加入党里去，但有了今天这一死，我觉得我够格了！"

他把那一碗酒淋淋洒洒地倾倒在地下。

一阵脚步声响亮，大帅急匆匆跑出去。谁也没有想到，但很快他就又转了进来，看一眼正在酹酒的男人，道：

"慢！——还有话问你！"

"说！"男人并不抬头看他，大声道。

"这三年里，贺匪没让你在湘西为他设一张奸细网，可你还是这么做了，为么子？"

"文常教导我的，一个红军战士，在任何情况下，哪怕只剩下一个人，也要坚持战斗！"

"他们都不要你了，为么子还要为他卖命！"

"你真的想知道吗？因为跟了文常几年，我也不是原来的覃奏章了，我看到了真理！我不是共产党员，也是一名红军战士。一名红军战士落了单就不战斗了吗？我一个人也是一支红军，我这支红军，三年来一直都在配合红三军战斗！"

"你……我一定要把他们……你的人……一个一个全都找出来，然后吊死！最后一个问题，你这么做，贺匪本人——"

"贺龙!"

"行,贺龙!你这么做贺龙本人知道吗?"

"我为么子要让他知道?为了我的人的安全,也为了红军的安全,为了他个人的安全,我不能让他知道是谁三年来一直为他和红三军提供情报,还有那些大洋、药品、粮食,更要紧的是盐巴!但我这颗心知道,文常一定能猜到是我,是我在为红军战斗!"

"他……怎么……会知道?!"一字字咬牙切齿说出这句话时,大帅眼里血色的仇恨几乎要像暴涨的大河一样汹涌地漫出来。

"他也许能猜到,也许猜不到,但那么子要紧?他终归知道在大湘西地区有一名红军战士在为他提供情报和补给!我这么做当然主要还是因为那个夏曦……我不让他知道,队伍里所有的人包括他都更安全!……这段弯路总会走完的,只要它完了,文常就还是文常,他的队伍一准会再次壮大起来,当年一万多人,以后还会是一万多人!革命总会这样,人越来越多,队伍越来越大。你赢不了的!"

"喝吧,喝下去你就可以上西天了!——给他斟酒!"大帅道。

"菜还没到呢!"男人看着空空的酒碗,倔强道。

"给我灌他!"大帅对身边的侍卫发出疯了一样的大喊。

"慢!菜来了!"白胡子幕僚长在人群后面叫道。

果然,失踪了好久的年轻的侍卫队长带着几名侍卫将犯人要的菜端进了洞。

气得七窍生烟的大帅并没有阻止他们把菜放在小个子男人面前的折叠桌上。每一道菜都香气四溢,洞里忽然全是本地土菜诱人的味道了!

那个小个子的、满头白发的、衰老而且因为今天讲了那么多话显得疲惫不堪的罪人坐下去，举手阻止上前来要灌他酒的侍卫，自己将酒液斟满了大碗，不看大帅，话却是说给他听的：

"让吃就走开，不让吃就端走！"

女记者心中一动——她并不知道自己的心为什么有这一动，目光就湿润了——但她还是把这双湿润的眼睛转向了大帅，她知道他此时的反应。

大帅什么话也没说，就怒冲冲转身，走向洞口去了。

女记者这次没有犹豫，也果断地跟着他走出去。

所有的人，除了幕僚长和侍卫队长，都像是和她一样想到了什么，一起黯然走出。

……在那个鲇鱼嘴似的洞口，大帅站住。洞外的热风刮过来，让习惯了洞内的清凉的他陡然觉得不适。一回头他看到了跟他走出来的女子。

"你……刚才都听到了么子？"不知为什么，他会将一腔怒气转向她，几乎是发泄般的对她喊出了上面的话。

女子也不是半天前跟他一起走进大湘西的那个人了，半天的经历让她吹气球般长大起来，不再害怕面前这个粗鲁无礼且又刚刚遭遇了一场挫败的地方二等军阀。于是也就只把自己的脸扭向一边，根本就没回答大帅的话。

大帅觉得又受到了一次重击，猛吐了一口恶气，转身又向洞内走进去。

女记者一惊，想到了什么，也匆匆跟进去。

洞里，那张军用折叠椅上，一只大碗完好地放在地下，犯人仰躺着，已经闭上了眼睛。

一滴小到不容易被人察觉的鲜血,开始从他的一侧嘴角流淌下来。

白胡子幕僚长回头看到大帅,急急为他让路,且道:

"他……覃先生,已经去了。"

一边说,一边还落了泪。

"死前他一定还说了话。"大帅不看他,用肯定的、愤慨的声调道。

"他说——"

"说呀!一个死人,不管他说么子,我都不怕!——全说出来!"

"覃先生说……贺龙这样的人,会名垂千古,而他,会因为一生追随贺龙上书。"

"他就没有说到我?"

"说到了,只是……话不好听。"

"不好听的话我也要听!"大帅不想咆哮,仍在咆哮。

"大帅息怒。覃先生说,因为贺龙将军,也因为覃先生自己,你也会留在史书上,不过……不过……是另外的一种……一种……"

他最终还是没把那四个字说出来。不过迅速跟进来的女记者听懂了,所有跟着进来的人都听懂了。

大帅以一个谁都没有料到的捷猛的动作一步就到了死者面前,拔枪在手,对着他的脑门砰地开了一枪,一眼不看,转身就走。

女记者紧紧跟着他走向洞口。

几分钟后,在那个重新向长沙方向奔驰的马车上,大帅对仍然坐回到他身边的女记者说:

"回去报告蒋委员长,奸细鄙人已经审讯,罪证确凿,亲手枪决了!"

女记者道:

"我都看见了。会如实报道的。"

两天后大帅送走了女记者。回头就有一名前线领兵的将军回来向他报告:队伍已经好几个月没发饷了,还需要钱买军火。往常大帅答应这些事都非常爽快,但是这一次,他注意到大帅意兴阑珊,半晌才回他道:

"老蒋不给我发军饷,也不提供军火,一直让我们在湖南一个省刮地皮,你以为就能消灭了贺龙吗?"

前线的战事不明不白停了下来。

还有一件事,谁也没有注意。那辆从战场上缴获的马车,被他弃置不用,以至于很快就坏了。

那支装备了世界上最先进的冲锋手枪的侍卫队伍也被他解散,人和枪分到湘军的各支队伍里。

很快,他接到了来自前线的报告,贺龙的红二军团连同与之会师的红六军团,离开了黔东和大湘西,开始了情报中讲的"方向不明的大转移"。他看了看地图,长长地吐出了一口气,回头问白胡子幕僚长:

"奏章的后事办得怎么样?"

"照大帅的意思,都安排好了。尸首换了个地方。家属也安置下了。"

"你可以走了。"大帅说。

白胡子幕僚长要走,他又把他喊住。

"大帅……"

他想说什么,又不说,冲他摆了摆手。

白胡子幕僚长又站了一分钟,走掉了。

一年后,以贺龙为总指挥的红二方面军——红三军恢复成红二军团后和红六军团合并,一个四千人,一个三千人,总共七千人于一年前从大湘西开始长征——到达陕北,和红一、红四方面军会师。那个一直在贺龙队伍里做他卧底的人逃回来见他。他当即让人将他捆了起来。

"大帅——!"

"你也早就背叛了我,说是我的卧底,你早就是贺胡子的人了,是不是?"

"冤枉!"

"说实话就饶你,不说立马拉出去毙了!"

"大帅……"

"果然是真的!一年前我见了一个人,从他的话里听出来了,你这个奸细,已经成了他的人,你和他一样,都背叛了我!"

被捆的人站起来了。"大帅,贺总指挥让我回长沙来劝告你,今天中国面临的最大敌人是日本帝国主义。共产党现在呼吁国共实行第二次合作——"

"我真恨有人背叛我……你和那个一样……拉出去毙了!"

"大帅,你刚才说过的,我说实话,你就放过我……不过你要毙就毙,贺总指挥要我给你带的话,我带到了!"

众人都在看大帅。后者挥挥手,将这个男人放了。

男人转身要走。大帅忽然想起一件事来。

"等等！问你一件事。夏曦呢,后来怎么听不到他的消息了？"

"啊,死了。贺老总带领我们长征前,他就在一次执行任务中掉到河里,淹死了。……夏曦犯了大错误,可仍然是我们的同志……他死了,我们大家还是很伤心。"

大帅又想起了一件事。"夏曦被取代以后,啊,我是说……到达陕北时,你们还有多少人？"

"一万一千人。加上新编进来的红九军团,现在是一万四千人！"

覃奏章的话居然应验了！他说只要走过夏曦这段弯路,贺文常手下还会是一万多人的队伍！

"么子！……老子和他打了那么多年,他的队伍又走了这么远的路,你们叫作'长征',他身后还是有一支一万多人的大军？"

"是的！将来还会更大,前不见头,后不见尾！"

"走！别让我再看到你,不然我会反悔的！"

这第二个背叛他的男人,就在他面前,转身就走,一句告别的话都没说！一句都没说！

1937年,七七事变发生,蒋介石委任张治中为湖南省主席,他被夺去了军权,调任内政部部长。离开长沙的时候,他佯装笑脸,对送行的部下道：

"委座委我为内政部长,这相当于前朝的尚书,我不能无所作为。"

到任后他揣摩蒋的意思,发起组织"孔学会",在以后数年间,甚至还自注了一本《四书句解》。但是,他发觉从他随着国民政府迁到重庆之后,戴笠的人就开始出现在他的居所四周。

"他说过的话已经开始应验了,这不是另外一句话,什么铁笼子,也要应验吧。"大帅对留在身边的白胡子幕僚长说。

"大帅不要担心。现在国共合作,一起抗日。连贺文常都成了委员长的部下,国民革命军第八路军一二〇师的师长,很快就要来陪都受领袖的接见呢。您老当年为他剿共立下了汗马功劳,别人不知道,小的们都是知道的,委员长不会那样做。"

但是,那些人并没有放松对他的监视。甚至戴笠本人都经常出现在他进出家门口的道路上。

他开始在重庆足不出户。身边的旧人越来越少。有时候他会一个人自言自语:

"真的是这样吗?他真的那么早就看到了我的后半生吗?……"

共产党在重庆设了办事处,发行《新华日报》,还出版了一些书籍。有一天他突发奇想,对最后一位守在身边的部下道:

"你哪天有空儿,去新华日报社瞅一眼,把共产党的书,毛泽东的小册子,买几本回来,我也瞅一眼。为么子眼下很多人都认为将来共产党说不定能成气候。"

部下答应了,但是第二天他有安排,要去部里点卯。回来时,太太已经被吓晕过去了。喊醒过来,呜呜地哭着,说:

"戴笠的人……今天老爷一走,他们就进来了,戴笠亲自带人进来了。进来就到处翻,说听说老爷这里有共产党的书!"

部下没有跟他一起回来,他在半道上下车,拐弯去了新华日报社,买了一包书回来,其中就有毛泽东的《论持久战》。他看也没看,气急败坏道:

"快!快拿出去,统统烧了!——远一点儿,别让外头那些人看见了!"

从这一天起,他连走路都要避开新华日报社——他要离那个有共产党的地方远一点儿!

1938年1月,蒋介石在洛阳召开第一、第二战区军事会议。他作为内政部长与会。但奇怪的是,会后的各种会见并不让他参加。

但是,就像是冥冥之中早有安排一样,他还是在会议结束的第二天,与一帮党国要人去觐见老蒋后,在临时行营大门外一回头就看到了那个他一天都没有忘记的人。

这天与会并接受老蒋接见的八路军高级将领,包括总指挥朱德、副总指挥彭德怀,以及三位师长林彪、贺龙、刘伯承。第一二〇师师长贺龙是受到蒋接见的第二位八路军师长。接见完毕,贺龙一出门,回头就看到了仍站在路边等车的他。

"是你!……"

他不说话。虽然身边看不到戴笠的人,但他不敢真的相信暗处没有。

好久不见,仍然不减当年"龙威"的贺文常本来要上车的,但就在一只脚已经跨上车的时刻想到了什么,又收回了脚,转身迅速向他走过来!

大帅——当年的大帅,今天的部长——浑身的汗毛都立起来了!

"你……要做么子?"他要说出这句话,拒绝他的见面,甚至想到了拔腿就跑,可是……毕竟是他,不能跑,但话也没有说出来,只是望着他。

贺龙几步就在他面前站住了,一双连老蒋见了都害怕的眼睛盯住他,放低声音问:

"奏章是怎么死的?你知道他不是共产党,还亲手对他的脑门开了枪?"

"我没有!"大帅不觉像他一样低声道,"我是开了枪,但我把枪口抬高了一寸,我就是做做样子给人看的!"

"那就是被你毒死的。是吗?"

"不是,他是在常德监狱里被人毒死的……我知道时他已经死了。我让人安顿了他的家眷。"

贺龙还要说什么,但是一转眼他看到了什么?——他看到了戴笠本人!

好在这一刻他的车到了,他逃一样上了车,关上车门,对司机道:

"快走!"

车逃一样开走时他甚至不愿意回头再看一眼那个如今肩佩国军中将军衔的人——当年老蒋要他的人头,现在却成了委员长的座上宾!

而他这个当年拼命为老蒋杀共产党的人,却被后者用一只无形的铁笼子,像关一头野兽一样关着,一天也不放松拴住他的铁链子!

1939年,他的结发夫人黄氏病故。此时汪精卫成为民族叛逆,重庆政府中有些人开始偷偷离开重庆去投奔汪逆。他以妻子亡故为由要求行政院长孔祥熙准丧假一月,和最后一名副官登上飞机。就要起飞时,戴笠乘小汽车赶来,命令飞机停止起飞,还亲自登上飞机查问他有没有蒋亲批的假条?他拿出了孔祥熙批准的假条,戴摇头道:"这不行。请您下去,候我请示委员长!"说完,便逼他从飞机上下来,像押送一样送回上清寺大溪别墅,还当面对警卫交代：未经许可不得外出。虽然后来经过孔祥熙斡旋，他恢复了行动自由，蒋却撤了他的内政部长，调任抚恤委员会主任委员。

　　抗战胜利后，一直深居简出的他因病辞去抚恤委员会主任委员一职，回到南岳衡山长期"休养"。1949年春天，解放大军逼近长沙，他仓皇迁居香港。1950年夏天，他被蒋介石聘为"总统"府国策顾问，乘船去往台湾。在一条不算豪华的客轮的前甲板上，他恍若隔世地看到了当年被他带到大湘西的那位记者小姐，而守在她身边的居然是他当年的侍卫队长。

　　"大帅，是您！"

　　"真没想到……你们俩……"他未老先衰，话已经说不利索了。

　　"啊，还要感谢你呢，不是你，我们也遇不上。"记者小姐现在已经是前侍卫队长的太太了，侍卫队长也不再穿军装，他成了一名颇有成就的商人，来来回回在香港和台湾之间做着国共两党的生意，两边赚钱，孩子也生了三个了。

　　"啊，我还是有一点兴趣，想问问……对了，你怎么称呼？"

　　"娘家姓胡。"

　　"想起来了……狐狸……不，胡莉娜。哈哈。"前大帅说，"我想知道的是，当年你那么远地去长沙，真的是去采访，给报纸写文章，还是另外有人安排……我想么子，你明白的。"

　　"哎哟，当年你老还真把我当成个人物了……我那表妹夫在南京就是个下级官吏，不过是因为管着《中央日报》，所以我就成了……这会儿可以对您说实话了，我什么背景也没有。认识蒋夫人什么的，都是假的。哈哈。"

　　"那我就放心了。"大帅说，他边说还真的有一种轻松下来的感觉,"我还真以为你是……啊,你懂的,上头有人要你盯着我呢。哈哈。"

到了台北,他仍然在那个铁笼子里……但他已经习惯了,现在是他需要这个笼子……人总是要吃饭的。

但是寂寞,当年的部下早已星散。他不报怨,就连老蒋在大陆时的嫡系都门前冷落车马稀,何况他这个当年的野生二等军阀。生来就是穷人,至少比小时候要好,饭还是有的吃,尽管吃不好。

1956年4月25日,他突发脑出血,在台北寓所去世。去世前他已经看到香港报纸。上面有大陆为中国人民解放军的十大元帅授衔的报道,还有照片。

他看着上面那个当年和他一起驰骋在北伐战场、后来又在大湘西地区与之血战多年的人,一个人感叹道:

"奏章啊,你这一句又准了,这个人真的要名垂青史了。可是你呢?我还没有看到你因为他上书……你当日对我说的每一句话都应验了,只剩下你说你自己的那一句没有……只要这一句应验不了,你的话就没有全应验,我就还……还没有全输!"

改革开放后的某一年,一位来自海外的富商太太来到了湘西某县。她在游览王村——后来叫芙蓉镇——的那个寨子里,告诉当地一直陪同她游览的地方官员道:

"我不是第一次到湘西。我在像你们这样年轻的时候就来过。不过,那时候可没有感觉到湘西这么漂亮!"

年轻人们就很惊奇,问她:

"那时你看到的湘西什么样儿?"

她不回答,看着他们,问:

"你们这里当年出过一个人物,很了不起的,很厉害的,他的名字叫覃奏章。"

众人摇头,他们没有听说过这个人。

"也许他还有别的名字。这是个真英雄,他不是共产党,可他加入过红军……后来,他从红军中被放回来了,因为当时红军里的一些事情,他不方便留在那里,但回来以后,他却干了一件大事。"

"么子大事?"一群年轻人问她。

"他不是红军了,可他自己在湘西为贺龙的红军搞了一个情报网,为红军提供情报、给养、药品,对了还有盐巴。"八十岁了仍然十分漂亮的老人眼里涌出了泪花,但仍然在笑,"你们一定想问我怎么知道这件事……因为他被当时湖南的一个军阀叫何键的抓到了,枪杀他的时候我在现场,听到了之前他们两个人的大部分谈话。真可惜——"

"可惜什么?"年轻人中的一位问她。

"贺龙元帅现在名满天下,这个叫覃奏章的人当时说,他也会因为自己追随贺龙元帅,名字写在书上,流芳百世,可你们居然都没听说过他的名字。"漂亮的老人说。

她的谈话被传到了相关党史部门,引起了高度重视。

若干年又过去了。1996年2月,《贺龙年谱》由人民出版社隆重出版。在这本书的1932年和1935年部分,出现了和一个人相关的两则不同的记录:

是年,贺龙恐怕收编的土著武装覃奏章在"肃反"中遭不测,指示他离开部队,经鹤峰去凤凰县陈渠珍处做联络工作。(1932)

是年，得知在陈渠珍部做统战争取工作的前部下覃奏章被军阀何键毒死于常德监狱，曾著文称赞覃是"忠于革命事业的"，在"站稳革命立场以后，很快地就成为可以信赖的革命武装。"（1935）

2021年，笔者能够写下这个故事时，在一个名叫"张家界英烈谱"的网上，发现了下面的文字记录：

覃辅臣烈士，原名覃奏章，1882年出生于今湖南省张家界市永定区教字垭。1916年与贺龙结为金兰之交。1919年，贺龙率部到教字垭，覃辅臣任贺龙部副营长，从此走上革命道路。

1926年跟随贺龙参加北伐。

1929年3月率部300余人加入湘鄂边红四军，后被任命为红四军第二路指挥，表示："革命不成，何以家为。"主动变卖家产，供给军饷，积极从事革命斗争。

1930年，随贺龙转战洪湖。

1933年，贺龙派覃辅臣代表红四军赴凤凰与国民党新编三十四师师长陈渠珍谈判，双方达成互不侵犯协议。使红军得以短暂休整。

1935年11月，红二、红六军团从桑植出发长征，因陈渠珍副官双景吾告密，覃辅臣被捕。敌人对覃辅臣软硬兼施，逼他交代共产党组织和陈渠珍联系的内情，覃辅臣大义凛然，严词拒绝。监禁期间，其好友吴义丰设法探监，覃辅臣赠好友七绝一首：

韩非孤愤奈若何，高唱文山正气歌；
三尺龙泉凝壮志，凭君日后斩蛟鼍！

1935年冬,覃辅臣被毒死狱中,时年54岁。其灵柩运回家乡后,安葬于教字垭竹园坪。

新中国成立后,人民政府追认覃辅臣为革命烈士。

1986年9月,大庸市人民政府为他重葺墓茔,墓碑两旁,刻着引人注目的墓联:

一腔正气冲碧汉,三尺龙泉斩蛟鼍。

——但是,笔者还是相信那位漂亮的女富商的证言:覃奏章烈士是在湘西某个不知名的山洞里牺牲的。而国军二级上将何键的名字,这次也终于不是因为贺龙元帅,而是因为他曾经的把兄弟覃奏章烈士,出现在本人的这篇文章里。当然,是以他最不想成为的那种形象"上了书"。

贺龙元帅、覃奏章烈士、千千万万为中国革命牺牲的先烈们永垂不朽!

花枝颤

千年帝都洛阳出美男,载于坟典,记于诗书;美男出自邙山塬上武家,知晓的就只有洛阳人自己了。据传这个武家和则天皇帝是本家,但武家人否认,原因是武媚娘当朝时几位侄子如武三思者流青史留名不佳。不认账是一回事,在我们叙述的这个故事发生的年代,洛阳城中太太小姐们眼巴巴盯着从塬上到城里念书的武姓子弟又是不争的事实。于是岁岁年年,就酿出了一些红叶传书西厢待月的佳话。遇上沧海桑田的年代,爱情与历史大事变遭遇,其中的故事,就不是悲歌慷慨四字可以轻易言之的了。

洛阳当然也代出美女。阳春烟景,牡丹大放,满城花团锦簇,宝马香车络绎不绝载来看花兼看美男的古都女儿,若你只看花不看洛阳美女也便罢了,万一你偶一回头,哎呀呀,那眼前的姚黄魏紫都不是花了,果然是"手如柔荑,肤如凝脂,领如蝤蛴,齿如瓠犀,螓首蛾眉,巧笑倩兮,美目盼兮",一眼便知遗传了历朝洛阳宫天下绝色的基因。洛阳美女多出自城内高门世家,朱楼名苑,但也有可能生在城外的邙山塬上。这样的女子不出世也就罢了,一出世就必如明珠出渊,华光盖世,"远而望之,皎若太阳升朝霞；迫而察之，灼若芙蕖出渌波""翩若惊鸿，婉若游龙；荣曜秋菊，华茂春松""髣髴兮若轻云之蔽月，飘飖兮若流风之回雪"，一篇曹子建的《洛神赋》都要背下来，且随之就明白了一件事：赋中的神女居然不是虚拟。

我们故事中的这位绝色中的极品——且叫她做如莹小姐好了——其祖李姓，生于洛阳东关，是不是大唐后裔，也不好论，早年困于贫穷，只得投奔民国大帅吴佩孚，南征北战，积军功竟做到了一省督军。惜乎膝下只有一位公子，迎娶了上海某美孚石油代理商之女为妻。然世事难料，大婚次日，石油代理商即被仇家一枪毙命，案子未破，督军已随大帅下野。其后九一八事变发生，日军出山海关，兵临平津，和一伙汉奸搞"华北自治"。旧督军惜命，又激于一腔爱国义愤，不愿与敌仇同戴一天，匆匆卖掉天津卫的公馆，举家迁回故乡，在汉唐洛阳宫旧址之南过洛河一处名唤安乐窝的所在置下一座旧园，行落叶归根之计。少奶奶生长繁华，又出洋念过书，随公婆来到一座死气沉沉的旧都，丈夫早于某天不辞而去，传说是与人争捧某评剧女星，被黑道追杀，尸体被投入滚滚东流的黄河，转眼又有人称其不过是成了革命党，去了莫斯科且又与一女同党结成了革命伴侣。少奶奶听完此话嘛也没说，次日向公婆请安时拿出一纸电报，称寡母急病待死，她须回上海看望。公公对媳妇的心思洞若观火，欲阻止其离开情理上又说不过去，思虑半天，想出了一个主意，以孙女尚在襁褓不易远行为由，允准媳妇东去，婴儿却要留下。那儿媳又是何等样人，焉能看不出公婆欲行何计，也不再言语，次日拂晓即悄然出门去了车站，两位老人得报时列车已经东行。不出几日，他们便在《沪报》

上看到她登出和夫家断绝的声明,再以后,小报上便有了她和新夫赴南洋婆罗洲橡胶园生活的花边新闻。

怙恃尽失的李如莹长到十六岁,进入有名的国立洛阳第一高级中学读书,早有了这种环境下长大的豪门小姐都会有的天真烂漫胆大任性的脾性,后者包括了一言不合随时对一大批发疯般爱上她的富家公子发作出一点歇斯底里。如莹小姐的母亲在女儿尚处于髫龄时每年会来上十封以上的信,恳求公婆放她赴南洋与自己团聚并读书。老督军夫妇膝下空虚,知孙女一去即不会再回还,哪里肯放她走,反倒加倍将令人窒息的爱给予这唯一的骨肉。等如莹小姐长到破瓜之岁,丑小鸭一变成了天鹅,重新投胎一般出落得妖艳欲滴,"晔兮如华,温乎如莹",加上上海滩订制的四季洋装,一辆祖父作为成年礼赠送的全城唯一的英国产劳斯莱斯"魅影"牌高级轿车(祖父专门为她请了司机,但她更喜欢自己开车,独来独往,和一帮倾慕者夜深人静于城中大街小巷呼啸而过),一位遗世独立倾城倾国的美娇娘便横空出世,轰动古城,以至于她不管到了何处,立马会成为风景,引得车堵路塞,浮浪子弟喧阗围逐,而以她爱生气的性情到了这种时刻也总会制造出一点令人瞠目结舌的乱子。有过几次让警察战战兢兢找上门来的遭遇,家中两位老人似乎改了主意,一反前态主动写信给前儿媳,表示同意放孙女前往南洋。前儿媳妇喜出望外,急忙回电报说随时欢迎女儿下南洋与她团聚。这则消息短时间轰动了全城,人们街谈巷议,都以一朵名花刚刚脱颖放蕊,尚未有一篇香艳故事酿成和流传,洛阳城就要失去她,而扼腕叹息。然而更真实的原因还是被一些老谋深算者猜到了。日寇投降两年之后,国共内战打得如火如荼,老督军是什么角色,焉能不从每日的战局演化中看出大势所趋。洛阳天下之枢,兵家必争,得洛阳者得天下,不虚言也,古来沧桑之变,洛阳城都少不了一场大劫。何况孙女貌美如花,万众瞩目,可惜七窍方通六窍,最要紧的一窍并不通,出于安全考虑早早找个借口送她出洋才是正理。至于他们自己,油尽灯枯之年赶上天翻地覆之岁,无论沟死路埋,总是"生于洛阳,葬于北邙",古人所羡,没什么好遗憾的。他们唯一没想到的是此事竟会在孙女这里遭到一口拒绝。孙女自然有她的理由:当年母亲狠心遗弃她一走了之,多年来对她而言仅剩下一个称谓,除去身上的洋装,今天的她只是个土里土气的洛阳姑娘,去到南洋,寄人篱下,她不但担心会被继父及一群异父同母的弟妹嘲笑,恐怕连长期生活在海外的母亲也会瞧她不起。古人言父母在不远游,她没有父母,祖父母就是她的父母,老人到了这把年纪,几如风中之烛,她这一走将置他们于何地?人难道可以没有良心吗,要不养儿孙真就没意思了。至于老人的深忧,孙女并不在乎,说天下真有大变,祖父母不能幸免,她也不想一人独活于世,总之多年来都是祖孙三人相依为命,将来无论会出什么事,活他们就一起活,死就一起死,古人讲六亲同命不就是这个意思吗?这番言辞虽然仍不大通,但从平日说话娇嗔荒唐的孙女口中讲出,两位老人一时竟惊呆了,接着便是四目对视,老泪纵横,如莹小姐下南洋之事遂罢。

两位老人哪里知晓孙女的心思!当年秋天,第一天去洛一高报到,如莹小姐抬头朝一位来自塬上武家的青年——武思中是他的名字——瞥了一眼,便瞬间对他生出了大火焚身般的爱情!就为了这个,她甘冒风险也要留下!

列位看官！洛一高历史上可不是一般的学校，即使在李如莹艳压群芳而成为一代花王的年代，人民解放军即将兵临城下之际，想进这所学校读书也是难的。如莹小姐能依靠一份还不算差的成绩单加上祖父的助力进入这所学校，在外人眼中竟如同她的生命中除了美貌之外又发生了一次奇迹。她和武思中并不是一届——她入学时武思中已是三年级生，就要毕业——如莹小姐当然早早就听说过他的名字，原因无非还是后者作为塬上武家一代青年的翘楚，朝朝暮暮都在引起太太小姐尤其是身边女同学的议论。心气儿极盛的如莹小姐最初听了那些话睬都不睬——什么塬上的土包子！因为生于武家，就被一群洛阳土著女孩迷成那样！但她不是她们，今日洛阳城中，难道还真有能让她认真瞥上一眼的男孩子吗？

洛一高新学年入学报到之日，秋草尚青，柳叶未黄，如莹小姐照例不早不晚让管家开车送她来校，瞬间让一群崇拜者且簇拥且围观地去教务处报名，然后走出教务处回家——第一天是不上课的——回眸一瞧身边已发生了地震：随着一名身穿家织青色土布衣裤的高个子土著青年也走进教务处——武思中虽是三年级生，新学年同样也要报到——不知谁先喊了一句，刚才还乌泱乌泱蜂缠蝶绕般围在她身边的大群男女"呼啦"一下作鸟兽散，尤其是那些女生，疯了一样，满坑满谷地朝教务处跑，她们冲向每一个窗台，人叠人地扒住窗沿儿朝屋里瞧，大呼小叫，挤不到前面的都急哭了。留在如莹小姐身边要跑没跑的只剩下一个她的死忠粉兼马屁精齐瑶，齐瑶是洛阳东关小商家的女儿，她的惊叫让如莹小姐很快明白发生了什么事情，并且马上就从教务处正门看到了报完到走出来的武思中——只是远远一瞥,但也看了个大概——她以为不会在意此人,但心中这个念头即刻便狂风呼啸般刮过去了!因为武思中正在大群女孩子的包围中向她站立的地方走来!这个一身靛青色家织粗布衣裤的塬上青年刚才已经抢走了她的风头,让她这个全城人尽皆知的新一代"牡丹花王"遭遇到有生以来最大的羞辱和遗弃——后者带给她的伤心甚至超过了母亲当年对她的遗弃——于是她就下意识地、不情愿地举头朝这个向她走过来的青年瞅了一眼!

啊啊,你怎么理解"命运"这个词的神秘呢?正是这一眼……诗人到了这时候都是怎么说的?

我在亿万朵花中看到了你
幸福之日结束,痛苦之门开启
原来过去的亿万个日子里
我一直等待的是你

在人生十六年的光阴中,什么叫心惊胆战、销魂夺魄、魂不附体、惊慌失措,如莹小姐是不懂也不屑于懂的,但是有过了这一眼,她全都体验到了!

然后发生了什么?仿佛什么也没有发生,但一切又都发生过了——武思中一眼也没有看她,就急匆匆地从她身边走过去了!好像为了第一天入学报到早早起床特意打扮得鲜花初绽一般的她根本就不存在!

不过她已经没心情痛恨这个第一次见到的青年了。如莹小姐现在要对付的是自己。其后的一个个夜晚，这位美丽骄傲到不把天下人放在眼里的洛阳女儿独自躺在家中那张装饰着巴黎贵妇式名贵华盖的金丝楠木床上，浑身如同烧起了大火，一边骂自己降尊纡贵地去想一个比自己大四岁、一身靛青色土布的塬上青年是多么自轻自贱，一边却又在想这个人到底有什么好，竟能于那一眼之瞥电光石火般摄走她的三魂七魄，让一株万人仰慕的牡丹仙子朝也思晚也想，一天到晚心里都是他，天亮了打个盹梦见的还是武思中！什么叫"衣带渐宽终不悔，为伊消得人憔悴"，什么叫"一日不见，如三秋兮"，过去她不屑得懂，但眼下全都懂了！

如莹小姐哪里是受得了这种煎熬的女子！自打过了十六岁成人礼以后，她身边从不缺少崇拜者和追求者，那些人个个都把她当女菩萨在自己的心尖上供起来，比方说一个被她在心里排到Z的位置上的西关阔少，名叫赵铭，不管校内还是校外，都被认为是洛阳城中最有权势的"一号衙内"——今日洛阳城中对一城军民拥有生杀大权的是奉蒋介石之命死守本城的国民党青年师206师的中将师长，可是赵铭的妈妈的表哥也即赵铭的大表舅却是抗战胜利后从南京直接被老蒋送到洛阳督察一切包括这位中将师长的特派专员，还兼任本城的警察局局长。坊间传说赵铭的母亲早年跟这位大表哥有私情怀了赵铭后才瞒天过海嫁给了赵铭的父亲，而其父两年前的暴死据说也和这位大表舅以接收大员兼监军的身份回到古都大有干系，赵铭自己为求得如莹小姐的青睐甚至都亲口承认过这位今天洛阳城中的土皇上是他的生父，现而今他爹死了，母亲直接搬过去和生父夫妻一般过活，而赵铭则因为这一层关系骤然成了洛阳权贵子弟中最有权势的一位，他曾发誓为了赢得如莹小姐的芳心，她让他一枪毙了那位权势熏天的大表舅兼生父，赵铭眼都不会眨一下，立马就去。赵铭和一干洛阳"衙内"为追求到如莹小姐，但凡能让她高兴一下子的事全做了，如莹小姐自己为了解闷找乐子也没少耍着赵铭和这帮人玩儿，高兴时开颜大笑，一旦生气立马让他们从眼前全部滚蛋。一天深夜如莹小姐突然给赵铭打电话，让他带人砸了某人新开的赌场，因为她下午去那里小试了一把老虎机输了钱。这通电话在她只是一时任性胡为，可不到天亮家里就来了一帮黑道大佬，为首的进门便趴下给祖父磕头，求老人央告孙女让赵铭手下留情，细问才知他的赌场已被赵铭连夜带兵砸了个稀巴烂又放了把火，留下帖子说三日后不想再看到赌场老板、马仔任何一个人活在洛阳城。老人将梦中的孙女喊醒问话，孙女已把此事忘了，这时却又想起来，杏眼圆睁对祖父说这家赌场不但设局骗赌还在全城贩卖"白面"，连人口都随意买卖，逼良为娼，好好的千年古都被他们害惨了，祖父不要管此事。老人想了想也就没有再管。三天后果然一场枪战在驴市街打响，赌场老板连同他那个恶贯满盈的黑道帮派被一连美式枪械的国军干了个尸横半城，血流十里。全城鞭炮声大作，人人称赞青年军206师进城后终于打了最大一场胜仗，为民除了巨害。赵铭让人收拾现场，衣着光鲜地来见如莹小姐，以为能博美人一笑，不想早上侍候如莹小姐的老妈子一件事办得不好，正在生气的李如莹听说赵铭来请赏，杏眼圆睁，大喝一声："赏他一顿鞭子！不见！"可怜赵铭忙了数日，杀人无数，末了面都没能一见，悻悻离去后又觉得憋屈，半路开车折回求老妈子传话，无论如何要请如莹小姐赏脸，由他做东请她吃一顿法国大餐。李如莹头也不回，再次吐出三个字："让他滚。"极度失落的赵铭为了面子还是编了一则花边新闻，等第二天李如莹到了学校，无事不问又与她同桌坐的齐瑶已在向她证实赵铭昨日在她家喝到一杯咖啡的传闻是不是真的。李如莹避无可避，但也只说了一句很著名的话：
"他高兴就好。"

还有一个许绍杰。背景不明，政界有他家的势力，军界也有，但许绍杰家族真正令人恐怖的背景还是财富和黑道。他在全城纨绔子弟争夺一代花魁青睐的混战中并不显山露水，却能让李如莹一直记得他，有时还会莫名其妙地想到早晚有一天赵铭会死在这个许绍杰手里，还能让赵铭权势熏天的大表舅兼生父冤无头债无主，因此自己也对许绍杰意外地怀有了一份忌惮之情。

不过自从在咫尺之近的地方抬头看了武思中一眼，这些人全都一点影儿也不在她心中了！现在那里只剩下了一个大眼角也没有撩过她一下的塬上土著青年！

一位她读过的五四新作家书里是怎么说的？"初恋是生命中燃起的第一场大火，少女在这个幼稚的阶段还没有准备好灭火器。火一旦烧起，她不会懂得去及时地扑灭它或者谨慎地控制火势，让它转化为照亮人生之途的阳光，那这样的一场火，就非常容易成为一场她和对方人生的灾难。"话说得睿智，但上下五千年能被它警醒的从来不是事中人！如莹小姐的初恋之火从白天烧到夜晚，从夜晚烧到黎明，哪怕天天坐在教室里，听老师讲之乎者也，她的病也还是不好！她还不能像对任何一件她一眼瞅见就爱上的古董或者玩意儿那样立马将武思中弄回来揽在怀里，占为己有，然后再打碎它，扔在脚下，扬长而去，从此不再惦记。让她的痛苦日甚一日的是她必须天天在校园里装成偶遇的样子看到他，一天不看到武思中都活不成！

还有一个难处是她想不出可用怎样的言语形容他的好！潘安、宋玉什么的都成了陈词旧句。有时两人在校园里相遇，只有咫尺之遥，她觉得自己反倒成了七步成诗的曹子建，到洛阳朝见后南渡洛水回归封国，车困马乏，停下歇口气儿，一个回眸就见到了在洛水之滨以遨以游的洛神，"情悦其淑美兮，心振荡而不怡"，无时无刻不在遭受"无良媒以接欢兮"的煎熬。她不止一次冲动地想直接拦下他表白一番，可那又是她的骄傲不能允许的。不，是她赶不走可恶的齐瑶，后者只要在学校就会像左拉笔下的陪衬人一样黏在她身旁，只要能让别人承认自己是如莹小姐最好的朋友，齐瑶毫不在意有如莹小姐在身边会让她那张大饼脸显得丑上加丑——有齐瑶在身边，让她先对武思中开口，她哪里做得出！

即使如此日子也流水般过去，秋天来了又去了，黄叶落尽，雪花纷飞。冬天没有让她心中的火焰熄灭，反倒因为天天都要见到他燃烧得更旺了。武思中是给她制造了痛苦的毒药，但也成了这痛苦的解药，只要她能保持这样的生活，每天都能看到他一次，她就不会再像见不到他时那样失魂落魄，一颗心空空荡荡，如同初冬的旷野，荒凉，冷寂，令人愤怒。也正因为这个，李如莹不再逃学，并且更愿意在课外自习时走进学校图书馆，因为她常会在那里遇上埋头苦读的武思中。只要能远远地看他一眼，哪怕只是背影，原本郁闷急躁的情绪也会一下变得喜气洋洋。没什么好解释的，只要能看到武思中还在自己眼前，还在这个校园里，她就高兴。有时候她会长时间坐在图书馆里发呆，神情恍惚地想自己已经这么爱他了,他当然也就以一种非常私密的性质归属了她,至于她和武思中是不是正式结识过这种纯形式的难题,她不愿去想,就是想了也不愿意在乎。

　　有一个中午李如莹又去了学校图书馆,一边走一边低头想自己整个上午都没有看到武思中了,以至于有点懊恼和走神儿,竟一头撞到图书馆门前一棵粗大的花椒树上。这一撞没有伤到她,倒让李如莹的思想分了岔,竟然开天眼一样想起了潘安、宋玉之外另一位同样载名洛阳史籍的美男子,花枝乱颤地想到她可以将她的心上人比作谁了!怪不得一直想不起来,此人在文学史上似乎没有潘宋出名,但作为一名美男子,名气却比上述两位还要大。啊,武思中不就是那位因长得太好被人看死的卫玠再世了嘛!进了图书馆她迫不及待借出《晋书》和《世说新语》翻看,眼前仿佛马上就有西洋电影片儿播放起来,映入眼帘的首先是少年时的卫玠,正要乘羊车出行,全洛阳城的达官显贵都跑出来看他,大呼小叫,说他们看到了一位"玉人"——称美男子为玉人就是从这时开始的,"玉树临风"这个词儿也是从这儿来的吧?然后就是西晋未亡,洛阳未乱,长大到弱冠之年的卫玠乘车出门,全洛阳城的人不管所操何业全都疯了,男不工女不织,全跑上大街去看他!市井女子也罢了,让她们看看这位有名的玉人,流流涎水,做场春梦,就好似过了节,可是那些皇家妃嫔,公主王孙,又不是没见过好男人,她们也疯了,不再是自己了,什么价值连城的头面珠宝都从临街的楼上往卫玠的车子上扔,把那么大的车子都填满了,还要悲欢交聚,又哭又笑,尖声叫喊,图的只是玉人能在万人中独独侥幸回头瞧她一眼!骠骑将军王济,曹魏司空王昶之孙,常山公主的驸马,卫玠的亲舅舅,能文能武,名重天下,见了还是少年的外甥竟然抹起泪珠子来,说什么"珠玉在旁,自觉形秽"。晋室南渡,卫玠好不容易逃到建康城,那里的人居然也有样学样地效仿起洛阳人,全城出动来看卫玠,到底把他看了个死!

到这儿就完了吗,才不呢,可怜的卫玠人都死了,后世的人们还不放过他,历朝历代好像是个人物都要念颂他一通,至少为他写一首诗。"白玉谁家郎,回车渡天津。看花东陌上,惊动洛阳人。"这是李白;"叔宝羊车海内稀,山家女婿好风姿。江东士女无端甚,看杀玉人浑不知。"这是孙元晏;"年少才非洗马才,珠光碎后玉光埋。江南第一风流者,无复羊车过旧街。"这是宋代的杨修。书读到这里,如莹小姐的小心脏扑腾腾乱跳,又像被人拿来利刃一下一下剖开,剧痛难忍,却也欢欣无限!人又开始发痴:她的心上人为什么到这时了还没来?她真想立马跑去他的教室或宿舍去寻他,不为别的,就是为了像当年的洛阳或者建康女子一样看他一眼,能看他一眼就够了!撂下书出了图书馆,人还没跑到他的宿舍——她的心上人不像她,天天走读,武思中是住校的——就远远地停下了,原来他们年级正在集体搞活动,男女同学都在为一个什么纪念日的庆祝活动忙碌。可怜那些女生,都是芳龄正好的年纪,可她们生得再好,也就是《诗经》里说的"桃之夭夭,灼灼其华"的好吧,可是你再看武思中,马上就会想起还是古人厉害,他们只用"风神秀逸"四个字就把洛阳城建城数千年留名青史的美男子全干翻,接下来他们还造了一个新词儿:"惊为天人"。——哎呀呀,今天她到底明白这个她只瞥了一眼全身就起了大火的武思中和世间所有男女——不仅仅是男子——的不同在哪里了！武思中是天上的玉人降临到人间，其余的男生和女生一竿子从船上全打翻到水里，都是当初女娲娘娘造人时胡乱团出来的扔到地下的泥滓！不，他们全是玉人脚下的尘土！

她自己呢？没想到这扪心一问还难为到她了！不知道为什么，偏偏在这个塬上土包子面前，从小到大一直目空一切的她就愿意承认自己也只是地上的人，但不是地下的尘土，而是千年古都洛阳城的皇家宫苑遗址上生出的一朵天下无双的花，是一代牡丹花中的王！难道还会有另一个女子更胜过她，配得上这位玉人，理应与武思中珠联璧合花好月圆吗？

初恋的折磨让她日夜痛苦，竟也能让情窦初开的她感觉到如此多的幸福，这是头次尝到爱情滋味的如莹小姐想不到的！想不到也享受了，这和过去从那些追求她的豪门子弟那里得到一件好东西不一样，他们送的好东西连同他们本人玩一阵子她会生厌，可这个风神秀逸的男子却让她第一次模模糊糊地觉得，要是她真能得到他，一辈子不但不会对他生厌，反而会心甘情愿地在他面前自降娇贵，伏低做小，只要能讨得到他每日肯于万人中对她的回眸一顾！当然要得到他，这个念头一直烈火般灼痛着她的心，不然她又能拿什么抵御无日无夜不在折磨着自己的屈辱中的爱的苦痛，连同这苦痛中含蓄的无边无际的欢乐与深沉到无穷大的沉醉呢。后一种情感和前面的欢乐不同，欢乐是浅层次的，可是无穷大的沉醉，那可是和生命最深处发出的嘹亮且也是最令人心痛的爱的呼喊联系着的，欢乐是眼前的，可是后一种呼唤却来自生命的终极期盼，她无法抗拒，甚至也做不到故意听不见！

怎么办？别的事她都可以直接告诉祖父母，撒一个娇，再荒唐的事两位老人也扛不住,那时就会知会管家,花钱也罢,哪怕直接下手抢呢,把人弄回来,按住脑门子拜堂成亲,送入洞房。可这种办法对付她的心上人怕是不成,那就按周公之礼的套路来,三媒六证,"贲如皤如,白马翰如,匪寇婚媾"。

她被自己吓了一跳,醒了。首先想到的还不是门不当户不对——两家一个塬上一个城里,一是乡下草民一是高门显宦(下野的督军也是大人物),甭说别人,祖父母都不会答应,而且——赵铭和许绍杰怎么办?他们都在她身上下了很久很深的功夫,这两个家伙天天在她面前卑躬屈膝是一回事儿,得不到她时变脸出手毁掉她也不算意外,但是,照他们惯常的路数,第一个被害死的必定是她的心上人!他们听到她要嫁给他的消息后会不容分说直接找到他,照着脑门就给他一枪!

如莹小姐从这个惊觉开始发现自己变得聪明,如同俗话中说的开了天眼:原来她并不是自由的!祖父已老,早就无法与赵铭和许绍杰这类无法无天的新一代恶少较量以保护她。她想要让祖父母打发人去塬上武家提亲不是为了让武思中死无葬身之地!无论是赵铭还是许绍杰对武思中下了黑手,结果都一样,她还是不能和这个卫玠再世、风神秀逸的玉人花好月圆!

不想让武思中死就只能放弃他,可那也不是她情愿的!十六岁的少女都有一颗不屈不挠的心,何况她已经发了花痴,这颗心死都放不下他!有了他,她开始喜欢多少新东西呀,学校图书馆的古诗词集,家里祖父书房中的《西厢记》唱本,尤其是后面这薄薄的一出戏,她早上看,晚也看,半夜里想武思中睡不着开了电灯也看,她喜欢西厢待月的温馨浪漫,"拂墙花影动,疑是玉人来"，就连长亭送别的凄凉意境也是她日夜盼望而不可得的！"碧云天、黄花地、西风紧、北雁南翔，问晓来谁染得霜林绛？总是离人泪千行！"多么惨痛，又多么美好！她一生一世都愿做这个长亭送别的崔莺莺，看着她的玉人，"柳丝长玉骢难系，恨不倩疏林挂住斜晖"，"听得道一声'去也'，松了金钏；遥望见十里长亭，减了玉肌，此恨谁知？"

一代牡丹花王的心在滴血，但这血里到底有做过军阀的祖父的遗传。遇难而退是不可能的，那不是她，但她也懂得了不能蛮干，这标志着她心智的又一次成熟。如莹小姐开始思考形而上的问题——青年人思考自己遭遇的困境时总会先让精神境界升华——难道她一定要屈服于武思中和自己陷入的绝望处境吗？不，是她和他一定要屈服于这个污浊不堪的人间吗？上天让她这么一个人见人爱花见花开的妙人儿降临凡尘，不就是和武思中这样一个天降的玉人成就一段神仙眷侣的故事永世流传吗？"一个是阆苑仙葩，一个是美玉无瑕。若说没奇缘，今生偏又遇着他。"《红楼梦》她也是读过的！"兀的不闷杀人也么哥？兀的不闷杀人也么哥？"不做些有用的事情从她和他的黑暗困境里突围，如莹小姐真不敢放任自己想她和她的心上人会有花好月圆的一天——只要这个任赵铭和许绍杰肆意杀人的世间不变，她和武思中就好梦难圆！

一个词儿在脑海里跳出来：革命！这个词儿过去她是听说过的，学校里总有宣传革命的传单，据说是某个神秘的共产党洛阳地下组织散发到学校里来的，齐瑶捡过几张，让她看过，看完就扔掉！革命，太吓人了，和她什么相干！据她以前的肤浅理解，要革命的一是共产党，二是一无所有的穷人。她的祖父是旧军阀，她生下来就是名门小姐，一家子都是革命的对象。可是今天，她觉得和她相干了！革命应当有！这个任赵铭和许绍杰肆意杀人妨碍她和她的心上人有情人终成眷属的世间应当被打翻！可是她又该到哪里去寻找一条革命的路呢？

十六岁的少女做事一向没有周密思索的习惯，她只想到一条道，马上就从这里开始了。这条道就是她身边仅有的齐瑶。

"哎，你说，像武思中这样的人会不会是那些发传单的共产党？"一天，她突然大着胆子问齐瑶道。

齐瑶的眼睛瞪大到极限，并且激动地打起战来——最早如莹小姐以为她只是被自己的话吓住了，后来发觉不是。

"你真问到人了！告诉你一件事，我上不了学了，我家破产了。"齐瑶说。

"你家……你在说啥？"

"我爹得罪了人……算了，还是不说吧，说你和武思中的事儿！"

"我和武思中没有事儿！"

"行行行。你们没事儿，可你找我打听他的消息，是找对人了！"

"往下说！"

"我们家搬到城外来了，租了师范学院隔壁一户人家的房子，在三层楼的顶楼。我的房间有窗户，可以看到一到礼拜天晚上，武思中就会和一些读书人模样的男男女女去师院一位老师宿舍里见面……一谈就是大半夜。"

"你这些话……是真的？"李如莹这才是被她惊吓到了呢，颤声问齐瑶。

"夜里我睡不着,想着我家将来会怎样,自己的前途……爬起来站到窗口前朝师院那边看,想知道他们在做什么。结果,风就从那边……就把一些话断断续续地刮过来了。"

"你……听到了啥?快说!"

"共产党的军队……很快要打洛阳了!"

"胡说!你刚才说他们是一群读书人,怎么会说起……他们怎么知道共产党很快要打洛阳了?"

"你不看传单……老蒋的兵在全国战场上连吃败仗,眼下黄河以北全成了共产党的地盘儿,老蒋将一个兵团十几万人马守在黄河南岸,排成一字长蛇阵,不堪一击。共产党的兵只要过了黄河,从任何一个地儿都能突破他们的防线,攻打洛阳。"

李如莹模糊想到祖父母最近日子里一些要避开她的谈论,好像说的就是此事。

"行了,你今天说的两件事——传单的事和你从师院围墙那边听到的事——跟谁也甭要再说。今天我和你也没有说过。说是学校里有特务,要让他们知道,你我就活不成了。"

"我懂。"齐瑶回答,不知是不是因为入了三九,天寒地冻,还是她心里真害怕,浑身都哆嗦了。

一点火苗悄悄在如莹小姐心里烧起——真没想到啊,武思中是共产党!这件事对她来说是不是大好?真是要啥有啥,你要革命,像秘密传单上说的那样推翻旧中国,好事儿就来了!

上课铃响了。课间休息时,李如莹大胆地走进了学校一角的小花园。武思中一向喜欢在那里低头溜达。她径直走向他,不看他的脸——望着旁边的月亮门——冷冷道:

"下午放学后在洛阳大堤等我。我有要紧的事见你!"

说完她转身就走,没让武思中讲出一个字。不是不想听他说话,是她自己怕得发抖——万一她被拒绝,以后就没脸见人了!这在以前,要她主动上赶着求他约会,是想都不敢想的事儿!

哎哟!走出小花园她才马上想起来,还是忘了件大事!虽然赵铭和许绍杰不怎么来上课,但她身边一定有不少他们各自安插的眼线!绝对不能让赵铭或者许绍杰的人察觉出她和武思中的事儿,一点蛛丝马迹都不能有!赵铭或者许绍杰会因为一点风声不假思索就让人把武思中骗到野地里给他脑后一枪!要是出了这种事,那就真像古书中说的了:我不杀伯仁,伯仁却因我而死!

她爱武思中,却害死了武思中!不!

她是不是更聪明了?居然能想到这么复杂的事!

这还不算完,由武思中挨黑枪她又想到了自己:即便她眼下还能像待一条狗一样待赵铭,至于许绍杰那个可怕的黑影一样蹲在暗处盯住她的家伙,她更是一个笑脸儿也不给,但无论早晚,只要中国不革命,洛阳不改朝换代,她好像最终还是会落到这两个坏蛋中的一个手里,就像每一年的牡丹花王,无论绽放之日是不是艳绝古今,最终都要香消玉殒,落到尘埃里去!

黄昏放学时美丽的高一女生平生头次耍了个心眼儿,让管家兼司机开车将她送回家,转眼间却换了衣装,一个人无声无息出了院后小门,走洛河的乱苇滩直奔东南方向的一段洛河大堤。洛河已经封冻,但这段大堤两侧长满的野生苇丛却无人收割,大堤又曲折隐蔽,人上了堤外面是难以看到的。爱情让如莹小姐疯狂,疯狂又让她无畏,她今天要不顾一切地接近武思中,问他革命和共产党的事！当然，她一颗心里还火辣辣地、一厢情愿地相信了另外一件事：只要她能和武思中见面，后者就会像她爱他一样用热烈的爱情回报给她！她还想到了自己这么认为的理由——大地方她没去过，但在洛阳城里，只要她曾经向某个男人多瞧上一眼，他们中就没有任何一个不会立马疯狂地爱上她。武思中也是男人，又比她年长，她都这么爱他了，他怎么会不因为她主动约他相会不顾一切地爱上她？！

再以后会怎么样，她不愿去想。啊，一旦他也爱上了她，她和武思中就走到了一起，两个人就成一个人，首先她会本能地觉得自己什么都不怕了。他是男人，又是共产党和革命者——仅凭齐瑶的几句话她对此其实并没太大把握——会有主意让他和她逃出眼前的危险，奔向光明的人生的前途。她甚至还为此想出了一个极为大胆的主意：像五四新作家书中的新式青年恋人反对封建包办婚姻一样，她和他人不知鬼不觉地私奔了吧，逃出洛阳，一直逃到南洋去！只要离开了洛阳城，他们就逃脱了赵铭和许绍杰的魔掌！想到这个主意后她就一直被它激励着，觉得满天乌云就要散尽，由此还生出了另外一番快乐的想象：她的母亲一旦见到和她一起私奔去南洋的武思中，会不会也像古洛阳城的女人看到他们心中的"玉人"卫玠一样，对她的心上人生出疯狂的欢喜来？一定会的！

然后——每个童话的结尾都会这么说——他们从此开始了幸福的生活！

她一边这样重温着自己的想象，一边浑身燥热，穿过洛河滩上很大一片被风雪打倒的枯苇秆，踏上了那段被两侧密密匝匝的带雪的干苇丛遮蔽的河堤，这时才吃了一惊，因为这里没有他！怎么会这样！长这么大世上没人敢放她的鸽子，从来都是樱唇一动，应声如雷。今天是礼拜天，齐瑶说的，每到这一天晚上她的心上人都要去师范学院某位老师的宿舍里和一帮扮成读书人模样的革命党聚会，这个邙山塬上的男孩子不会是——

她的眼睛亮了！心花儿在早春的季节里绽放！——他来了，不像她刚刚担心过的那样对她上午的一句差不多是命令的话置之不理。这是不是说，她猜对了，虽然两人过去没有过交谈，但他和她到底同在一所校园里，她不可能没注意过他，他也不可能没注意过她……不，他也许早就像她爱他一样悄悄地爱上了她！

"嘿，学长！"她一直是不怕人的，今天尤其勇敢，先开口喊，算是打了声招呼。

她的心上人没有立即回答她，他看她一眼，站住了，仿佛上午她没有对他说过晚上在这里约会的事一样。她继续全神贯注地盯着他看，要看清他的每一个动作和表情，后者代表他发现她真在这里等他时的反应，这对她十分要紧，不，太要紧了！

但她的心上人这一刻注意的却不是她，他先是前后左右仔细观察四周，包括苇丛一侧的河滩和另一侧的田庐，直到发现真的没有人有可能监视到他们，才径直走到了她面前。

"你真的……来了！"他开口道，神情和语气同样凝重，并且再次朝四周围观察。

"是的，"她说，无边无际的狂喜正从心底洪波一般涌起，眼看着要把她自己也淹没掉了，"我们……在校园里天天见面，不过你一直圣人似的装成不认识我……其实你早就知道我——别不承认！"

她不知道激动和潮水般涌上来的巨大欢乐让自己一开口就有点语无伦次，但好像她的心上人并不介意这些。

"啊，是的，我早就知道你，并且很早就认识了你。"她的心上人打断了她的话，急匆匆说起来，一边仍不时朝四周围远远地观察着，再回眸看她，脸上仍然没有她期望中的被她的美貌吓到的表情，也就是说，这个男人在第一次和她约会时既没有表现出巨大的惊恐不安，也没有不由自主显露出对她的热烈的爱慕。不，十六岁的少女甚至觉得他这一刻看她的表情和他上午在学校里她见他时的表情毫无二致——沉着，诚恳，干练，严肃，又不乏尊敬，唯独没有她一直渴望的大火燃烧般的爱情。"我还知道令祖父一直坚守民族气节，从不屈服中华民族内外敌人的威胁利诱……而李如莹同学你，虽然年龄不大，但也让我有理由认为你是一名渴望进步的时代青年。"

她内心的狂喜之潮正在退下去……他在说什么，这个被她在心中爱得发狂的男子，卫玠一样从天庭降落到凡间的玉人，居然在说她是一名"渴望进步的时代青年"！

"……我今天来见你，并不是因为你上午约了我在这里见面。即便你没这么做，这几天我本来也要约你。"她的心上人继续着自己的话，但它们在如莹小姐耳边形成的只是阵阵似乎很意外很遥远的轰鸣，模糊而又清晰，因为这些话她全听进了耳朵里。

"为什么？我不明白……你怎么会……"如莹小姐下意识地对他的话做出反应，乱麻一般的脑瓜里蓦然迸出了一句十分要紧的话，"你真的是共产党？"

事后每次回忆到这儿，她都会想自己有多冒失呀。他若真是一名秘密潜藏在洛阳城中的共产党，听了她的话会是什么感觉？就连她自己，刚把话说出来，也马上生出了一种薄刃在喉的冰冷感觉！——他会不会因为她这句话杀了她？！

　　但他却向她走得更近了，只差一步就能靠上她的身和她美丽的脸。她不说话，也不后退，爱情之火仍在燃烧，刚才只是被她忽略了，他的大胆靠近却莫名其妙地重新让她想到了它。两个人都聚精会神地盯着对方的眼睛。一个念头火苗般跳跃出来——

　　要是真会死在这个男人手里，那就死吧！

　　"我眼下还不是……我还不够格。但我信任他们……崇拜他们的事业。李如莹同学，你能问我这个，说明我以前没有想错你！"她的心上人说。

　　"你以前……真的想到过我？"李如莹激动得又有一点儿语无伦次了。

　　"从这会儿起你啥也别问。我下面的话无论你能不能做或者愿不愿意做，都不要马上回答。"武思中说，声音低沉，目光和表情却更严肃了。

　　刚才模糊嗅到的薄刃在喉的危险气味又回来了……她盯着他那绷紧的俊极了的面孔，心中的激动和喜悦全部消失。

　　"……推翻旧中国建立新中国不是共产党一家的事，全体中国人民都有份儿……李如莹同学，这一点你同意吗？"

　　"问我吗？……当然，我同意。"她还不习惯这样的谈话，更不适应作这样的回答，几乎赤裸裸地同情共产党，用赵铭的生父赵廷江那帮人的话说就是"通匪"，抓到了要"格杀勿论"的！

从他们站立的河堤顺冰封雪埋的洛河东望，数里开外就是令全城百姓闻之色变的杀人场。凡是"共党嫌疑"，抓到了全押到那里枪毙！

"……李如莹同学，和我们相比，你有更好的条件，更多的人脉，如果你愿意，你能替我们打进反动派内部去搞情报。譬如说，青年军第206师在洛阳城的布防图。"武思中继续说话，像方才一样，李如莹也在一阵阵模糊的声浪中清晰地听到了他说的每一个字。

"呀！你是不是要说，共产党真要打洛阳？"

"……我们找不到共产党。你一想就明白了，我要是共产党，会这么跟你讲话吗？……可是，就眼下的天下大势，大家都明白，共产党早晚都要打洛阳……你要能通过关系搞到城防图，由我们的人送出去，不管哪天他们来攻城，仗是不是就好打多了……还有更要紧的，你只要读过史书，就会明白，但凡朝代更替，洛阳城都要被毁掉……洛阳是我们的家乡，我们的亲人都在这里……要是能弄到图，说不定就能保住我们的城、我们的人，不让洛阳城再一次被交战双方毁掉……要是那样，千千万万的洛阳人都会感谢你，你，还有我们，就在保卫这座绵延数千年的古都……在历史上……立了大功。"

李如莹浑身战栗，恍惚间觉得顺着洛河滩逼过来的所有的寒意都加在了自己身上！

"可是……我……行吗？"她喃喃道，仿佛不是自己在说话。

"李如莹同学，我刚才是说譬如，不是说你一定要去做……今天咱们哪说哪了，包括我和你见面的事……都没有过。"

这话让李如莹觉得身上没那么冷了，但她又鬼使神差般想起了另一句话：

"你们的人……不是共产党……那你们是什么人？"

李如莹毕竟是李如莹，即便到了这种时候，她的好奇心仍然在发作，而且是大发作。

"警察局局长赵廷江称我们为共产党外围……不是共产党的人，但是心向共产党……其实他说错了，我们这么做还真不是为了帮共产党，我们就是想帮帮洛阳的老百姓。再说一遍……李如莹同学博览群书，一定知道洛阳史就是半个中国史，每次天下大变，洛阳城都要遭一次难，是一国之都时这样，不是时也这样……宫室为墟，王城成灰，《诗经》里有一首诗，就是写洛阳城被焚毁后归来者的悲伤之情……"

她已经想起来了：就是《诗经·王风》中的《黍离》吧！

彼黍离离，彼稷之实。行迈靡靡，中心如噎。
知我者，谓我心忧；不知我者，谓我何求。悠悠苍天，此何人哉？

还有一本《洛阳伽蓝记》，为南北朝东魏抚军司马杨衒之所著，她是在学校图书馆的借书簿上看到面前这个男人曾借阅过，也借回来读，其实是想触摸他手指的余温，即便如此，那里边描述的洛阳城被毁十余年后的景象还是让她夜不能寐：

……城郭崩毁，宫室倾覆。寺观灰烬，庙塔丘墟。墙被蒿艾，巷罗荆棘。野兽穴於荒阶，山鸟巢於庭树。游儿牧竖，踯躅於九逵；农夫耕老，艺黍於双阙。麦秀之感，非独殷墟；黍离之悲，信哉周室！

"好了,话就说到这儿,再见!"

他就这样走了,没有给李如莹一点表明态度的时间。暮气深厚,笼罩了洛河和它的两岸,一眨眼她就看不清他了。李如莹一个人又站立了一会儿,听到自己长长地吐了口气,让方才一直在剧烈跳动的心归于平静……后来每当她想到这一次的相见,她都得承认她的心上人的话自己当时还是听懂了,并且在她心中引起了连绵不绝的共鸣,如同夏日午后暴雨将至前的雷震!

日寇打到洛阳那年,祖父母带她逃难到西安,两位老人亲口教她诵读过《诗经》中那首令亡国者惨痛得无以复加的《王风·黍离》!

祖母在逃难中,也给她讲过,宋代词人李清照的父亲李格非写过一本《书洛阳名园记后》,书中有这样的话:"洛阳处天下之中……盖四方必争之地也。天下当无事则已,有事,则洛阳先受兵。"祖母是大家闺秀,读的书比祖父还要多,那一天她告诉过孙女:洛阳城有五千多年的文明史,就有五千多年的焚城史。每到那时,洛河两岸便会"流血漂杵,无复人烟"。

啊啊,出于对眼下这个不能让她和她疯狂爱上的男子终成眷属的洛阳城的憎恨,她突发奇想要加入她的心上人和他的人那边去,哪怕真是去革命,她觉得自个儿也有那个胆量,只是她没想到,今天和武思中第一次见面,他就给了她这么一个千钧重托!当然,她还马上就想回来了,这也是他给她的一个千载难逢的机会,她可能会闯下大祸,但做好了也能立大功,然后顺理成章地加入武思中的人那边去,从此和她的心上人长相厮守……有一首古诗《上邪》是怎么说的？

> 上邪，我欲与君相知，长命无绝衰。
> 山无陵，江水为竭。
> 冬雷震震，夏雨雪。
> 天地合，乃敢与君绝。

何况此事不管有多大的危险，在初涉世事的李如莹心中的分量都不像她其实并不真正了解的现实中那般沉重——她从小到大一直被祖父母罩着，因为祖父母的溺爱，家门外所有的人也都宠着她，她过去闹出什么乱子都会给她面子；即便是赵铭和许绍杰这样杀人不眨眼的家伙，因为自己貌比天仙，也将她视为天上世间最贵重的宝石捧在手心里。十六年的人生在她一直是被全洛阳城的达官显贵娇宠和她貌似反抗这种娇宠的游戏，要是真在她的生活里加进一点秘密和危险，反倒像在一顿大餐中加上一种新佐料，添一种新味道，虽然还没尝试时就觉得不大适应，但她还是认为应该为有了它而高兴，因为它危险，而危险就意味着刺激和剧烈的心跳！

武思中匆匆离去时她的心跳得还有点太快，但他走远后她却为自己进入了一种新的危险的生活而心花怒放了！

她一路走河堤回家，路其实不近，脚走疼了，可她的心一直被某种从没碰触过的秘密激动和充盈着——太意外了！回头一点一滴仔细咂摸武思中和她约会的滋味，她得到的快乐还更多了！那个被她惊为天人、疯狂爱了半年却从没说过一句话的可人儿居然一点戒备心也没有,见第一面就把自己的可怕秘密和盘托给了她,还大胆提议她也加入他和他的人那种随时可能让她掉脑袋的行动里去,这件事儿又比天还大!干成了不但能帮共产党轻松打下洛阳,当然更主要的是能救下洛阳城,不让她再次被改朝换代的战火焚毁白地——不,火烧洛阳这样的事共产党不会干,因为打下洛阳后古城就是他们的了,但说不定守城的青年军会干,赵铭父子和许绍杰那样的黑道家族会干,改朝换代意味着他们对这座古城的统治完蛋,无论财富还是权势都将化为乌有,为什么不会想到让古城和他们一起灭亡——古书里也有一句话,虽然不大对景,但也可以说明他们的心情:

时日曷丧?吾与汝偕亡!

回到家门前李如莹已经拿定主意,接受这个危险和刺激的工作,不,是一种既能带给她危险的快乐、也能让她更秘密地和她的心上人靠近的生活!至于怎么干,她想都没有仔细想。她平日遇到麻烦,总是会有人帮她解决的!

这是个没有月光也没有一点星光的冬夜,黑暗而寒冷。祖父母早就急坏了,正派人四处找她,孙小姐的归来让所有人化忧为喜,李如莹反而受到了比往日更热烈和无微不至的关心与呵护。又值周末,赵铭和许绍杰都带了豪车来接她。二人一直较劲,但在一件事却达成了默契:不会因为两人的纷争让如莹小姐难为。每个周末两人都亲自带车接如莹小姐出门去花天酒地,但跟谁走要看本人的心情。

这天晚上如莹小姐没有丝毫犹豫就选择了赵铭，推开祖母让厨子精心熬制的银耳莲子燕窝羹，换了衣服就出门。祖父连声叱斥也没能挡住她轻捷的脚步。她心中的一点异样的兴奋上车后让赵铭瞅了出来，但一直到东大街新开的法国餐厅二楼最大的包厢，跟随的人全退下，他才开了口：

"摊上好事了？或者……是坏事！今晚上你和往日可是不同。"

如莹小姐将殷勤的法国经理和侍者全赶出去，只留她和赵铭在，然后亲自动手关上窗子，回头看赵铭，一双美丽的桃花眼眸里仿佛有摇荡的明亮的波光要溅出来。

赵铭大喜过望，涎着脸凑近她，问："怎么，你要发疯？"

"可你要付出代价。"如莹小姐道。

"只要不让我放火烧了洛阳城。不过你真要我干也没啥大不了。反正和共产党一开战洛阳就会烧成一片焦土。"

李如莹的心大颤了一下。原来她没猜错，赵铭和现今统治着洛阳城的那一批人（赵铭只是其中最不起眼的一个）早就想到了这个！他们根本不在乎这一仗是不是会把洛阳城再次焚毁成为一片白地……后一种流水般滑过的意念强化了她今晚冒杀头的风险也要把那件事做下去的决心！

她放胆地笑着，第一次没有阻止赵铭将身子贴向自己，依旧用那双波光荡漾的桃花眼火辣辣地盯向赵铭，笑道：

"我要是共产党，你还会像今天这样请我吃法国大餐吗？"

赵铭用鼻子在她全身上下尽情地嗅了一溜遍，叹道：

"今晚上我交了好运哪，你用了我送的法国香水。"说完了才抬头与李如莹的目光有力地对视，如同一个胆大妄为的灵魂盯着另一个胆大妄为的灵魂。"你真是就好了，可惜你不是。"

李如莹原先就没有想好词儿，这会儿现想又来不及，不过这难不倒她，一转念她就有了主意——在她和赵铭之间，其实一直存在着某种坦率的关系——她知道赵铭是谁，赵铭也知道她是谁。既然如此，为什么不把话挑明了说呢？

"万一我疯了，投奔了共产党，让你把206师的城防图搞出来给我……你干吗？"

赵铭的眼角眉梢甚至没有颤一下，就回答了她：

"打算怎么报答我？"

"先说你干不干！"李如莹仍然在笑，但同时也在严肃地盯着赵铭的眼睛。今晚无论是她的笑容，她脸上的兴奋表情，她说话的语气，乃至于她浑身上下显示出的一种不常见的不顾一切的勇气与决绝的态度，都让她在赵铭眼前彻底变为另一个十分陌生的女子！——天底下任何一个像如莹小姐这样美到无以复加的少女疯狂起来都是如此景象吗？

赵铭保持着全部的笑容，两眼一眨不眨盯着如莹小姐，道：

"我连洛阳城都敢烧，城防图算个屁。反正有没有那图，共军一来，洛阳城也得易手。"

赵铭对他生父和自己所在的阵营如此没有信心，让如莹小姐意外。她吃了一大惊。这之前她从赵铭和赵廷江口中听到的全是"洛阳城固若金汤"一类的豪言壮语。赵铭的回答张大了她的胆量。

"那就给我弄到它，我把它送出去，交给共产党。等他们打下洛阳，我替你作证，你和我都为保住洛阳城立下了大功！"

后来她想到了：赵铭有可能就是从这一刻开始对她刮目相看

的。听完她这句话,赵铭立即向后退了一步,接着又退了一步,动作很机敏,好像要离她远一点,重新看清她是谁。不过赵铭也没有给自己和她留下更多时间,就以一种猴跳的可笑姿势走了回来,重新靠近她,继续眼睛盯紧她的眼睛,道:

"我又觉得今晚上你不是在发疯……说吧,共产党哪一天打洛阳?"

"这个我怎么知道!"李如莹脱口而出。这是她心里最真实不过的话,这种时候说实话对她又是最容易的事。但一旦意识到自己对赵铭讲了实话她又有点懊恼,担心赵铭会因此不再相信自己。"我想喝酒!"她转移话头,叫道。

法国大菜连同一瓶上等法国白兰地送进来,转眼又只剩下他们两个人了。如莹小姐年龄尚小,但因为祖父,酒量却不错,但今晚特殊,她太兴奋,心里又藏着赵铭不知道的秘密,酒没少喝,喜欢吃的炭烤蜗牛却一口也没尝。头晕,房间里太热……她知道这都是赵铭的设计,故意搞得她穿不住身上的大毛小毛衣服,一件一件脱下去……为了自己的目标今晚她也顺水推舟,破例赏他脸,借酒遮面,脱得除内衣只剩下一件改良旗袍——衣服是新做成的,一次还没穿过,裁剪得极贴身,将她少女玲珑窈窕的曲线纤毫毕现地显现在赵铭的眼前。其间两人一直没有停止你话赶我话,且谁都不愿落下风,于是这场对话越来越像极了一对争强好胜谁都不服输的青年恋人间的斗嘴游戏。

"你不是共产党,装共产党逗我玩,自己开心。"赵铭故意说,"新想出来的把戏?"

"你刚才问共产党哪天打洛阳,我不告诉你,是我不知道。但我知道不管是哪一天,共产党总归要打洛阳……真到了那一天,你和你表舅,啊,那个赵廷江,不,赵阎王,一定早跑了。"李如莹说,大口地呷白兰地,一边放肆地嘲笑地看着赵铭。

赵铭不再看她,给自己和李如莹斟酒,道:

"洛阳城里也只有你,敢背地里这样喊他!"

"你也喊他赵阎王!——回我话!那天反正要来。假若赵阎王不跑,让共产党逮着——"

赵铭斟完酒坐下,平静地看她,道:

"让共产党逮着,就他干的那些事——共产党把他吊死都便宜了他!"

酒喝得更多了,李如莹越来越兴奋,却不自觉,"你呢?你就不怕?"

"我不是有你吗?"赵铭笑道,举起手中斟满金黄色酒液的高脚水晶杯,又站起来。"等我哪天高兴,把城防图玩儿一样给你弄出来,你把它送给共产党。告诉他们,是我帮他们轻轻松松打下了洛阳城!"

他边说边重新靠近她——这次更放肆——还弯下了腰,嘴唇都要碰触到她胸前的凸起了。李如莹下意识地往后缩一下身子。赵铭将酒杯换手,伸出右手一把揽住她的柳腰,"扑通"一声单膝跪地。

李如莹借着酒力,咯咯地狂笑着,身子却在下意识中发抖。"起来!你这个浑蛋,少来这一套!……放开我!"

"今天不!"赵铭道,"你要图,我答应了;我要你,你也要答应!"

"滚开！——我真是共产党，也不跟你做这等交易！"

她边说边厌恶地用手将他推得离开自己一点，同时仍一直在咯咯大笑。

"你是不是共产党都一样。你要图我给你。我说过，为了你让我杀了我表舅，不，我亲爹，老子立马去干！"

李如莹继续狂笑，眼睛却警惕地盯着赵铭，觉得酒也一点点醒了。

"不，我不想嫁给你。"

"不嫁也成。把你自己给我。"

"我也不想把我自己给你。你不配。"

赵铭放开她，回到自己座位上，一口气饮下满满一杯。李如莹这时才知道，这个浑蛋的酒量至少和她的酒量一样惊人。

他放下酒杯，没事儿人一样看她道：

"那你今晚上走不了。我以'通匪'的罪名将你送交206师军事法庭……那帮兵痞不像我，他们不懂得怜香惜玉。"

李如莹从自己小小坤包里疾如闪电地掏出一把能藏在手心里的女式德国撸子，枪口亮光一闪顶上赵铭的脑门。

"我活到这么大最讨厌别人吓唬我。敢跟你出来我就啥也不怕。记住我爷爷当年是那么大的一个军阀。你们一家加上你表舅你亲爹赵阎王干过的大事加起来都抵不上他的一个小手指头……是这会儿死，还是等一会儿？"

"等一会儿。"赵铭说。

李如莹收起手枪，穿好衣服，出门上车，一路鸣笛呼啸而去。

赵铭的马弁头目邝志走进包厢，直接对赵铭说："这个浪骚的娘们儿天黑前不知在哪里发了情。她不是共产党,但也不能留。爷,她眼里没您,心里有了别的男人。"

赵铭不看邝志,酒喝得越多他越清醒:"你的人发现了啥?"

邝志回头喊:"带进来!"

两名马弁将一个麻袋蒙头的女孩子推进来。后者摔倒在地下。小小的胸脯上洛一高的校徽在灯火下闪着光泽。她的身子挣扎扭动,被堵死的嘴里发出"呜呜"的哭喊。

邝志没等赵铭吩咐,就示意马弁抽去麻袋,解脱蒙在女孩眼上的破布条——手脚仍绑着——回头看赵铭。

赵铭走过去,扯下女孩子嘴里的破毛巾。他已经认出她是谁了。

此刻死亡的恐怖彻底控制了齐瑶,她呼哧呼哧地大喘,血污的脸上只剩下两只看不清眼前任何人和物体的翻白的大圆珠。

"救命——!"

一句话没喊出,邝志就用他满是粗茧的大手死死捂住她的嘴,连鼻孔也捂死。

齐瑶两腿开始在地板上乱蹬。

赵铭一直在看齐瑶,皱了下眉头道:"你想闷死她吗?"

邝志手指间放开一条缝,让齐瑶能用鼻孔呼吸。

"你是齐瑶!"

"饶命……"齐瑶又要喊,但声音已经很小。

"知道她是谁吗?"赵铭扭头问邝志。

"东关通三江杂货店齐家的小妮子,和刚才那个浪骚娘们儿是最要好的同学!"邝志说。

"不许那么说她!"赵铭说着,蹲下去看齐瑶。"齐瑶,是我,赵铭。无冤无仇，我不想害你。可你得跟我说实话，除了许绍杰，有没有人也想跟老子玩花活，要上她？"

"我……不……没……"齐瑶嘴里发出含混的叫喊，今晚的事让她一开始就全蒙了，还以为让人绑了票……只看了一眼面前这张凶神恶煞的脸，她那要苏醒的魂儿又被吓飞掉了，哪里认得出赵铭，更听不清他对她讲的话！

这么短的时间赵铭的耐心已经耗尽，站起看邝志一眼。

齐瑶却看懂了这一眼，肆声大叫：

"别杀我！我报告……有共产党！"

……

周一清晨，李如莹像往常一进学校，立即意识到校园里人心惶惶，接着便听到了那个令她震惊并陡然心生巨大恐怖的消息：齐瑶死了！一个去洛河冰面凿冰下鱼钩的汉子天快亮时在河滩苇丛里发现了她的尸体，惨不忍睹。

没有多余的猜想，李如莹立马驱车离开学校，以疯狂的速度驰过天津桥进城，直奔赵铭在西关的公馆，冲开一层层马弁的阻拦，直闯卧室。

她看到了极为不齿的一幕：赵铭和两名女子一丝不挂地躺在一张据称有九百年历史、睡过残唐五代多名皇上的紫檀大龙床上，人还没醒。

"你说啥？死了……不可能！我交代过的，不让他们杀她，为了你！"听完李如莹一番涕泗交流、歇斯底里的叫喊，赵铭坐在那张大床上，挥手赶走身边的女人，冲她大吼。

至少在一件事上他对她是坦率的，一开始就承认他的人抓过齐瑶!

"你……你们……为什么抓她?……是因为我吗?"李如莹颤声大叫,愤怒和疯狂让她流出了眼泪。

同样震惊的赵铭已经不理她了。在齐瑶被杀这件事上,他的愤怒貌似超过了前来兴师问罪的一代花魁!昨晚放走齐瑶时他对她又威胁又利诱,要她从明天起做他的眼线,继续监听风从师院围墙那边裹过来的只言片语,他要她拿到更多真凭实据,证明那里确有一个共产党地下组织在活动,不是骗他!

"齐瑶还对你说了啥?"李如莹已经听不下去了,赵铭似乎不经意说出的秘密让她心中大惊,此时她更关心的已经是另一个人的死活了!

"有这些话还不够吗?就在我表舅,不,我亲爹满城布散的特务鼻子底下,居然有一个共产党地下组织在活动,是可忍孰不可忍!——不,是太可怕了,共产党太猖獗,太不拿我们——不,太不拿土地爷当神仙了!"

"可是……齐瑶死了!"李如莹继续大呼小叫,借以掩饰内心的一点意外生长的安慰——齐瑶死前可能真没来得及把她和武思中的事讲出来。不,是她和武思中见面的事只有她一个人知道!

如果赵铭和他的人到了这会儿还不知道武思中,更不知道她疯狂地爱上了那个天降的玉人,她和武思中就全都太走运了!

但接下来的一个意念还是让她的心中冰水般地重新灌满了恐惧——要是赵铭真是为了得到更多共产党地下组织活动的情报放走了齐瑶,那个在赵铭之后半路打劫,直接弄死齐瑶的人又是谁?她已经看出来,让赵铭真正怒不可遏的正是这件事和这个人!螳螂捕蝉黄雀在后，有人一直在背后盯着赵铭和赵铭的人，昨晚上齐瑶很可能从赵铭那里一出门就入了此人之手，后者像赵铭一样审了齐瑶，没有任何意外齐瑶也会像对赵铭一样对此讲出赵铭已经知道的一切！

现在此人不但和赵铭一样发现了存在着一个共产党地下组织，还事无巨细地掌握了赵铭的所有秘密，甚至有可能知道了武思中的存在，以及她对武思中的爱——这个隐藏在黑暗中的人比赵铭更危险！

"一定是许绍杰！除了他没别人！"赵铭只穿着一件睡衣，在一座由旧宫殿改造的巨大卧室里当着一代花魁的面冲着邝志和他的一帮马弁大吼大叫，眼珠子都红紫了。"今晚上全体出动！他有初一，我有十五！"转瞬他已把血红的眼睛转向李如莹，"他对你的朋友下手，不只是要恫吓你那么简单，他这样做更是直接对我宣战！我们之间的君子协定作废！我不能坐以待毙！啊，哪怕他只是让你受了一场惊吓，我也要他好看——我要以牙还牙！"

李如莹什么也没再说就匆匆驱车返回学校。眼下的每一分每一秒都和生命等价。赵铭的话真真假假，有些她觉得可信，有些就不能相信。也许赵铭从一开始就被齐瑶在师院意外发现共产党秘密组织活动的消息惊住了，没来得及从后者嘴里问出武思中也是其中一员就放过了她，让她回去继续监视，但是武思中是那个组织的成员之一齐瑶是知道的，那个在赵铭之后抓到齐瑶并弄死了她的人就有可能比赵铭更有耐心，从齐瑶嘴里听到武思中也是共产党秘密组织成员的消息！

啊！由于她愚蠢的自负和冒失，赵铭知道了她想从他那里搞到洛阳城防图的事，所幸赵铭还不知道这个找她要图的人是武思中；但另一个人如果知道了更多的事，她的心上人现在就像他那个组织的每个成员一样，生命处于死亡边缘！

现在她也不认为武思中所在的组织不是共产党秘密组织了……美丽的姑娘心有灵犀一点通地为自己疯狂热爱的男子作了辩解：武思中和她第一次约会就称自己不是共产党，非常可能是他知道让她明白自己是共产党的危险，不让她知道他是共产党是武思中在保护自己！

另一件事她也迫不及待地想搞清楚——杀死齐瑶的人到底是谁？赵铭一口咬定是许绍杰，可万一人就是赵铭或者他的人杀的呢？许绍杰是一直在和赵铭争夺她，但这件事和齐瑶的死就真的一定有干系？不过如果这件事是真的，许绍杰和赵铭除了为争夺她进行着一场长久的、她看不见的战争之外，他们或者是他们身后的什么人，还一直都进行着另一场更黑暗、更血腥、更你死我活的战争？

啊啊！如果有这样一场她闻所未闻的战争存在，赵铭和许绍杰又分别是在为谁而战？！

……不过这些谜团在她心中还不是最要紧的！眼下最要紧的一件事是师院的共产党地下组织已经暴露，武思中作为其中一员处在危险之中！这一忽儿李如莹觉得任何人都可以被赵铭、许绍杰连同站立在赵铭身后的赵阎王杀死，唯有她痴爱的玉人不能，为了这个她自己都可以替他去死！洛阳皇皇史乘上记载的最疯狂的爱情故事不都是这样的吗？什么莺莺离魂，绿珠坠楼，在别的事情上女子一概显得柔弱，可一旦遇上爱情，她们便什么也顾不得，

"历尽天涯无足语，此曲终兮不复弹，三尺瑶琴为君死！"女人的刚烈哪里是男人们懂得的！如果今天轮到了她，那她也决不回避！

她在学生宿舍里没有找到武思中，被吓坏了！转身却在一间课堂里看到了他！李如莹大喘起气来，眼角溢出了狂喜的泪花。一节课刚上完她又跑出教室，早早赶到心上人课间常去的小花园里，直接拦住他。

"嘿！"

"是你？"看到二目炯炯一脸惊惧焦急万分的她，武思中吃惊道。但马上警觉起来，明白她有要紧话对他讲。"怎么了？……啊，听说你们班死了一个女同学。"他压低声音道。

她和他是最早进入小花园的两个人。此前李如莹一直认为自己是世间最刚强的女孩儿，从小到大都不记得曾经哭过。虽然方才她已经看到武思中还活着，且像往日一样好好地坐在教室里上课，但是这一刻再见到他，她仍然激动得要哽咽出声。——不，不能让眼泪流出，他也许不喜欢看到她是一名性格软弱的女子！

"是我最要好的同学。"她回答心上人的话，一时间竟觉得万箭穿心，不知该如何往下讲自己本来急着要告诉他的全部信息。一下她又怕极了：一旦武思中知道了那天河堤上见面后她做过的事，他不会认为是她的鲁莽和愚笨才导致了今天这种可怕的局面吗？更恐怖的是，如果因此他们那个秘密组织的人被赵阎王一网打尽，心上人会怎么看她！很可能从今而后她再也见不到他了！

——即使齐瑶没有对赵铭说出武思中也在那个组织里，那个最后杀了齐瑶的人——可能是许绍杰，也可能不是——也没从齐瑶口中得到武思中的任何消息，一旦赵阎王的人抓捕到了别人，

339

谁又能保证这些人中不会出一两个软骨头,将武思中也供出去!那样的话,目前尚且安全的武思中就仍随时会被抓去,和他们的人一起在那片被称为杀人滩的冰封的洛河滩里枪毙!

"李如莹同学,你不要着急,慢慢地说,出了什么事?"武思中意识到了她的困窘、焦惧甚至难堪,一边警觉地察看四周有没有别人进来,一边耐心催促她道。

他在这种时刻悄然显露出的自制力和巨大镇静让李如莹倏然有了勇气,将事情竹筒倒豆子般稀里哗啦地全说了出来……最后她又道:

"我错了。我没有经验……太冒失。不知道赵阎王的人现在知不知道你也在那个组织里边,但你还是快一点走!别管是谁杀了齐瑶,赵铭和后面那个杀死齐瑶的家伙都有可能知道你也是共产党里的人,随时可能对你下手!"

话说完后她心中觉得卸下了千斤负担,也有了心情抬头注意他的反应。从心上人的表情里她没有看出自己带来的消息在他心中是否起了狂涛巨浪。但她自己都觉得内心起了狂涛巨浪,他怎么可能一点儿波澜也不起呢!

"好,我知道了!谢谢你把这些事情告诉我。再见。不,我们暂时不要再见了!……这样做对所有人都好,首先是你。"

他说完点一下头后就匆匆走出了月亮门。李如莹站着,目光不敢随他远去,怕正在陆续走进小花园的人看出她刚刚和他有过交谈。但此时一个新的巨大的谜团却又意外地在她心里出现了!她又被它结结实实地吓了一跳!

——赵铭的话是不可相信的!如果他关于齐瑶的那些说辞是

假的,他或者许绍杰其实都已经有可能从齐瑶嘴里知道了她对心上人的爱,以及心上人作为共产党地下组织成员之一的身份,但是,无论是赵铭,还是许绍杰,还是别的人,包括赵阎王的人在内,为什么直到这个时候还没有对武思中——甚至是她自己——动手?!

有人走进月亮门里来了。她抬头瞥了一眼,发现出了小花园的武思中正沿着一条蜿蜒在竹林中的小路走远。才放松地吐出一口气,快步离开了。

她终于能放松地吐出一口气的理由是:不管谜底是啥,至少她最担心的事情并没有发生!武思中没有被抓捕,那就是说,他们那个秘密组织的人到这会儿都没有被抓到后弄去杀人滩上枪毙!

——"天下本无事,庸人自扰之"。如果承认自己是个庸人就能让所有的事情消逝,她宁愿自己就是那个庸人!

放学后她一个人开车往家走。仍然没有赵阎王的人出现在学校里,抓捕武思中和她——这件事反而让她的心情彻底放松了。夕阳西下,黄昏来临,齐瑶死后一个漫长恐怖刺激的白天正在过去,城里也没传出有共产党地下组织被逮捕和枪毙的消息。她有些惊讶地将车停下,想:难道赵铭、许绍杰和他们身后的赵阎王们不杀共产党了吗?

这时他看到了她的车被一辆车拦住了。然后,她看到了早就在这里等她的许绍杰。

和赵铭不同,许绍杰为追求她也用尽了种种手段,但从来不像赵铭那样自轻自贱,为讨她的欢心极尽奴颜婢膝,丑态百出。

许绍杰每次见她总是或西装革履，或礼帽长衫，坐如钟，站如松，不卑不亢。他当然是极敬重她的，但在这种敬重里也透出了赵铭身上没有的自重和尊严。所以每次见到他，李如莹的心情多少都会生出一点莫名的紧张。今天尤甚！

"如莹小姐好。不好意思这样和你见面。我是不得已，因为必须当面向你澄清，齐瑶的死与我和我的人无关。"许绍杰直接将她请进自己的豪华座车，一口气把上面的话全说了出来。

李如莹觉得自己正在体验一种从没体验过的巨大惊骇，这是一种被人刀架在粉颈上可能随手一挥的恐惧感觉，从看到许绍杰的第一刻便占据了她的全部身心，而她显然还做不到声色不动。这可怕的一个白天要过去却没有过去，许绍杰是杀死齐瑶最大凶嫌之一的结论还是不知不觉入了她的心。许绍杰的话让她脸都白了，话也说得结结巴巴：

"不是你……你的人干的，那又是谁……谁干的？"

"赵铭骗了你。他的人干的。有件事你不知道。你的女同学供出洛阳城中最大一个共党分子聚会地点后，没等到天亮，警局头子赵阎王就出手了，他亲自指挥他的人一次在全城各处捕获共党骨干分子二十一名，只有一个漏网！"

李如莹的头顶响起了一个炸雷，瞬间她觉得天旋地转。

"如莹小姐，你怎么了？"

"你说……赵廷江还是对……动了手？"

许绍杰冷冷一笑，没有回答。这个高大帅气的男人，有过让她怦然心动的时刻，如果不是一家子都是黑道且黑白两道通吃……可怕是的她这份心思让赵铭知道了，所以他才当面对她发誓，一旦时机到了一定亲手从肉体上把许绍杰灭掉。然而这么久的较量过后,许绍杰仍然活着。这件事今天第一次让李如莹清醒地意识到:赵铭真要灭掉许绍杰也不是轻易办得到的!

平日她对赵铭的话轻易不信,但是这个许绍杰说出的话,她却常常不敢不信。但今天许绍杰特意在放学的半路上截住她说出的消息却让她更想不明白了——既然赵阎王天不亮就带人捕获了共产党在洛阳城的骨干分子,只有一个漏网,那这最后一个显然就是武思中,可是她亲眼所见,她的心上人仍然在学校里平安无事地待了一整天!

除非那些被抓到的共产党,都对赵阎王的人保守了她的心上人是最后一个的秘密——以前也听说过共产党人骨头硬,今天还让她撞上了!——这些人真了不起,让她感动得想落泪!

马上又想起了另一件要紧的事,她问许绍杰,声调儿都在打战:

"他们——我是说赵廷江——怎么处置了那些共产党?"

许绍杰阴鸷地一笑,道:

"天不亮秘密抓捕,当时就审讯,完事后天还暗着,全体弄到洛河边杀人滩,挖了个坑推进去活埋,一个不留!"

从小到大都没有这样过——巨大的恐惧让她像是被突然袭来的冰雪冻上了,哭不出来。但很快冰冻解除,李如莹浑身上下狂风大作般起了寒战……过了一分钟,她才挣扎着,不让脸上最后一点矜持失去,问许绍杰:

"为啥要活埋……他们对付共产党,不都是一枪爆头吗?"

"这次改了花样,不声不响就把活儿干了。为的是不想惊动漏网的那一个。"

343

最后一句话又像一粒出膛的子弹，呼啸而来，再次猝不及防地击中了李如莹那颗已破碎的心，登时鲜血四溅！剧烈的痛楚迅速攫住了她的全部感觉、思想和意识，它们是那么混乱……即使是这样，她仍然想到了一件事！

——马上离开许绍杰，回学校去找武思中，把刚听到的消息告诉他，让他逃走！

——还有他的家人，也要马上从塬上逃走，赵阎王抓到共产党后连亲人也不会放过的！

啊，到了这一刻她最先想到的仍然是他，而不是自己！

她是和武思中接触过，还答应过帮他搞洛阳城防图……万一他被抓到，扛不住，将她供出来，她也就说不清了……不是的，哪怕到了此刻，她仍是那么热烈地爱着他，捎带着连他的亲人的安危也想到了，唯独没有想到自己也处在了危险中！

啊啊，只要她还活在世上，就无法想象这个被她舍下性命都要爱的青年也被赵阎王的人推到杀人滩活埋！她早就把他和自己视为天设地配的一对，她活着他就该活着，一旦心上人死了，她在这个暗黑的人间还怎么能活得下去！

"我要走！"她大声道。

"等等！今天我把所有大事丢下在这里等你，不只是为了告诉你刚才的事！"许绍杰说。

刚才那种瞬间要把她整个人冻住的巨大恐怖再次袭来了。"那你还……为了啥？"

"西北共军刚在陕西宜川取得一场大胜，灭掉了胡宗南胡长官一个整编军部加两个整编师。老胡担心西安不守，出了一昏招，征得老蒋同意，让布防在黄河南岸陇海铁路沿线的第五兵团大举西援！"

李如莹急着脱身，听不出此事和她有什么相干，敷衍道："那又怎么样？"

"第五兵团一撤，洛阳以西，潼关以东，四百余里铁路线门户大开。洛阳城内外只剩下一个青年军206师！我要是毛泽东，也会抓住这一千载难逢之机，命令刘伯承陈毅粟裕南北夹击，拿下洛阳，斩断陇海线！"

李如莹还是不明白，这和她与心上人眼前面临的危险有什么相干？

"洛阳一丢，国军在中原就成了被拦腰斫断的一条蛇！长江以北黄河以南从此非复老蒋所有，他的天下要完！"

李如莹不说话，心里却在想：

"原来……距离这一天竟这么近了！"

"你对天下大变一点也不在意。"许绍杰凝视着她，有点不满似的说。

李如莹掩饰着自己的紧张和焦急，道：

"我一个小女子……在意不在意又怎样？"

"别以为老蒋在洛阳只留下一个206师，共产党拿下洛阳就像喝凉水那样容易。有赵阎王督战，206师数万官兵只能与洛阳城同归于尽。'秦兵西来取钟虡，故宫禾黍秋离离。'……我要是你，就马上走！"

"你不会是来约我和你一起逃走吧？"李如莹心中一动，想到了这一层，问道。

"鄙人就是有此意也做不到。我家生意全在城里。房子，田地，浮财，还有先人的坟茔。往哪里走？"

李如莹盯着他看，这一刻她冷静下来，却仍旧不明白许绍杰的意思。

"齐瑶死前供出你爱上了除我和赵铭之外的第三个人……只是赵铭的人下手太狠，没有给齐瑶留下说出此人姓名的时间。赵铭这会儿一定在疯狂查找此人，然后一枪干掉他！"

方才那种能直接摧毁她的冰冷的刮风般的战栗又在她身上发作了！她终于明白赵铭对她隐瞒了什么！

原先还以为赵铭不知道她在他和许绍杰之外爱上了别人。现在才知道赵铭是知道的！心上人所以到这会儿还活着，除了被活埋的共产党没有把他供出来，还有一个原因是赵铭和许绍杰还不知道他的名字！

"就这些？……你相信赵铭的话吗？"

许绍杰不回答，却继续盯着她。

"我告辞。"李如莹说着，就要拉开车门下车——却被许绍杰一把死死抓住臂膀。

"你？！"

"赵铭当面对我发誓，他就是亲手毁掉你，也不会让你嫁给我。所以……如莹小姐眼下还是安全的。可我还要多说一句：既然他已经知道你在我和他之外爱上了别人，以后你的人身是否安全就难说了！……至于我嘛，天下将有大变，我这种人诚如古书上说的，'人命危浅，朝不虑夕'，已经没有资格忌妒那个占有你芳心的人了……但作为你的朋友，一个发疯般爱过如莹小姐的人，仍想郑重提醒你和他——要是他真比我和赵铭更有魅力,也更有力量,能在洛阳沦陷后给你新的前途、幸福和未来,就应当马上带你离开,躲开赵铭,也躲开马上就要开打的这场大战。共产党留给赵铭父子和我们这些人的时间不多了……等洛阳成了共产党的天下,我还是赵铭都不会再活在人间,那时他再带你回来,有情人终成眷属!"

后面的话她已经听不见了!她从不敢想象许绍杰能在这种时刻讲出这样的话,一边还松开手,从西装内袋里掏出一个鼓囊囊的大信封。

"这个给你。有了它,你和他出了城去河北,交给共产党,你们就成了功臣,人也就安全了……这里还有两张空白通行证,填上你和他的名字,没有人敢拦阻你们!"

大信封还没打开,李如莹就知道里面有什么了!

她迫不及待地将它打开。果然是两张盖有大红城防司令部关防的通行证,然后就是它了!

一张206师的城防图!用最标准的军语符号标识出了哪里放了多少兵,哪里隐藏了多少碉堡和钢筋水泥工事!还有,真打起来守城蒋军的粮食和弹药能支撑多久!

出身旧军阀家庭的她看得懂这张图!她草草扫了一眼就将它和通行证一股脑全装回信封,并没有收起来,而是举在手里,抬头看许绍杰,泪光闪闪道:

"你……为啥要为我做这件事?"

"与其让别人拿给你,不如我先干!……有了这张图,洛阳城也许就不会再被烧成一片白地……其实我也像你一样爱这座城,爱她的历史和传说，牡丹花和龙门石窟……我还有一点私心，将来共产党得天下，你做个见证人，他们不枪毙或者少枪毙几个我家的人，就不算是法外开恩了！至于我自己,不会活到那一天的！"

许绍杰看她下车，开车离去。李如莹掉转车头奔回学校。这很危险，她能相信许绍杰的话吗？还有赵铭，一旦知道了她爱上了别的人，不会派人盯紧她的行踪吗？还有她刚刚一见的许绍杰，送给她一张城防图也许是个诱饵，为的也是让她带这张图和那两张通行证去见她的情人！

——显然许绍杰知道她向赵铭讨要过城防图，不然就不会说出那样的话：与其让别人拿给你，不如……可是谁会让她去赵铭那里讨要这张图呢？她又会为谁不顾生死去弄到这张图？一定是她爱上的人，现在这个人如果还活着，就一定会是那名漏网的共产党！

这个时候她就这样去见心上人，会不会直接将他和她带上杀人滩！

可她已经顾不得想这些危险了……难道她会因为存在着这些危险就不马上去见他了吗？此时她浑身的血都在燃烧，心上人处在随时可能毙命的危险中，不管她自己要冒多大的风险，哪怕有可能和他一起死，她也要马上再见到他，第一件事是将他要她帮忙弄到的城防图交给他，让他知道他让她做到的大事她做到了；第二件大事就是让他知道他成了那个漏网的共产党，赵铭和赵廷江，说不定还有许绍杰，都在寻找他，要抓捕到他！他，还有她，都必须星夜逃走！

至于和心上人一起去哪里，她还来不及想。仿佛只要有心上人在身边,她就什么都不怕,什么也都不愿想了!

啊,许绍杰还给了他们两张通行证呢,有可能是陷阱,让她和她的心上人自投罗网,但到了这种关乎两个人生死的时刻,一个十六岁的女孩子,她心中总得相信点儿什么吧!总要觉得有点什么依靠吧!和许绍杰见过最后这一面后,若是在这样一个把她的阅历有限的脑子彻底搞混沌的时刻,一定要让她在赵铭、许绍杰之间选出一个人来相信,这会儿她宁愿相信许绍杰,因为许绍杰刚才的话说得不但让她感觉到了诚恳,她还听出了一种此生永不相见的沉痛,在她和他的生死关头她为什么就不能相信他一次!

她要是对了,这两张通行证就是真的!

夜色初临,她开车直闯学校大门,转眼间已将车停在学生宿舍楼门前。她知道他的房间。房间里只剩下一个矮胖的男生。他不在,这位武思中的舍友告诉她,她的心上人下午就回城里的家了。

"你说啥?"在一种特别的心境中,她几乎听不懂这个戴着一副大圆眼镜、待她并不热情的男同学的话,"他家不是在塬上吗?你说……"

"他家是在塬上,可在城里也有老宅。"大圆眼镜道。

再下来,李如莹听到了一个让她彻底炸裂的消息!

"这几天都在传,国军第五兵团撤走,共产党要打洛阳……前几日塬上武家来人喊走老武……他早年定过亲,女方家长打发媒人来见他母亲,——老武的父亲已经故去了——,说闺女是武家的人,万一打起仗来,共产党的兵他们不怕,怕蒋介石的败兵,所以闺女不能再留在家里……要让她马上过门!"

"什么过门?这和他什么相干?"李如莹耳边仿佛响起了惊

雷，轰轰作响，她又觉得自己听不清这个男孩子的话了，"你不会是说……前几天他回塬上娶了亲？"

"是的，前几天他请假回家，就是去办这件事。"大圆眼镜十分肯定地说。

她转身就走。其实她仍然没有完全理解这个信息对于她的意义，甚至没有想到武思中回塬上娶亲和她有什么相干。她能想到的仍然是他和她面对的危险，连同已在她心中展开了想象翅膀的一分钟也不能耽搁的逃离。门开了，强劲的寒风裹着雪花扑打在脸上，仍不能让她的思维能力从方才的惊愕中恢复。但这一刻很快过去了，她向大圆眼镜转过身子，无比震惊地发出了叫喊：

"你再说一遍！……他前几天回塬上，娶了媳妇？"

"对。"大圆眼镜道。

然后就是感情的炸死、意识的炸死、思想的炸死……并且开始承受这众多的炸死带来的后果。随着时光飞快在流逝，这些炸死又在她身体和心魂中引起了连锁反应，即更多的炸死……每一次炸死的力量都是那么大，让她千千万万次地感觉到生命中最宝贵、最不能失去的那一点珍物正在碎掉，化成齑粉，在狂暴的寒风中散去……不，正在她生命中碎掉和像烟尘般散去的不是洛阳史籍上记载的什么荆山之玉，和氏之璧，而是她自己那颗少女的冰玉般纯洁无半点瑕疵的心！是正在向着爱情开放的春天的第一朵娇嫩的牡丹花！

大圆眼镜忽然在桌面上发现了什么，冲她惊叫道：

"他刚才回来了！留了条子！……让我看看！"

她转过身来看他，如同暮气笼罩的洛河滩上最后一枝摇摇晃晃、随时会被狂风折断的枯苇秆。

大圆眼镜拿起纸条，嘴里嘟哝了几句，很快丢下，高兴地看李如莹，道：

"你运气真好！他天黑前回来时写的，说是有人找他，就去这个地址！——他家的老宅在西关王城街123号！"

炸死在继续，一边是暴虐的风雪声在呼啸……李如莹什么也听不清楚！

"老武回城里去见他母亲……老太太病了……新娶的媳妇陪着婆婆进城看洋大夫……你要是有要紧事，就去西关他们家老宅找他好了！"大圆眼镜一副没心没肺的表情，她只能看到他的嘴唇在活动，却听不见声音。"他留的这个地址，你要吗？"

武家在城里居然还有老宅，但这不是最要紧的！蓦地，李如莹觉得自己听到了大圆眼镜刚才对她说出的所有的话！

"他……娶了媳妇？他怎么能……啊我是说……她长什么样儿？好看，还是丑？"恍惚间她听到自己在说话，语气急切，嗓音沙哑，好像那最后一个问题才是将她此刻最迫切想知道的！

这个令人讨厌的大圆眼镜只要能说出一个是字，仿佛就会成为将她从此刻陷入的这样一种生命从没遭遇过的巨大惊骇、战栗、狂怒和迷乱中解救出来的良药！

大圆眼镜，可恨的家伙，咧开一张豁着一颗门牙的嘴，笑道：

"你可不知道……他娶的媳妇可是个大美人儿！姓杨，有人说他们杨家五百年出一个美女，《长恨歌》里那一个就不说她了，唐亡后杨氏一族举家逃往邙山塬上，耕读自活。虽然成了平头百姓，可美女还是五百年出一个，个个都被后人画了影像，距今天五百年再去掉十九年是哪一年?让我算一下……1429年,明宣宗宣德四年,就是这个皇帝宣布了海禁,那一年他们家就出了一个!'杨家有女初长成,养在深闺人未识',结果还是留不住,选进了宫,和死在马嵬坡上那一个一样,也做了贵妃娘娘!……"

"胡说!"李如莹又觉得自己缓不过气儿来了,大喝一声。

大圆眼镜不好意思了,在美女面前就连这么丑的男孩子也会慌乱,其实是心旌摇动。这个武思中,明明和她在洛河大堤上有过了约会,她还为了他的组织,他要保护洛阳城不再次焚毁于战火,冒着那样的危险帮他搞城防图……在她心里,那就是他们相互间有了承诺,几乎等同于两心相许,等同于海誓山盟,等同于……可是他却又瞒着她,回塬上娶了媳妇!

在天愿作比翼鸟,
在地愿为连理枝。

天长地久有时尽,
此恨绵绵无绝期。

在那样的一种迷乱中,她一点也没有意识到自己这么想存在着时间上的差错。以她十六岁的人生形成的忭情,就是意识到了也不可能承认这个差错的存在。因为让她炸死、崩溃、坍塌、粉碎成一股尘雾散去的事情发生了!他娶了妻!他娶了妻!他娶了妻!

李如莹转眼间就离开了那间宿舍,她的劳斯莱斯魅影发疯般驶出校门,驶上沟通洛河南北的天津桥,桥北就是有名的定鼎路……她一边疯狂开车,一边意识到自己承受不了这样的打击!……他为什么要娶妻!难道她还不够好吗?难道她在他面前的一举手一投足,她为他冒险做的事情,她像一朵初开的花一样向他展开的笑颜,让他知道她有多爱他吗?在洛河大堤见过的一面让她一厢情愿地认为他和她已经情定一生,不会再有任何不确定。上天将他降临凡世,让她生成这样美丽的一朵鲜花,就是她今天这样想象的理由。还有那天晚上他愿意去和她见面,就是他也承认了自己对她的爱,是对他们未来关系的确认。可是为什么……

不,真正该问的是自己到了此刻为什么还要迫不及待地去见他。他背着她娶了妻,这是对她的最大失信、最无情的抛弃和背叛,可她为什么仍是那么爱他,觉得他仍然是她的恋人,不是那个他新娶的女子的丈夫……或者可以说,此刻她对他拥有的只是一腔的惊愕加爱恨交织。啊啊,她身上还带着他要她帮他搞到的城防图,仅仅是为了他,她想都没想就把自己的性命、亲人豁出去了,把自己和他的事业、他们的人捆绑在了一起,即使她从最初一刻起就明白她一脚迈出去前面就是一道死亡的深渊!

到了这个时刻她仍然要开车去见他,当然首先要当面问他一句:为什么他会如此无情地背叛他对自己的爱和她对他的爱!他会在她的目光、泪水、愤怒和怜悯中羞愧吗?……哪怕他真做了那件让她整个人都如坠深渊的事,她这时来见他仍没有忘记她对他的怜惜,因为他们的人一大早全让赵阎王的人活埋了,活着的只有一个他,而他能活下来的理由,竟是赵铭的一个疏忽,后者或者他的人没等齐瑶说出她爱的人的姓名就把人弄死了（也许是许绍杰的人后来弄死的），她这会儿还来见他，仍然只想告诉他这件事，让他马上跟她离开，什么也不要想，她身上不但有一张城防图，还有两张通行证，现在和她一起走还来得及，不然就晚了！……

啊不！车子驶向纵横洛阳全城的中州大道，一转念间，烈火焚身般煎熬她的又是另一件事了——凭什么他一句话不说就回塬上娶了妻！什么杨家的女子，五百年出一个！整座洛阳城，从城里到塬上，一代人中最漂亮的女子就是她，不会是别人！永远不会！……

车子在风雪弥漫中向西关飞驰，溅起的黑雪将车窗两边的街景都遮没了……刚才她脑海里还走马灯似的旋转着各种思绪，连同她心中全部的疯狂，这会儿全都转向了最后这个意念！那女子到底是个什么样人？不用说一定没上过学堂，塬上那么穷，男孩子能读书的寥若晨星，女子基本上还是无才便是德的一套，不识字，缠小脚，问她天在哪里，不聪明的会看一看头顶上的天，聪明的会看一眼自家的男人，那就是她的天！武思中怎么会娶这样的女子？这样的女子只会玷污他！他不是随便什么人都配得上的男人，他是一位不世出的、天降的玉人！

如果他是被迫的呢？父母之命，媒妁之言！也许他人还没到家新媳妇就已进了门，入了洞房，盘腿坐到了婚床上！这叫牛不吃草强按头！不但如此，人家还早照着老理儿走了一遍，什么婚有六礼，纳彩、问名、纳吉、纳征、请期、亲迎，一样不少。他在城里念书，哪里知道！到了日子编个谎诓他回去，不管三七二十一，几个近亲的男人抓住他，拉到花堂上摁下去，和那个女子磕头拜天地，再送回洞房，一把锁从外面锁在门上，让他无处可逃，只能和那女子在一处！

啊啊，这样的事太多了，多少中国青年的悲剧！不过他不是一般的青年呀，他不但是天上的玉人降临凡尘，还上了新学堂，做了五四新青年。当然也读过旧书，完全可以像柳下惠那样坐怀不乱呀！戏本里有一出《风雪配》，说的是一个穷秀才代他的表兄去迎娶表嫂，不想天降大雪，阻遏了归程，为了不误佳期，要他与表嫂在岳父家拜堂成亲。可那个穷秀才虽入了洞房，不是也找到了许多理由远离那张婚床吗？他为什么就做不到！

难道不能有意外吗？譬如说他虽和那女子拜了堂，却没有入洞房，当晚就由他的同在洛阳城里读书的弟弟武冲相帮着，从窗户里逃出（她在学校里见过一次武冲），一口气跑回城里去。他是进步青年，还是共产党，当然会反对封建包办婚姻，追求自由爱情。既然逃了出来，就可以不认那个小脚媳妇，像李如莹自己的父亲当年那样一声不语逃出家庭，将刚生下她的妻子扔下不管，转身去了莫斯科……这样的戏码，为什么在武家不会重演？

啊啊，要是那样，他就仍然还是她心上的人，她也还是他的牡丹花王，她和他仍会有花好月圆的一天！

车子飞一样地驶入西关，拐进王城街。武家的老宅就在前面。方才一阵子她一直在回避一点尖锐的东西，这会儿它却又在一下下戳痛她的心了！那是她想忘却忘不掉，想回避却回避不了的！和武思中同宿舍的可恶的大圆眼镜，把前面的事情说完了就闭嘴不言多好，后面还说出一大篇词儿，什么五百年只出一位……自从她长大成人，花容月貌，轰动洛阳城，就没有想过天下还有哪个女子配得上一个美字！可这个塬上杨家的……不，武家的新媳妇儿……居然被他的舍友说成是五百年一遇的大美人……此刻她的心乱成这样，倒还真想知道一件事了——难道洛阳城外邙山塬上又出了一位天生丽质难自弃的杨玉环吗？她风驰电掣般驱车赶来，直闯武家在城里的老宅，究竟是要见他，还是要见那女子？真正让她痛苦不安的是：这个塬上杨家五百年才会出一个的女子真像大圆眼镜说的那么美吗？洛阳古籍她读了又读，连杨贵妃的画像也鉴赏过，不是李太白那三首拍马屁的《清平调》，她还真没用心想过这个结局并不美好的杨家女子到底美在哪里，可是眼下这一个，真的就是当年那一个她重生到世间来了吗？

> 云想衣裳花想容，春风拂槛露华浓。
> 若非群玉山头见，会向瑶台月下逢。
> 一枝秾艳露凝香，云雨巫山枉断肠。
> 借问汉宫谁得似，可怜飞燕倚新妆。
> 名花倾国两相欢，长得君王带笑看。
> 解释春风无限恨，沉香亭北倚阑干。

车在大圆眼镜给她的纸条上写明的门牌号码前停下。李如莹下车。心被利刃一下一下切割！又一个意念气泡一样从沸腾混乱的思绪中冒出来：万一她——她在娘家的名字叫杨珊——真的像当年那个让李白深情又绝望地歌咏过的杨家女子一样美呢！

难道世间真会有男人——哪怕他是个从天上降临人间的玉

人——抵御得了李白歌唱中的杨家美女吗？他连自己的美都抵御不了（这是她和武思中见面后一个沉入心底的无比欢悦的意念，现在为他冒死做所有事的动力全都源出于此），真能抵御住一个连雄才大略的唐玄宗都无法抗拒的杨家女子吗？

啊啊啊啊——

黑漆大门紧闭着。踏上三层台阶扣响门环时又一个黑暗的意念砰然涌上心头：难道他真许给过自己什么吗？难道在她和武思中之间，她把自己那一点疯痴的思念讲给他听过吗？难道他懂得她在仅有的两次见面时于默然无言中传递给他的疯狂的爱恋之情，并且接受了，于是他们之间也就貌似有过"结发同枕席，黄泉共为友"的海誓山盟吗？啥都没有，他凭什么……不，是她凭什么、有什么权力……要求入了洞房的他通宵达旦地坐着，不与那已经有了他妻子名分的绝世美女"缟衣茹藘，聊可与娱"！

门开了。不是武思中，更不是新媳妇——当然不会是她！出来应门的人是她从没有想到过的，是武冲，他的兄弟！也在洛阳城中念书，不过刚念初一！

"是您？"武冲看到她，分明大吃了一惊，"您找谁？"

就连武冲也知道她是谁，还知道别的——她的美艳冠绝古城！

"我找……我要见武思中！"她说，又觉得另一个别人替她说出了那句话！

"我哥不在。他和我大嫂去了大嫂的娘家。"武冲道。

方才她驱车仿佛走过了千山万水，似乎是知道自己为什么而来，现在听了武冲一句话，她像是又不知道了！此刻的她只知道一件事：她来见他，他却不在……不，他和那女子去了后者的娘家！

一路上都在长江大河般奔涌激荡的思绪完全不再涌动,它们停下来,因为她不明白为什么会这样!

"……我们家的老宅没修,不能住人。我大嫂家东大街的老房子空着,能住,他们就和我母亲住到了那边。"武冲看出了她的不明白,解释道。

这家的男孩子都是这么聪明,都长得这么好吗?当然,武冲还没长大,没有他大哥长得好,但一棵幼小的树苗,却有了参天大树的影子!

"可是你……怎么在这里?"

她为什么要问这句话,它和那件让她泣血涟如的大事什么干系?她最应当做的是跟武冲要到武思中和那个女子的住址!

"……我读书的学校没宿舍,离得又不远,我一直住这个家里。这里不是每一间房子都不能住人。"

她还想问什么,但没问已经明白了。三九寒冬,武家老宅一个武冲住在这里念书兼看房子可以,但武思中病中的母亲加上新娶的妻子和他本人住进来就不成了。

"告诉我地方。我有急事,今晚上一定要见他!"

武冲听出她尽可能镇静和矜持的声音中被压抑的焦灼的喘息和绝望了吗?……风雪大起,她一会儿清晰一会儿模糊地听到了武冲的回答:

"东大街234号……澴河边上……要不我给您写下来吧……您进来等,雪太大了,我马上就好。"

"不,你去写,我就在这儿等。"李如莹倔强道。

她很快拿到了新地址,是一张用钢笔在草纸上画出的路线图。

虽是急就章,却仍然工整,像极了工科学生的作业。

"轰隆"一声响,车尾溅起雪雾。武冲站在台阶上,看她和她那辆名闻全城的豪车在风雪中消失不见。

从西关到东大街,几乎要穿越这座风雪弥漫的古都,她头一次不觉得距离够远,时间够久,不,似乎转眼之间人和车就到了!停车的同时她抬起头,一眼就望见了一座和武家在西关的老宅同样的灰色门楼和黑漆大门,大门上木质的门牌号码被路灯光照得明白。

她能见到他吗?这里不是他的家,是那个女子的家!里面不会有那女子众多的家人吗?她有点犹豫,却不是胆怯,只是感觉上不舒服,但后者反激发了她胸中的无名火,无缘无故被辜负、被伤害、被羞辱的痛楚如同一个一直流血不止的伤口,让她心中生出了一种不顾一切大闹一场的冲动——什么结果都可以接受,唯独不能接受的是什么乱子也没在她、他和那个女子中间发生!

她熄火、下车,一级级踏上台阶——真是门当户对呀,连台阶也是三级——扣响门环。

绸缪束薪,三星在天。
今夕何夕,见此良人?
子兮子兮,如此良人何?

不会是新媳妇亲自来给她开门吧?那她也不怕!这个有心机的女子,不管如何眼下都成功地从她手里将她的恋人夺了去!这会子婆婆又真真假假地病了,借着武家在城里的房子不能住,把他和婆母接到自己家老宅里来住,表现她的贤惠淑德。这个风雪之夜里她和他会怎么住,当然她会为他安排出一个囚笼,来了他就别想像上次那样再从洞房里逃走。这里是她的家,她的家人也会参与,一定会把刚出嫁的女儿和他安放到一个他无法再逃的空间里去。啊,新嫁娘也许还没有行回门礼呢,这种日子新婚的女婿在丈人家还是娇客,怎么能不尽一切力量为他和女儿安排出一个有模有样却又让他无处可逃的婚房呢?那女子这会儿怕要乐得心花都开了!谁能想得到,那么个人见人爱的青年,一块天降的美玉,多少女子朝思暮想都得不到,轻轻松松成了她的丈夫,还到了她的家里,落到了她的掌握之中,即便他还是不想和她做夫妻——哪里容得了他!

喓喓草虫,趯趯阜螽;未见君子,忧心忡忡。
亦既见止,亦既觏止,我心则降。

门没开,身后却响起了脚步声。她不愿回头。风雪更大了,一阵阵打着旋儿在狭窄的巷子里奔腾。野马也,尘埃也,生物之以息相吹也。《庄子》也掺和进来了吗?可是她只想哭。那显出了急乱的脚步声还是让她回头瞥了一眼!

竟是她刚在西关武家老宅门前见过的武冲!她在风雪开车赶过来都不容易,那么远的路,如同在波翻浪涌的大海上行船,他一个十三四岁的男孩子,是怎么仅凭着一双脚,冒着大风雪一口气从西城跑到东城来的呢?还有,他为什么来?!

"怎么……武冲……是你!"

"李小姐走了后我想起来,大嫂家里没人,我大哥带我娘去一户老亲家了!"

"什么……老亲?"

"是名老中医。我娘想在明天见西医前再看一看中医,又是亲戚。所以……"

"你说啥?……他也不在这里?"李如莹几乎算是失声大叫了。

"所以……我才紧赶着过来。大嫂家老宅也没人住,这会儿除了她没别人。"

"你是说你不来,就不会有人给我开门?"

"有可能的,"武冲耐心地说,"我怕你敲门没人开,天这么冷……"

李如莹立即就听懂了,今晚她的思绪、她大脑的反应速度都异常快速。武冲想说的是怕她敲门没人开,会一直敲一直敲。他已经看出她会这么做了吗?连他也看出了她今晚处在一种危险的精神状态里吗?还是他仅仅出于一种李如莹并不清楚的担心:无论她怎么敲,即便他的大嫂听见,在屋里急得团团转,也不会出来开门——家里没有男人,她还是一名新妇,这种兵荒马乱的年月,又是夜里,她怎么敢——

"那好,你既然来了,就帮我叫门,我……"

他也不在这里!她怎么办?转身驱车离开?还是继续敲开门走进去,坐下来等?今晚上无论多晚他总归要回来吧?那时她就能见到他了!

而只要他朝她脸上看一眼,就能感觉到她为什么要来!啊啊,那时她一定要忍住眼窝里早就噙满的泪,一直一直盯着他的眼睛,往那一对漆黑的让她眩晕的瞳仁深处看进去,往她的恋人的心里看进去——你做了什么?难道你猜不出我从一开始主动约你见面,直到答应冒险为你做大事,都是因为我疯狂地爱上你了吗?可你一句话也不说,一丁点儿消息也不透给我,就辜负、背叛,不,害惨了我,让我陷入到了今晚这样一种人生的泥淖里,连自己都觉得可怕、疯狂、羞耻,无地自容!

这会儿你倒是和你新娶的媳妇"琴瑟在御,莫不静好"了。我怎么办?这一颗被你用薄刃一下下切开的心,我用什么样的药为它疗伤?即使伤口能够愈合,它也再不是原来的那一颗心了,它会成为一颗伤痕累累、时刻都在哭泣的心!

维鹊有巢,维鸠居之。之子于归,百两御之。

怎么还想起别人的婚礼了呢?百两就是百辆,一百辆婚车的盛大婚礼,本该属于她的盛大婚礼!现在却像《诗经》中说的那样,让鸠占了鹊巢!此前曾有过多少个夜晚,她沉浸在自己的梦中,无数次地想象过她和他"之子于归,皇驳其马。亲结其缡,九十其仪"的盛大婚礼,今天才知道她的梦早被他和另一个女子的一场俗气的婚礼替代了,不,毁掉了!

啊,再没有了花好月圆,再没有了天上人间,她还真要进去坐等那个辜负了她也毁了她鲜花般美好人生的男人吗?她应该转身走。可真的那样做了,她还是她吗!即便她一定要承受生而为人后最大的一次伤害,即便她的初恋竟然以眼下这种耻辱、绝望、荒唐、肮脏的方式收场,她也要走进这个家!不是要见他——这一刻内心已发生了巨大的变化——他和那女子都已经入了洞房，你还能改变得了什么？即便能回头他也被那个女子玷污了，不再是那个玉洁冰清、玉树临风、风神秀逸的奇男子了！如今她仍要进去，只是为了心中那一丛仿佛燃遍了洛阳城外冬季荒野的大火，是后者自己不愿熄灭，而且，越是到了此时此刻，她越是渴望亲眼看一看这个他新娶的女子！这个新娘子该有多能耐，才从她身边，不，心上，从她青春的生命的花园里夺走了她的玉人啊！如果她真像大圆眼镜说的那样，像极了她的五百年才有一位出世的先祖姑，真是又一位"云想衣裳花想容""一枝秾艳露凝香"的绝世美女……不可能的！李太白当年居然能为杨玉环写出那样的诗，要不就是他想讨大唐皇上李家三郎的欢心，要不就是他自己爱上了杨家的女儿！还有第三种可能：他又喝醉了！无论是人间天上，不可能有比洛阳城的牡丹花王更美的女子，这个人就是她自己！

武冲已经上前扣响了门环，他大声喊了两句塬上的土话，黑漆大门里响起脚步声，接着门开了一条缝。

"二少爷，是你……刚才有人敲门，把我们家小姐和我都吓死了！"

来开门的是一个老妈子——李如莹甚至还瞬间就明白了她是专为这一家看房子的——忽然意识到老妈子在看她。虽然大门内光线黑暗，但借助身后一盏路灯散射的光，她还是看出老妈子眼里水银涌出般溢出了满满的惊讶。

想想也就释然了：她生得那么美，又通体一身洋装，整个洛阳城，有谁见过她后不会大吃一惊勃然变色呢？刚才武冲见了她如此，这老妈子也是如此！

"张妈……李小姐……我大哥的同学……说有急事来见

他……"风雪将武冲的话吹得七零八落,但也许是她心里另有一场风雪在悲情的荒原上呼啸扫过,让她不能连贯地听清任何人的话。但无论如何,她已经明白武冲把她是谁来做什么都对那老妈子说清楚了。

还有,武冲接着就让张妈进去知会那个做了新嫁娘的女子。"我来关门……你去告诉大嫂……"

老妈子一晃就不见了,仿佛是一个幻影,神秘地出现了,又神秘地消失了。武冲一手将刚才只开了一条缝的黑漆大门推开,回头看李如莹道:

"请……请进……"

"除了她……你大嫂……这个家里还有人吗?要是有,我不进去!"李如莹强悍地说。

为什么她还要说这么一句?有爷爷庇护真好,生下来她真还就没怕过谁,世上也还没什么事能让她胆怯……事后多年她想,当时所以脑子一热说出这句话,完全是由那种心中骤然出现的、仿佛出自本能的嫌弃引起的——嫌弃眼前这庸俗的门户,进了黑漆大门一定会有的主人的庸俗的客套——她今晚不是为它们来的!

"没有……别人……除了张妈……只有大嫂……她要是能出门就陪我娘出门了……她还没回门……出不了门……您请进……我大哥和我娘不会在亲戚家耽搁多久……"风中武冲的声音仍然零乱破碎。

但她的担心却倏然消失了,不再客气,从武冲面前一步跨过门槛,朝里面走。武冲关紧大门后紧跟过来,向她指示这座旧宅的各个部分。原来院子不小，房屋很多，就是城里人常说的不显山露水的人家，外面看门檐低小，想不到里面会有如此大的洞天。说大有洞天也过了，里面的三进宅院是朴素的，也不愿意显山露水似的。李如莹却是大宅门里长大的，看格局就明白这户人家曾经富裕过，在这种年月里仍然称得上殷实。

"李小姐是女客，先请二门里坐……我已经让张妈知会我大嫂了。我就不进去了，在外面候着，有事喊我。您瞧，张妈出来了。"进了院子，入一条被一盏电灯泡照亮的旧抄手游廊，没有了风雪声，武冲的声音立马变得清晰。

二门开。还是那个城里打扮的老妈子，站在门边，让开路，眼里仍然有水银般的惊诧的亮光，看李如莹道："请进……我们家小姐……姑奶奶，候着您呢。"

她看武冲一眼——初中生也在看她，眼里保留着从开始就出现的一点困惑——老妈子在等她，已经半转过身去，做出颠着小碎步往回走的架势。

她去见那个女子吗？当然去！——为什么不去？她不就是为看她来的吗！

疯狂的夜晚……外面是大声呼啸的风雪……里面是就要出场的陌生人物和景观，还有不测的剧情，一起将她今晚的疯狂推向新的高潮！

老妈子引她出了二门。二门内仍是一道画廊。又进了一道门，然后又是一道月亮门，里面是一座不大的花园，花园紧后面是一座两层小楼。不用说，这是那女子出嫁前的居所——戏里都称它为小姐的"绣楼"。

李如莹不住这样的绣楼。在她家里，一切都洋派，她一个人住一幢楼。但她其实向往这样的绣楼，也羡慕在绣楼里长大的女子——虽然不愿承认。这样的女孩子得多受父母宠爱才会被保护得这么好，不然自己爱上的人怎么会轻易就被她夺走呢！

　　应当在那种时刻——在爱情和婚姻、青春和生命、拥有和失去、欢笑和泪水——的争夺中守在她身边保护她、宠爱她的父母又在何方？

　　不要胡思乱想了……她进了月亮门，走过一道垂花门，进绣楼。一楼是杨家女子的起居处。古人有个好听的名称叫作燕居之所。其实就是小姐读书、弹琴（居然真有一架钢琴）、做女红以及和家人燕居闲谈的空间！

　　一开始没有注意那个青衣女子，旋即就注意到了——她以为新娘子应当一身红装——可她已经是嫁过门的女子，像她的丈夫一样，也是一身家染的靛青色土布棉衣裤，分明是做了人家的媳妇才挽起的发髻上插着一枝玉簪，后者在一盏比别处都明亮的电灯泡的光照下显得玲珑剔透。不是老妈子及时向她介绍，她会以为面前的女子是又一位小姐的用人而不是小姐——已经是姑奶奶了——本人。

　　"哎哟哟，怎么是您……真没想到……这是哪阵风……对不起我一定要求您不要怪罪我，我们塬上规矩大，我刚那个啥……过门，就是有女客，也不能出这个门槛儿……您快请坐……听说您来找我们家思中，我高兴得都不知道该怎么样了……张妈，快看座，泡茶，泡好茶。"

　　这新婚的女子的欢喜不是装出来的。至少给了她这样的感觉。

但是不是她哪里知道！知道了也不会轻信！像每次不得已和土生土长的洛阳人打交道一样，她会立马觉得自己的聪明不敷使用——谁知道他们哪句话是真，哪句又是假！

但她走进这座宅院的目的已经达到！她看到了她不顾一切想进来看一眼的女子！这个幸福的小女人，因为她的一脸的欢悦和身体的每一个灵巧的动作，李如莹心中最后一点模模糊糊的希望也崩塌了！连后者都看出来了，李如莹的脸色在走进垂花门入了她做小姐时的绣楼后就大变了！

"李小姐……是不是……天太冷了……风雪这么大……这边有个炭火盆，快坐下暖和暖和！……真是的，你和思中是不是约好了呀，他出门时也不说一句，他这个人就是这样，粗心大意的……张妈，快泡滚烫的热茶来！还有，上点心！"

张妈刚才陪她进来，接着就出去，这时在院里答应一声，然后是细碎和匆忙的脚步声。新媳妇一边忙着照应客人，将李如莹引向房子中心那盆炭火，一边还像城里城外所有第一次见到李如莹的人一样一眼一眼地瞧她，嘴里一句一句全是惊叹和夸赞：

"哎哟哟你瞧瞧，早就听说李小姐是名满洛阳城的大美女，今天我哪来的福气，待在家里不出门就让我看着您了！……这就不用别人说，咱们洛阳城就是天下最好的地方，一个能生长牡丹花的地方当然出天下最好的女子！……李小姐，不是我乱说话，你可真给咱洛阳人长脸了！……"

李如莹的目光转向墙上挂的一幅美女图——乍看很有些年头，却被抚拭得一尘不染——开始以为就是最平常的洛神图，比照着东晋顾恺之《洛神赋图》临摹的，洛阳城里是户人家都会挂一幅。

可再看一眼，又回头看一眼正在为招呼她忙活的女子，李如莹的心又沉进了万丈深渊！那心也不再是心，成了一堆碎掉的血肉！

不需要再多看她一眼了！方才她一眼一眼看图上的美人时也看到了美人下方的香案，香案上的镀金香炉，炉上是三支显然终日都在焚烧的令满屋馥气氤氲的檀香。香炉后面一个小小的神主牌上，写着一行古朴的篆书小字：

大唐贵妃玉真仙祖之神位

她还是不甘心，又回头看了身边的女子一眼！

不是这一眼，她的凌乱、崩溃还不会如此彻底！可她还是看了这一眼！

再不要说人言不可信！这个仍在一声声夸自己生得好的女子，就是画上那个大唐宫中万千宠爱在一身的人活着走了下来，不同的仅仅是她换上了一袭塬上武家新媳妇穿的靛青色土布棉旗袍！

在最后一次注视中，她不但清楚地看到了对方的眉眼，身段，姿容，更清楚地看到了杨家女子被那件做工精致处处都绣了花的土布薄棉袍勾勒出的自然天成的窈窕婀娜，这个塬上武家新妇于一颦一笑中显现的风流意态……生生就是画上那个"天生丽质难自弃，一朝选在君王侧"的大唐贵妃再次临了凡，下了世！

……

金阙西厢叩玉扃，转教小玉报双成。

闻道汉家天子使，九华帐里梦魂惊。

揽衣推枕起徘徊，珠箔银屏迤逦开。
云鬓半偏新睡觉，花冠不整下堂来。
风吹仙袂飘飘举，犹似霓裳羽衣舞。
玉容寂寞泪阑干，梨花一枝春带雨。

此前她一直坚信整座洛阳城，不，是整个世间，唯有自己才配得上他，因为那是她心慕的天降玉人和人间牡丹花仙子的相遇与结合，可是他和这个女子，却是两个临凡下世的天上人的相遇和结合！不然，为什么洛阳古籍上有一个词儿叫"天作之合"呢！

含情凝睇谢君王，一别音容两渺茫。
昭阳殿里恩爱绝，蓬莱宫中日月长。

自从洛阳沦为旧都，汉唐之风随着上千年时光与朝代更替远去，河洛女子中还有《洛神赋》中那般为人称道的身材与姿容吗？"秾纤得衷，修短合度。肩若削成，腰如约素。延颈秀项，皓质呈露。芳泽无加，铅华弗御。云髻峨峨，修眉联娟。丹唇外朗，皓齿内鲜。明眸善睐，靥辅承权。"这样的洛阳女子还存在于中原故州吗？"增一分则太长，减一分则太短"，"著粉则太白，施朱则太赤"，"眉如翠羽，肌如白雪；腰如束素，齿如含贝；嫣然一笑，惑阳城，迷下蔡"的东邻之子还有吗？即便是经历了一千余年的沧桑之变，兴勃亡忽，宫室倾覆，人民鬼蜮，墙被蒿艾，巷罗荆棘，这块仍被称为中国的土地上，真的就不会再有玉环飞燕的后人、宓妃罗敷的遗孑复出于世间吗？

如果有，面前这个裹着一袭青衣的塬上女子便是！

啊啊，在过往十六年的生命中，她可以怀疑许多事情，唯独不怀疑世上还有比自己更美的女子，可今晚还只是多看了这个初嫁的塬上女子几眼，她就明白了，和人家相比，她一直都是、而且仅仅是凡间的一抔土！

让她受不了的更有这个杨家女子——武家新娘子——举手投足间表现出的无法掩饰的幸福感，它就像那种你只会在早春的季节里看到的、刚刚破冰而出的清冷之水，涌满了这个女子刚刚苏醒的青春生命的池塘，时刻都要不知不觉又情不自禁地在她面前溢出来！世间所有的新婚女子，她们的幸福感都是无法掩饰的，而正是这一天这位塬上的新娘子让李如莹无师自通地明白了隐藏在这种无处不在的幸福感后面的真相——这个塬上女子和她的新郎不但是一对幸福的新人，而且是一对幸福的恋人！他和她从小一起生活在塬上，也许早就青梅竹马，两情相许，现在的她终于得偿所愿，成了一位被丈夫接受，不，宠爱得无以复加的女子，而她和她的新郎也成了《诗经》中用最美好的语言描绘过的那种燕尔新婚的夫妻！

有女同车，颜如舜华。将翱将翔，佩玉琼琚。

言念君子，温其如玉。在其板屋，乱我心曲。

汉之广矣，不可泳思。江之永矣，不可方思！

她失魂落魄地离开了杨家女子的旧家，丝毫没有顾及又热情又周到的新娘子的诧异和惊惶，连张妈急急为她煮好的茶也没有接过来尝一口。

"怎么……你真的……不再等他了吗？"新娘子说，神情骤然黯淡下去，笑容也不再妩媚——那是一个女子面对情敌时警觉意识的自然觉醒吗？

"本来也没有要紧的事，走了！"李如莹坚定地说。哪怕到了这时，她的姿态和语气仍是桀骜不驯的。

只是，她没有再看幸福的新娘子一眼——一眼也不敢再看了，怕自己走不出这座旧宅就会像一堵遭遇到洪水的泥墙一样倾颓下去！

杨家女子没有送她出大门，仅仅是下意识地陪她走出垂花门，到了院地里，再没有踏出花园的月亮门。

"我们小户人家有规矩……我这个时候……不便送您出去……不过，你要我回来告诉他您来过吗？要他回见你吗？"杨家女子嘴里仍在说着客气话，尽管眼里残留着一点惊觉，如同火焰方熄的灰烬中倏尔亮起的一点点火星。

"不用。我说过我本来就没事……也不要他再来见我！他不是要为你婆婆看病吗？我该怎么走出去？"

"哦，张妈——！"

张妈赶紧走过来了，看了她的小姐——新姑奶奶——一眼。"李小姐请跟我出二门，"她说，"我们小姐婆家的弟弟一直在二门外等着送您呢。"

门外风雪没停，反而更大了，但她对它们已没有感觉。不知为什么，一旦将车从东大街重新开上中州大道，李如莹反觉得自己清醒了过来。生命正在她面前展开一番新的景象,一种全新的现实。一道冰冷的渊谷清楚地横在她面前,她正在向其中飘坠下去,就要却还没有落到渊底坚实的冰面上去,粉身碎骨。是她仍在坚持,不允许自己就这样闭上眼睛飘坠下去。有了这么一个难以置信的疯狂之夜,她已经清楚地感觉到了自己的失败,她的世界一转眼间便已物是人非,过去有过的、让她激动的、被幻想充满的一切生活,如同冰雪旷原里燃烧的野火,已被远方刮来的狂风吹灭,就连最后的火星,最后的灰烬,也正在被吹散。即使是到了这一步,她清楚地看到了真相——不是他,不是那个塬上的女子,而是她自己——既没有了心上人也没有了爱情,更没有了未来,更主要的是,哪怕一切都要发生,正在发生,已经发生,她仍然要活下去——当然她会活下去的——不过,这个仍然要活下去的她,再不是过去那个名满古都的一代花王了!在这座每一步都能踏上传说的大城里,一代花王自有其人,而她,只是百花丛中最普通、最最普通的一个女子!

她平安地回到了家里。那时她还能模糊地意识到全家上下为找她都要疯了,再晚上几分钟祖父就要请警察局帮忙了。车进大门她并没觉得有什么不适,进了楼门就不行了,她发烧,说胡话——不停地背诵《诗经》《洛神赋》《长恨歌》,后来又加上了《孔雀东南飞》。

高烧和这种被城内最好的西医认为是谵妄的状态持续了五天。祖母以为救不活了,哭得死去活来。祖父则把下野后一直没动过的黄金镶嵌的德国造大号毛瑟冲锋手枪擦了又擦,发誓要找到那个让他的命根子、他活在世间的最后理由、他唯一的孙女陷入这种生死叠加态中去的人,无论王孙公子还是达官显贵,他都要一人一枪和对方决斗。万一他的孙女缓不过来,他还希望对方先开火,一枪把自己打死——没有了孙女,他们夫妇还怎么活得下去!

五天后的清晨,病榻上的李如莹悄然睁开了眼睛。她的病来得凶猛,去得鬼魅。窗外雪停了,阳光普照,躺在二楼卧室的大床上她就可以透过窗子望见洛河滩上一片红装素裹。室内养的一株梅花也开了。一句话,她病愈了。

祖父母听到消息跌跌撞撞地赶来看。她先开了口:"啥也甭问,我不会说的!"

孙女活过来已是大喜,别的管它天倾西北地陷东南,都是小事。两位老人一句话也没问,就离开了。

李如莹继续休养。奇怪的是没人来打扰她。问专职侍候她的老妈子,才知道祖父下了严令:完全康复前,任何人不能进门看望他们刚从奈何桥头找回来的孙女!

"不管是谁来看我,马上请进来!我好了,要见人!"李如莹对被她匆匆唤进来的管家老胡单独下了指示。

老胡跑去请祖父示下。祖父听了,知道孙女是真好了,挥手道:"是我从小把她惯成这样的——随她的意!"

当天李如莹就出了门——时光过得真快,转眼春节都过了,她去了东关元宵节灯市买灯——回到家,发现赵铭在等他。

赵铭不是她要等的人。看到他,李如莹爱搭不理道:"你怎么来啦?"

老妈子还是上了茶。赵铭看她走出,从上衣内袋里取出一个鼓囊囊的大信袋,放在桌面上,向她推过去。

"你要的东西。我顶着枪子儿偷的。这会儿你就可以把它送出城。"

李如莹看那个信袋，碰都没碰它一下。

"许绍杰也给了我一张城防图。"她说，"哦，差点忘了，我向你要过城防图这件事许绍杰是怎么知道的？还有，这两张图是从哪儿来的？我想知道来历。"

"许绍杰也给了你一张图？"赵铭的表情让李如莹觉得他的大惊是真实的。"那张图在哪儿？他想干什么？……不，他给你的一定是假图。"

"假图？"现在是李如莹大吃一惊了，这种事她从没有想过。"你怎么敢……要是这样，你就敢保证你这张不是？"

赵铭生气了。一旦如莹小姐在他面前为许绍杰辩护他立即会勃然变色。

"是不是假图，拿出他的比较一下就知道！"他有一点粗暴地说，人也跳起来。

李如莹让老妈子去找许绍杰送给她的图——那个差点要了她的命的风雪之夜，她本想把它送给他，可是……这会儿她真担心已把它弄丢了。

老妈子只到楼上打一个转就把那张图送了下来。

"大小姐，那天你一回来就病倒在床上。李妈帮您换衣服时看到了，不知道是不是要紧东西，就帮您藏了起来。"老妈子多少有一点不安地看着她道。

"老头老太太知道吗？"

"没有小姐的示下，李妈不敢。"老妈子说。

李如莹摆手让她退出，看赵铭："就是它。"

"原来是真的！"赵铭匆匆比对两张图，大惊失色，又异常气恼，"许绍杰从哪里搞到的？还有，他怎么知道你找我要过这张图！"

"我要是知道就好了。不，就是知道，我也不能告诉你。告诉你许绍杰就死定了，是不是？"李如莹反问道。

"你不说他也死定了。"赵铭说，一边从腰后摸出一把新式的左轮枪，"告辞！"

她又一次花容失色了。"你干吗？现在就去一枪爆了许绍杰的头？或者，逼他说出从哪儿得到的图？你吓唬得了他吗？既然他能得到图，就不会告诉你从哪儿得的！"

赵铭深深地看她，一双眸子燃烧着嫉妒的怒火，良久才道："你说得好像也对。不过……那是我和他的事。现在你可以把这两张图都送出城，或者不出城，送给你想送的人也成。"

"我什么人也不要送。这些事和我已经没干系了。"李如莹说。

她脸上真实的痛苦一瞬间全显现出来，而且，眼泪也下来了。但她安静，让眼泪也安静地在略显憔悴的美丽脸蛋上流淌。

"这就是说，你已经离开他们，"赵铭目不转睛地盯着她道，眼眸里的火焰反而又更旺了，"虽然我不知道你和他们之间有过什么，但我能猜到是他们伤害了你！不然你就不会……这我绝不能原谅！给我一点线索，我去找他们，给你讨一个公道！"

久违的冰冷的薄刃在喉的恐怖感让李如莹的眼泪瞬间止住，无比惊骇地转过头来看赵铭，叫道：

"你又要杀人？没有人伤害我！只是……我什么也不会告诉你。走吧，带上你的图，我累了！"

赵铭收起了自己那张图，连大信袋一起胡乱塞回上衣内袋，枪也收起来，认真看她道：

"洛阳城很快就要易手……这种时候，你以为我还会站在我生父他们一边？不会了，他们代表的是就要死亡的力量，但没有你我也不可能站到共产党一边去，我没有和他们联络的秘密渠道……都到这时候了我不妨对你说实话。眼下哪怕我知道自己是在帮共产党的忙，也不后悔，因为……如果我现在送给共产党一张城防图就能保护你，甚至能得到带你从这里逃走的机会，世上剩下的人和事，连我亲爹和亲妈都在内，我全不在乎……眼下人世间没有一件事值得我豁上性命，只有你值得我这样，没有你我无法活下去……为能让你活下来，我啥都可以做，虽然你大概不信。"

她从来都不十分聪明，这一刻却机敏地意识到赵铭话里有话。

"你让我把这张图送给共产党，为这个我要付出什么代价？今天就做你的女人，跟你走？"她问他，语气不再像往日那样强势，"你要真打定了主意，我这会儿真就跟你走！"

"你骗我……如果不是，我一生的梦想就成真了！"赵铭大喜过望，又难以置信道。

"再说一遍，过了这个村就没有那家店，你得马上拿主意，兑现你的承诺。也许我要变卦呢。"李如莹说。

赵铭死死盯着她的眼睛看。她觉得他正在怀疑她又发了谵妄症！

"我不知道你都经历了什么。你变得厉害……不是失恋了吧，你爱上的男人辜负了你。他就是赵廷江在全城抓共党骨干分子漏网的那个。对不对？"

"随便你胡猜。"李如莹尽可能不动声色道，这和过去的她可大不一样了。

"不管有没有这个人，或者他是不是我一直在找的那个情敌，我都认为你应当把这张图送给找你要它的人。是两件事最好，如果是一个人，一件事……万一我们走不出去，也在共产党这边给自己留了条后路。"

"我说过了，没有那个人，我也不想再把图送给谁。你要是愿意，连许绍杰的图也可以带走。"李如莹道，这一刻她觉得自己的心坚硬如铁。

赵铭什么也没再说就走了。过了半晌，李如莹才想起那另一张仍旧摊开在一楼客厅花梨木圆桌上的城防图，悖逆自己的意愿，将一本书裁去书心，把图放进去，连书一起装进大信封，封口，写明武家在西关王城街的地址，喊来胡管家，道：

"我借了人家一本书，忘了还……你打发人照上面的地址送去。"

她多一句话都没有交代，譬如说送信人不准在半路上拆开信封。

万一有人哪怕出于好奇拆开了它，造成事件的败露，赵廷江的人抓到她枪毙，那就枪毙好了！洛河很长，杀人滩也不小，不差埋她的一小块地界儿！

中午胡管家就回来了，说信送到了。

"你派谁去的？见到谁了？把信交给了谁？"她问。

"我担心别人办不妥当，自己去的……收信的就是跟小姐捎口信要书的人。哎哟哟，过去都说武家的男孩子生得好，这回我也开了眼！"胡管家高兴地说。

她挥手让他走，却坐不住，心乱如麻，好像时刻会出大事，心一横开车进城，鬼使神差一般，她去找了许绍杰。

"你怎么来了？"许绍杰很吃惊，因为她来的不是时候，往常见面都是西装革履的许绍杰已经换上短打,就要带一群马仔出门。

"上午赵铭去见我,我告诉他可以带我远走高飞,可他没这么做。现在我来见你。你要是能这么做,这会儿我就跟你走。"她说,"洛阳城我一天都不想待,谁今天带我走,我就嫁给他。"

许绍杰默默看她道:

"告诉我,发生了什么事情。那个人……我是说你爱上的那个漏网的共产党……让你伤心了?"

"我要是说从没有过这个人……你会相信吗?"

"我当然相信。但这会儿还不能马上带你走。我曾经对你说过要和洛阳城共存亡,可你今天来了,又说了刚才的话,我就不能不改变决定……以前知道你爱上别人,我的心都碎了,我是在那种情况下才下决心和洛阳城共存亡的!"

"总之这件事你答应了?"

"我答应了,但不是今天……你也不要问为什么。"许绍杰道,"要不你给我十天安置家事和我的弟兄,你也利用这十天时间再想一想,免得将来后悔。十天后你仍然坚持,我就扔掉这里的一切带你远走高飞。"

她的失望无以复加,开车回家时她都想哭了……啊,要是有亲生父母在身边就好了,可这会儿,她连个可以扑上去哭一场的肩膀也没有!

她死一样睡到黄昏,才被老妈子战战兢兢地叫醒。"小姐!小姐!"

她睁开眼,人还在梦中。"怎么了?"

"小姐别生气,来客人了!——认出来了,是塬上武家的那个年轻人!"

"大的还是小的？"李如莹猛地坐起来。

"怎么，他还有个弟弟？"

她下床，老妈子手忙脚乱地帮她穿衣服，又坐上梳妆台。看着镜中的自己，她才觉得方才的激动让自己多么羞愧！

——他不是为看望久病的她来的！他是为那张图来的！

这时，她已经在镜子里发现自己病得脱了相。

"我这个样子怎么出去见他！"她对老妈子说，"让他等一会儿！"

虽然和他没什么相干了，她仍要好好梳洗打扮一番！粉要上得厚，还要补一点胭脂，她要比往日更鲜艳夺目！

老妈子不说话，下了楼又上楼，拼命在她脸上扑粉。忽然，李如莹又不想这样了！

他早就不是她的人了，她也不能再做他的妻。她这是在为谁梳妆，为谁打扮，为谁流泪，为谁——

今天她要素面朝天去见他！——没觉得要报复谁，但这就是她的报复！

"把脸上的粉帮我洗掉！"她用虚弱的声音对老妈子叫道。

……她在上午见过赵铭的地方见到了他，想不到自己的心会那么平静……老人们都说婚姻是男人的成人礼，有了新婚的滋润，他显得更像一个人——古籍中的卫玠——更配得上"玉树临风"那四个字了！

"李小姐，啊不，李同学……真抱歉，上次您到我家去，可惜我不在……那一天我就想到您一定有事，我太太后来把事情都说给我听了……"他断断续续地说着。

她的心里又起了一团火。他太太……那个女子……

回眸一笑百媚生，六宫粉黛无颜色。

"……我本想第二天就来……其实我来过，但是府上的人回我说，你病了，康复前天王老子都不见，因为老太爷有话……"

后宫佳丽三千人，三千宠爱在一身。

"啊，你在听我讲吗？"忽然，他停住了，认真地看着李如莹。
"你太太……为什么我以前不知道你定过亲？"她望着他，高声说道，眼泪蓦然涌上眼帘。

他迅速避开了她的目光。他在躲闪！他知道她爱上了他！

"兵荒马乱的年月……其实婚期早就定了……好多亲戚都没告诉。所以也没告诉你。不过这是家事。我今天来想说的是——"

她都要哽咽出声了，浑身打战。这个人今天不来，她的伤口像是长住了，可这会儿他来了，她才知道完全没有。不，是他的出现又将它切开了，剧痛几乎在刚才的一瞬间摧毁了她。

"今天……你还想对我说啥？"

他完全不看她，只望着窗外刚在雪中盛开的一株蜡梅。"也许我不该这时候来……你还没有痊愈，可我等不及了。"

"什么事……你就等不及了？"

"虽然我们只接触过一两次，但我知道……我对你的判断没有错，你也和学校里大多数同学一样，是一位进步青年。"他说着说着就变得流利了,转过严肃的目光,坚定地望着她。"你今天上午派人送过去的东西,我要亲自来查问一下——"

"你想查问什么?"李如莹心中骤然起了一股逆反的情绪,提高声调道。

"我想知道它的来历,是不是真的?万一是假的呢?"

她头脑中响起一个炸雷。"不能!两个人同时拿来了两张同样的图——"说到这里她意识到自己失言了,但已无法挽回。

"两个人?……你同时弄到了两张洛阳城防图?"他警觉起来。

"不错。"她说。事到如今,她只好梗着脖子挺住。

"告诉我他们都是谁?"

"我可以不说吗?"这一会儿她心里对他只有恼恨,那股逆反的怀疑像鼓动一新旧一张船帆一样鼓动着她,要她故意戗着茬儿同他讲话。

"那好……另一张在哪里?"

她灵机一动——并没有想清楚为什么——就撒了一个小谎:"有一张给你还不够吗?……留着也是祸害,我烧了。"

他果然聪明,分明一眼就看出了她在撒谎,却没有戳穿它,说起了别的事情。

"李小姐,谢谢您!不,我是说,在发生了新的情况之后……你明白我在说什么……我们以后还可以做同志吗?其实我不该这么说……以后的局面可能更危险,您要想到此结束,我也能理解。"

"你刚才说了'我们'……'我们'是谁?"她又忍不住内心的痛楚了——尤其是在他差不多明说了他知道她一直在爱他的话之后——叫道。

他这次完全地转过身,正面向她,小声严肃道:

"李小姐,你现在还相信我的话吗?我不是共产党,但即使不是,我和我的那些同志也不想让一场战火毁掉了古都。如果有机会,我们也想保住它……保住了洛阳城就保住了洛阳人民。"

"你就是共产党,却骗我说你只是外围……你骗我!"

一时间他似乎不知道该怎么向她解释好了。"我确实不是,"他呻吟一般道,"虽然说了你也不信。不但我是外围,和我们发生联络的人有可能也只是外围。"

她的心情陡然一变,担心起另外的事情来了!"你的话要是真的,城防图还送得出去吗……我是说,送到共产党那边去!"

"当然能。虽然他们抓了我们的人,说是共产党地下组织,可就我所知,他们都只是我这样的向往进步、向往革命、向往解放的外围,有的连外围算不上。可是,赵廷江还是把他们全都活埋了!"

她的心再次为他焦急起来。"上次我就告诉过你,他们告诉我只有一个人漏网,我一直觉得,你就是他们说的那个没被抓到的人!可是你——"

"是啊,这就是我来的原因。我们的人都牺牲了,我不能让他们白白地牺牲,无论如何,我都要去找他们!但在我走之前,我必须知道这不是一张假图!"

她一下子就明白了他的来意——他想让她再次帮他查实这张图的真伪。为了这个,他才没有在他的人全部被活埋之后马上逃出洛阳,而是选择冒着被抓到活埋的风险继续留了下来!

连她自己,一想到这件事中间的危险,浑身都要战栗了,但看他的表情、态度,好像连片刻的犹豫也没有过!

"你想让我……我怎么去证明这张图不是假的?"

"我也一直在想……这样做太危险……可是不去证实它的真伪就更危险!您可以去找那个送给你这张图的人!"

"找他?"

"是的!他能给您弄到这张图,您也就应当能够想出办法来,从他那里证实这张图的真假!"

"你走吧,以后不要再来。我担心你这次来,已经被人盯上了!"

"没什么。首先我不是共产党。第二我身上也没带那张图。我来府上看您还有一个说得过去的理由——是我太太让我代她来的,因为您去看过她,你们已经成了朋友,她听说你病了,今天让我代她来回拜并且来看您。"

"你太太……慰问病人!那该还有礼物呀?在哪里?"她不无讥讽地说。

他指了指桌上的那一包点心——上有东关老字号"一口酥"的红色印记。"我太太说……不成敬意。"

"好吧,我接受了。回去替我谢谢您太太。"李如莹说,"你走吧。"

"可是——"

他这次是用眼睛——而不是用语言——问她,如果她做了他请她做的事,他们下一次该怎么见面。

"有了确切的消息,我再去看你太太。我们不是已经成了朋友了吗?"她说,并且在自己的声音里听出了新的嘲讽和自嘲。

他走了。她马上开车进城见许绍杰。后者对她一天内第二次出现在自己面前有些困惑,但很快,她就让他明白了自己为什么要来。

"你那张图是假的,"她支开了许绍杰身边的人,气呼呼地对他说,"你要是想害我,就在这儿,一枪打死我!"

许绍杰一句话也没说,只是认真地看了她一眼,就向身后打了个响指。一名身穿军装佩戴少校军阶的青年男人走出来,看他,又看李如莹。

"啊,这是我表弟林光,青年军206师师部的机要副官。图就是他给我弄出来的。你可能还想问我怎么知道你想要这样一张图。我也不瞒你。就是他告诉我的。因为赵铭也是从他那里弄到的城防图。"

李如莹的目光电光石火般转向了林光,心中隆隆滚动起了惊雷……她欲言又止。

"我见过李小姐。有一次师长去拜访令祖父督军大人,我作为随员到过府上,只是李小姐注意不到我。"林光主动开口道,一边微笑着,"李小姐的美真是名不虚传,我羡慕我表兄,有您这样一位倾国倾城的美女做红颜知己。您可能还想知道,为什么我敢冒着杀头的危险将城防图送给赵铭和我表哥。"

"是的,我想知道!"李如莹叫起来,很好地掩饰了自己神态的改变。

"我们都爱洛阳城,不想让它毁掉。"

"我怎么敢相信你不会和他一起骗我?"她现在好一点儿,气能喘匀和一些了,一边说一边用手指了一下许绍杰。

"我们为什么要骗你?骗你有什么好处?"少校军官林光笑着说,仿佛他们正在讨论的是一个非常轻松的话题,"事到如今,傻子都知道老蒋要完,给你一张假图,让共产党在洛阳大败……以后呢,共产党还是要打洛阳,洛阳被他们拿下的过程越曲折,越复杂,这座城被毁得就越彻底。这不是我、我表哥,也不是206师大部分官兵的愿望——洛阳城不是我们的,但它是中国人的!李小姐,你觉得是不是这个道理?"

她不再紧张了,这个男人那么容易就说服了她。但是,许绍杰送她出门的时候,压低声音道:

"林光的话也不能全信……如果你对这张图有怀疑,就不要送给找你讨要它的人……或者,你对他们说,这是一张需要他们亲自去证实的图。你不敢担保它百分百是真的。"

李如莹心里想着别的事,回转身来,大胆地对许绍杰说:

"你这位表弟,要是真有爱洛阳的心,敢不敢现在就带我去206师师部。我要亲眼看到原图!"

"你疯了!要是让他们师长还有赵廷江知道了……你会害死我们大家的!"

"敢不敢吧?"她直截了当道。

许绍杰叫出了林光,说:

"李小姐要去你们作战室,她要亲眼看到原图才相信你给她的不是一张假图!"

林光只沉吟了一秒钟,就做出了回答:

"表哥留下,我只带李小姐走……李小姐,你就不怕一去不返吗?"

"要是那样,我认命!"

"我不明白。您不是共产党,更犯不着为洛阳城去死……爱一个人能爱到什么程度,才会让你这样!——不过这和我没有相干。请!"

"等等!"许绍杰叫道。

他在他们行前还是取出了一套国军女兵的制服,让李如莹穿上。

"哈,这么一捯饬,倒是别有了一番风韵!"

李如莹不说话。上了林光的军用三轮摩托车。很快,他们便风驰电掣般进了位于西工吴佩孚旧帅府的206师师部。

在门前李如莹和林光一起受到了盘查,但是卫兵连长和林光很熟,看一眼李如莹,认出了她,对林光道:

"你小子,艳福不浅哪!掐到了洛阳城的花王!"

"托福托福。"林光摩托车也不下,笑着冲他打一个岔,"昨天那一个,你怎么弄来的?坏事你也没少干!"

"快走!"李如莹忍无可忍,催促林光道。

"嘀,好大的脾气!"卫兵连长道,一边示意卫兵挪开挡马,放林光的摩托车驶进去。

暮气升腾。一片灰暗中,林光带她进了自己的临时军官宿舍——帅府主楼左侧配楼三楼上一间小小房间——回手关门,将李如莹抱在怀里。

"你要干吗?"李如莹怒道。

林光不说话,只看着她的眼睛。

李如莹在本故事里第二次拔出了袖珍手枪,顶上林光的脑门。

"杀了我你也走不了……像你这种婊子,甭跟我装清纯!告诉你,我表哥上过的女人我全上过!他能在洛阳城和赵铭分庭抗礼,你以为他的靠山是谁?"

"马上让我看一眼真的城防图,不然我就开枪——"

"好样儿的!……不过你做什么生意都要付出点儿代价,再说我又不打算娶你,就是逢场作戏,一脱一穿的事儿!"

他听到了李如莹慢慢扣动扳机的声音,一跳离开她,道:

"比起我表哥,老子就那么不入您的眼吗?"

"你和他比不着,你是流氓,许绍杰是正人君子!"

她转身拉门欲走,被林光坚决拦住。

"你还要干吗?"

"你还没到本师的作战室瞭一眼呢,万一我表哥问起来,我不好说话!"

"……"

"跟我走。"

就在这幢楼里,林光带着她左拐右拐,上楼梯下楼梯,过了数道内部岗哨,终于进了一段阴森森的内走廊,开了一扇门。

"进去!"

两人走了进去。林光开灯。房间不大,内置一张只能供十几个人会议的长桌,尽头墙上,拉开一道幕布,现出了一张四尺宣纸大小的《洛阳城防图》。

"您只有两分钟。"林光道。

但他还是给了李如莹足足五分钟。李如莹道:

"走吧!"

林光什么也没再说,将幕布复原,灭灯。二人循原路离开。带李如莹出师部门卫时,卫兵连长仍在,看林光道:

"动作够快的!"

林光冲他一笑，摩托车冲出去。路上有积雪，还有冻冰，但是林光以一种随时可能让二人连人带车一并毁灭的高速，没用几分钟就将李如莹送还给了许绍杰，大声道：

　　"哥，娶了她吧！试过了！我嫂子行！"

　　他像李如莹不在场一样将摩托车掉一个头就蹿了出去。许绍杰回看李如莹，发现她两眼是泪。

　　"这个混蛋！他不是我表弟，硬攀的……这种军痞，不要跟他计较！他们没有未来，只剩下胡来！"

　　"我要走！"李如莹三下两下拭泪，道。

　　"我是不是不该问这句——你得到答案了吗？"

　　李如莹并不回答，已经上了车，发动，驰出去。

　　当晚，按照与他的约定，她让管家帮她送一包点心去武家，说是上次她病倒时他的新媳妇让他带了点心来看她，现在她好了，送一包点心给他的媳妇去还礼。

　　真是一包东关老字号"一口酥"的点心。但是他收到后，就明白她的意思了。

　　——他手中那张图是真的！

　　她一直等到管家回来复命才睡下。这一觉她睡得很沉，什么梦也没做。

　　天亮时，她醒了，又望见了阳光照在洛河滩上。她哭了。

　　"怎么了我的孙女，"祖母破天荒地一大早来看她，发现了孙女脸上的泪痕，"谁又惹了你？"她边说将新的一封南洋来信交给孙女，"你妈妈来的，还是要你早点去她那里。"

　　她什么也不能告诉祖母。伤心的原因只有她一个人知道：帮人帮到底。但是帮到底之后，她再也见不到他了！

天地合，乃敢与君绝！

以前所以坚持留在洛阳，不下南洋，是因为那个玉人，今天，她没有任何理由再留下去了！

留下去就会想起他，不，想起杨家女子有多美，想起那张挂在杨家后园中绣楼里的大唐贵妃玉真仙祖图，想到自己骄傲了那么久，自信了那么久，在美女辈出的洛阳城，其实什么也不是！

但她还是起来了。走吧，没有了他，事实上也没有了过去的自己——她不再是过去的她——。她为什么还要留下！为谁留下！

草草地吃了早饭，她不再思考，不再犹豫，转身跑去见祖父。

像她盼望的一样，此时只有祖父一个人在他的大书房里，像往日一样望着墙上的一张铺满一面墙的军用地图出神。

她凝神静气进门，随手把门关严，放下暖帘，回头时发现祖父已经转身过来，用一双老了仍旧炯炯有神的军人的目光盯着她。

"你怎么来了？"

"爷爷……"

但她的话还没说完，就被墙上那张图惊到了！

"爷爷，你这是什么……图？"

"看不出来吧？这是一张206师的洛阳城防图！"

"不！"李如莹失声叫道，马上意识到自己失言了，要捂住嘴已经迟了。

"你说啥？"

"爷爷怎么会有……谁给了你这张图？不，告诉我，这才是206师的城防图？"

"我问你刚才说了啥？你的脸色这么难看！出了什么事？"

她决定破釜沉舟，把自己的秘密告诉这位老军人。

"前几天我也得到了一张图，可是……它不是您这张图！"

一向对她宠得无边无沿的祖父迅速听懂了她的话，脸色变得吓人。

"赵铭和许绍杰……为了讨你的欢心……这是要命的东西，能随便拿出来送人吗？……不对！你是不是把他送了人！"

她被老人最后一句话吓傻了,瞪大了病后显得更大的眼睛,叫：

"爷爷！你说……他们送给我的那张图是假的？"

"快回我的话……你怎么牵扯进来的！不，你究竟把那图送人没有？送给了谁？对了，你怎么可能得到那张图？据我所知，这张图整个206师只有一张，不在他们师长手里，也不在别的人手里，他们有一个机要副官，专门负责保管、携带这张图！"

"……"

"我是说，如果他们送给你一张假的城防图，只是为了逗你玩，还是要……利用你？！"

"爷爷！"巨大的惊惧让她再次失声。

老军人怒火满腔地盯着孙女看，摇头道：

"原来他们留下一个共产党不抓，就是为了这个！……孩子，你被他们利用了！"

孙女眼泪横流，却哭不出声。

"啊，果然不出我之所料……兵者诡道也，能而示之不能，用而示之不用，近而示之远，反之亦然。利而诱之，乱而取之……"

"爷爷，您怎么背起兵书来了！……您就回答我一句，206师会照着你这张图上来打吗？！"她挣扎着，还是把这句话喊了出来。

"不照着这张图上来打，他们只有两万人，怎么打？但是……共产党眼下要攻城，也没有太多兵马……我算过，最多五万……但是，如果他们上了当，认为洛阳守军就两万人，那就错了！洛阳守军只要坚守两三日，从西安、开封、平顶山三个方向，蒋军就可以驰援到位，对攻城的解放军实行反包围！"

"那又怎么样？"

"怎么样？……洛阳一战，事关气数。焉知老蒋没有想到将洛阳城当成一个陷阱，以退为进，倾全力引诱共军主力悉数来战，一战改变中原战局！"

"爷爷告诉我，一张假图又能怎样？"

"你小孩子家懂个啥！如果206师弄一张假图给解放军，他们信了，洛阳一战就会进入陷阱，一旦不能胜，就能给西安、开封、平顶山方向三路国军以驰援的时间……但要是解放军得到的城防图是真的，三下五除二拿下洛阳，国军就没有时间驰援，老蒋就是真想在洛阳城下给解放军挖坑，也做不到了！"

"难道共产党就想不到他们有可能得到一张假图吗？"

"一定能想到。但是兵者诡道也，万一他们非常信任这张图的来源……譬如说图是那个据传漏网的共产党送出去的，判断就有可能发生错误！"

孙女目眦尽裂，大叫道：

"不可能！"

可她知道这是可能的!不但可能,而且……所有她现在担心的事情都已经发生过了!

她转身飞奔出门。

"你……到哪儿去?"老人喊道。但是孙女已经跑远了,听不见了,"来人!老胡在哪里?拦住她!不能让她出门!"

老胡跑进来,告诉他,他的孙女已经疯一样开车出门去了!

"快打发人追她回来!"

"来不及了!老爷,有一个办法,打电话给206师,让他们拦住小姐!"

老人沉吟着,沉吟着,——时间之久让管家觉得如同过了一生——,才冲管家摆一下手,道:

"不要,随她去吧!"

管家看出了他深度的不安,还是把心里想到的话说了出来:

"老爷,要不要让里面的人知会老太太,马上收拾,一有风吹草动,我们就走!"

老军人反而坐下来,道:"不!"

他把目光重新投向墙上的那张图。"昨天让你办的事情,办了吗?"

"办了。"管家道。

"那好,我孙女不回来,我们哪儿也不去!"

"知道了。"

半小时后李如莹在西关武家老宅门前停下车,敲响门环。从门里走出来的又是武冲!

"是李小姐……我哥他不在!他去了开封。"

她睁大了惊愕的眼睛。"怎么会是开封?"

"他走时对我大嫂说,开封有一个小学教员的职位,我表哥推荐了他,要他去见见校长。"

李如莹已经明白了,且已经下了决心——无论要追他到哪里,她都不会什么也不做!

"你大哥去了开封,会住到哪里去?"

"开封师大,我表哥刘三春教授在那里教书。"

"你哥走了多久?"

"这会儿恐怕上车了。"

李如莹二话没说掉转车头奔向火车站。停车时,她亲眼看到那每日一趟奔开封的火车刚出站。

她疯了一般,想都没想就买了去郑州的火车票,一分钟不停就上了车。

去郑州的是快车,去开封的是慢车。她有可能在中途拦住他,拦下那张图!

快车在楚汉相争的氾水关超过慢车,但快车不停,她在郑州下车,不出站,等慢车赶到后挤上去找他。

慢车到了。她横穿过一道道铁轨奔过去。每节车门前都挂着无数灾民,她根本挤不到前面去!

但却在慢车再次开动时从一扇车窗内看到了他!她朝他喊一声,他没有听到——当然听不到!

一小时后她登上郑州去开封的车。出站后叫了一辆黄包车,跑了好大一阵子,才进了河南师大的校园。她打听刘三春教授。有人告诉她,学校已经放假,刘三春教授回孟津县老家休寒假去了!

这怎么可能!

不过她马上听到了另一个消息:刘三春教授在学校住单身宿舍,就是她面前这排低矮的平房中的一间。

"砰!砰!"

眼前一间房门半开的宿舍里传出两声闷响。一个人影一晃,从房门里闪出,擦着李如莹的身子和黄包车跑走。

"枪!"黄包车夫叫道,"他手里有枪!"

人影跑进浓重的夜色,不见了。

"不好!"李如莹脑海里惊雷般一声响,叫道,率先奔进那间开着门的宿舍。

房间里弥漫着呛人的枪烟味。一盏煤油灯半明半暗地亮着,照着倒在床上的他。

"他死了!"黄包车夫跟着闯进来,大叫着,转身跑走。

在剧烈的战栗中——李如莹平生从没有这么机敏过,更没有这么胆大过——伸手在武思中身上身下摸索了一遍,没有那张图!

这就是说,这张图已经送给了他要送给的人,然后就有人杀了他!

杀手一直跟他到这里,待他做完了他们希望他做的事,就灭了他的口!

……

她坐了一夜火车,第二天拂晓在洛阳站下车,开车驶出车站,一个闪念间就决定了,开车到杨家在东关的老宅里去一趟!

那些人已对他下了手,照他们的尿性,也决不会饶了他的每个亲人!

她不指望自己还能在那座老宅里看到他的媳妇。这个他新娶的妻,大唐贵妃玉真仙祖的后人,杨家五百年才出的一位美女,还在新婚燕尔之中,就永远失去了丈夫,而一切都因为她!——也许杨家女子早就不在这里了,也许早就陪她的婆婆回塬上的武家去了,可她还是要撞一撞运气!

他的死还不足十个小时,消息也许还没有传回到洛阳——这个消息不传回洛阳,他们还不会对武家人下手!

她要救他们!

在惊慌中打开那两扇黑漆大门的张妈没想到是她。后者并不十分意外地告诉这位不速之客,她们家的小姐——姑奶奶——在这里!而杨家女子的婆婆已经由小叔子武冲陪着,回塬上去了!

她什么也不问,就明白了杨家女子留在城里等谁——新媳妇在等自己的丈夫,然后——或者就留在城里陪他,或者再和他一起回塬上去!

匆匆起床尚未梳洗花容不整的杨家女子第二次将她引进自己的绣楼,没有任何寒暄,她就为客人的到来万分惊惶了。

"李小姐,你怎么……这个时候……是不是思中……他出了什么事?!"

她不忍心——也不情愿——由自己对这个女人说出那个意味着天塌下来的噩耗。会有人告诉面前这个五百年才出一位的洛阳美女的!李如莹心如刀绞,面部却努力保持着镇静——没有想到这一刻自己的内心会如此强大——硬着铁石一样的心肠道:

"话我就不细说了……你是他的妻子,万一他出了事,你就是这个家顶门立户的女人……别问我为什么,趁着眼下还来得及,一刻都不要停,什么都不要收拾了,出城,回塬上去,带上他家里人,有一个算一个,能走多远走多远,能藏到哪里去就藏到哪里去!"

新媳妇被吓傻了,脸色白成了一层透明的薄纸……尽管如此,她仍然以最大的心力站稳了,问道:

"李小姐,你要告诉我,是不是他……出了事?"

好奇心又回到了李如莹的身上,她脱口道:

"他的事情,你……真的一点儿也不知道?"

"他的事情……他的啥事情?"

李如莹意识到自己的大脑开始像机器一样飞快地运转,她该如何回答杨家女子的问题。

"他是一个了不起的人,了不起的青年……如果他的事情成功了,将来每个洛阳人都要感激他!"

"可他……从来啥也没对我说过!"面前这个受到巨大打击显得弱不禁风的女子呻吟一般痛楚地叫道。

她来时要说的话已经说完,而且她今天还有那么多要紧的事去做,不能再和杨家女子谈下去了,再谈下去她的眼泪也要像对方一样顺着两颊流下来了!不!仅仅和杨家女子交谈了这么几句,她的心就已获得了巨大的满足,这是她进来后意想不到的!新媳妇对她丈夫的事一无所知,可是他却在第一次约会时就把他的一切秘密告诉了自己,并且,在生前最后一次和她相见时称呼了她一声"同志"!

她把身上最后一张通行证——许绍杰给过她两张通行证,一张她给了他——留给了杨家女子,转身就走。这时,她听到了一声凄惨的叫喊:

"李小姐,你等一等!"

是那个洛阳最美、五百年一出的、一直养在杨家深闺、刚刚又悄没声地嫁给了塬上武家那个"风神秀逸"的玉人的女子的最后一声叫喊!

她忍住眼泪——这一刻让她忍住泪水和让身后这个女子忍住眼泪一样艰难——回过头来看杨家女子。

"我……"那女子道,"李小姐请告诉我……这种时候了,我该咋办?!"

这一刻虽然她什么都没说,但新媳妇却啥都明白了——杨家女子在对她的一生来说都是最艰难的时刻向她求教!

她能给这个直到方才她进门前还沉浸在新婚的满满的幸福中的女子什么主意呢?她给不了杨家女子任何主意。她刚才想到过了——新媳妇的天已经塌了,而且是永远地塌了下来,一生一世,她不会有他这个丈夫了,可是却有着她和他的家,有年迈的婆婆,没有长大的小叔子,一个更小的小姑子,还有——这也是李如莹一闪念间想到的——她和他已度过了好些个新婚的日子,男人对她又是那样宠爱,而她对自己的男人又是那样一种李如莹每一眼都能看出的态度——

今夕何夕,见此良人?
子兮子兮,如此良人何?

未见君子,忧心忡忡。
亦既见止,亦既觏止,我心则降。

如果是这样——不，一定是这样——她就不会已经为他怀上了孩子吗？

现在她的天塌了，她一个嫩质纤纤弱骨柔柔的女子，原本应当由她的丈夫擎起的天，就落到她的肩头了！她该怎么办？该怎么撑起这个家，自己又怎么活得下去！

"走！快去救您的婆婆、小叔子和小姑子，眼下他只有靠您了！——以后也要靠您了！"李如莹听到一个人正在代替自己回答杨家女子的叫喊，同时一只手已经把另一只腕上那个大而圆润的镯子褪了下来——据祖母说，这只镯子太平年间的价值等于祖父母的半个家——塞到对方怀里，"我什么也帮不了您，把这个拿上，就当是我向您赔罪了！"

"你……向我……赔罪？"那女子虽然处在目前的处境中，仍然从她的话音里听出了异样的情感，大声惊讶地问道，"你向我赔啥罪？……他是不是死了？他的死是不是因为您？！"

"我什么也不能对你说，能说的我都说了，总之如果这一生我做了对不起你的事……那也不是我的本意，我和他一样受了恶人的欺骗，"李如莹说，觉得自己的眼泪又要忍不住了，"还有，他知道他做的事情有可能给他带来不幸，但他还是义无反顾地去做了……最后还有一句话，我想告诉你。事情不会这样结束，我会用我的办法，为你的丈夫也为我自己复仇！——再见了！"

她没有再听那个失魂落魄的女人说出任何话，就转身奔了出去，自己开门上车，转眼车就重新在中州大道上奔驰起来。此刻她的大脑就像一锅煮沸的水，在上下翻腾，无数的意念也像泡沫一样冒出来。

她仍然不能走。她仍然不放心杨家女子,后者不但是他留在世间受苦的未亡人,此人身上还系着武家另外三位亲人的命。她要亲眼看到她在这个黎明离开洛阳城,回到塬上去!

她将车又开回来。很快,她看到了,一辆黄包车匆匆从杨家所在的东关驶出,直奔洛阳东门。她在黄包车上看到了杨家女子,还看到了陪她逃出城的张妈。

杨家女子没有看到她的车——李如莹能想到那个女人此时眼里已经什么都看不到了,她能看到的只有她自己人生中突然塌下去的天!

李如莹一直跟踪着这辆黄包车,亲眼看到杨家女子出城。张妈并没有随她离开。开始李如莹有点惊讶,忽然就明白了——杨家女子手里只有一张她给的通行证!

蓦然间,她明白为什么到了这一刻他们仍然没对杨家女子和武家一家人下手!

因为他们要等待着他们埋下的那个雷爆炸!

啊啊,早在昨天夜里在火车上她什么都想明白了,从她第一次冒冒失失地去找赵铭,要他帮自己弄到一张206师的城防图开始,一场围绕着她和她背后的所谓共产党地下组织的阴谋就展开了!

齐瑶落到他们手中的那个夜晚就全都说了。正因为这个,他们才杀了齐瑶,这样他们才能将她玩弄于股掌!

表面上是针对她和他以及他身后那个秘密组织设的一个局,但这个局背后,则是更大的一场针对随时可能攻打洛阳城的中原解放军的大阴谋，针对洛阳城的大阴谋，针对全中国国共两党两军战局的大阴谋！

在所有的人中，赵铭，许绍杰，还有号称许绍杰表弟的那个林光（此人也是这个局的参与者），他们最小看的人就是她。从一开始他们就像开玩笑一样将她掌控把玩于他们的手心里，变换着法儿骗她，让她围着他们设好的局兜圈圈，好像她是世上所有傻瓜中最傻的那个一般。即便半道上意外地出现一个杨家女子，极大地干扰了她的心绪，到了后来，她仍然没有滑脱了他们的手，仍然顺着他们的意愿，沿着他们设计好的套路，不顾一切地将他送入了死地！

最可怕的是，他们不但利用了她，还通过她利用了他。他送出的假图会把有一天前来攻城的解放军引入死地，而一旦进入死战，解放军必然要在洛阳城下陷入死战，而洛阳城也必将在一场她完全无法想象的大血战中被两军反复的大血战彻底毁为一片平地。

这就是她从前并不了解的全部真相。是她对他的爱蒙蔽了眼睛，赵铭、许绍杰和他身后的人则利用了她的娇憨、盲目和轻信，最主要是利用了她的无知，诱骗她一错再错一路走下来，终于铸成了今日这种即使自己去死也难以挽回的大错！

他们的计谋一旦得逞，洛阳城将被毁灭，流血漂杵无复人烟的景象将再现。不知为什么这一点并没有让她像想象中那样悲痛，真正让她刀割般心疼至极的还是他的死，因为是他送出了一张假图，毁掉了未来解放军的洛阳之战，而她自己……她自己也将在这个由一伙决心毁掉洛阳、毁掉他和她的骗局中成为一个可笑的人物，如同戏台上一直被玩耍却不自知的女丑，被人弄死的同时还犯下了无可饶恕的重罪……不知为什么，最后这个念头彻底激怒了她！

啊，他们低估了她。这或者是他们在整个骗局中犯下的最大错误。

她又想到了他，心居然还能在这样一个她下定了决心绝地反击时莫名地为此感觉到了温暖。是的，他没有说错，对她来说他从来也不是她的恋人，但她确是他的"同志"。她再一次想到了刚刚被她救出城去的杨家女子——真正的绝世美女，洛阳之花，即便她是个女人对杨家女子也曾经一见倾心——虽然做了他的妻，却一点也不了解他，他也从不把自己做的事告诉她！从这个意义上想，他首先还是她的人！是她而不是杨家女子得到了他的心！

车又驰回中州大道。回头去想她和他的全部交往，现在全都清楚了。他对她从来没有过爱情，有的却是另一种眼下想来更震动了她的心的东西——信任！信任可以让他第一次见面就对她和盘托出了自己和他那个组织的秘密，信任还让他在随时可能被人盯梢的危险中一次又一次见她，最后，还是信任，让他相信了她的话，将一张假图带到了开封，送给了他想送给的人，终于铸成了本想保护洛阳城却会毁掉它的大错！

过去，无论读了多少洛阳的典籍，除了爱情，她不知道一对青年男女之间还会有别的感情，但是今天，她却在他对她的感情中感觉到了另外一种更高尚的、超越了世间所有男女私情的感情。这是建立在一种对伟大事业的共同认同和向往之上的纯洁的感情，正是基于这种感情，他才一直给予了她那么大的尊重和信任！

而她却把他和洛阳城一起送入了万劫不复之境!

他在整个事情上是不是也和她一样幼稚呢?他怎么敢一开始就那么信任她呢?在他的死和送出假图给洛阳城带来毁灭这件事情上,他和她一样负有相同的责任……从这个结果看,他第一次见她就说他不是共产党说不定仍然是真的,他和她一样不成熟,如果这是真的,他就有可能真的只是共产党的外围而不是共产党秘密组织的成员,他和他的组织所以会想出搞到一张城防图保护洛阳城的主意仅仅是出于对家乡和家乡人民的怜惜……不过现在她为他的死心疼得都不想活了,而且这个和她一样幼稚的青年已经死了,难道她还能再去追究这个为了自己的理想而死的十九岁青年的单纯和不成熟吗?

必须改变。应当还有时间。她现在不再是他的什么人,只是他的"同志"。如果他活着,改变的责任会由他来承担,但现在却只能由她去承担了。

而且,她此刻满心里想到的是要和他一起死。那位直到此刻仍然被她痴爱着的玉人死了,她已经不再有心活在这个黑暗、污浊的世间了!但在死之前,她还一定要为他的死、为自己的被愚弄向所有的恶人复仇!

牺牲……是他的死让她醒悟,看到他的死的那一刻她也就豁然洞开地明白了那两个字的含义。和他的牺牲相比,从一开始就大错在身并一力主导了这场大错的她主动去毁灭自己就更不算什么了!凭什么他可以为救洛阳城、为打倒旧中国而死,她就不能为此毁掉自己,直到和他一起去死!

为自己、为她至死都仍然痴爱的人复仇,并把他们以为已经赢定了的一局扳过来,第一件事是要安置好杨家女子和他的家人。这件事她已经做了!

第二件事——最大的一件事——是要让河北的解放军知道,他送出去的那张图是假的!但仅仅做到这个她的心不甘,从一开始她和他就想为河北的解放军弄到一张真的206师城防图,此刻这仍然是她要做到的事,为此她不惜自我毁灭!

第三件事也是最后一件事,她要复仇,为他,更为被欺侮和愚弄的自己。她一个也不宽恕!他们都得死!

车过天津桥,她的家——她和祖父母的家——已在望眼中,她却把车停住了。错是她一个人的,她不想因自己的愚蠢祸及家中的两位老人!

而且她已经想好了,让自己毁灭,但一定要弄到那张真图!

爷爷曾经告诉过她,206师的城防图只有一张,上面有这个师的中将师长和赵廷江的共同签字。这张图甚至没有保存在这位师长或赵廷江身边,他们共同约定,将它交给了一位双方都信任的机要副官保存!

过去李如莹遇到了这种事,脑瓜一准会成为一盆糨糊,但是此刻,她一转念就能想到这个人就是林光!

她之所以能不假思索地做出这样的判断,是因为只有她知道,林光不但是206师师长的机要副官,而且,他私下里还和许绍杰交好。

在她什么都不知道的时刻,为了保住或者毁掉洛阳城,许绍杰和赵铭早就沆瀣一气,和他们身后的那些大人物合谋了这样一场事关洛阳城和中原乃至全国战局的骗局,现在她不用想也知道,赵铭不可能没参与由许绍杰和林光出面演出的剧情，至少他是知道的！

她掉转车头，直接开回河北，重新开上中州大道，拐弯就到西工206师兵营。

她在车里长长地做了几次深呼吸。是的，她知道林光的弱点——林光见了她第一面她就明白，他对她拥有着强烈的肮脏的欲念！

要是只有这一种办法才能帮助她把这一局扳过来，不让他白死，还能保住洛阳城，她不在乎自己怎么毁灭！

她开车向前，直接撞向营门前的挡马。

"你什么人？干什么的？这么早……来见谁？"哨兵举枪拦在车前，大声喊，拉枪机，子弹上膛。

"我是林光的女人，我来见他……你们是见过我的！"李如莹毫无惧色，大声叱咤道。她无所畏惧。

哨兵还是喊来了连长。卫兵连长看到车中的她一脸愠色，淫笑道："怎么，李小姐……找林光！来查铺吗？你来得太早了，那一个还没离窝呢！"

"快把挡马挪开，不然，我要开枪！"她边喊边真的掏出手枪，做冲车窗外放枪状。

"别！这会儿师长还没醒呢！好家伙你这要是一放枪……哈！林光惹上麻烦了！李小姐果然有性格，名不虚传！得，放你进去不就得了！"卫兵连长道。

挡马挪开之际，李如莹的车风驰电掣般驰进营院，转眼又退回来。

"怎么了李小姐？"连长又凑到了车前，"林光这小子靠不住，要是比起来,我比他还可靠些!"

"告诉你的兵,等会儿我就出来,不要拦我!"一代花魁大声道。

"这个……我遵命就是!"大胡子卫兵连长回头看身边的卫兵,"等会儿李小姐收拾了林副官,要出去,你们有点眼色!"他又看李如莹,"怎么样,李小姐,我方才的话,你考虑一下?"

李如莹的车已经风一样驰走。

"有这小子好瞧的了!"卫兵连长讪笑道,"不过,我还是挺纳闷的,林副官一定是用了迷魂药,才把一代花王都拿下了!老子佩服!"

在她上次来过的主楼左侧配楼的三楼,李如莹用力敲开了一扇门。林光看见她,吃了一惊。

"李小姐?"

李如莹进门的同时目光迅速扫了一遍室内。单人房间里没有卫兵连长说的女人,话却已经说出来。"人呢?"

最初吃过一惊的林光见她手中持枪,一脸发自本色的怒容,误会了,顺手关严了门,一把抱住李如莹的腰。

一代花魁娘子转眼之间已在床头柜上看到了一只黄色牛皮的公文包——上次来她就看见过,只是没注意,现在又看到了它!

不是普通的公文包,上面加着两道锁——普通的公文包不会这样。李如莹并不聪明,但在这种时刻,她不用想也猜出来了,这个公文包就是林光让那唯一的真图须臾不离开自己的地方!

林光用力将她抱起,扔到大床上去,她一只手伸出去勾到了公文包,另一只手中的枪口戳向了他的脑门。

"你要干吗?"林光什么也不怕,手继续在她下半身撕扯,一眼一眼地看着她脸上的反应冷笑,"开枪啊!知道上当了,想要真的！可是，那东西要两个人一起才打得开，我只是负责保管——"

"放开我，我自己脱给你！但是，把真图给我！"

"那也得看你值不值这个价！"

他和她撕扯那只公文包，李如莹死死抓住不放。林光笑道：

"你真的愿意用自个儿换一张其实无关大局的军用地图？或者……像外面传的，你十五岁就让人开了苞，根本就不在乎，你早就是个采遍男人阳气的花妖？"

李如莹右手一抢，手枪在林光脑门上砸出血来。

"哈，你居然是这种反应……那就是说，你仍然觉得自己是贞节烈士，值得我付出这个价！"

"你有办法打开它！我说过了，为了这个，我把自个儿给你！不然，我用这个打开它！"

李如莹一手抓公文包，将另一只手中的枪口指向公文包上的锁扣。

林光撕开了她的羞处，却停住了，像一位哲学家一样盯着她看，其实是在转脑筋。

"真图假图，到了这会儿还重要吗？无论如何天下都要大变……你就这么想要得到它？"

李如莹不说话，她在咬牙坚持，害怕多一秒钟自己的决心就会动摇。

林光深深地看她。她那一刻觉得他像是变成了另外一个人，看她的目光像是在看一个陌生人。转眼之际，他已经从哪里摸出两把钥匙，打开了公文包。

"掏出来，我要验货！"李如莹说，声音颤抖……不，全身都在颤抖。

"你自己拿。"林光狞笑着,脸色突变,他已经控制不住自己了。

他朝她扑过去……她闭上眼睛忍受了一切,眼泪涌流……心里却让自己恨它,想它不过是一具好看的皮囊,没有它她就不可能被赵铭和许绍杰这样的恶人追逐,也就不可能害死他,害洛阳城彻底变成瓦砾……啊,她犯下的每一件错误都因为它,而为了将这一局扳回来,她早就下决心牺牲掉它了,对她来说它已经不再是她心中的珍宝,而是跳到黄河也洗不清的羞辱……再说她也顾不上多想了,她牺牲它是为了得到公文包里的真图,一边痛哭她一边已在他手忙脚乱时将它掏了出来!

只打开了一只角,她一眼就瞥见了上面206师中将师长和赵廷江的亲笔签字。图的右上角还有一枚印章,一个蓝色的矩形里面有上下两排扣着八个字:绝密要图,仅此一份。

她甚至还有时间"哗啦"一声打开了那张并不很大的图,粗略地看一眼就明白了,就是它,那张传说中的真图!除了传说中的签字人的签字,她还有另一个理由相信它是真的——这张图和爷爷书房里挂的那张城防图除了细节上有差异,大的防御方向和部署全部吻合。

林光喘着气离开她,吃惊道:"这可没想到,你天天和赵铭和许绍杰厮混,居然还是个雏。"

巨大的悲伤和无边无际的愤怒此刻才如涨潮般涌来,撞击在心灵的礁崖上,让她难以自持……她失去了少女之身最重要的宝物,而且还失身给了这么一个人渣!

那种一直在全身保持的狂风般的颤抖一直都没消逝,但她还是挣扎着爬起来,穿好衣服,将那张图紧紧拿在手里。

林光冷笑着,守在门后。

"把它放下了再走。"

李如莹闪电一般出枪。枪口顶上他的脑门。

"你不敢。枪一响你就走不出去了!"

李如莹把图一把丢在地下,趁着林光弯腰去捡的工夫,从身上摸出了半截乌黑的东西,将它旋转安放在枪口。

林光抬头,大惊,脱口而出:"消音器!"

"你毁了我!毁了我爱的男人,毁了他的事业,你还玷污了我的一生!你这个坏蛋!我杀了你!"

枪响。声音细小。林光向后倒去,仍然大瞪着惊诧的眼睛。

那种惊涛拍岸般让她彻底失去理智的怒火和悲伤继续裹挟着她。李如莹三下两下藏起那张图,并且还能想到回手取走了自己受辱的证据,开门冲出,手里仍提着那支装有消音器的枪。

门外有个警卫偷听。她枪口一指,那人转身就跑。

她麻利地下楼。冲出门上车,急急驰向营门,拼命鸣笛。

"这么快就了事了?"卫兵连长从门卫室里冲出,看她道。

"让开路!我要走!"李如莹冲他歇斯底里地大叫,不知道嘴角上挂着一丝血迹。

"你不会把林副官宰了吧?"卫兵连长一边示意卫兵们挪开挡马放行,一边看着她道,"那一个还没走?"

"对,他敢骗老娘,脚踩两只船,我把他杀了,帮他收尸去吧!"她一不做二不休地叫着,一脚油门,车子箭一般地驰出去。

车窗大开,寒冷的晨气冲击着她的面颊,也让她从巨大的愤怒和悲伤中冷静下来——愤怒和悲伤并没有消失,但毕竟她能够思考下一步要去哪儿了。她没有回家去，开车直接去闯许绍杰的公馆。

大门开。她弃车闯进大客厅。许绍杰衣冠不整地从二楼跑下来见她，惊道："你怎么了？——看你的脸色！"

她把受辱的仍然湿漉漉的证物直接摔在许绍杰面前的案上。

"你表弟强暴了我！我失手杀了他！现在我要你亲自送我出城，我要离开洛阳城！——你要是还愿意带我走，现在就跟我一起走！"

许绍杰瞬间色变——就这么一个神情变化李如莹意识到许绍杰虽然和赵铭一起对她和他做了那么多事，但他心里似乎仍然是爱着她的！——咬响了牙关，又厌恶又恼怒道：

"这个畜生！——你等我一下，我马上送你出城！"

"不要带别人，就你一个！"

"知道！"

车子刚出了东大门，进入到伊洛河交汇的那一片水草滩前，他忽然醒悟，但已经晚了。

她提前下掉了他的枪，用那个仍然带着消音器的枪口顶着许绍杰的脑门到了枯草滩里。

"一出城我就后悔了，但仍然抱有侥幸。你瞧，我有多笨……失手在一个小女子手里，也算是无能！"

"说吧，趁着这会儿你还活着，一五一十全都说出来！"

"你已经赢了，但是说不说在我！我选择不！"

枪响。许绍杰也像林光一样，先是跪下来，然后直挺挺地向着她倒过来，不动了。

愤怒和悲伤重新袭击了她。她开车回城，发现全城到处都是兵车，和挨家挨户搜查的士兵。她想也没想就知道这件事和自己有关。现在她心里还剩下最后一个人。

她直接将车开回了西工，一路畅通无阻地闯进了赵铭的公馆，下车，迎面碰上赵铭带着一群马弁要出门。

"是你？"

"对。是我。"

后来她才明白，一定是见她手中提着一把枪，并且从一开始就指向了他，赵铭才没有立即让人对她下手。

"你要干吗？"赵铭满是戒备地问，她第一次从他的声音里听到了对自己的恐惧。

"你跟我进去，其他人有一个算一个，都留在外面！"她与其是对赵铭，不如说是对赵铭身后的马弁们喊道。

众马弁看赵铭。赵铭大声道："听李小姐的，都不要进来！"

众马弁留在了外面，但是所有的枪口都指向了门和每一个窗户。

一进去美丽的女人就用脚关上了门，直接将枪口顶上了赵铭的脑门。

"讲吧，你为什么要对我做那样的事！你毁了我的一生！"李如莹失声大叫，觉得那种惊涛拍岸般的愤怒和悲伤又涌上来，充塞了她的心。

"简单地说，就是不想让共产党得了洛阳，更不想让一个土包子共产党得到你！"赵铭说得十分平静。

"可他不是共产党！"

"不是共产党为什么要帮共产党做那么大的事！……他真够胆大的，居然让你找到我要206师的城防图！不过也够幼稚的，包括你，都太嫩了！连共产党的宣传品上都写了，这是阶级之间的战争，你死我活，凭什么我要把一个好好的洛阳城留给共产党！"到了这时，赵铭也用嘶哑的、歇斯底里的声调大吼起来，"开枪吧，开了枪你最好自杀，和我倒在一起，不管如何，我对你有过真心，得不到活的，能得到死的，我也算是没白下过一场功夫！"

最不该发生的事这时发生了——她忽然想到了身上那张图！

这么大的事情自己居然忘了，她还是太幼稚，太莽撞，不知道应当先把最要紧的办好再来为他和自己向害死他们的人复仇！

"我不杀你！你也不要杀我！我来见你只是想告诉你一件事，你不该把我送给许绍杰和他的表弟林光，你说你爱我，可你却让他们糟蹋了我！是的，正因为这样，我杀了林光！谁也不能平白无故地侮辱我，这个结果是他们该得的！"

"不，你不但杀了林光，你还拿走了那张图！眼下全城警戒，就是为了抓到你，找回那张图！"

"这个没有！我承认早上我去林副官那里是为了得到那张真图，可是……那时我只想到杀他！我开了枪，见他死了，马上开车逃出了206师的兵营，哪里还会想到那张图！"

"你身上真的没有那张图？"

"你可以到我身上，还有车里去搜。我说没有，就是没有！"

他不相信她的话，但紧张的气氛明显松弛了几分。

"那你……全城都在抓你……你打算怎么办？"

"把我的车留给你，你送我出城！"

"为什么不去找许绍杰,他也可以送你出城!"赵铭道。

"林副官就是他介绍给我的,可是……我要是还有自由,我也要杀了他!"

"那么……然后呢?"

"洛阳城我已经不能待了,我必须远走高飞。你要是愿意,和我一起下南洋去种橡胶,也能发财!"

"到了那里恐怕我就说了不算了……你真的还愿意嫁给我?"

"你今天能把我送出去,就从我的仇人变成了我的救命恩人……再说,到了南洋,虽然我有母亲,但我和她不亲……事实上我举目无亲,我不嫁给你,嫁给谁?谁又是我要的那个知冷知热的男人?"

"你这话说得……快把我的心说动了。不过我不会马上和你一起下南洋,但是,我可以送你出城!走吧!"

"为了不让你的人误会,我还是要用枪顶着你走!"

"要是你觉得只有这样才安全,你就这么办好了!"

她用枪顶住赵铭重新走出去,没有走向自己的车,而是走向了赵铭的豪华座车。

车一开起来速度就极快,如同一股狂风,冲出大门,冲向了到处都是兵的中州大道。

"保持这个速度不要停!不要以为我就信了你的鬼话!自从掉进了你们的陷阱,还有今天早上……我已经不想活了,但你要是想耍花招,把我送进你亲爹赵廷江的警局,或者直接送进206师的兵营,我就先干掉你再自杀!"

赵铭一句话也没说,车速一点也没减,到了转向东关洛阳警局的路口，突然一拐，向警局驰去。

枪响。赵铭一头栽倒在方向盘上，但是李如莹迅速控制了它，车子减速，在距警局外挡马几米远的地方停下来。

一代花魁娘子将赵铭与自己易位，重新开车，一个掉头，向洛阳城东大门驰去。

路上没有人敢查她的车，因为全城军警都识得这是赵铭的座车。她顺利地驰出了东大门，才听到背后有兵车追过来，子弹开始在她的车顶上空飞过。

她拼命开车向东，一直开一直开，想甩开身后的兵车，兵车一辆一辆被她的豪车甩掉，但是更多的兵车正从四面八方向她靠拢过来。

她在燃油耗尽前尽力将车开进了邙山山中万千沟壑中的一条，然后扔下车，向一眼就能看到了黄河奔去。这一带当年祖父母曾带她来游玩过，说是有名的氾水关，又称虎牢关，洛阳八关之一，楚汉相争之时，刘邦和项羽以为此界，长期对峙。东汉末年，刘备关羽张飞三兄弟在此大战吕布，号称"三英战吕布"。往北就是氾水镇，过了氾水镇就是黄河，那里有个小渡口，上船就可以北渡黄河。

她完全没有想到，她会在这里遇上他的媳妇！

是后者在氾水镇的街道上首先看到她的，马上冲她喊了一声："李小姐！……是李小姐吗？"

李如莹一转头就看到了她和她那一家子人——重病在身的婆婆、小叔子武冲和一个不满十岁的小姑子。

这一家人大变了样子，杨家女子变得最厉害，她不但像那些最普通的逃难女人一样裹着一身带补丁的粗麻布棉袄裤,一张说不上是沙尘还是故意抹上的锅底灰的脸,更令李如莹触目惊心的是她为死去的丈夫穿着一身最重的孝。

武冲和杨家女子的小姑子也在为哥哥戴孝,但那都只是一小块蒙在鞋面上的白布,并没有别的,他的母亲因为是长辈,并没有戴孝,只有杨家女子,不但浑身上下蒙着一身孝衫,头上还戴着一顶白麻布的孝冠,脚上是一双只有死了亲夫才会缝上一点红的白麻布面的草鞋。

黄河吹来的风很大,将她身上的孝衫吹起来。杨家女子站在那里,就像一支挂满了悲怆的招魂幡!

"原来……您是……武太太!"李如莹小声道,要大声喊却不能,喉咙一下子就被结结实实地堵上了,却又哭不出来。但是看这一家子的情况,她还是什么都明白了,并且感到了安慰。杨家女子果然是好样的,得到她报的信以后,不但成功地出了城,回到了塬上,还带着全家逃了出来,避开了随时可能发生的捕杀!

街对面,杨家女子已经匆匆离开家人,独自向她走来!

这一刻,李如莹的心变了——她不去河北了。她要把那张图,交给杨家女子,这个他真爱的女人,他的妻子,也是将来要代他顶门立户承担起养活这一家人责任的女人,让她送到河北去——这件功劳,本来就该属于他和为之牺牲了顶梁柱的一家人!

"李小姐怎么也到了这里……我猜出来了,这和我们家思中有干系……这会儿你可以告诉我了,你到底是他的啥人?!"

"武太太,我可以这么称呼您吗?这里有一件您丈夫生前留下的东西,一件最最要紧的东西,我这会儿把它交给你!你一定要带好它，让它和你们一家一起逃到河北去，然后，你把它交给你知道该交给的人！"

"他们是谁？"

"你丈夫生前全身心向往的人！"

"你说的是河北的共产党，不，解放军？！"失去了丈夫、为丈夫戴着重孝的杨珊仍是冰雪聪明的一个人，她一下子就明白这位富家小姐在说的是一件什么样的事情，"可是李小姐，你不想和我们一起过河吗？马上就有一条船过来……我们一起过去！"

"不！"

"虽然如此，我仍然有话要说。"

"你……说吧。"

"你和我一样，爱过他，可他眼下不在了……要是不在这里碰上我们，你自己就会到河北去，不是吗……你也要实现他的遗愿！那就跟我们走！"

"我说过了不……有你代他过河就够了！"

"其实你第一次到我们家老宅我就看出来了，藏在他心中的那个人不是我……我只不过是他从小三媒六证定下来的妻……藏在他心中的那个人是你！"

巨大的、能够摧毁一个人生命的惊觉和悲痛巨浪般向她打来，在最短时间里完全吞没了她……李如莹放声大哭。

但她仍将那张图取出来，有点生硬地塞给面前的女子，一句话没说，转身就走……不，是跑，没命地奔跑！

他是爱她的！这一点连他的妻都看出来了！她却一直都没看出来！——除了生命之外，她为他牺牲了一切，终于还是得到了他深藏在心底的爱!

　　今夕何夕,见此良人?
　　子兮子兮,如此良人何?

　　未见君子,忧心忡忡。
　　亦既见止,亦既觏止,我心则降。

　　武冲也从街那边跑过来了,看他的嫂子,又看一眼远方:"李小姐她人呢?"
　　他的嫂子满眼泪水,看一眼手里那一卷有着一个枪眼的军用地图,再看通往远方道路上的一缕尘土,道:
　　"她走了。我们再也见不到她了!"
　　"嫂子,你手里拿的是啥?"
　　他边说边从他的嫂子手里拿到了那卷东西,打开,大叫道:
　　"嫂子,这个东西哪来的?"
　　"她交给我的!"
　　"有了这个东西就好了!有了它,到了河北,我们就能向解放军证明,我哥是他们的人!——这会儿我知道李小姐怎么老是来找我哥了!我哥早就成了他们的同志……现在,我哥成了革命烈士!"
　　……这天稍早一点时间,大批士兵闯进家门前,胡管家看着前督军大人,面如死灰道:
　　"老爷,全城都在抓捕孙小姐……我们怎么办?"

"不怎么办。坐下来等消息。对了,上次让你送到河北的东西,你办了吗?"

"不但办了,而且办好了。"管家道。

"那好,家里人全都走。你也走。"

"可是……老爷和老太太怎么办?"

"我们老了,不走了。"老人说,一边拉住老伴的手,稳稳地在沙发上坐下,一边摸出了那把黄金镶嵌的德国冲锋手枪,一粒一粒将子弹压进弹仓。

还是这一天,在河北某地的一个解放军司令部里,一名指挥员仔细地看完了那张有着一个枪洞的军用地图,回头对他的同志说:

"这张图解除了我们因为前面那一张图带来的困惑。另外,我父亲那张图和这张图也不谋而合。现在可以断定了,前面那张图是他们蓄意炮制的假图。"

"洛阳地下党组织刚送来情报,他们也查实了,那是一张假图。"一名负责情报的参谋也赶过来,向指挥员报告。

指挥员把目光转向了他的几名搭档。"大家认为,我们现在该怎么向刘邓首长报告,打完这一仗?"

"老蒋,恐怕还有胡宗南,估计是想把洛阳之战变成一个吸引我军主力的陷阱,他们先是从陇海线撤走了第五兵团,将洛阳一座孤城暴露在我军面前,引诱我军攻城,然后,他们又送来了一张假图,妄想让我们的攻击部队陷入他们的罗网,争取时间,那时撤到西安去的第五兵团,连同位于平顶山方向的国民党第十五机动兵团,位于开封方向的第一百一十机动兵团,就有可能分头从西、南、东三个方向火速赶来，对陷进攻城苦战的我军实施反包围。如果我军增援，老蒋还可以继续通过陇海线、京汉线继续向洛阳运兵。洛阳之战，就有可能搞成一场老蒋一直盼望的国共两党两军的大决战，规模甚至会超过斯大林格勒之战！

"目前我军在中原的总兵力只有六十万，蒋军却有八十万，我军只能用运动战的方式，刘司令讲的'零敲牛皮糖'的战法和他们斗智斗勇，真以洛阳城为战场展开包围和反包围的大决战，我们真还没有完胜的把握，所以——

"所以后面这张图，连同老爷子派人送来的那张图，对洛阳之战的胜利至关重要。司令员，我建议向刘邓首长报告，采取预先措施，让友邻部队在陇海线和洛阳至平顶山之间的交通要道上佯动，摆出进攻西安、开封和平顶山的架势，然后以突然猛烈的动作攻击洛阳，争取速战速决！"

"我同意。因为近来我军在各地作战的胜利，上述几个地方的敌人早就成了惊弓之鸟，只要看到我们做出要攻击他们的意思，他们就有了拒绝出援的理由。而洛阳城里的敌人，就真的成了孤军，我们可以集中相对优势兵力瓮中捉鳖！"说话的人是这支部队的政委。

"既然大家意见一致，就这么办了，参谋长，执行吧！"

公元 1948 年 3 月 8 日，中国人民解放军发起洛阳战役，14 日晚全歼守敌，洛阳解放。上面我们说过的那名解放军指挥员回到了自己在天津桥南的家，发现年过八旬的父母亲仍然坐在面对大门的主楼一层的沙盘里，前督军手里仍然握着那把德国冲锋手枪，只是子弹已经打空。

"爹，娘，儿子回来了！"这个早年抛妻弃女也要革命的男人在父母面前还是抑制住了眼泪,说道,"只是,我的女儿在哪里?"

他不但在这个弹痕累累的家里没有找到自己的女儿,在新中国成立后的数十年间,他都没有找到她。在氾水镇和武思中一家尤其是和他的媳妇见过最后一面后,如莹小姐像是人间蒸发了。

以后直到20世纪70年代去世,别人问起他的这个女儿时,他都会说:

"她一定去了南洋。她在她妈那儿呢。"

洛阳之战他曾和司令部一帮人在沙盘上复盘整个战斗过程,发现206师的城防部署和一位来自塬上武家的戴孝的年轻女子送到河北去的城防图上的标识完全吻合,这再次证实了另外一件事:此前由一位不明身份的洛阳地下非党进步组织的负责人武思中——后来被身份不明的人刺杀——送来的则是一张假图。

最不可思议的是,武思中的媳妇当时就向他们表明,武是自己的丈夫。他不但自己是共产党,他身后那个组织也是,而他们都在他送来那张假图前被蒋介石派去的洛阳警察局局长赵廷江活埋在洛河边的杀人滩里。

"这个中间一定还有一个人,是他或者她及时发现了他送出的是一张假图,然后不顾一切地深入龙潭虎穴还经过了战斗弄到了这唯一的真图。可他或者她到底是谁呢?"后来做过一任洛阳代理市长的攻城部队参谋长做出了自己的分析。"没有他或者她,洛阳城将会在一场斯大林格勒那样的战役中被彻底摧毁,我军也将遭遇到难以承受的伤亡!"

这件事调查了一阵子,因为没有任何线索,只能搁置。后来,司令员想到了送图到河北的武思中的媳妇,亲自去找到了她。女子说出了她知道的如莹小姐的故事。司令员目光湿润了。他猜出了这个人是谁。

"我只有一件事不理解……如果这件事是她做的,做完后她为什么又要走呢?"直到垂垂将死之际,他仍然无法想通这件事。

因为战争年代多次负重伤,他早早地就去世了。时光荏苒,人事更替,这件事和这个为解放洛阳立了大功的人就像历史中的许多事件和人物一样湮没无闻了。

司令员至死也不知道,当她的女儿最后一次和武思中的媳妇在氾水镇上见面的时刻,她还对后者讲出这样一段话:

"以后……你也许会明白……要是有一天你们知道是我犯了对不起你和你全家的大罪,也希望因为我今天为你、为你们家做的事得到你和你们全家的一点点宽恕。"

"你为什么这么说?他是那么爱你,你对他做了啥事?"那已经成了寡妇的女子大声问她。

"你最好还是不要知道……也许我永远消失了,就不会有人知道我的罪过了!"对方用最后的、绝望的声调喊道。

……

但是在塬上,在民间,人们一直都流传着她和武思中以及他那个美得不可方物的苦命媳妇杨珊的传说。

20世纪80年代初,我和我太太认识后第一次去她家。岳母看了看我,分明喜欢,但还是故意问了一句:

"你呀,怎么看上我们家丫头的?"

我很聪明的,知道怎么回答。"她长得好看呗。"我说。

"她长得不算好看。真好看的洛阳女孩子你没见过,但是我见过。塬上武家听说过吗？当年娶了杨家的女儿，那人才是漂亮的。可是好汉无好妻，懒汉娶花枝。她丈夫心里还有人，是一位城里的大家小姐，也很漂亮，一代人中最挑尖的那一个。"我岳母说，很快就觉得她的女儿脸色不好，急忙补了一句，"不过我这丫头也不错，有前面那个人的影子。"

我妻子——当时还是未婚妻——的脸色好看起来。

再后来，我就从我岳母口中听到了这个故事。

可是李如莹小姐——如果真有这么一个故事和这个人的话——她在哪里？